鹰之歌

残雪 著

湖南文艺出版社

图书在版编目（CIP）数据

鹰之歌 / 残雪著. -- 长沙：湖南文艺出版社，2022.2（2024.10重印）
（残雪作品典藏版）
ISBN 978-7-5726-0386-0

Ⅰ. ①鹰… Ⅱ. ①残… Ⅲ. ①中篇小说－小说集－中国－当代 Ⅳ. ①I247.5

中国版本图书馆CIP数据核字(2021)第193893号

鹰之歌
YING ZHI GE

残雪 著

出 版 人：陈新文
责任编辑：陈小真　　曾　军
特邀编辑：薛　梅
责任技编：黄　晓
装帧设计：弘毅麦田
湖南文艺出版社出版、发行
（湖南省长沙市东二环一段508号　　邮编：410014）
网址：www.hnwy.net
湖南省新华书店经销
湖南省众鑫印务有限公司印刷

版次：2022年2月第1版
印次：2024年10月第3次印刷
开本：889mm×1194mm　1/32
印张：13.75
字数：285千字
书号：ISBN 978-7-5726-0386-0
定价：68.00元

本社邮购电话：0731-85983015
若有质量问题，请直接与本社出版科联系调换

目 录

鹰之歌……………………………… 001

表姐………………………………… 034

西湖………………………………… 084

文史资料…………………………… 121

父子情深…………………………… 175

男孩小正…………………………… 221

民工团……………………………… 259

在城乡接合部……………………… 309

单身女人琐事纪实………………… 358

鹰之歌

我是一只鹰,我住在一位单身女子的阁楼上。其实我并不是一只鹰,我的全身不长羽毛,只有细细的绒毛,我的翅膀是薄薄的皮膜,我的身体不过和家鼠差不多大。但只要我飞进那夕阳的红光里,欢畅地沐浴着那温暖的风,我就感到自己的确是一只自由的鹰。我知道那些大家伙都住在远方的岩洞里,于是我就把我的家想象成高山上的岩洞,把楼底下的女子想象成进入岩洞的探险者——她偶尔上楼来取点东西。啊,那些关于鹰的幻想是多么热烈多么紧张啊!我总是竭尽全力往上飞,往上飞!我多么盼望自己到达属于鹰的第二重天!当然我一次也没到达过那里,尽管我非常强壮。楼下的这个人是知道我住在她阁楼上的。我休息的处所在一把撑开的黑布伞的伞骨上头,这把伞十分破旧了,不知她出于什么考虑将它撑开放在角落里,当然这就方便了有一天到这里来探察的我。我将身体倒挂在那伞骨上头，优哉游哉地荡来荡去，直荡到自己进入梦乡。有一天这个人忽然上来了，她并不拿东西，只是蹲在昏暗中一个劲地哭泣。为了发泄，她砸起东西来，她将一摞旧瓷碟砸碎在地板上，响声和震动吓坏了我，我立刻就从窗口飞了出去。那一次她决不会没有看见我，因为我往外飞时窗子是关着的，只有一个窗格没了玻璃，钉着一层塑料纸，我将那塑料纸咬出一个洞才飞出去。当我半夜回来时，我心存感激地发现窗户开得大大的。看来这个人是很体贴我的，我不由得想到她是多么寂寞，她一定希望我长期同她做伴。

我并非只会飞的鸟类，我的双腿也很有力，我跑得和老鼠一般快，而且也能钻洞。这个阁楼的地板和墙壁连接之处有许多洞，我的本领大有用武之地。我曾在一个洞里捣毁了蟑螂的一个家族，将那些小蟑螂吃得干干净净，那真是美味的食品。我还经常沿着屋檐慢慢爬到邻家窗口的上方，倒挂在那里朝那家人窥望。那家有四口人，几乎每次我都看见他们坐在桌边吃东西，四个人都是正襟危坐，缓慢地将食物往口中送，连那两个小孩都是满腹心事的样子。我想，他们既然天天有东西吃，为什么还感到忧虑呢？总之我对这一家的印象很不好，尤其是那个小男孩出其不意地用弹弓攻击了我之后，我对他们更是深恶痛绝了。当时我很想弄明白他们为什么要花这么长的时间进食，我就朝那窗口探了几下身子，接着那致命的石子就射中了我的肚子，我痛得几乎要晕过去了。我在掉下去的过程中本能地扇动翅膀，歪歪斜斜地飞回了我的阁楼，扑倒在地板上。后来一连好几天我肛门排出的都是血块，那小子把我打坏了。就是这次攻击让我明白了，人同我们动物之间原来有这么深的仇恨，想一想都觉得可怕。但楼下这个女人是怎么回事呢？她一定是个与众不同的人，我对她的敬意随时间的流逝越来越深了。我的食量特别大，除了吃空中的蚊子，地洞里的蟑螂、白蚁，有时我还啃木头充饥。我从不在一个地方啃木头，我总是时而在角落里朽坏的地板上啃几下，时而飞到屋檐的破洞里啃几下檐木，时而又在窗外的木电杆上头大嚼一顿。这一来短时间内就看不出有多大损害。我是个谨慎的家伙。由于啃木头，我的牙齿特别强健，两颗牙渐渐长到了嘴外，成了獠牙，当我从玻璃上看见自己这副尊容时，自己也吓了一跳。不知那位女士对我的外貌作何感想？我很不善于回忆，偶尔我也想一想：我到底是谁的后代呢？我的幼年的记忆只有几个模糊的片断。我似乎有几个兄弟，当我们待在窝里时，我总是被他们踩在脚下践踏。至于父母，我根本就没有印象，他们飞到很远很远的地方旅行去了，而每次他们回来，我都睡着了，他们回来的事似乎是我的兄弟们告诉我的。当我有了清晰的记忆时，我已经独自一个在空中追逐蚊蝇了。在那之前还发生过一件事，就是我们那筑在破庙屋檐角上的窝被暴风刮下来倒翻在地，我摔破了头，昏过去了。等到我醒来，我的兄弟们已不见了。至于我是如何挣扎过来找到今天这个住处的，这些事我都已淡忘，也不愿再去想它。

　　我也有得意忘形的时候，那就是同老鼠们追逐之际。我喜欢追逐老鼠，他们对我极度害怕的样子更刺激起我追赶的兴趣。那一回小灰鼠情急之下钻进阁楼当中的地板洞里，我也随他钻了进去，没想到那是个对穿洞，小灰鼠摔到了女主人房间的水泥地上,大概没命了。而我呢,幸亏我的翅膀救了我,我腾飞起来,在那间关得严严实实的房里绕了几个圈子,最后停在吊灯的灯罩上,在那里等待她打开门或窗,让我出去。这时不可理解的事发生了,这位女士突然神经错乱了,她用一把火钳狠狠地戳那只老鼠,小灰鼠发出几声微弱的叫声之后,就口角流出血来,一动不动。但她还不够,她将火钳戳进他的肚子,然后将他举起来给我看,于是我就看清了这卑鄙的一幕,我但愿我的眼睛瞎掉。突然我预感到下一个牺牲品轮到我了,在这个牢笼里头,我往哪里逃呢?我甚至准备好了充分利用我的牙齿决一死战。我完全估计错了。她收拾完老鼠之后,又陷入自暴自弃的情绪中,披头散发地一脚踢开门,朝水泥地上扔了一个花瓶,这当儿我就如一支箭一样射出去了。以后好多天我都心有余悸,担心她要来收拾我,可那种事并没有发生。小灰鼠死后楼上再没有老鼠出入了,我的心里很空虚,我就飞到窗外的电杆上猛啃木头,使那电杆一天里头矮下去好几分,因为我顾不得后果了。我正在啃木头时,猛一抬头,居然看见了那只令我魂飞魄散的大家伙。平日里他总在第二重天里面巡视,从不到我们下面来,但此刻,他的的确确停在我前方的水泥电杆上头,正瞪圆了眼看我,直看得我腿发软,眼前发黑,嘴巴自然也停止了啃木头。后来我拼死命一样飞回了家,我感到自己没被那猛禽吃掉真是个奇迹。

  我的远程出行总是在傍晚。这一方面是捕食蚊蝇的需要,更主要的则是心底的欲求,因为一到这个时分,我就特别想去尝试那些冒险的冲动了。我填饱肚子之后,就开始了向上的冲刺。有一回,我超越了我们这一重天里头所有那些飞鸟,来到了第二重天的边缘，我的视野里出现了那只秃头鹫。那是怎样的一只猛禽啊，他庄严地在第二重天里头绕着圈子，飞翔对于他来说毫不费力，就像是游玩和消遣。然而我的进犯很快被他注意到了，他旋过身子朝我所在的位置滑翔，当我和他那深邃的目光发生交流的瞬间，我的翅膀如同被什么折断了似的，我开始垂直地往下坠落，一直落到离地面很近的地方我才控制住自己。像这样的遭遇我后来还发生过两次，每次都是同样的结局。当我回到我的阁楼时，无穷无尽的猜测就开始了。他是谁？为什么整个第二重天里头只有他在那里巡游？他的目光为什么会对我具有那样的威严？我想啊想的，有时，我竟会自作聪明地生出这个念头：莫非他是我的父亲？在我的童年时代，我一次也没有见过我的父亲，据说他在外头旅行，我所看到的情景是否就是旅行的真相？当我产生这个荒诞的念头时，我的目光就会不知不觉地落到我的身体上：我的猥琐的爪子，我的母鼠一般的肚子，我的脆弱的、不生羽毛的翅膀，我的细小的个子，这一切都在嘲弄着我心里的那个虚妄的念头。我这样一个怪物，哪里配做秃鹫的后代！但是且慢，不要过分自卑，我虽天生这么一副尊容，可是在那么多的飞鸟当中，不是只有我一个飞到了第二重天的边缘吗？我这种力量，是从何处继承得来的呢？我敢说，如果没有那位帝王那一瞪眼，我很可能就已经进入了第二重天。那种时候我虽感到费力，但并没有到无法振翅的地步，阻止我进入第二重天的，不是我本身力量的限制，而是，也仅仅是那可怕的一瞪眼。第一重天里头的芸芸众生，还未曾有谁像我这样同那位帝王交流过，他们散布在四处，庸庸碌碌地飞来飞去，就仿佛从来不知道天外有天似的。当我向上作那种冲刺的时候,那些喜鹊就讥笑我是"自取灭亡"。我已经有很久没有到达过第二重天的边缘了,也许我正在走向衰老,这期间我练就了另外一种本领,就是使自己的目光可以看到很远的东西。我先是在飞翔之际无意识地作这种努力,后来就成了有意识的训练。我痛苦地承认自己飞得越来越低了,但我的视力的确在飞跃地进步。一天,我在离第二重天很远很远的地方看到了那只在自己领域里滑翔的秃鹫,奇怪的是距离竟不成为障碍,我看他看得十分清楚,而且在他瞪我的时候我也不像从前那么害怕了,因为我明白我们之间隔着很远的距离。我的视力最后进展到了这样的程度,我可以混在其他鸟群中飞,但却清楚地目睹第二重天里的景象。我的这个新本领并不为其他的鸟们所欣赏。当我向他们叙述我所看到的东西时,他们都很不耐烦,往往是没听完就飞开了。我总觉得他们是嫉妒我的力量才故作高傲,不过后来我就不这么看了。我改变看法的原因是这样的,那一回我靠近一群麻雀飞着,突然听到他们当中一只说:"老秃鹫将那团乌云都撞碎了呢!"当时我就羞愧得差点掉到了地上。

一天我从外面飞回家中时,看见女主人同那家四口人坐在她房里,朝我用弹弓射石子的那小子似乎很激动,脱了鞋在我女主人的床上爬来爬去。当时天色已经暗下来了,可是女主人不开灯。那夫妇俩小声地、一本正经地说着话,女主人绷着脸,当那两人问她一件什么事时,她竟突然骂出了一句脏话,而那夫妇俩,就像没听见这句脏话似的,还是小声地向她询问同一个问题。我很兴奋,我希望女主人痛骂那一家人,将他们骂出她的家，可是她骂了那一句之后就不吭声了，低着头，耸动肩头，似乎在啜泣，那夫妇俩反倒拍着她的背安慰起她来。女主人一边哭一边诉说，我听见她提到了我，说我是她的一个"甩不脱的包袱"。她后来哭得那么厉害，还将鼻涕擦到那丈夫的袖子上，让我大大地为她感到害臊。我轻轻钻进阁楼，将吃饱了显得沉重的身体吊在那把伞的伞骨上，一面听着楼下的响动，一面昏昏地入睡了。睡了一会儿我就被吵醒，我看见他们五个人都上了楼，正在黑暗中翻箱倒柜，大概是寻找我。（女主人为什么到柜子里去找我呢？）我立刻就从伞下面爬出来，顺着一个墙角爬到了天花板上，我惊骇地发现窗户已被关上了。天花板上有个钩子，起先我悬在那个钩子上，以为黑暗中谁也看不见我，可是那臭小子很快发现了我，他举起弹弓来要射我，我连忙振翅一飞，飞到另一个角上，那个角上有个浅洞，我蹲在那洞里一动不动，他就看不见我了。女主人为什么不用手电筒来照我呢？要是她一照，我就必死无疑了。他们只顾在黑暗中忙碌，弄得满屋子的灰，就好像他们坚信我藏在那些破东烂西里面似的。于是我想，可能他们根本不是找我，是找别的什么东西，因为女主人是知道我总在那把伞里头休息的。我正想到这里女主人就说话了，她说："这个恶棍还弄死了我心爱的小灰鼠呢！"于是我的侥幸心理马上消失了，我全身轻轻抖动着。我多么希望窗边的小女孩打开窗户透一透气啊！他们倒腾了一会之后，大家都坐在地板上抱怨累坏了，那丈夫说，他就不信我不出来，他要在这里守一夜，直到天亮，说完后他还起了一个誓。这一瞬间，我对我的女主人仇恨到了极点。我脑子里出现"虐杀"这个词，原来这个阴郁的母怪物收留我，让我在这阁楼上待下去，只不过是为了今天的杀戮！原来我同人类只可能有这样一种关系！我差不多要万念俱灰了，我快要自动地从这洞里滚下去了，可是忽然，这些人像听到了什么号令似的，一起站起来，一个挨一个地从那窄窄的楼梯下去了。这当儿我"啪"的一声掉下，将背都摔痛了。我又回到我的破伞下头，心悸地倾听着楼下的响动。但一夜无事。我对于人的不可捉摸百思不得其解。女主人此后不仅没有惩罚我，反而还好像根本没发生过那件事一样，照样不干涉我，照样来楼上发泄她自己的郁闷。她甚至有一天用一把新黑伞换下了我所栖息的旧黑伞，因为旧伞的确太破了，伞骨都快被锈断了。当时我感动地想，我不仅不是她的仇人，恐怕还是她的精神支柱呢！要没有我在这阁楼上观察她的话，难保她不从窗口跳下去！

　　近来我的女主人产生了一种怪癖，她突然将她房里的那些蟑螂们看作了死敌。她在灶上一壶接一壶地烧水，烧开了就去烫那些蟑螂的藏身之所，案板下面啦，碗橱里头啦，破损的地板里头啦，放小食品的床头柜底角啦，凡想得到的地方都被她烫过了，整日弄得房里湿漉漉的。后来她的焦虑到了这样的程度，半夜里都要起来干这项工作。那些蟑螂因为这种灾祸，纷纷逃往阁楼上，我在黑暗里总听到他们钻的钻，飞的飞，成群结队，沿着地板缝游走。靠墙的那些朽木上的小洞全被他们住满了。奇怪的是没有东西吃，他们的数量也没见减少。于是我想，也许他们同我一样，开始吃木头了吧。本来我也比较喜欢吃蟑螂，可自从他们遭难之后，我对吃他们就完全失去兴趣了，再说他们现在这种枯瘦晦暗的、行色匆匆的形象也完全引不起我的食欲。

从前他们油亮而饱满，动作迟缓，完全不是这个样子。在女主人的房间成了水牢之后的一星期左右，她提了一壶开水上阁楼来了。当第一注水浇下去之际，阁楼上就出现了蝗灾时的景象。所有的蟑螂一齐飞到半空里，如一片褐色的云，紧接着他们又嗒嗒嗒地掉到了地板上。而她，居然吓得扔了开水壶，仓皇往楼下逃去。事情发生的时候我正蹲在窗台上欣赏风景，我看见她跑下去，心里就对她充满了同情，我想冲到楼下去看护她，我又怕我这副尊容增加她心里头的恐惧，只好算了。我从窗台飞到地板上，想看看蟑螂们怎么样了，我看到的是厚厚一层尸体躺在地上，有的腿子还在动弹，我想不出他们是如何死掉的。我记起蟑螂们是不善飞的，可是今天，他们竟然在半空形成了一片褐色的云，这就是他们的死因吧。这些可怜的家伙很快就发出一阵阵奇臭，刚好这几天又刮南风，南风刮不进来，臭气聚在阁楼上久久不散，我被熏得晕头晕脑的，连飞都飞不动了。到了第三天，我挣扎着沿楼梯一级一级跌下去，到了女主人房里。她正盘了腿坐在藤椅子里思考问题，她的房里也很臭，当然比起楼上来还是好多了。她把门窗关起来，仿佛怕臭气跑出去了似的。我一瘸一瘸地爬到房子当中，赌气似的站在了那里。她当然注意到我了，她走到大柜那里，从柜里拿出一个木制的梳妆盒朝我一扔。梳妆盒里面是空的，一面盒盖开着，上面嵌了一面小镜子。我爬进盒子，香粉的气味就包围了我，我又瞧了瞧镜子，看见里头那个生了两颗獠牙的怪物。瞧着镜子就有一阵瞌睡袭来，我就闻着香粉的气味睡着了。到我醒来时屋里已经点灯了。她仍然坐在藤椅里头沉思，我盯着她看了一会，突然，我真切地感到我进入了她头脑里的风景。这是真的，她也在想那只鹰，想第二重天里那种超然的遨游。在她那灰暗的大脑里，太阳在中心发着白光，刺得谁都打不开眼睛。我还看到那只秃鹫并不像威胁我一般威胁她，所以她那枯瘦的身子就在第二重天里随风荡来荡去的，因为她穿的黑衣，看上去有点像只黑鸟。我正要看个究竟，有人进来了，又是那该死的一家四口，他们总是一起来，一起去。女主人跳起来，将我藏身的梳妆盒踢到床底下，我就屏住气待在那黑乎乎的地方了。这一次四个人都坐在她的床上，我从下面看见八条腿子。他们一点都没感到屋里浓浓的臭味，一坐下就说起一件令他们很悲痛的事，女主人也夹在中间说，后来大家都情不自禁地哭起来，似乎还抱成了一团在床上滚。我就趁这个空子偷偷溜到外面去了。

　　我沿人行道蹒跚地走着，一阵晚风吹来，这风很奇怪，里头有股我熟悉的味道，但我想不起在哪里闻到过。街上一个人都没有，天上也没有鸟，要在往常，这个时辰我早就吊在伞骨上头入睡了，现在我却逃了出来，只为躲避那房子里头的毒气。我想起我的女主人，为什么她总要把自己搞得活不下去呢？她的真正的苦衷在什么方面呢？我不能搞懂她，正如我不能搞懂那一家四口一样。唉，人类，人类，我离他们的心该有多么遥远啊。我走了没多久就碰见一个样子长得和我差不多的家伙，我停下，他也停下了。我们面对面就着目光打量对方，我觉得他同我真是太相像了，尤其是小而圆的耳朵和那两颗伸出嘴的獠牙。他比我略为老一点。他会不会是我那失散了的兄弟呢？我正要开口问他，就听见他发出低声的怒吼，他命令我从他面前滚开，因为这条路是他的，他每天夜里都是独自一个在这里散步。他说着就张开他的翅膀要朝我扑过来，我虚弱地瘫倒在地动弹不得。他看我这副模样，就收起他的翅膀，踢了踢我的身子，傲慢地问我是不是同第二重天里的那个大家伙说过话。我回答说没有，他就讥笑我，说我真是白活了一世。"连对话都没有，还谈得上什么梦想呢？看看你自己这副尊容吧！"不知怎么，他说话的时候我就很痛苦，比他打我一顿还要痛苦。啊，但愿他不要说了！可他还在说，说第二重天里的那个大家伙，说我以前飞到那个地方去的蠢举，又说那个时候大家都对我很仇视，因为我把大家的视线挡住了，使他们看不到第二重天。我滞留在他们的视线中，如一块巨大的黑幕，弄得大家都灰心丧气。说着他又生起气来，用脚踢我几下。我虽很痛苦，但在那徐徐吹来的很熟悉又说不出来为什么熟悉的晚风的抚摸下，我的头晕大大减轻了，慢慢地我就有了力气。我不想回我的阁楼了，我到哪里去呢？他看穿了我的思想，他警告我不要胡思乱想，因为我的想法很危险。这时我才感到奇怪起来：刚才他还要我滚蛋，现在怎么又不要我滚了呢？我就告诉他我没地方可住了，我这会儿要找个地方。他听了又很生气，愤愤地说到处都是可住的地方，我居然会没地方住。"那些屋檐的破洞里啊，人家院子里空了心的老树里头啊，堆房里的旧家具当中啊，哪里不可以住？"他很瞧不起我，这下真的走开去，不理我了。

  我在空阒的街上东张西望的，觉得很茫然，就又溜到我女主人的房门口。我听见里头静悄悄的，门口虽然还闻得到臭气，可已经没有那么熏人了。我站了一会儿，里头就有了动静，但那动静不是女主人弄出的,是老鼠们。我从来没有听到老鼠们这么猖狂过,真是大大吃惊了。他们不知一共有多少只,总之很多,从楼上追到楼下,发了疯一般,似乎还弄翻了一些桌上的茶杯。我记起不久前女主人弄死的那只小灰鼠,心里想,也许老鼠们在报仇吧。我撞了几下门,女主人就把门打开了,她还是披头散发,但似乎有点高兴我回来。"这里头翻天了。"她说,用手朝房里画了个圈子。她将另一只手里的火钳朝我晃了晃,叫我躲到楼上去。我被她赶上了楼,看见楼板上还是一层死蟑螂,只是不那么臭了,也可能是我的适应力增强了。看来没有什么事是适应不了的。女主人在楼下追击老鼠的时候,我就倒挂在那把伞底下思考我的处境。我还能找到一个比这里更好的居住地吗?我把方方面面的利弊都考虑了一通之后,这个问题还是没有答案。我见过那些住在檐洞里的家伙,在我的印象中他们一律过着阴暗的生活,没有激情也没有痛苦,就连焦虑也没有。他们在很年轻时就已经老了,衰老使得他们喜欢集体行动,我经常看到他们飞上屋顶,在上头步子没有定准地跳来跳去。他们一般属于胸无城府的麻雀类,我可不想同他们为伍。其他那些住在树洞里的家伙也好不到哪里去,他们虽然个子很大,但他们的身体并未给他们带来丝毫自信,好像还因为自己那一身肉反而更犹豫不决了似的。我看见他们在那些后院里散步,每走一步就停下,惊慌失措地四周打量。即使是如此警惕,他们还是免不了被人类虐杀。这样看起来,我的那位老兄让我住到这类地方去不过是他的一句嘲弄的话罢了。我自己这个家千不好万不好,可有一点是确定的:我在这里过着一种鸟类里头少见的激情的生活。女主人性格的反复无常和邻居们的阴险至今还没有置我于死地，只是把我的日常生活弄得波澜起伏罢了。这样一想我就决定暂时得过且过，等今后危险来了再随机应变。就比如说刚才，见我回到家中，她不是有点高兴吗？就算她追击老鼠弄出了很大的噪声，但并不妨碍我嘛。我也知道她不可能像杀死蟑螂那样杀死老鼠，老鼠们太狡猾了，所以不用担心地板上会堆满他们的尸体。在我们屋后的下水道那里有一个秘密出口，我曾看见一长队老鼠依次从那里溜出，那正是女主人展开剿灭行动的时候。老鼠们并不跑得很远，就在附近的一个垃圾堆底下的地洞里待着，他们在那里等她发完脾气，大概他们也同我一样，知道女主人隔一段时候就要发脾气，他们也知道她的脾气一过去，大家仍可和平相处。我就这样很快打消了出走的念头。我打消出走念头的第二天，女主人就拿着扫帚到楼上来，将死蟑螂全都扫进一个撮箕带下去了，当时她的穿着像医院停尸房的工作人员，脸上蒙着大口罩，脚上穿着胶皮套鞋。

  我仍然没有打消高飞的愿望，虽然我的目力已操练得非常优秀了，有时蹲在家中的窗台上竟可以观察到第二重天里头的气象情况。我不记得自己的年龄了，从我的体力情况看起来，我正在走向老年，我再也没有到达过第二重天的边缘，而是离那里很远就飞不动了。我努力的样子一定很可笑，因为我的同类都用嘲弄的目光看我，一会儿他们就对我不再感兴趣，大概觉得我这个老家伙的表演十分无聊吧。每一次这样的拙劣飞翔之后，我就羞愧地躲回阁楼里，久久地反思着。在反思中，我会觉得自己背上的那两块薄膜已成了完全多余的东西，倒不如就此退出鸟类，从此像鸡一样生活。有一天傍晚，我没有出去飞，我来到那四口之家的鸡舍里，打算同鸡们结交。我在鸡舍门口徘徊，那些鸡都不说话，只是神情严肃地待在笼子里，我猜不出他们到底在想什么。雄鸡一律很威风，冠子红红的，三只母鸡一只比一只油光，显然他们生活得自满自足。他们想到过屠刀砍下来的那一天吗？我想他们不可能不知道吧，这类传言在小城里从来就是满天飞的。知道有那一天，还是生活得这么有尊严，他们是怎样做到这一点的呢？我反复挑逗他们，他们还是无动于衷，斜着眼望我。看来结交的愿望达不到，他们把我的行为看作小丑的表演了。当我垂头丧气之际，那只最大的花公鸡忽然啼鸣起来了，我好久没有听到过如此动情的叫声了，高昂、激越，甚至凄厉。他叫了又叫，我被感动得好像钉子钉住了我的脚，我什么都明白了。在这悠远的叫声中，我身上的一切懈怠之气全都消失了。唉，我的好兄弟，我真不像个样子啊。我，成天贼头贼脑，斤斤计较，从门缝里看你们，把你们全都看扁了！虽然我那么怕死，但此刻，就是要我为你们牺牲生命，我也是心甘情愿啊。从鸡们的院子里出来，我立刻就向着苍茫的天空发动了一次冲击，但我仅仅飞到第一重天的半空里，就可耻地坠落下来了。力不从心了啊。明知等着我的是失败，我还是打定主意要尝试下去，我不再嫌弃我的翅膀了，而是将这两块可怜巴巴的皮膜看作可能带来幸福的希望。希望啊，希望啊，那第二重天里的大家伙，他的希望在哪里呢？在那极限之处遨游，内心该是多么空洞啊。我从外面归来，远远地就看见那坏小子从窗口探出身子，用弹弓对准我。我脑子里闪电似的感到这一弹弓大概是致命的了。我不知道我是从哪里获得的力量，总之我还未弄明白就已经到了第二重天的边缘。我又一次这么近地同他对视了，他老了许多，他的目光里出现了凄苦，但他依然严厉。在他严厉的目光里，我徐徐下降，我在下降时看到了下面的大地的全貌，一直看到了海的尽头，而海，是我从来没有亲眼看到过的东西。我的同类们都不见了，谁也不来打扰我，所以我就神清气爽地盘旋了几个圈子，将我的生身之地的地形看了个一清二楚。在这同时我还掉转头去同那大家伙交流，虽因距离遥远他的目光有点模糊，但我能肯定我接收到了他的视线，他一直没有掉转他的目光。最后我安全地落到了我自家的院子里。我居然躲过了那恶人的弹弓！那小子一定没料到我还会有如此大的潜力吧。这次胜利的突破给了我很大的鼓舞。

没隔多久打击又来了。我在马路人行道上遇见过的那个长得像我的家伙出现在窗外的电杆上，他还带了很多喜鹊来，这些喜鹊全都站在我的屋檐上叫个不停。我的单身的宁静的生活就这样被打破了。也不知城里哪来这么多的喜鹊，我的屋顶都快要站不下了。最讨厌的是他们总停在我的窗台上，仔细地窥望阁楼里面的情况，偶尔还跳进来寻东西吃。有个老家伙还站在窗台上大大咧咧地询问我夜间是如何睡觉的，我告诉他之后他就用刺耳的嗓音哇哇乱叫，四处对他的同胞说，我根本不是鸟类，是个冒牌货。他的行为将我气得暴跳。当喜鹊们闹得过火了的时候，长得像我的那个家伙就出来制止他们，要他们给我"留有余地"。他这样说等于是煽动，使得他们一片哗然。最想不通的是我的女主人也出现了，她往地板上撒了一些东西。我还没看清楚是什么，大群的鸟就扑到地板上争食起来，他们一会儿就将那些东西吃完了，然后又一齐退到窗户外面。只有一个小家伙不甘心，他沿着墙往前跳，跳到了我的那把伞下头，他将伞的结构看清了之后，就用怜悯的口吻问我："你怎么睡在这样的地方？"他又老气横秋地叨念着"真不像话"，大摇大摆地出去了。喜鹊们天天来，闹到深夜才离开。长得像我的那个家伙特别喜欢在他们中间挑拨，他说我阁楼上有秘密，只要大家耐心等待，我的秘密就会暴露。由于被他们影响了睡眠，我变得很憔悴，唉，现在别说在伞骨上头悠晃着入梦了，连起码的休息权利都被剥夺。只要我往那把伞那里走去，窗外就尖叫起来，大家都聚在窗口观察我，而房里又总是被月光照得通明透亮，他们将我的行动看得清清楚楚。我只得硬着脖子一动不动地挂在伞骨上头。还有几夜，我放弃了那把伞，将就着在一个旧茶几里头睡到天亮。我躲在茶几里的时候，那些丧心病狂的家伙还进了阁楼，他们闹了个尽兴，将那把伞都弄倒了之后，才在那个长得像我的家伙的指挥下退了出去。今天天刚亮他们又站满了屋顶。我想，他们既然如此蔑视我，又怎会对我的私生活有这么大的兴趣呢？我的生活，同他们又有什么样的微妙的关系呢？如果我现在消失了，他们会是什么样子呢？我回忆起长得像我的那个家伙独自散步的形象，他说的那些我听不懂的话，心里一下子变得很惆怅。我要不要现在消失？我把这个问题考虑了几天后终于付诸行动了。总之那天夜里我在外流浪，于失眠中在荒地里走了一夜。早上我才回到家，我看见阁楼的窗户被关得紧紧的，喜鹊们都没来。我从楼下飞进女主人的房间，落在她的地板上，我看见她和着衣，睡相难看地躺在床上，而整个屋子里弥漫着很浓的血腥气味。我战战兢兢地上了楼，立刻被满地的血迹和零碎的羽毛吓坏了。夜里这里发生过一场恶战，牺牲者们的尸体已经被我的女主人弄走了。肯定是她用食物做诱饵将他们引进来，然后忽然一下紧闭了窗户，进行了这场可怕的屠杀。我记得她杀老鼠和蟑螂时的那份冷酷，现在杀这些飞鸟当然更能令她兴奋，难怪她一副精疲力竭的样子。不知道她是否将那长得像我的家伙也一同杀了。她能分辨出我同那家伙外貌上的不同吗？或许她认为我也该杀？明瓦透下的光照着地板，鸟的血已被陈旧的木板吸收了不少。唉，这些鸟该流了多少血啊。

喜鹊们被杀之后，我垂头丧气了好长一段时间。在这段时间里，我只要听见女主人上楼的脚步声，就紧张得浑身颤抖，眼前发黑。就是夜里睡着了，那些鸟也在恶狠狠地瞪我，其中有一只尾巴上有白点的，他的头被拧下来了，没有头的身体盲目地在我面前兜圈子；还有一只失去了两只翅膀，痛苦地在地板上蹦高，想蹦到窗台上去。但我一直没有梦到那个长得像我的家伙，莫非他没有死？以他的老成持重，他是不会到阁楼上来吃东西的。我的猜想很快就被验证了，不过是以一种令我大为意外的方式验证的。那是一天上午，我在窗台上悲哀地发呆，女主人轻轻地上来了，我正要避开她，我的眼睛却被一样东西吸引住了：那长得像我的家伙居然停在她的肩头，还用嘴轻轻地啄着她那蓬乱的头发，像是在为她挠痒痒。他们俩在一起是那样的和谐，就仿佛那家伙是女主人家养的鸟一样。现在我已经没法避开了，因为那家伙主动同我讲话了，他说的仍然是那两个字,他叫我滚开,紧接着他又不叫我滚,问我那天夜里离开阁楼搞什么活动去了。他对我说话时,女主人弯下腰去那一堆旧货里头找东西,他就跳到她的背上,他的神气有几分像一只鸟王,可惜这种神气在他脸上显得很可笑。我既不想离开又不敢靠近,忽然我觉得他们俩是某种十分古老的阴谋的策划者。那种阴谋到底是什么我又想不出。也许这家伙从来就住在女主人的房里,只不过没有让我撞见过?我又想象他与女主人同寝的情形,不由得心中有点妒忌。这时女主人已经找到了她要找的东西,那是一把旧鞋刷。她伸起腰来,长得像我的家伙没留神差点摔到了地下,他飞起来,凶狠地在女主人脸上啄了一下,女主人"哎哟"叫出了声。然后他重又停在她的肩头,同她一道下楼去了。我的心怦怦地猛跳,我太好奇了,鬼使神差一般我也跟随他们下楼了。女主人坐在桌旁,心里有点烦恼的样子,他则蹲在桌子上同她对视着。我不敢飞到桌上去,我就偷偷地溜到床底下,没想到床底下竟然有一只雌喜鹊,她显然是劫后余生,因为她的尾巴被斩断了,浑身都是血。失去了尾巴的她站立不稳,就斜倚着一只床脚靠在那里。此时我已经完全忘记了先前她与同伙们对我做出的那些可恶的举动,我很想帮她的忙,把她领出这个魔窟,我估计她已经好几天没吃东西了,她能在这里找到的食物,至多就是从桌上掉下的一些饭粒,而以前她肯定是不吃这类食物的。我刚要靠近她,她就发出一声尖叫,把我吓坏了,我觉得末日已经到了。但是我虚惊了一场,因为女主人根本不理会床底下的我们,还是坐在那里一动不动。我只好同雌喜鹊在床底下隔得远远地说话,我问她想不想逃出去,她冷冷地回答说，她才不想呢，她在这里好得很。我意识到我犯了大错，就乖乖地闭嘴了。但是她却不能容忍我同她待在一处，她也和那个长得像我的家伙一样叫我"滚开"，她的神气像是要咬死我一样。幸亏她受了重伤，动不了。我不知道她怎么会对我有这么深的仇恨。我忽然在这个家里成了外人，哪怕就是这只雌喜鹊，也比我更知道这个家里的某些内情。我从床底下探出头，看见那家伙又停在女主人的肩头了，他们之间的关系实在让我搞不懂。看来该离开的是我了。我偷偷向外溜，还没跳到房门那里就被女主人捉住了，她死死捏着我的脖子，我差点窒息，然后她走到楼梯那里，将我往上面猛力一扔，我就撞倒在阁楼的地板上了。

　　我同那拿弹弓射我的小子之间的和解发生在一种异常的情况之下。他们一家人突然对我进行了一次袭击，具体的详情记不清了，反正我失去了知觉，反正我醒过来时，我已经被关在了一个竹笼子里，笼子吊在他们的屋当中。我用力睁开眼，发现我的腿受了伤，难以挪动，而我的身体下面，全是尖尖的小石子。是他们将这些硌痛我的小石子铺在笼子里，使我受这种酷刑的。我的一边身体都麻木了，我每动弹一下，石子就硌得我更痛，我真是生不如死。我用浑浊的目光扫视着笼子，看见笼子的门大开着，似乎暗示我随时可以飞出去。我下意识地动了一下翅膀，立刻就痛得晕了过去。原来我的翅膀也受了重伤。由于减轻不了痛苦，我只好以毒攻毒，用牙齿轻轻咬自己翅膀上的伤口。每次这样一咬，我就丧失了知觉，过了不知多久又醒了，醒了又受不了，又咬。如果不是那坏小子的干涉，我可能已经把自己咬死了。那小子将我从竹笼里取出，放进一口瓦钵，瓦钵里铺了很多柔软的草木灰，他又弄来一种油，涂在我血淋淋的翅膀上，我的翅膀就不那么痛了。我的泪眼同他对视着，他那专注的圆眼睛很像两个玻璃球，里面居然没有瞳仁。在对视之际，回忆一下子就从我脑海里出现了。是他，正是他打坏了我的腿，当我飞到半空时，他又用一粒石子射伤了我的翅膀。仇恨让我的眼睛燃烧起来，很快我就没有泪了。但我对面的玻璃球还是毫无变化，既没有怜悯，也不移开视线，没有瞳仁的两团黑东西盯得我心里直发慌。到后来我的仇恨也熄灭了。我在那瓦钵里躺着恢复的日子，他每天都弄来一堆蚊虫让我吃，也不知道他从哪里捕来的。这些食物有股腐臭的味道，我虽厌恶，也只好吃下去，因为我想尽快地恢复体力。我吃东西时，他还是那样盯着我，让我心里七上八下的，以为他要对我进行虐杀。但那种事终究没有发生，不仅如此，他给我的食物还让我恢复得特别快。有一天我试飞了一下，飞到了灶台上的破镜面前，我看见镜子里有个年轻的家伙，牙齿白白的，我吃了一惊，这难道是我吗？但不是我又是谁呢？我回头望了望，屋子里一个人也没有。我再对着镜子瘸腿走了两步，嘿，这家伙还真是我！这个坏小子在我身上制造了奇迹，居然让我返老还童了，居然有这种事！我一边这样想，一边就感到自己变得精力充沛了，我的翅膀上和腿上的伤处全都痒痒的，似乎在向我暗示什么。我大叫一声从敞开的窗口飞出去，飞到了外面的空中。当时刚下过雨，城市的上空弥漫着槐花的香味，我用力地扇了几下翅膀，发现自己的创伤全好了。当我盘旋着朝下看时，我看见那坏小子手持弹弓，百无聊赖地坐在他家门口。在他们的后院里，那些壮硕的鸡庄严地站立着。我越飞越来劲，不一会儿工夫就到达了我年轻时到达过的地方，我真是百感交集。一切如旧，只有一件事改变了，那就是广阔湛蓝的、静得连一丝风也不吹的天庭里不再有那只鸟王了。莫非他去世了吗？在我的想象中，他应属于永生的鸟类。我就要跨越界线了，但是一种意想不到的恐怖突然压倒了我，我不能明确地说出它是什么，我只知道眼前这蓝得透出凶兆、静得透出死亡的地方正可怕地张着大口，要将我彻底吞噬。当我的翅膀越过界线的那一瞬间，我就会消失，连一股气都不留下。于是我于惊骇中迅速下降了，我旋了一个很大的圈子，就从那低一点的处所遥看第二重天。发生了什么？我看见的全是真的吗？啊，多么美啊！怎么会有这种事！可惜我形容不出那有多么美。那里的景象完全改变了，成千上万的鸟王在空中排出美不胜收的图案，让我越看越想看，越看越吃惊！如果我由着性子看下去，我会累死的，但我终于垂下了我的头。这时四周暗了下来，除了第二重天里的那个小圆圈里还有两只鹰在表演外，一切都化为了模糊。我就这样疲惫不堪、心存感激地回到了我的阁楼上。

然而，由于女主人没来由地对我进行极大的侮辱，我决定要另觅住处。她先是拿掉了我在它里头栖息的那把伞，弄得我只好不舒服地睡在纸盒里；后来她又上楼来刷一种有毒的漆，地板上和墙上都刷上，关死了窗户刷，让我没法呼吸，头痛欲裂；最后她干脆将一盏白炽灯装在阁楼上，让灯日夜开着，想刺激我的神经。她做这些事的时候，脸上的神情总是很悲痛，也可能她在伪装。难道是同我为难让她心中悲痛？这些天她的确消瘦得不成个样子了,我听见她在楼下对那家人家说:"一山容不下二虎呀。"起先我还以为她是说别人呢。一次趁着她狂怒地刷油漆之际,我溜下楼溜到了外面。我漫无目的地飞一飞,跳一跳,一会儿就跳到了一口废井边上,我站在井台上,听见黑洞洞的井里头有我的同类在讲话。那声音一阵一阵地传上来,黑暗中,说话者的心境显得无比的宁静。我的心怦然一动,当时就差一点栽了下去。但我及时控制了自己,谁知道这是不是一个陷阱呢?很多事物从表面是无法看透的。我本想离开,但那些井内的居民又唱起歌来了,是一首让我听了要伤感流泪的歌,那歌里有我差不多忘光了的童年往事,甚至有我那从未谋面的父母。歌声又细又弱,还不时于上气不接下气里中断,我心中却掀起了波涛。我失魂落魄地站在井沿上走不开了。就在我绕着那口废井转圈子时,长得像我的那个家伙匆匆地赶来了,他一头朝我撞过来,我往旁边一让,他摔了个跟头。他从下面重又爬上井沿,一点都不气愤,他追问我究竟从井内听到了什么。我把我听到的告诉他,他就装腔作势地点着头说:"还好,还好。""那么你打算在这里听下去吗?"他冷冷地问我。我说我想知道自己能不能去井下居住。他沉思了一会儿,对我说,想弄清这种事最好自己下去看看。"大不了一死嘛!"他嘲弄地说,"你现在不是没地方可去了吗?"我觉得这家伙说得有道理,假如要死的话,我不是已经死了好多次了吗?既然我的同类可以住在那下面,我当然也可以。我想到这里就一咬牙往那口井里栽下去,我在黑洞洞的处所张开翅膀上下浮动,不断地碰在井壁上,后来,井壁上的一个洞不知怎么一下将我吸进去了,我进入了一个霉味很重的泥洞。我刚待了一会儿,就听到一个声音对我讲话了,他要我安安静静地在这洞里等死。"你是谁?"我问他。他说他是有两对翅膀的那种鸟,由于这两对翅膀朝相反的方向生出,所以长在背上什么用也没有。他从来也没有飞到天上去过,至多就是短时间飞离一下地面。他说着就朝我贴过来,让我用嘴触一触他背上的翅膀,我发现那只不过是两团突起的肉瘤上头长了几根羽毛,我还从来没有见过生着这种"翅膀"的鸟呢。我又问他刚才是谁在井里搞大合唱,他回答说,除了他之外还能是谁呢?这井里头谁也不来。

我自从到了井里之后,就过上了惬意的生活。当然说惬意也未免有点夸大。井里的活动空间狭小,而且这里的黑暗同外面的不同,在外面的黑暗中我照样可以分辨事物,到了此地就什么都看不见了。另外和我同住一洞的他也很不关心我,往往是我要睡的时候他就扯着嗓门唱歌,我要出去时他却又挡在洞口,推都推不动他,我只好生闷气。撇开这些小小的缺点不说,住在井里最大的好处就是神经可以彻底放松,可以为所欲为。打个比方说吧,我现在每天(实际上井里并无什么"每天",全凭自己高兴去划分)都要闭上眼,张开翅膀任自己往下坠落。我从第一次做这个实验起就发现我落不到井底,也可能是这口井没有底。我坠落了或长或短的一段时间之后,就扇动翅膀,一会儿我又回到了原地。那种坠落的感觉好极了,就为每天玩一次这样的游戏我也不想回上面的世界了。我甚至想道,我就由着自己往下落,再也不上来了,那会怎么样呢?我试过一两次,但我的性情里头有种劣根性,使得我每次都不能坚持到底(当然也可能不存在什么"底")。事实是,我在下坠时并不是丝毫没有牵挂的,我下意识里头还是牵挂着要回到原地,"再玩一次"的想法诱惑着我,我就变得不那么纯粹了。我记得我有一次下坠了很久很久才飞回来,和我同住的家伙告诉我,如果按井上的时间算的话,我已经出去了有一年的时间。那么在井里吃什么食物呢?这件事在我到达的第一天就解决了。当时他要我同他一道蹲在洞口,他说:"把嘴张开。"我就照做,于是就有蚊子飞进我嘴里来,一会儿我就吃饱了。有一股阴风日夜不停地从下面旋上来,这些密集的蚊子就是那股风挟带上来的,他说住在这种地方从来用不着愁吃的。吃得饱饱的,然后玩坠落的游戏,再有就是做些稀奇古怪的梦,这就是我的全部生活。而他,从来也不参与我的游戏,他冷眼旁观,说些讥讽的话。每回我准备往下跳时,他就冷冷地说:"可要记得把你的保护伞打开啊。"我并不知道他指的是什么,我觉得他是因为没有翅膀而有点变态。他当然无法参加我的游戏,要是他从这洞口掉下去,不就永远不能回来了吗?我想到一个问题:他既然没有翅膀,那么他是用什么方式到达这个洞里的呢?他有多大年纪了呢?莫非他是很久以前飞进这里,然后翅膀才慢慢退化的?莫非他先前也有个主人,是那个主人设法将他送到现在的住所?他当然不会回答我的问题,这些日子以来,对于我提出的任何问题他都非常鄙视。每到睡觉时,他就堵在洞口,将新鲜空气都堵在了外面,我只好呼吸着污浊的空气,这大概是我做那些怪梦的原因。当我提出要同他换个位置睡觉时,他就发怒了,说我"不想活了"。也许他是对的,也许井里头真的有致命的危险存在,毕竟我是后来者,并不了解情况。有他承担了一切,我的生活相对来说就是惬意的了。偶尔我也会忽发奇想,想到地面上去看一看,有一天我就怀着这个想法飞到了井口,我落在井沿的一刹那就发现了自身的变化:我什么都看不见了。这是真的,虽然有清风从我脸上吹过,但我的眼睛已不起作用了。我两眼黑黑地站在那个广大的世界里,又听见井口有歌声随着旋风送上来。这一次加入合唱的人更多,歌声里面的悲情使我回到了儿时在梦中等待父母的画面。歌声停下来时,我又听见从很远的地方传来女人的哭声,那声音同我从前女主人的声音很相似,或许真的是她,但隔着这么远的距离,瞎着眼的我是没法到她那里去了。我在井沿上站了不多久就开始担心起和我同住一洞的那个家伙来了,万一我不在时他从洞口栽下去可不得了,我必须马上回去。我刚一从井口坠下去种种的焦虑就消失了,我张开翅膀像风筝一样飘呀飘的,井底旋上来的风托着我,我自身的重量使自己慢慢下降,一会儿我就经过了我们的洞,那家伙还用爪子抓了我一把,但我不想马上回洞,我还要享受一会儿。最后我终于回到了洞里,我和他都惊喜交加,就好像一件宝贝失而复得一样。我想到我的离开竟能对他产生这么大的影响,心里也很自豪。他凑近我的耳朵轻轻地说,他翅膀上最后的两根羽毛就在刚才掉落,现在他感到"一身轻"了。他说话时,我感到他的声音有点异样,并且他正缓缓地往洞外移。我的心立刻被恐怖慑住了,我急忙往外挤,想挤过他,然后从外边拦住他。但是已经迟了,他用力向外一跃,洞内就变得空空荡荡的了。我的心如撕裂般痛。"一切都完了。"我对自己说。

过了好久我才清醒过来,将这事的前因后果连起来一想,心里头就亮堂了。

如果你看见一只怪鸟像一块破布一样在枯井中浮上浮下，请不要大惊小怪。那是我，我正在清洗我的心灵。

如果以为我浮上浮下，会单调得要命，那就错了。我是一个很会肇事的家伙。我一边在气流中浮动一边这样想，为什么我不成为一个国王呢？我知道这个井可以往下面无限地延伸，所以我，也许可以在这上面的任何一段划出我的疆土来。既然这个井里只有我，那么，要如何划分疆界就只是我自己的事了。先前我站在井台上时，倒的确听到井里有很多的鸟在唱歌，但是我住在这里面这些日子，从来也没有碰见过他们一次，或许真如我的怪同伴所讲的，那些个声音全是他独自弄出来的。还有一个疑问就是，同伴虽然从这个泥洞里跃下去了，他是不是真的消失了呢？会不会他只不过在下面的虚空中旅行，有一天还要回到我这里来？这种可能性也是不能排除的。要是我急急忙忙称起王来，而他，在某一天厌倦了长途旅行，忽然就乘着一股上升的气流回到了我们的洞里，那我就会羞愧死了。虽然有疑虑，想要称王的想法还是占了上风。

我收起自己的翅膀（这一招很灵），开始坠落了。我闭上眼（反正张开眼也看不见），心里想，井里真的什么都没有，什么都没有！但是这一次我坠落的时候一点也不放松，像紧紧憋着一口气似的，这一来也没法注意周围的事了。我只觉得我必须马上张开翅膀，不然就要死了。我最多还能坚持十秒钟……好，我张开了翅膀。一瞬间，井底往上涌的那股气流又把我往上托，我又上到了靠近井口的地方。我虽看不见，脸上还是感觉得到从上面射下来的那道光。莫非我的王国就只有这么大？只能以我一口气能憋多久来划定疆界？那也太窝囊了吧。我试着往井沿东撞一下，西撞一下，无意中又撞进了我的老巢。也许是这一趟我出去太久了，老巢里弥漫着浓浓的霉味。我有些怀疑似的到处嗅，这既熟悉又陌生的洞穴没有给我带来彻底的安宁，我觉得这霉味里头有什么不对劲的地方。先前我的同伴在这里的时候，空气虽然不好，但并没有像现在这样惹人烦恼。我到底为什么事烦恼呢？也许我该练练嗓子，叫一叫？我就试着叫了一声，不料这一叫引发了山洪暴发般的回响，整个井内像拥进了许多怪兽，是不是这井要塌了呢？当然井没有塌，我还在原地方，响声也慢慢变得稀稀落落了。最后几下像燃了几个爆竹似的，那种撕裂般的尖锐响声差点震聋了我的耳朵。看来我是当不成国王了，并没有同我类似的活物反对我，反对我的是大自然。如果我轻举妄动，末日就在眼前。

在我疲乏的梦中，我见到了从前的女主人。那女主人不是一个人，却是一只袋鼠。我就对她说，我后悔得不得了，我不应轻举妄动。从前我住在她的温暖的口袋里时，我的心里多么安稳啊！我刚说出"安稳"这两个字就醒来了，一阵恶心涌上心头。我意识到我在梦里撒谎了。我拍了拍翅膀，翅膀触到了洞壁上一个凸出的东西。我转过身，用喙啄了啄那个东西，没想到那个东西能动。我挨上去用我的头触碰他，我感到那是一只被嵌在洞壁上的鸟头，比我的头要大得多。这只怪鸟发出"叽叽"的声音，像刚生出的雏鸟一样。我好奇地问他，他是不是很痛苦？身子像这样被嵌在泥石里头，不是很憋闷的事情吗？他用稚嫩的童音回答我说，不，他才不呢，他的生活很有意思。我大吃了一惊，很快又镇静下来。我想问他他的生活是怎么回事，却听到他细声唱了起来，这是一种让人昏昏欲睡的歌声。我并不想睡，只是产生了幻觉。我看到黑暗的洞壁消失，我同他置身于广漠的雾气之中，我们张开翅膀，浮动着，浮动着，既无比宁静又无比满足。我看到前方有一个闪闪发亮的圆球，圆球的周围又有六个小圆球，也发出同样的光。我想问他那是什么，我问了，但得不到回答。他近在咫尺，却又远在天边。他的歌声一停，我们又回到了这个狭洞里，我又成了盲目的家伙。这时我听到他在叹息。我问他为什么叹息，他说是因为太幸福了。我极度好奇，凑到他面前去用我的喙抚摸他。他的面孔很大，眼睛也很大，但是在应该生着喙的地方却是一个洞。这是怎么回事呢？他告诉我说，他从来不用喙和喉咙歌唱，他的歌声来自身体的下部，想唱的时候就会有声音发出来。其实一般他并不那么想唱，只是唱过歌之后他就会全身感到幸福，日子一长，这件事就上了瘾。他又问我想不想唱，我说我还从来没唱过歌呢。他听了后又叹息起来，这下他是因为可怜我才叹息了。我想起了什么，就扑哧一笑。我想的是：他才值得可怜呢，被这坚硬的泥石夹住身体，只有头部可以转动，就算会唱歌又有什么用呢？他似乎知道我的想法，就在黑暗中沉默着。回想起他的歌声让我产生的幻觉，我又羞愧起来。他越沉默，我越羞愧，到后来我受不住了，就离开他，扑向洞外的虚空。

在那上升的气流中，我想舒展自己的身子，可我舒展不了，总有一个翅膀不那么对劲，不是左边的翅膀就是右边的翅膀，像要扯着我失去平衡似的。我老是撞在井壁上，头都要撞破了，想回那个洞一时好像也回不去了。有一下我的一条腿不知怎么插进了井壁上的一条砖缝，扯都扯不出，我悬在那里差不多都要绝望了，但突然又扯出来了，我一个筋斗往下坠了好远。

  在井下深处的某个地方有一个从井壁伸出的平台挡住了我，我就落在那小小的平台上了。这时我忽然听到那个被嵌在泥石中的我的同类在耳边讲话。这是怎么回事呢？我顺着那尖细的声音移向井壁，果然触到了他的头部，他的身子这一次是嵌在砖头里面。他对我说他"无处不在"。我问他是怎么到这里来的，他说他本来就在这里。我怀疑这一个不是那一个，而是那一个的哥哥或弟弟。他对我说出来的怀疑嗤之以鼻，懒得作解释。我的脑子里就出现一幅画面：黑暗的井洞里到处伸出阴森森的鸟头，这些鸟头都在唱歌，他们的歌声既让我产生解放感又让我无处安身。我置身的这个平台很小，方圆大约只有十来步，我无法估计这里离井口有多远，可能远得很吧。他催促我快离开，说待久了没什么好处，还说他感到有一个人在井口朝下望，要是发现了我们，说不定那人会向井里灌毒气，这样我俩都会窒息而死。他说几句又对我呵斥一声："快滚！"我只好从那平台上扑下去。

  这一次我没有直接往下坠落，而是感到全身一阵剧痛，然后就不省人事了。当我终于醒过来的时候，我发现自己只有头部可以转动了。是的，我和那只鸟一样，被嵌在井壁上了。我记起我已经有很久没吃东西了，但是我一点也不饿，这也是一件奇怪的事。我张开喙，想试着像他一样唱歌，却什么都唱不出来。现在我的身体已经死去了，既不感到麻木又不感到痛。

我被嵌住的最初时光就在昏昏沉沉中过去了。其间我也隐隐约约地听到好几只鸟所唱出的那种歌，因为那声音隔得远，也就骚扰不了我。不久我就感到我变得嗜睡起来。因为我用不着吃东西了，所以我总在睡。这种睡眠很奇怪，每次我一睡着就在梦里变得精力充沛起来，并且急于要进行那种长途跋涉。我走啊走的，却总是围着我生活过的这块地方兜圈子。我看见了从前的女主人，也看见了隔壁那可恶的一家人，我还看见了天边飞翔着的大家伙。女主人和那一家人坐在一个大竹篮子里，竹篮被一个向上浮起的气球吊在半空，缓缓地向前游动，篮子里的人都在伤心地"呜呜"地哭。那只飞翔着的鹰远远地注视着他们。然后我就醒了。奇怪的是，我每回都在不同的地方醒来。因为这些日子以来，我的分辨能力已经变得非常强，所以我才能知道我在睡梦中不断地更换着地方。梦中的女主人除了同那家人坐在篮子里之外，还有一回我也看到她像我一样被栽进了泥石中，她那双眼睛瞪得大大的，充满了幻想。当时我心里就感叹道："她多么幸福啊。"我隔得远远地看着她，我的心情很激动，但她没看见我。我也注意到那只鹰在第二重天里发了疯似的旋圈子。所以只有在梦里，当我看见女主人被栽在泥石之中时，我才能感到她感到的幸福。一醒来，我就什么都感觉不到了，我既不悲哀也不幸福，我仅仅只是陷在回忆之中，回忆我梦中的那种情绪。然而有一天转折发生了。

当时我刚刚从一次深沉的睡眠中醒来，我听到四周有很多熟悉的声音在呼唤我，我茫然地转动着我的脑袋，不知道要向哪个方向回答才好。那些声音都极为亲昵，并且是单音节，一律是"喂""哎""哇"之类的，我却知道他们是在唤我，因为发出声音的每一个我都那么熟悉。不过要讲出他们到底是谁我又讲不出来了，他们中似乎有我的兄弟、我没见过面的父母、我的女主人，以及那只在二重天里表演的大家伙等等，他们对我的这种关注从声音里流露出来，使我无比感动。原来我并不是单独一个，我生活在他们目光的注视之中，这是多么好的一件事啊！我张开喙要回应他们温柔的呼唤，我蓦地一下感到，我的喙已经不存在了。这是真的，我将自己的头转过去碰碰井壁上的砖头，听不到喙磕在上面的响声。我正在想，我的喙生出来的地方可能已经成了一个洞，突然就有声音从我身体的下面向上冒了出来。我居然唱起来了，我成了无数被嵌在这个神奇的井里的鸟儿中的一只。我想起那家伙说的"无处不在"这个词，这意味着，我并不是"一只"鸟，我也有可能是很多只。我不是每醒来一次就感到自己换了个地方吗？我怎么能肯定我还是原来那个我呢？不错，我还记得先前的事，我似乎是有历史的，但如果记忆也是可以置换的呢？我感到有雾气从我脸上拂过，那种潮润的、凉快的感觉。大股大股的雾正从井底往上冒。我试着挣了挣自己的身子，发觉不但嵌住我的砖头纹丝不动，就连身体的感觉，也从脖子以下全部失去了。既然我的身体不给我带来痛苦，我就不再去想我的身体的事。现在我所想的，都是那些渺茫的、不可能有的事：比如这口井变成了一个湖泊，里面满是帆船啦；比如我终于落到了井底，又开始从一个梯级一级一级往上爬啦；比如从山里跑来一匹狮子看守着井口啦，比如我从前邻居家的小男孩正用弹弓一只接一只地射杀我们这些鸟啦；等等等等，无奇不有。我想象这些场景的时候很容易累，我一累就进入梦乡，一醒来又到了另一个地方，这种游戏有点百玩不厌似的。

　　我总是在醒来的那一瞬间唱歌，我不明白我唱的是什么，也不能控制自己的歌声。但时间一长，我终于学会控制了。我一用力，歌声就高亢；再一用力，歌声就停止。只不过要它开始却不那么容易，有时能成功，有时不能成功。不能成功的时候，情绪就有些低落，但马上就会东想西想起来，想着就做梦。那些个梦啊，越来越离奇了。一连好几次，天空中那十个灼人的火球居然引燃了地上的茅草和木材。我在火焰的包裹中一动不动，听见耳边有各种各样的哭声、呢喃声、耳语声。我一点都不感到热，也没有被火焰灼痛，我反而希望大火烧得更猛些，这样我就可以分辨那些声音，它们随着火势时大时小；时而模糊，时而清晰；时而陌生，时而熟悉。还有一次，我被一团黑烟卷走了，我随着那团烟越过了崇山峻岭，最后到了浩渺的大海上空。那团烟飞快地旋转，我不断地翻着筋斗，越翻越快，我觉得自己马上要变成烟了，这种感觉非常美好，烟里头有我熟悉的、鸟儿们的回忆。但是我突然扎进了海中，这个梦就做完了。

　　现在我的生活被快乐的事情排满了：遐想、做梦和唱歌。我也有烦恼，那是唱歌时发不出声音，或做美梦时不能无限延长的时候。但烦恼过去马上又是新的奋起，新的陶醉。我觉得这种生活正是我长久以来所向往的。我虽无法确定自己是不是承载着历史的一个个体，但只要我过着这样的生活，这个问题就压不倒我。也许我明天醒来就成了另一个，那又有什么要紧呢？

我不是又品尝到了新的兴奋,新的飞升的感觉吗?这一切多么好啊。我脑子里时常出现"魔井"的画面,无数生气勃勃的鸟儿被嵌在里头,浓浓的、有干草味儿的雾遮蔽着他们,美丽的遐想笼罩着他们,这口无底之井给他们的生命带来源源不断的活力。

原载于《花城》2002年第1期

表姐

表姐是个对事情十分苛求的美人儿。她衣食无忧,父母给她留下一套位于郊区的小平房。那是一座很有情调的盖着琉璃瓦的房子,房子的后面还有小小的庭院,庭院里有个葡萄架。夏天里,绿油油的叶子间探出一串一串的紫葡萄,坐在那下面乘凉,闻着茉莉花的清香,看着屋前大片的稻田,真是赏心悦目。表姐用不着工作,她的工作就是侍弄她的花园似的庭院。三十多岁的她穿着工作服、手执一把大剪刀在阳光下修剪小灌木的样子真是显得英姿勃发。随着她优美的动作,额头上布满了细细的汗珠。然而有时我仔细地观察,却看见她那苍白的脸上显出一股疲惫之情,她似乎并不是真的沉醉于眼前的田园牧歌似的悠闲生活,倒像要通过体力劳动来忘却一些事。

我常想,表姐到底有什么不满意的呢?她向往什么样的生活呢?从我与她的闲谈中,她已充分地显示出她对男人缺乏应有的兴趣，当然也不是特别反感，就只是没有注意到他们而已。对于个别来骚扰她的无赖，她也不过是感到一阵惊讶。她太专注于自己的事情了。至于她自己有些什么值得她忧心忡忡的事，我总是没法准确地猜到。比如前些时候，她全身心地沉浸在一封信件的书写之中，那封信是写给她住在同一城市里的高中时候的女同学的。表姐给我看了信，还对我形容那位女同学："她像柳絮杨花般轻柔，一举一动从来不留痕迹。"表姐的信其实写得很老套，无非是俗气的叙旧，充满了可笑的客套话。总之她写得很幼稚，完全不像受过高等教育的人写的信，倒像一个识字不多的村妇。我迷惑地放下那封信。

"我知道你不喜欢这种口气，我也不满意，这是封发不出去的信。"她一只手撑在桌子上沉思地说，"可是我在这里费尽了心思给她写信，不就是为了发给她吗？我想表达我对她的感情。"

"那就发出去吧，我帮你去发。"我说。

"当然不行！"她激烈地喊道，一把抓过那封信，撕了个粉碎，然后扔进了字纸篓。她激动得脸都泛红了。

在我的记忆中，那封信写了一星期，最后也不知发出去没有。

她对于园艺有种病态的痴情。她想培育出一种紫蓝色的玫瑰花，她一连栽了好几年，都没有成功。当然所谓没有成功只是相对于她想象中的颜色来说的。在我看来，那些花儿妙极了，有的是典雅的灰色，有的是热烈的红色，有的则是色情的黄色。她一概不满意，愤愤地用锄头将花儿全部刨掉了。就这样，她满怀希望地下种，然后充满绝望地毁坏。有一天我乘她没注意偷了两株黄色的玫瑰往家里走，谁知被她发现了，追上来抢过去，恶狠狠地摔在地上，还口出粗言，说我这样干是"找死"。当时我真被她吓坏了，她的脸涨成猪肝色，两只眼睛喷火。

虽然有这些无法理喻的弱点，表姐在我眼里仍有超凡的魅力，我从未见过像她那样意志坚定的人。她开玩笑地称我为"小男孩"，语气中显然是居高临下。我妈妈也喜欢她，但从不同她来往，只是私下里议论她。我妈有次说起表姐是在一个雷雨天出生的，落地之际凶猛的哭声压倒了窗外可怕的雷鸣。"这样的女孩来到世上是要克人的。果然，克死了她的父母。"妈妈摇着头说。她的表情与其说是责怪，不如说是赞赏。

在我二十岁、表姐二十四岁那年，我看见表姐经历了一次恋爱。男的是一名园艺工（我想表姐的园艺就是从他那里学来的）。他们恋爱的时候，两人总是久久地抱膝坐在玉米地边，既不拥抱也不说话，至少我没看见他们有亲昵的行为。他们也似乎不避开旁人。恋爱期间，表姐神情恍惚，什么都看不见、什么都听不见似的。过了不久，那男的失踪了，表姐倒显得快活而镇定了。我记得她当时对我说过，她的男朋友"给她精神上太大的压力"，她之所以同他坐在野外就是为了避免同他有亲昵行为，现在他不见了，她倒觉得自己是真正爱过他的。那时我太年轻，觉得她说的都是歪理，是装模作样，我就从鼻孔里"哼"了一声算作表态。然而她竟然再也没有恋爱过。以表姐的条件，是很能吸引男性的，所以直到现在，仍有一些男人围绕着她，他们明知没有希望，还是跃跃欲试地在她面前显示自己的魅力。这两年表姐脸上的轮廓变得僵硬起来，皮肤也显得有点干燥，但我觉察到她体内的活力正处于上升阶段。现在她不愿同人交际了，干起事来也更走极端了。

一年一度的春节到了，我又开始坐立不安起来，每逢春节合家团圆的时候，我就有种离开的冲动。一般我都是往南边去，在海边旅馆租一个房间住下来，然后关在里面研究棋谱。也有那么两次我带着新交的女朋友出去，但两次均是在中途不欢而散。第一任女友就是这么吹掉的，第二任女友至今还藕断丝连。

今年春节我有个大胆的想法，我打算约表姐一块出去旅游，我心里有很多迷惑的事情想同她探讨一下。我一提出这个建议，表姐立刻不假思索地同意了。她说往年她的春节总是在不知不觉中过去的，生活日程同平日没有任何区别，她也很想"猎一下奇"，现在能同她的"小表弟"一同出游，她非常高兴。

我们在火车站见面时，我看见表姐仅仅带了一个随身的小包，里头大概装了几件换洗的内衣。她穿着家常的衣服，那就是她平日里搞劳动穿的牛仔服。火车还没有开，她的表情就显得有点六神无主了。我暗自思忖：表姐长年累月待在郊区的小屋里，几乎没有离开过这个城市，今天对于她来说该是个重大的转变吧。我一直以为她对旅行有种厌恶，现在看来并非如此。她之所以从未外出，恐怕还是另外的什么原因。

我引领着她找到了我们的卧铺。我把我的皮箱放到架子上，表姐则始终搂着自己那个小包坐在她的铺上一动不动，紧张地注视着周围。我的铺在她的上面，我同她并排坐了下来。为了使她的情绪松懈下来，我起身为她泡了一杯茶递到她手里。

"啊!"她抱歉地笑了笑,将怀中的皮包放到枕头那边。

"表姐这是第几次到外省去?"我问。

"第三次。第一次是我刚生下来不久,父母带我去看望爷爷。第二次是我一个人旅行,护送父母的骨灰回老家。"

表姐说话时眼珠还是滴溜溜地转,警惕地看着车上来来往往的人。

"老家的情况现在如何?"我说着话,竭力想分散她的注意力。

"不知道。我同那里的任何人都没有联系。"

突然,她把茶杯往桌上一放,眼睛发了直,我四下环顾了一阵,没有发现什么异常。但她却涨红着脸压低了声音对我说:

"那家伙在这里来来回回地走。"

"谁?"

"嘘!"

她搓着双手,紧张得坐不住了似的。我从未见过表姐像这种样子,她遇事冷静,头脑十分清醒。好在这种情形持续了不久,她就恢复了正常。那天夜里在火车上,我听见表姐睡得很死,她甚至发出了微微的鼾声。她在睡梦中丧失了所有的警惕,连那只随身小包都被她拂到了地上。我在幽暗的光线里弯下身帮她捡起那只包,她却突然坐了起来,像不认识似的瞪着我,不高兴地说:

"你在干什么?"

说完又倒下去睡觉了。

我听见车厢里充满了喃喃低语,似乎大家都在说梦话,那情形使我产生一种梦游的感觉。我去了趟厕所,回到卧铺时,看见表姐又将她的包扔到了地上。这一次我懒得管了，我爬上我的铺，躺了下来。我再也睡不着了，我听到表姐在下铺死劲地磨牙，好像对谁恨得咬牙切齿似的。我想，人真是会伪装自己啊，即使是在一起生活了几十年，不也仍然像陌生人一样吗？在半夜，在这个无法确定地点的场所，什么都是可能的吧。

天一亮我们就到了滨海小城B城。表姐显得有点憔悴，她抱怨说没有睡好，因为"火车上那家伙"来来回回走了一夜，使得她一刻也不敢放松。我对她说我听见她发出鼾声了呢。她瞥了我一眼，说，那是她故意发出的声音，就是为了骗我这类人。我回想起她夜里坐起来那副凶相，似乎明白了一些事。

B城的冬天很暖和，树叶绿油油的，街道旁的林荫道上甚至有两对异国的伴侣在跳舞，地上的录音机里头放出音乐。我们订的旅馆就是我常去的那一家，正好在海边。来到楼上房间，从窗口望出去，阳光下的沙滩银光闪闪，那些沙子又白又细，海鸥也很多，成群地飞往前方的一个小岛。因为是春节，旅馆里非常冷清，好像来的顾客总共只有我和表姐两个人。这正合我的意。以前我住在这里时，整个旅馆也就两三名客人。厨房里有一个小灶，有一名老厨师专门为客人做饭，厨师自己也同客人一起吃，这样就显得有点家庭气氛了。我记得有一次那厨师老头还在餐桌上点了两只红蜡烛，席间他还唱了一支难懂的山歌。真是一位和善的老人。

我们选择五楼靠东头的两间客房，为的是可以清楚地观看日出。

上午我好好地休息了一下，一觉睡醒已经到了下午。当我起身拉开窗帘看外面时，我被吓坏了。我看见表姐正在往海里走，她就穿着她那身工作服，海水已经淹到了她胸口。她是不会游泳的，我记得有一次她在游泳池里差点被淹死。

我猛力推开窗，歇斯底里地叫了起来，我听见自己的声音像狼嗥。表姐没有反应，还在往前走，海水已经没过了她的头顶。我顾不得只穿着内衣，发疯一样跑下楼，边跑边吼："救人啊！"楼里只有厨师和守门的传达，他俩也跟在我身后跑。

我跑到了海边，但是哪里有表姐呢？显然她已经完蛋了。我眼前发黑，既恐惧，心里又对她充满了怨恨，我抱头坐在了沙滩上。厨师和传达见我这个样子，也都蹲了下来安慰我。

"你不要过分自责啊，你表姐只是利用了你嘛。"厨师轻言细语地说。

我稍稍抬起头，看见了厨师脸上意味深长的表情，心里颤抖了一下。

他俩走过来架起我，好像我是一个危重病人似的。于是我就这样被他们架回了旅馆。我又躺到了床上。厨师说了一句"你好好待着吧"，然后顺手带上了门。

我在床上想着刚发生的一切，心里还是恨恨的。我恨表姐，也恨这个阴险的厨师。这个老家伙到底是怎么回事？行起事来怎么会就像他是我的家人一样？表姐选择了这样一个地方来死，倒真好像是利用了我。出了这种丑事，我当然是没有心思吃饭什么的了。妈妈会怎么想？我反反复复地想这件事的始末，我记起了表姐答应我出游时的神情。当时她眼里发出贪婪的光，那是马上要去捡一个金元宝的那种贪婪，完全不像她平时冷漠的样子。我本该注意到她的反常的表现的，但我硬是没有去细想。还有她后来在火车上的那种变态，简直像换了个人似的，哪里还像个矜持的美人儿？不过就算当时我注意到了她的这些反常，我也不可能预见到她会利用我对她的信赖，摧毁我宁静的生活，将我推到火坑里。在我的印象中，她绝不是这样狠心的女人。但是一想到她那位男朋友失踪的疑案，我又对这一点没有把握了。也许她就正好是一个这么狠心的女人呢？我十二岁那年，她为了锻炼我的胆量，将我骗到很远的大山里头，她自己却跑掉了。我还记得我哭着在山里乱转，脸上被柴草刺得流血的情形。奇怪，那一次我对她一点怨恨都没有。后来我们终于在山脚下重逢，我如释重负地听她反复数落我，自己也认为错的是自己。一直到此刻再想起这件事，我才判断出那是她的诡计。表姐因为长得美，所以对任何事情从不迁就，这种性情弄得她格外烦恼和痛苦。我觉得她本来是可以生活得很满足的。她在很年轻的时候就显示出不一般的才能，曾一连在好几次服装设计大赛中获得最高奖。可她很快就摒弃了服装设计，迷上了园艺。终于，她成了无所事事坐吃祖业的单身女子。我不知道她的爱好到底在哪一方面。前年她对象棋很上瘾，一连几个月把自己关在房里研究棋谱。她坚持到了今天的兴趣是园艺，但她并没有完整的规划。她心情不好的时候，就疏于照顾庭院里的那些花草，任它们枯萎。而且她往往在春天里花卉要下种的时候心情不好。我推门进去，看见她坐在黑洞洞的房里，胳膊一动一动的。我问她在干什么，她说在织一张渔网。我又问她哪里有鱼捕，她就勃然大怒，指责我,说我经常问些不该问的蠢话。我站在她那被弄成了密室的房间里,心里很压抑,就找了个含糊的借口退出来了。据我观察,表姐根本没有去捕鱼,后来我去她家里,也从来没看到渔网的影子。春天已经过完了,她才开始给花卉下种。然而她培育的花儿还是很漂亮,这是因为她在工作时总是有一个接一个的灵感冒出来。似乎是,她种花时,自己就变成了花,她设计服装时,自己就变成了那些捉摸不定的、飘逸的服装。想到这里,我脑子里突然闪出一个念头,压在心头的石头松动起来。我想,也许……

我的肚子忽然饿起来了。我走到楼下的餐厅里,看见厨师和传达正在那里闷头喝酒。我默默地在他们当中坐下,厨师递给我酒杯、碗和筷子。我先吃了一通菜,然后开始喝酒。那酒是家酿的米酒,似乎度数很低。我喝完一杯,厨师立刻又替我斟满。三杯酒下肚,我的苦恼就消失了。厨师的身影在我眼里渐渐缩小,传达则不见了。我又替自己倒了一杯,仰头喝了一口。这时我看见厨师蹲在桌上的杯盘之间,正将自己那张粗糙的老脸浸到一钵子汤里头去。然后他抬起汤汤水水的脸,朝我猥亵地笑起来。

"你的表姐,真是个会享受的人啊!"他乐呵呵地说,"我和她,就在这厨房里干了个痛快!"

"她和你?"我脑子里在轰轰地响。

"她如今是我的女人了嘛。"

我不记得自己是如何又到了海边的,好像是厨师把我推出来的。我沿着白色的沙滩慢慢走,太阳暖洋洋地照在身上。走着走着，我又看见了厨师，他的身体只有一只鸡那么大。他蹲在沙滩上挖一个洞，那洞大概放得下一只高尔夫球。他用细小的铁铲聚精会神地挖，根本不理会我站在旁边。我发现厨师虽然老了，但身上的肌肉还很丰满，也许他面容的衰老只是种假象。我转过身看了看，我们的位置正处在表姐投海的地方，我就是从五楼的那个窗口看到一切的。我离开了厨师往前走，我的情绪异常兴奋，也许是刚才那酒的作用。我心头那块石头彻底掀掉了，我觉得会有什么事情要发生，又觉得生活一点都不阴郁，而是充满了奇遇的可能性。

表姐是在一块礁石后面出现的。她涉过浅滩，一会儿就来到了我这边。她的双颊透着青色，身上的衣服倒是干的。

"原来你还活着！"

"呸！"她苦笑着说，"全是那家伙搞的恶作剧。"

她的表情则显出相反的意思，她目光炯炯，似乎对经历过的事有无穷的兴趣，又似乎陷在回忆里。

"厨师这个老不死的讲了些侮蔑你的话。"我讨好地说。

她一怔，然后笑了起来。

"他老吗？你这个瞎子，你是如何看人的哟。"

我被她讥笑得有些惭愧，但又没法摆脱心中的迷惑。

表姐挽起我的手臂边走边说话，我想她闻出来我已经喝过那种米酒了。她说，这样倒好，新的生活已经展现在我们眼前了。说到她自己，她刚到旅馆就同厨师一块喝了酒，要不她哪有那么大的胆子到海里去呢？从前她看见水就怕。我瞟了表姐一眼，看见她说到此处时，发青的双颊竟泛出了红色。她还边走边用赤脚踢沙子,那脚很有劲,也很灵活,我以前从未发现她的脚长得这么好看,也没有发现她还有这么活泼的时候。

"喝了那种酒啊,这才看见了生活的真相呢!"她很亲密地贴近我的脸说道,"难道你不觉得吗?先前我在家中,侍弄我那个小小的花园的时候,我就觉得有什么事会要在你我之间发生了。我想,那会是什么事呢?后来我们就到了这里。"

表姐做了一个令我感到十分陌生的手势,她似乎在召唤天上的什么东西。我连忙抬头看,却什么都没看见,于是心里怀疑她在捉弄我。但并不是这样,她没有注意到我,她侧起一只手掌对准自己的鼻尖,口里念念有词的。一会儿,"啪!啪!"两声,两只海鸥掉在我们面前,它们在沙土里挣扎了几下就死去了。

"怎么回事?"我吓得脸上变了色,酒也醒了大半。

"我看见它们在半空里盘旋,找自己的坟墓,它们多么性急难熬地就下来了啊!昨天在那边的小岛上,它们像暴雨一样落在地上成堆地死去。那种地方……"

"你在那岛上碰见厨师了吧?"

"嘿,调皮鬼,你怎么知道的?"表姐的眼睛闪出光来。

我记起老厨师刚才还在这里,就四下里张望起来。表姐看着我哈哈大笑。那老男人从礁石后面快步走出,满脸淫荡的横肉颤动着,像要将表姐吞下去的样子。他俩隔着我的身子眉目传情,我想让开一些,无奈表姐死死抓住我不放。而那厨师,也故意同表姐隔开一点似的在那边丑态百出。我实在难以忍受了,就吼了一声,甩开表姐要跑。但表姐一个箭步冲上来,又一把抓住我，更紧地扭住我的手腕，压低了声音说："你这傻小子。"她真是力大无比，那两只手攥住我使我一动也动不了。这下我可领教了这位园艺工的握力了！厨师见我挣扎也很生气，骂我"不识好歹"，还帮着表姐往我脚下使绊子，弄得我扑倒在地。看见我跌倒了他还不解恨，又朝我腰上踹了一脚。待我狼狈地爬起来时，厨师已经离开了。表姐愁眉不展地打量着我，不住地摇头。

"表姐，你不要这样看不起我。我并不像您想的那么愚顽不化，我是可以学习的。"连我自己也没料到我会说出这种话来。

表姐舒展开眉头，反问我道：

"真的吗？"

"当然。"

我回味着她那满是老茧的手心给我的感觉，心里涌动着一股从未有过的柔情，那是真正的姐弟之情。为什么我从来没有爱上过表姐呢？我同几个姑娘同居过，也曾发狂地爱过两位，就是现在我也不算老，但是说到表姐，我确实对她一丝欲望也没有。大约是因为从小就习惯了把她当家里人吧，我对她产生不了特殊欲望，其实我同她倒并没有血缘关系。追究起来，真正使我产生隔膜感的是她那无法捉摸的内心世界。有时候，我觉得自己与她志同道合，甚至有"同谋"的感觉；但大部分时间，我觉得自己与她远隔千里，她的一举一动都高深莫测，她的世界完全将我排除在外。比如这次旅行就是这样。一开始我感到同她平起平坐，到头来她把我当傻瓜一个。这样的人叫我如何敢对她有非分之想？不过说老实话，我自己也从未想过要去深究表姐的内心,我对她的崇拜好像是与生俱来的似的。很多事我都是弄不清就不去管它,往日后推,心想总有一天会水落石出的吧。我的这种性格显然遭到了表姐的蔑视。有一天我们坐在葡萄架下喝茶,她忽然对我说:"人活得越久谜团就越大,到后来人就成了月光下的树影一样的东西。你注意过那些树影吗?每一瞬间都完全不同。"当时我并不知道她指的是什么,她也好像不完全是对我说话,她每时每刻都沉溺于一种固执的念头。

但表姐并不关心对我的启蒙,她有她的事。回到旅馆房间她就把我忘了。我倒是看见厨师偷偷往她房里钻,那传达居然也尾随他进去了。我有种痛心疾首的感觉。厨师身上脏兮兮的,吃饭时胡子上头沾汤带水。表姐是那么爱清洁的人,怎么会同他搞到一起去的?当初我选中这家旅馆,是因为这里非常干净,服务也不错,唯有厨师的不讲卫生让我有点不习惯。比如说吧,炒菜的锅铲掉在了地上,捡起来又继续炒菜。还有就是厨房里一片狼藉,老鼠横行,锅盖上爬着蟑螂,同客房部完全不协调。厨师以他的和善好客弥补了他性格上的疏懒。后来我也就不在意伙食的卫生了,反正味道不错,闭着眼吃下去吧。厨师做的菜很能挑起我们的食欲,往往是一杯酒下肚,我立刻感到这世界变得温暖而又伤感。有一天晚上我还对着他点燃的大红蜡烛痛哭了一场,哭过之后心里变得光明了许多。我曾暗地里将厨师的晚宴称之为"思乡晚宴",我思念的不是我的故乡,而是一个不知所在的地方。因为这些,我对厨师的感情很复杂,不全是厌恶或妒忌,还有些别的什么。我在心里说,厨师啊厨师,你这个老色鬼,为什么非要找我的表姐呢?到这附近的郊区随便找一个村妇不就可以了吗?要知道我的表姐可是受过高等教育的,心灵层次很丰富、很敏感的女性啊。可是我又明明知道,并不是厨师一厢情愿找表姐。看表姐的神气,说不定竟是她主动找他呢!莫非问题出在厨师的米酒上头?莫非那酒里面放了迷幻的春药?我不是已经产生过幻觉了吗?

我越想越不安,决心去调查一番。天已黑了,好像旅馆里的电路出了问题,到处一片黑。我熟门熟路地摸到厨房,听见他们三个人在里头说笑。我看不到他们,他们却看到了我。表姐首先"哧"的一声笑了出来。

"家伟,你对这所旅馆真熟悉啊!"表姐在黑暗中说。

"我们今天是不是又要喝米酒?"我挑衅地高声喊道。

"酒早喝完了,想再喝也没有了。"厨师含糊的、色情的声音在那边回答。

我的手被表姐下死劲掐了一下,我失声叫了出来。接着她将一个大碗交到我手中,让我吃碗里的东西。我摸到一只小勺,吃了起来。厨师做的饭像先前一样十分美味,只是黑蒙蒙的,四个人又都不说话,气氛很不对头。我吃完就要回客房去,听见表姐打破了沉默:

"您就是给他多么好吃的东西也收买不了他啊。"

她竟然用"您"来称呼厨师!而且她竟同他站在一边来指责我!

我又气愤,又惶恐,匆匆地摸回客房,搞调查的事也忘得一干二净了。就让他们去苟合好了,关我什么事呢?经历了这一天的劳累，我现在只想好好睡个觉，让这些莫名其妙的烦恼在梦乡里消失。如有可能，最好明天就离开这个是非之地，回到习惯了的家人的那块是非之地去。想到这里，我又记起了"思乡晚宴"，于是一边上楼一边苦笑起来。

我一进房间电灯就亮了，往外一看，整个旅馆全亮了。海风吹得海水发出呢喃的声音，雪白的床单洋溢着纯洁的温暖之情。

我走进浴室洗了个澡出来，然后躺下了。我的头一挨到蓬松的枕头就睡着了，灯也忘了关。然而不一会儿我又醒了，因为表姐冲进来了。

表姐蓬头散发，鼻青脸肿，血红的眼珠泛出异样的光。她在沙发上缩成一团，簌簌发抖。我发现她竟然是赤着脚一路奔来的。

我捏紧拳头，义愤填膺，完全忘了先前我要疏远她的事了。当时如果厨师在面前，我一定会把他揍个半死。我弯下身问表姐到底是怎么回事，我问了好几次还是得不到回答。她把头埋在两膝之间，抖个不停。情急之下我打算去找厨师算账。我刚一迈步就摔倒了，是表姐从后面凶狠地推我。她这一推倒把我的头脑推得清醒了好多。我想，表姐既然还有这么大的力气推我，她一定伤得不重。再说她同厨师之间的性关系，究竟是一种怎样的状况，不是我所能设想的。说不定她自己是受虐狂呢，厨师很像那种精于此道而又花样百出的家伙。这样一转念，我又对自己的幼稚冲动羞愧起来了。为什么我总是这样幼稚呢？

我总愿意将表姐同那葡萄藤下安逸的小平房联系在一块。就像在昨天,她穿着牛仔裤和散发出肥皂清香的布衬衣,有力地挥动弹性的胳膊在修剪那些灌木。她那一头刺猬似的短发因为长年在阳光下晒,泛着微微的棕黄色。但是现在,我脑子里塞满了他们赤身裸体扭成一团的画面。为了那该死的糟老头子,她连我这个表弟也不放在眼里了。就比如此刻吧,我又怎能猜得出她到底需要什么呢?她缩着受伤的身体像要睡着了一样。也许她打算下半夜睡在我的沙发上;也许厨师他们占据了她的床,她只不过目前对他们产生了厌恶;也许她这样跑出来只不过是做做姿态,或者竟是撒娇……我可是做梦也想不到表姐会撒娇啊。

既然表姐不需要我的帮助,我还是睡我的觉吧。如果没有这些乌七八糟的事,这温暖的南方的夜晚是多么惬意啊!被褥和枕头还是那么蓬松软和,床也很好,睡眠却离开了我。倒不是因为表姐在房里,表姐一动不动,像死了一般,我差不多不去注意她了。干扰我睡眠的是一种花的香味,那种花也许是长在草上头的,也许是长在树上头的,我记不起来了,香味却是极为熟悉。现在满房都是这种香味了,它又有点类似刚砍下的树的伤口的气味。我闻了它之后脑子里充满了回忆,我忆起山冈上那些各种各样的姿态的狼,黄昏的天空在背后衬着它们,如一幅幅剪影。为了中止胡思乱想,我又起身过去关上了窗,但还是无济于事。整个下半夜,那些狼活灵活现地跳跃着,嗥叫着,显得无比狂躁。我又起了一次身,这回是关灯。灯一关我就感觉到自己已经不在房间里了,准确地说是房间已经不存在了。

枯草在我脚下发出响声,灌木的叶子拂着我的脸。就在我的前方不远处，表姐正用急促的语调说着淫秽的语言，我看不到她，我听了她的话脸上一阵阵发热。天空像块大黑幕，一丝光都透不下来，我站在原地不敢动。突然表姐叫出我的名字，还对我说了一句挑逗的、猥亵的话，我简直不敢相信自己的耳朵。我既有点恶心，又有点隐隐的激动。我摸索着朝她发出声音的地方走去，这时更奇怪的事发生了。我听见表姐的声音，甚至连她的鼻息都听得见，但不管我朝哪个方向摸过去，我总是摸不到她的身体。她就好像变成了幽灵似的。

她又说起来了，这一回是对厨师说话。她似乎被那老头搂在怀里，喉咙里不断发出淫荡的呻吟。

"表姐！"我吼出声来。

"干吗呀？"她责怪地问，停止了呻吟。

"我听得见你，怎么就够不着你呢？"

"哼，你要多一点耐心就好了。你呀……"

厨师打断了她的话，两人在灌木丛里发出丑恶的交媾的声音。其间竟还夹着传达老头的声音，那家伙嘶哑着喉咙，似乎是在品评这两人的性交的质量。我虽然很愤怒，也不知不觉被传达老头的声音所吸引。到后来我居然仔细地倾听着，不放过他所说的任何细节。而我自己，却并没有产生身临其境者应有的那种性冲动。我只是听，只是感兴趣。到后来，我竟然觉得这个肮脏的传达老头的声音里头有种古怪的魅力，简直不可抗拒。莫非我神经错乱了吗？我扯了扯头发，马上感到了痛。这时我听见表姐在笑，她嘲笑我说："你们看，他又想缩回他的壳里去了，他是多么没有主见的人啊！"

她在说这句话时似乎正骑在厨师的肚子上,厨师从她下面发出闷闷的声音道:

"那就撵他走!这个浑小子,成事不足坏事有余……"

我将腰一弯,朝着一团黑黝黝的灌木深处钻进去,草叶的锯齿划得我的脸又痛又麻,还出血了。我一心想避开他们躲起来,我用两只手护着脸往前冲,我的手背又被划出血了。我像被追的野物一样横冲直撞,然而,不论我朝哪个方向走,走出多远,他们始终同我近在咫尺。他们专注于他们的游戏,有时说说笑笑,有时气喘吁吁,但不再关注我了,他们把我忘了。我在心里暗暗叫苦:"表姐啊表姐,为什么你不放过我呢?"直到现在我才记起来,当初我约她出来旅行时,她眨着眼,朝我做了个鬼脸。那个时候我一点都没有去细想这件事。

表姐清高,我行我素,即使处在热恋期间在旁人看来也是冷冷淡淡的,没人搞得清她葫芦里卖的什么药。只有我母亲,虽不同她来往,却自始至终赞赏她。要是母亲看到她现在这个样子还会赞赏吗?据我观察,母亲十分讨厌性事,她同父亲之间早就没有那回事了。所以我从不把同居的女孩带到家里去,她也正好懒得过问我的事。先前母亲喜欢表姐,一定也是喜欢她在性事上头表现出的冷淡吧。那些年,常有青年男子在她的窗户下站通宵,有的还唱山歌。一天早上,我去表姐家借花钵,看见一个可怜虫在她家台阶上熟睡着,太阳照在他脸上,他在梦里嚼东西吃。梳洗得精精致致的表姐从里面出来了,她抬起脚尖踢了踢那男的,见踢不醒,就不理他了。当时我还说了一句:"癞蛤蟆想吃天鹅肉。"表姐听了很高兴。看来她一直在隐藏她的本性，究竟是为了什么呢？她是爱过她的唯一的男朋友的，为此她自己还学会了园艺，有什么越不过去的障碍在他们之间呢？难道唯有这种令人恶心的堕落才能尽情发挥她的本性？这个本性又到底是怎么回事？还有我母亲，到底欣赏她的什么地方？

看来一切都早就在她的心里策划过了，这个狐狸一样的女人。上个星期三，我鬼使神差般地邀请了她出来旅行，我的邀请正好同她的某种念头暗合，她于是顺水推舟，把我带进了她的内心世界。在这个飘忽的世界里，一切都变了形，我完全摸不着头脑，当我用原先的标准来思考问题时，我的想法总被击得粉碎，我什么都想不清。如果住在葡萄架下的平房里的表姐生得不是那么美丽，如果我没有看见她一年到头在干园艺工作，也许我的情绪还容易转弯一点。想到这里，我心底又不知不觉地升起那种该死的伤感。我闭上眼，心想这样也许就回到旅馆房间去了。

有人在我的后颈窝哈气，然后一只手臂伸过来将我搀扶起来。当我睁开眼时，我真的又回到了房间，是表姐搀着我回来的。

这回房里的灯都没开，表姐瘦削的身影立在巨大的玻璃窗前，似乎在倾听海水的呢喃。隔着一张大床，我在房间这边凝视着她那模模糊糊的形象，比先前越发惊讶不已。

"家伟，培育玫瑰花的方法问题，我已经找出一部分答案来了。"

她突然说出这种一本正经的话来，吓了我一大跳。

我还没来得及问她，她又恢复了那种轻佻的语调：

"你这个小坏蛋，为什么你不爱我？"

"表姐，表姐，我们离开这里吧。"

"呸，真恶心啊！"

她不理睬我了，将她的头尽力伸出去，伸向茫茫的黑夜。她似乎在向外面的某个人说话，激动地耸着肩。这么黑，有谁能看见她呢？表姐的精力是多么旺盛啊！我困得要命，眼皮很快粘上了。

我在房间里醒来，在四周仔细察看了一番，我根本找不出表姐昨夜来过的痕迹。窗户关得好好的，门也插上了，不可能有人进到房间里来。我洗漱完毕，穿好衣就下楼去吃早饭。

厨师为我准备了包子和豆浆。他端过来时，我狠狠地瞅了他几眼。奇怪，他身上一点都看不出异样。老头顺着眼皮，完全是那种清心寡欲的样子，同我过去看到他唱山歌的样子一样。

"我表姐起来了吗？"我阴险地问道。

"什么？"他的耳朵又变得同从前一样有点聋了。

我见问不出名堂，就埋下头喝我的豆浆。他也在喝，一边喝一边像某些老人一样很响地打屁，我听了只想笑。

吃完我就要走，我打算结了账回家去。厨师在餐具室那边对我招了招手，我纳闷地走近他，心里提防着，怕他又要搞什么花样。

他叫我坐到窗子旁边去，他有点心事重重的样子。那扇窗正对着海，令人心旷神怡。厨师用含糊的声音叫我等一等。

我等了一会儿，就看见了赤身裸体的表姐的背影。因为从未见过表姐的身体，我吓了一跳。她坐在海滩边，还有同样是赤身裸体的传达老头坐在她身旁，两人正在戏水玩。不知怎么表姐看上去很瘦，肋骨一轮一轮的，而她穿着衣服时是比较丰满的。也许是这几天的劳累让她失掉了体重，她有些可怜相。厨师也在窗前看，但是我发现他的目光不是注视表姐他们，他注视着海的尽头，表情很迷惑，一点都不像他平时了。

"为什么你不去和她在一起？"

"你说什么？"他将耳朵凑到我脸前。

我知道我又白问了。

厨师一边用两枚硬币夹掉脸上的胡子一边对我说：

"我有一个母亲，今年九十岁了。一个人可以活得这么长，你相信有这种事吗？"

"有的人还活到一百多岁。"

"难以想出是怎么回事。五十年了，我从来没有回去过一次。万一我活得同母亲一样长，我会怎样来打发日子呢？"

"这种事用不着考虑。"

"嘘！必须考虑。我可不是那种玩世不恭的人。"

表姐起身了，她下到海里，海水一下就淹没了她的头顶，那老头也被淹没了。我的心又抑制不住地跳了起来。回想起前天的事，我厌恶地离开了窗口。但我并没有放下心来，而是警觉地倾听着。

厨师早已收回了他的目光，正坐在板凳上闷头抽烟。他用一条腿架在门框上，好像要防止我逃走一样。我的确该走了，但我打不定主意如何向他开口。我正拿不定主意，他的腿又放下来了，于是我走出门去。

我匆匆收拾好行李,下到楼下的服务台,找那个长脸盘的小姐结账。小姐结完账后问我:

"你一个人就这样走了啊?"

她似乎话里有话,我因为怕节外生枝,就不去问她。

没想到我还没跨出门,她就歇斯底里地大叫起来:

"这个人要逃走了,天哪!"

我听见一阵门响,从柜台两边的门里头出来了几个人,他们分别是厨师、传达、表姐,还有一名不认识的中年男子。那名中年男子长得有点像表姐从前的男友,不知道是不是那个人。他们挡住我的去路,一个个阴沉着脸,好像我做了什么大逆不道的事一样。

"你怎么可以这样?"表姐愤怒地问我。

"我想,可能你不需要我陪伴了,我应该知趣。"

"你这个懦夫,呸!"

这时厨师在她身后谄媚地说:

"这个人啊,我挡都挡他不住!"

我注意到表姐的头发还是湿淋淋的,显然刚从海里出来。他们这些人竟然这么在乎我是否待在这里,这倒出乎我的意料。我一直觉得我在他们的圈子之外,完全不懂他们的情趣,也不知他们在干些什么。倒是表姐,一来就同他们一见如故,把我蒙在鼓里。他们不由分说地提着我的包又进了电梯间,我也被他们推了进去。我被挤在一个角落里,那名中年男子紧挨我站着。我现在可以确定了,他就是表姐从前的男友。他并不是老老实实地站在我旁边,而是伸出一只苍白狭长的手狠亵地捏我的屁股。

他的举动把我气坏了,我使尽全力推开他的手。他"嘿嘿"地笑着,对着被打红了的手哈气。表姐扭过头来瞪了我一眼,然后又给了她男友一个飞吻。我心里冲动着,真想当众揭露这个性变态者。可我一想到"性变态"三个字马上又泄气了。表姐算不算性变态?我自己算不算性变态?我不是面对表姐美丽的肉体毫无欲望吗?

到了五楼,那三个男的将我和表姐猛地推进一间放工具的黑房间,然后从外面"哗啦哗啦"地锁上了门。这间窄小的房间连个窗户都没有,仅仅门上钻了几个洞,好像是专为给我们呼吸用的。一开始我什么都看不见,我连表姐站在哪个方位都不知道。过了好一气,才听见她在我的右边幽幽地说:

"为了那些玫瑰,我真是丝毫也不敢松懈啊。其实,我真的培育出了那种特殊的品种,只不过是性急了一点,等不到它们开花就毁掉了它们。在那些个阴雨天里,我生怕你闯来搅了我的好梦。我举着雨伞在葡萄架下倾听,那些须叶往上蹿的声音使我脸上一阵阵发热……家伟,你该不是在装蒜吧?我看见你那种样子就有气。"

"我自己也对自己有气。"

"不要油腔滑调好不好?我对你的期望是非常高的。"

我听见她用一把梳子梳着她的湿头发,那头发"咔嚓"作响,很惨痛。我的手往旁边探了探,摸到了那些扫帚拖把。房里几乎放满了清洁工具,我似乎是寸步难移,既不能动,也不能坐,这令我很烦躁。但表姐一下一下梳着头,镇定自若。到海边以来,她好像第一次找到了一个机会来抒发她心里的那些阴沉沉的诗意情绪。她又说起白蚁的事,说起先还只在葡萄架的柱子上发现它们，后来连卧房里都有了，有一天她一脚就踏死了七八只。为治白蚁，她在防疫站与家里之间整整奔波了一个夏天，头发都晒黄了。

开始我还认真听着她的叙旧，因为表姐的声音的确很有感染力，一下子就将我带到了那明媚的小屋周围，我真的闻到了葡萄叶的清香。可是这种飘忽的事说个没完就抓不住我的注意力了。我虽一声不吭，其实张着耳朵在听外头的响动，我盼望那几个人快点打开这道门。表姐好像觉察到了我的心思，她嘲笑说：

"你想摆脱的事正好是我追求的事，世事阴差阳错。"

她说了这句就住口了。过了一会儿她又催促我迈一迈步试试看，还说不要这么谨小慎微的。我伸脚往前一踩，踢翻了一只水桶，水流了一地。表姐乐了，说："这就像大象到了瓷器店。"

时间过去了好久他们还不开门，我突然产生了恐惧：万一他们根本不来开门了呢？我伸手摸了摸，发现这门居然是一道铁门！我问表姐为什么要把我们关在这种地方，她说她也不知道，大概是为了促使我们反省自己的行为吧。表姐说完这句话还"咯咯"地笑了起来，一点都不像她平日的做派。我一动不动地站在那里，腿子都站酸了。我就试着坐下来，我刚一下蹲，那些拖把、扫帚就"噼噼啪啪"地倒在我身上，弄得一身很臭。待我好不容易挪出一点点地方来站稳了，这才发觉表姐不见了，也许她是趁乱打开门跑掉了。糟糕的是房里有个自来水龙头突然吼了起来，接着就冒出了大股的水。我连忙起身去关龙头，但我过不去，密密麻麻的拖把和扫帚塞满了房子，根本找不到插脚的地方。一会儿脏兮兮的水就淹到了我的脚背，然后顺着门底下的那条缝往外流。我身上又湿又臭，我简直要发狂了。

"啊！啊……"我号叫道。

门马上开了。那四个人都站在门口，他们很郑重地打量我。

"他的忍耐力很有限。"表姐的男朋友说道。

我气急败坏地跳到门外，不理他们，埋头往我住过的房间走。我认为我的行李箱子在那里面。当我走到房间门口时，门却锁上了，进不去。回头一看，他们四个人也都跟来了。

"瞧他的思路多么有条理啊！"又是表姐的男朋友说话。

我的钱都放在箱子里头了，拿不到箱子就无法动身回家。我只好转过身来面对他们。这一下他们似乎很高兴。

"他终于面对我们了。"还是那同一个人说话，"现在你感觉如何？"

厨师慢吞吞地打开房间的门，房里没有我的箱子。这时表姐的男朋友建议我到窗前去"看海"。我不肯去，他就和厨师两人使出大力气将我架到窗前去。两人都死死地箍住我。我眼前的海很平静，海鸥都不见了，所以没什么可看的。

"真的没什么可看的吗？不要等会儿又犯错误啊！"厨师提醒我说。

于是我用力看。我一用力眼就花了，眼前一片白花花的，想要分辨点什么都不可能。我转过身来再看房里，还是一片白花花的。我听见厨师又说：

"他就是不相信自己的眼睛。"

然后我又听到表姐和他在床上闹腾，再后来她男友也加入了。三人在一块闹腾得厉害。同时，那传达老头的声音不断从角落里发出来,他在呻吟,不知道他心里有什么痛苦。

我因为眼睛看不见,就摸索着向门那边移动,我想我到了走廊里也许就看得见了。我终于摸到了门口,打开门就到了走廊里,然后又摸着往前。奇怪,过了这么久眼前还是白花花的。这时一个念头冒了出来:要是我脱离了表姐,而我又一直看不见,口袋里也没钱,那么什么事会发生在我身上呢?这个念头令我发抖,我站了一会儿又回转身,想摸回原来的房间。但是那间房已经锁上了,我把耳朵伏在上面听也听不到一点声音,我用力敲也没人回答。我心里一下子觉得恐怖极了。我继续往前,每一间房的门都去敲一下,我把这一层全走遍了,还是没人回答我。我只好摸着下楼到厨房去。幸亏我对这房子的结构很清楚,虽看不见,倒也顺顺当当地下到了厨房。我估计厨师总要回到这里来的,他总不能不做饭吧。我进了烹调间,用脚探到了一只板凳就坐了下来。我打算坐在这里等他们来。我努力回忆我怎么会失去了视力。看来一切都坏在我不该"用力看",我那么一用力,反倒什么都看不见了。

老鼠在周围闹得欢,有几只竟从我脚背上跑过去,猖狂极了。突然我的大脚趾像被什么东西刺了一下,原来是一只老鼠咬破了我穿的布鞋。我霍地站起来,再也不敢坐着不动了。但老在厨房里走来走去的也很烦,我盼望着快来人。刚才我还急着要避开他们,现在又盼着他们到来,我对自己的念头不禁哑然失笑。这一笑,眼前就出现了模模糊糊的形状。有了上次的教训,我就不再用力看了,我想让视力自然而然恢复。我在厨房转了几个圈之后,就渐渐地能够分辨煤气灶、大锅子、铲子、洗菜池、抽油烟机等等等等了。虽然像隔着一层薄膜,毕竟是可以看见了,这下我大大松了口气。我当然不愿再待在这老鼠横行的处所了,我要到外面去。我经过旅馆大堂时,看见柜台前面一个人都没有,这实在是不合常情的。

我来到了银色的沙滩上。没有海鸥,也没有风,被薄膜罩着的海水令我想起吃人的鲨鱼。因找不到行李箱无法行动,我只能沿着海边走来走去的。对表姐的怨恨又在心里复苏了。我现在将她同某种邪恶连在一起了,我决心回家后渐渐疏远她,免得她来破坏我的生活。可是我怎样回家呢?看来我还须等待,等一个转机到来。我连打电话的钱都没有了,不然的话,我就要打电话给妈妈,让她带着钱来解救我。也许我该现在就到街上的餐馆里去打几天工,弄点钱。可是现在是过年,餐馆全关闭了,上哪里去打工呢?

正在我东想西想时,妈妈从一艘木船上走下来了。多么奇怪啊,她从哪里乘这种木船来的呢?

妈妈穿着蓝布对襟罩衣,花白的头发略显零乱,手里挽着一个很大的蓝布包袱,像农村里那些走亲戚的老婆婆一样。我从未看到过她这副装束,像换了个人一样。

"家伟,你表姐还好吧?"

这是她见面后的第一句话。说了这句话她似乎就找不出别的话来了,眼神迷惑地打量我们所住的宾馆。我发现她的两只胶鞋上头溅了很多泥。

"妈妈,我被困在这里了。"我哭丧着脸告诉她。

"呸！瞎说！我担心你表姐啊，她身体那么单薄，又从来没出过这么远的门。"

"您就不担心您儿子吗？"

"你不是好好的吗？你每年过节都外出，我们从不为你担心。这一次，是你表姐把我叫来的。"

妈妈说话时神气里头显出一种自豪，大概是表姐终于主动同她联系的缘故吧。原来这十几年里头，她心里唯一在乎的就是表姐啊。这个雷雨天出生、克死了父母的表姐，居然对她有着如此大的影响力。相形之下，我这个亲生儿子倒根本不在她心上了。

"您怎么会坐船来这里的？"

"还不是你表姐的主意。"妈妈翻了翻眼，"她让我先上她父母那里挂坟，然后才来找你们的。"

"姨妈姨父的坟在哪里？"

"就离这不远。你怎么脸色这么难看？经不起她折腾了吧？"

妈妈理解地看了我一眼。

"表姐是回到了这里，所以才原形毕露的吧？"我问。

她不置可否地"嘿嘿"了两声，敦促我快带她去找表姐。我告诉她表姐同旅馆的一名厨师老头打得火热，那种关系很难理解。没想到妈妈一点也不感到惊奇，悠悠地说：

"那个人嘛，那是她命里的煞星。我就知道他们会搅到一块。"

"您知道？"

我们没费什么事就找到了表姐他们。他们正在厨房里吃东西。表姐的吃相很贪婪，她在家里时从来不是这副样子。她吃的是一种小肉包,她几乎是一口一个。厨师见她爱吃,又兴冲冲地做了一大笼放到灶上去蒸。在这样的美味面前,妈妈也变得很不讲客气,伸手就去抓来吃,吃得满嘴流油,油还滴到了她的罩衫上头。

我本来也在低头慢慢品味,在我偶然一抬头的瞬间,看见妈妈正在和厨师两人挤眉弄眼,两个人的表情都很淫荡。我大吼一声,起身就往外头跑。

表姐拦在了门口,她盯着我的脸一个字一个字地说:

"你,到哪里去?"

"我讨饭也要讨回去!"

"不要这样偏激。"她语气很硬。

我的脚一软,被她用力拉回到桌前坐下。大家都惊奇地瞪着我,弄得我反而不好意思了。

"家伟小时候可是个听话的孩子。"妈妈慈祥地看着我说。

"是啊,那时我仅仅见了他一面,我觉得他将来会有出息。"厨师色眯眯的眼睛也慈祥地转向我。

大家都友好地将装肉包子的碟子往我面前推,于是我委委屈屈地又吃了起来。厨师的手艺实在高,这些鲜美的小包子一放进口里就像融掉了似的。由他做的包子联想到他这个人,我觉得这个表情淫邪的老男人恐怕绝不是平庸之辈。既然这样,我为什么老是不能容忍他呀?这时表姐凑近我的耳朵说,我应该平心静气地生活。我的眼睛往桌子下面一瞟,瞟见厨师多毛的胖手正放在表姐结实的大腿上,我连忙收回目光。

吃完美味的小肉包子,厨师忽然又露出了从前那种伤感的样子。他主动提出给大家唱一支歌。于是我又听到了他从前唱过的那支歌。奇怪,这一次,我觉得那支歌里面充满了色情,虽然听不懂,也能强烈地感到歌者的饥渴,这种歌声从老头臭烘烘的口里吐出,显得十分不协调。为什么我从前听他唱的时候,一点也感觉不到歌里的色情成分呢?厨师唱歌的时候,表姐紧紧地搂着他那粗壮的腰身,将脸贴着他那油腻腻的围裙,妈妈则隔着桌子崇拜地看着他。

我每年都到这个旅馆来,但从未料到会有今天这种情形发生。反思一下,我为什么会每年往这里跑呢?那初衷就仅仅只是躲开人群吗?显然还有一些我不知道的因素在起作用,即使我努力回想,也是很难弄清的。就比如表姐的父母的埋葬地居然就在这附近这件事,该做什么样的解释呢?我看着妈妈和表姐那种中了邪的样子,还是忍不住在心里泛起一阵阵伤感。窗子开着,海上起风了,风里有鲨鱼的气味。从前我把这里看作一个世外桃源,现在看来是大错特错了,表面的平和安谧下面是险恶的欲望。

"家伟这几天有什么安排?"妈妈问,她还在往口里塞包子。

"我想马上回家。"

"胡说!怎么能这样轻率!"表姐松开厨师,显得很气愤。

"他从小就有这个毛病。"妈妈在旁边解释道。

我呆呆地望着她俩,竭力想弄清这两个人到底是一种什么样的关系。表姐似乎觉察到了我的努力,她微微一笑,完全消了气。

"家伟还是很懂事的。"厨师说。

他说了这句话就坐到我的身边来,我看见他竟然显出了害羞的样子。他有什么话想对我讲又拿不定主意,犹豫了一会,他终于讲了出来。原来他想要我去海里"裸泳",他认为我应该脱得光光的,去感受大海。但是我一点去裸泳的欲望都没有,我还十分害怕鲨鱼,根本不打算下水。于是他和表姐都来说服我,热切地劝我试一试,说试了之后就会"消除虚无主义的生活态度"。我铁了心不听从他们的建议。到后来他们就灰心了,两人一齐转向妈妈,似乎想要妈妈来说服我。妈妈却不急于配合他们,只是不断重复一句话:"家伟是很听话的。"

吃完饭大家就簇拥着我回到先前的房间。我看到我的手提箱好好地放在房里。已是下午,我感到昏昏欲睡。我把脸转向妈妈问道:

"您在哪间房休息啊?"

妈妈飘忽地看了我一眼说:

"嘘,不要问,这是我的秘密。"

说完之后她又做出一个同她年龄不相称的调皮表情,还扭了扭屁股。旁边那三个人都显出赞赏的神情看着。我一赌气走到床边倒头就睡。可惜怎么也睡不死了,蒙眬中总听见他们四个人谈话的声音。我觉得他们似乎是为我的前途感到忧虑。后来不知怎么妈妈就走到床的那头抬起了我的腿,厨师则来到床的这头抱起我的上半身,他们俩抬着我往窗前走,我想挣扎,可是动不了。他们将我放到窗前的地板上,又没完没了地讨论起来。不知过了多久,他们似乎对这种讨论厌倦起来了,于是四个人都站起来,默默地从房里鱼贯而出。

我醒过来时已是第二天上午。我是被妈妈的哭声闹醒的。

我立刻从地板上站起，将头探出窗外。我看见妈妈正对着大海号啕痛哭。表姐神情漠然地站在妈妈身旁，用一只手挡住射到脸上的阳光，又似乎在等什么人。等到妈妈哭够了，表姐就搀着她，两人低着头沿海边往东走。她们一直走，一直走，我的目光护送着她们，最后，她们的身影变成一个小点，消失在海岸线的拐弯处了。我突然感到，这两个多年里头互不来往的人其实内心深处一直就在一起。这些年，我一趟又一趟地往这海边跑，妈妈表面从不过问，她就像她说的那样"很放心"。可是真相到底是怎么回事呢？来到海滨的妈妈，身上显露出我从未见过的一种个性，很可能这才是她的本性，几十年里头她一直在装样子。我还是不明白妈妈到底为什么哭，如果说几十年里头她和父亲、和我们在一起过得是这样不舒心，那她又怎么会从未显出一点迹象来呢？在我的印象中，妈妈是个平庸得很的妇人，只不过偶尔喜欢说几句不合时宜的话，就好像要故作姿态似的。现在看起来，她身上蓄着惊人的能量，什么事都做得出来。她和厨师老头调情的那种样子也让我大开眼界，她就像在同表姐竞赛，看看谁更下流。那么为什么哭？还是找不出答案。

雷雨天里头出生的表姐，原来如此受到妈妈的欣赏！南方的雷鸣闪电，总是闷闷的，既阴险又狂暴，酝酿的时间也很长，而且不彻底发作完决不善罢甘休。当我想到这里时，就听到背后轻微的响动，是厨子悄悄地溜进来了。厨师一反常态，朝我做出谄媚的表情，害羞似的只用半边屁股坐在床沿，偷偷用眼睛打量我。他有话要对我说。

"你妈妈那种人,比你表姐还难对付。"忸怩了半天他才开口。

"你是来告诉我这种事啊。"我愤怒地瞪了他一眼。

"哪里哪里,顺便说说罢了。其实嘛,我才是这两位的奴隶呢。你还记得你第一次到这海滨来的那一天吗?你一定以为是你自己拿定主意跑到这里来的吧?你这个小鬼头,你当然想不到这正是你妈妈的规划。"

他好像马上就为自己说了这些话感到冒昧,话头一转要我下楼去尝尝他做的一种"三鲜"包子。

"有的时候,也用老鼠肉做包子,厨房里老鼠太多了。"他边下楼边说。

"今天的包子馅也是老鼠肉吗?"

"你这个机灵鬼。"

我一点都不觉得自己机灵,我觉得自己是个大傻瓜。可能他是在讽刺我吧。

"三鲜"包子同上次吃过的一模一样,一想到自己吃下了这么多的老鼠肉就有点不舒服,不过还是经不住美味的诱惑。于是不知不觉又吃下了五个包子。厨师满意地微笑着,夸我"好样的"。

忽然我一低头,看见地上有一摊秽物,厨师解释说是他昨天受了凉吐在这里的,没来得及清扫。当我看到秽物里头有根老鼠尾巴戳在那里时,我的目光就凝固了。看着看着,我就想起妈妈狼吞虎咽吃包子的样子,还有表姐嘴角流油的贪婪相。厨师在我耳边唠叨说:"我吃过的老鼠数也数不清啊。"

我对厨师说我想离开这里,厨师想了想回答我:

"还是等你母亲来决定吧。如果你撇下她自己一个人回去,她有多么伤心。年轻的时候我就认识你妈妈,那个时候的海水是很浑浊的,死鲨鱼一群群漂上来。那种日子真是苦啊。要是没有你妈妈,我这种人就不会走上正道。"

我听见他一本正经地说出"正道"这两个字,就忍不住笑了出来。他见我笑,他也哈哈大笑。

我们笑着走出厨房,走下很长的阶梯,厨师将我领进黑暗的地下室。那间房很大,只亮着一盏很小的荧光灯,灯又紧贴天花板,几乎什么地方都照不到。我和他坐在靠墙的黑暗里,他要我将耳朵贴墙,说这样就可以听见海底的声音。但是我这样做时,什么都听不到。我想,厨师恐怕在捉弄我。有一只冰冷粗糙的手插向我的腹部。我跳了起来。厨师在黑暗里发出冷笑,我简直要暴跳如雷了。

"脏猪!"我吼了一声,向门口冲去。

厨师紧跟在我后面,他还想说服我,他那发黏的声音源源不断地钻进我的耳朵,躲也躲不开。

"干吗这样紧张?身心放松一点嘛!这地方又没有任何人会看见你!"

当我气喘吁吁时,才注意到这楼梯之长。也许这个地下室真是通到海底的?在这种地方发生过什么事呢?我不敢往下想了,因为身后这条色狼还在不停地用手指捅我,他显然不甘罢休。然而我终于爬不动了,难道这楼梯变得没个尽头了吗?正当我要气馁的时候,上面出现了一小块蓝天。这是怎么回事?我明明是从旅馆下到地下室的,楼梯出口怎么变成了露天啊?我探出头,发现自己已经置身于闪亮的沙滩了。楼梯的出口隐蔽在一块岩石的侧边,很难被人注意到。

一出地下室厨师就阴沉着一张脸,也不望我,自顾自地往海边走去。他很快将我抛在身后,上了一艘小木船,升起灰色的帆,向大海驶去,一会儿他的船就不见了。我登上那块岩石,我在岩石顶上捡到了一只精致的手提包。打开包一看,里面全是表姐的裸体照片。她的眼睛里射出那种淫荡的光,体态很像一只波斯猫。有张照片是横拍的,背影里有个模糊的人影,好像是妈妈。妈妈穿着她那件罩衫站在一个木桩旁,给人虚幻的感觉。画面上的表姐则伸展着肌肉丰满的身体,挑逗地张开两腿。我打量着表姐的裸体照,既不感到冲动,也没被唤起丝毫美感,就只是有点好奇而已。原来表姐是这个样子,她的身体比我平时从衣服外面看到的要大多了,简直可以说有点肥胖了。这是不是她呢?莫非是个替身,在洗照片时安到她脸部以下的?风把妈妈的声音传了过来,她正和表姐朝我走来。我连忙放好照片,将手提包扔在原处,跳下岩石。

我听见表姐说:

"家伟这小鬼头已经长大了。"

到她俩走到近前来,我才看清两人都是灰头土脸的,衣服也弄破了,头发散乱着,那种样子就像在什么地方打架来着。

"发生了什么事吗?"我问。

"发生了悲惨的事,我们被一伙色狼袭击了。"表姐回答。

她抚着散乱的头发,回忆着刚发生的事,脸上的表情不但不凄惨,还津津有味。妈妈在一旁对她的话赞赏地点头,一边还揉着被打青的颧骨。

我心里不由得想,她们要是每天被色狼袭击的话,那才会心花怒放呢!

妈妈大概看出了我的心思,立刻说:

"家伟,你不要胡思乱想好不好?我刚到此地,当然得到处游览游览。"

这时表姐的目光射向我身后的岩石顶上,我想起表姐说的"家伟已经长大了"这句话,脸一下子就红了。表姐推了我一把,指一指岩石边通往地下室的楼梯,要我先下去。我问她去那种黑乎乎的地方干什么,她笑着说:

"在相互看不见的黑地方,说不定会发生一些称心如意的事。"

我们三个就沿着狭长的阶梯往下走。大约走到一半的时候,就听到了地下室里传上来空洞的击打声,像是有人在用榔头破水泥墙。我记起厨师已经出海去了,那么是谁在地下室呢?

"是一个势利小人,"表姐呆板的声音在楼道里响起,"属于欲壑难填的那种类型。他杀了自己的妻子,躲到这种地方来做传达,可还是动不动就要起杀心。我们的脑袋被他这样敲一下可就完了。"

我们接近地下室的时候听见那人将榔头扔在了地下,然后就什么声音都没有了。三人摸索着进到房里,我伸出手,抓住妈妈柴棍一样的指头,和她紧挨着站在一起。

"都来了吗?"守传达的老头在对面墙角大声地问。

没有人回答,他也没有站起来现身,双方默默地对峙着。

一会儿他就痛苦难耐了，他口里发出的呻吟在我听来就好像是烈火在烧灼他一般。妈妈的手指甲深深地掐进我手掌的肉里头，我都差点要叫出来了。奇怪的是表姐也在呻吟，为什么他们大家都那么痛苦呢？先前我同厨师来这里时，并没有感到什么痛苦，他还对我搞了那种下流恶作剧呢。

"家伟这小孩不该来这里，来了也白来。"妈妈发话了。

"他可不是小孩子了。"表姐反驳道。

"在母亲眼里永远是小孩。"

"那是因为您有心理障碍嘛。"

她俩在黑暗里一来一往地说些无聊的话。忽然，传达的身影像一只巨大的黑鸟一样扑过来，在我们慌乱地躲闪之际，他却扑倒在地，铁榔头也砸在水泥地上发出令人胆寒的响声。

"他又要大开杀戒了。"表姐的声音显得很高兴。

我忍不住叫了起来：

"这种狂人你还敢同他胡搞呀！"

"什么狂人？真是胡说八道！你自己是什么人？"表姐斥责我道。

有人从楼梯那里跑下来了，他大声地吆喝着，像快乐的男孩那样跺脚。他是表姐的男友。他带来了光，那雪白刺目的光从他高高举起的应急灯里头射出来。就着那灯光我看见传达老头已经坐起来了，若无其事地坐在地上玩弄自己。表姐的男友将应急灯移向他，他就生气了，扣上裤子的搭扣大声质问道：

"干吗照我？干吗照我？啊？"

表姐的男友伸了伸舌头，"啪"的一声关了应急灯。

妈妈掐住我的那只手松开了，她似乎正在移向传达老头的位置。我也想跟过去，但表姐的男友挡住我，反复急促小声地问我："你想干什么？你想干什么？"我只好打消我的企图。接着黑暗中就传来妈妈和老头接吻的声音，还夹杂着表姐热情的呻吟。现在我一点都不想过去看了，我倒是想离开地下室，只是表姐的男友不让我离开。只要我动一动身子，他就质问我："想干什么？"他的力气也很大，他只要伸出一只手臂就能把我钉在墙上。

我很想从他手里挣脱出来，但他丝毫也不放松，口里执拗地质问我："想干什么？"我并不想干什么，可他就是认定我心怀着诡计，似乎为了这个，他有责任限制我的自由。他那铁钳般的大手弄得我都没法呼吸了。忽然，我回忆起表姐年轻时对他的评价，我现在才领教了这个人对别人可以有什么样的压制暴行。

"你，也有杀人的癖好吗？"我喘着气问道。

"少啰唆，你不想活了！"他狞笑着又在我胸口紧了一把。

在我没有注意到的情况下，妈妈、表姐和传达已经从地下室溜出去了。现在我除了用力呼吸以外已顾不到其他的事情。我想不通这个人为什么要把我钉在墙上，我又没有得罪过他。当我又一轮挣扎时，我眼前一黑，连那盏荧光灯也看不见了。这时我耳边响起了一种奇怪的、悠长的声音，像是轮船的汽笛声从远方呼啸而来。他似乎一怔，稍稍放松了我一点，压低声音说道：

"是鲸鱼在哭，又有它们的同伴遭难了，这些个庞然大物啊。"

他说着竟然啜泣起来，完全放开了我，用双手蒙着脸蹲下去了。我赶紧撇开他往楼梯口走，我可不想再被他限制起来，再说他的悲伤同我无关。

我回到旅馆房间,收拾好我的箱子,准备上路了。我暗自决定这回一定要不顾一切冲回去,而且从今以后再也不来这里了。我打定这个主意后就走到窗口去,最后看一眼这片熟悉的海滨。我看到的景象让我腿子发抖了。他们五个人全都赤身裸体,被一些穿海关制服的人用绳子牵着,被像牲口一样驱赶着,正在登上一艘很大的木帆船。我看到他们即使是这种样子,也忘不了相互调情、打闹,好像对失去自由的耻辱状况一点感觉都没有。旁边围观的那些渔民都朝他们吐唾沫,扔石头,喧闹声传到我耳朵里。他们上了船就站在船头向那些人展示自己的身体。厨师似乎特别旁若无人的样子,低着头在自我欣赏。妈和表姐则叉着腰,迎风站立着,颇有女海盗的风度。那些手里挽着绳子的穿制服的男子都很兴奋,贪婪地注视着她们的一举一动。随着一声尖锐的哨子声,木帆船开动了。起先这条船沿着海岸线行了一段路,然后忽然一转身,往深海开去,速度之快令人心惊。一会儿工夫那船就不见了。

我离开窗边,打算提着箱子出门。

"家伟,家伟,你真是个忘恩负义的小人啊!"一个黑皮肤的矮子边推门走进来边喊道。

我从未见过这人,他的样子像本地的渔民,崭新的西装穿在他身上显得很别扭。我隐隐地感到他的相貌同厨师和传达有某些相似之处,但我又说不清是哪里相似。我的视线落到他擦得锃亮的皮鞋上,发现那双皮鞋大得同他的身子不相称。我正在疑惑一个人怎么会长出这么大的脚来时，矮子挥起脚就将我的箱子踢翻了。看来他的力气也是很大很大的，箱子在他脚下好像玩具一样，被他这一踢居然裂开了一条缝。

"你可不要轻举妄动。"他警告我。

"我想回家。"我坐到床边，无力地说出这句话。

"谁不让你回去啦？脚长在你身上，是你自己不让你自己回去，难道不是吗？说到我自己，我们祖祖辈辈都是在这海边打鱼的，风暴一来，我们就得听天由命。所以呢，我们就练就了一身这样的本领：在风浪中打瞌睡。要知道，即使是永远睡着了也没什么不好嘛。"

他说出"即使是永远睡着了也没什么不好嘛"时，脸上便鼓出两团横肉，一副怪残忍的样子。也许他在威胁我。他背着手在房里踱了一圈又说：

"回家？这里不是你的家吗？放下你的箱子！"他大吼一声。

我手里的箱子"砰"的一声掉在了地上。

"母亲所在的地方就是家，你连这都不懂？"他的口气缓和下来，"让我来同你讲一个故事吧，这是关于渔民的故事。那个时候的海是很凶恶的，时常吞没船只，村子里的人口一天天少下去。有一天晚上，我沿着村子前面的小路往前走，看见路的两旁整整齐齐地摆着发光的骷髅，那两条光带一直通到海里。我弯下身去察看其中的一个骷髅，怪事发生了。我从那团荧光里头看见了自己的脸！原来我已经死了。可我明明还在路上游荡。我想要搞清这件事，可一直到今天也没搞清。每次我想离开此地时，我就记起自己已经死了。要是真的离开了，就会忘记这个事实。你看你的妈妈，还有你的表姐，她俩是多么诚实啊。这样的女人才招人爱。"

矮子脸上显出对我厌倦的表情，闭上嘴沉默了。我想，也许他是专门来看守我的吧，我要是再跑掉，就显得挺无聊的了。

他在靠墙的椅子上坐下来，垂下眼皮盯着自己的那双大脚。我又一次在心里感叹：这双脚多么大啊！他那裹在紧绷绷的西服里的身体，一定是特殊的材料，因为他自己说他很久以前就已经死了。他是在出海打鱼时遭难的吗？

房里的沉闷压迫着我，我又很想出去了。我不拿箱子，空手出去，他总不会阻止我吧。我刚生出这个念头他就伸出一只脚架在床上，挡住了我的去路。我只好又退回来，坐在了床铺上。在这个强悍的汉子面前，我简直成了个婴儿，我心里怪不服气的，可又没办法。我看见他皱着眉头陷入了深思，脸上那团横肉一动不动的。我觉得我对他、对这里的一切实在是一无所知。

由于没事可干，我干脆脱了衣服睡觉了。矮子倒也不来阻止我，还是坐在那里想他的心思。我看着天花板，数着数字，最后终于迷迷糊糊的了。后来有一个铁球总是压在我的胸口。当我挣扎着醒来时，又发现那是一只毛茸茸的男人的大脚，那矮子居然钻到我被窝里来了。但我实在太困了，连手都抬不起，我又陷入迷迷糊糊之中。那只脚奇臭无比，我一醒来就可以闻到，但不知怎么那种臭气反而催瞌睡。我觉得自己已经睡了好久好久，还是不想醒来。有几回我好像打开了眼睛，但并没醒。虽没醒，我还是可以听到矮子在床的那一头说话，似乎他一直在讲关于他那个渔村的往事，他的话里头充满了鲨鱼的袭击啦，海难事故啦,沉船的残骸啦等等等等。慢慢地,我在睡梦里闻到的臭气变得越来越亲切,它令我想起小时候吃过的一种臭鱼,那种东西近似于人粪的臭味,但每个人都越吃越想吃,回味无穷。蒙眬中,我居然抱住那只脚咬了一口,结果他猛地踢中我的头部,我痛昏过去,之后又醒来了。

矮子已经走了,他的臭味还留在被窝里,这臭味现在又好像是从我身上发出来的了。我为了证实,就到浴室里去洗了个澡,又换了衣服出来。果然,身上还是臭烘烘的。但是这种情形并不使我沮丧,我好像还有点兴奋,有点跃跃欲试。虽然并不清楚自己到底要干什么,单单这种感觉就无比新鲜。

我的手提箱就靠墙放着,现在我不那么想离开了。回到那个我在其中混了几十年的地方去度过一生并不是我的理想,那种什么事都不会发生的地方这些年已使我衰老起来了。再说连表姐都可以全身心投入当下的冒险奇遇,我为什么就不能尝试一下呢?多么惭愧啊。平心而论,当海风吹起赤身裸体的母亲和表姐的头发时,她俩叉着腰并肩立在船头的形象,难道不是一幅稀罕的美图吗?此刻在我的回忆中,那根拴住他们大家的粗绳子已经不但不是耻辱,反而是衬托他们风度的装饰品了。这么多年,我竟一点都没有看出表姐和妈妈的这种能耐,这也足见我的愚钝了。

我来到旅馆的前厅,看见妈妈和表姐边走边说,若无其事地回来了。她们抬头看见我,两人都露出诧异的神色,停了下来。

"家伟不是参加出海捕鱼了吗?怎么在这里?"妈妈责备我说。

"谁说我出海了？"

"老胡明明是这样告诉我的嘛！老胡就是那个黑黑的矮子。"

"也许他是说我在梦里出海了。"

表姐瞟了我一眼，冷冷地说：

"我明白了。"

但是我却不明白她到底明白了什么，我只是感到她俩都不赞成我的行为，都认为我成了个包袱。想想也确实如此，当她俩积极策划着某些行动，并身体力行地实施她们的计划时，我在干些什么呢？我一点都不理解她们，还对她们的行动设障碍，真不像话。

"那么你回去吧。"表姐说了这句话就不理我了，转过脸去对妈妈说："从小他就对爬山不感兴趣，只喜欢在院子里跳绳。"

她和妈妈撇下我，两人一同往楼上走去。

也许我真的是该回去了，回到公司里去上班，回到自己家里和父亲还有弟弟默默相对。我自言自语道："为什么我不去爬山呢？"

这时有个大汉从门厅那里过来，对我说，我的出租车已经到了。我身不由己地跟他到外面，他打开车门请我上去。

他把车开得飞快。我又看见了林荫道。差不多每株大树下都有一对金发的情侣在跳舞，音乐荡漾在空中。

一刻钟以后，我才发现我坐的车并没往火车站开，它在城里绕了个小圈子又回到了海边，而在那边的码头前方，一艘货轮正徐徐驶进港口。

我打开车门便看见白发苍苍的父亲从码头那边向我走来。

他扶着我的手臂，老泪纵横地呜咽着说：

"家伟啊家伟，我真是不想活了啊。"

"是因为妈妈吗？"我不禁动了恻隐之心。

"你妈妈同我齐心合力，可是我们抵抗不了外力啊。说来你可能不会相信，昨天在甲板上，一只海鸥就把我撞倒了。我快死了。"

他凑近我，用两只手抓住我的手臂，让我拖着他走。他还边走边唠叨说：

"你妈妈真是个苦命的女人啊，为什么我们就这么弱呢？就连你弟弟，前些天也染上了霍乱。这种事，你说该怎么办啊？我一点都走不动了，你背背我吧，我可是你的老父亲啊。"

我一点都不想背他，我要他就地坐下，我自己站在他旁边。可是他又愤愤然了。

"让老父亲坐在地上！居然有这么狠心的儿子！啊，我快死了。"

他就势往地上倒去，干瘪的、很长的身体伸展开来。他不再望我了，他翻眼望着天空在喃喃自语，似乎一时半会还不打算起来。

我想，一贯冷漠的父亲内心这股怪异的激情是从何而来呢？在家里时，他从不同家人多说一句话，他高高在上，对一切事物视而不见。说老实话，我连他的模样都没怎么看清楚过。他这股亲昵劲让我怪不习惯的，再说由于长途旅行，他的身上又很臭，凭什么我要将他背在背上啊。

他赖在地上不起来，我就只好在旁边等。我看见有两颗浑浊的泪珠挂在他松弛的眼睑上，他的拳头捏得紧紧的。我害怕地想，他该不会真的死掉吧？这样一想我就蹲下去了。

父亲睁开眼，撑起来，爬到我的背上。他的动作那么熟练，就好像他经常让我背他似的。他的身体很沉，我咬着牙站了起来，感到背上背的不是一个人，而是一团铁。他的骨架明明是又细又长，怎么会这么沉的呢？我听说过有种人越老反而越沉，莫非他就是那种人？

我用力走了十几步，实在撑不下去了，就想卸下他来。但他死死搂紧我，怎么也不肯下来。我无可奈何，只能同他一齐倒在地上。幸亏在沙滩，也不会受伤。

他松开我，沉痛地哀号道：

"啊，这种儿子，要他干什么呀！"

因为旁边有人，我被他搞得很羞愧，头都不敢抬了。

路人中有个白胡子的老渔夫过来了，他蹲下去，一把将父亲长长的身躯扛上肩，然后健步如飞地往前走。父亲的上半身从老渔夫的肩头垂下，他扭着头看见了我，就朝我挥了挥拳头。

因为感到无地自容，我就转过身朝相反的方向迈步。

"你到哪里去呢？我看哪里全差不多啊。"

出租车司机手里端一个保温杯，拦住了我。我低下头，看见他的一只脚上缠着绷带。

"你受伤了？"我问。

"这只脚是我的薄弱部位。每回我想冒险，它就来阻挠我。我这一生，干不了什么大事了，不像你表姐。前些天，我从悬崖上跳海，弄坏了这只脚。"

我再仔细打量，才发现那绷带被血染成了暗红色。

"我虽干不了什么大事，可也不能放弃啊，你说是不是？所以我一年里头总要跳几次海。当然啦，这没法同你表姐比。"

大汉说到这里，脸上的表情显得可怜兮兮的。忽然他听到了什么，他挥了挥手，朝他的出租车一瘸一拐走过去。渔民们默默地给他让路，很羡慕地打量他。他的车子向东边驶去。

白胡子的老渔民又出现在路人里头了，他拨开那些人来到我身边，拍拍我的肩头，指着海对我说：

"我们世世代代都同这海在一起，每个人身上都有很多的伤，真是一言难尽啊。我看你行事很狂妄，你身上有伤吗？当然没有，不看就知道了。你的父亲以前可是个渔民。"

"我身上一点伤都没有。"我喃喃地对他说。

"这就对了嘛！"他一拍大腿叫了起来，"你早就应该像这样坦诚。刚才我背你父亲的时候，摸到他背上一条一条的疤痕，那是同我出海时遇到鲨鱼留下的。从那回起我同你父亲就成了生死之交。现在他心满意足地躺在我家里，正在用金枪鱼下酒吃呢！怎么样啊，跟我去吗？"

白胡子的家就在我住的旅馆的后面，那是一栋丑陋的房子，房顶的一些处所连瓦都没有了，就盖着油布，上面压着砖头。前门小而矮，要稍稍弯下腰进去。一进屋，一股很浓很浓的腥味扑面而来。在挂着黑黄的麻布帐子的大床上，父亲平躺着，口里正在嚼着什么东西。令我吃了一惊的是，不光父亲一人躺在那里，还有母亲，表姐也在床上。她俩也在嚼东西。父亲不时得意扬扬地将目光射向我，我看见他枕头边的手绢上放着一种我没见过的棕色圆豆，他们就是在吃这个。白胡子解释说那种东西叫"鱼豆"，吃起来很腥，这里的渔民个个爱吃。

我情不自禁地伸手去抓那豆子，但父亲挡开了我的手，"嘿嘿"地干笑了一阵，然后坐起身，仔细用手巾包好豆子。

"想不劳而获呀。"他怪腔怪调地说。

接着妈妈也坐起来了，妈妈的眼睑浮肿得很厉害，也许那是放荡的后果。

"家伟啊，你这样钻来钻去的，你找什么东西啊？"她发愁地说，"你住在那边旅馆里头，不是什么都有了吗？你看我们，还得挤在这种地方。"

妈妈这样一说，父亲就责备地瞪着我，他好像要发怒的样子。表姐也坐起来了，她正就着窗前的光线翻阅一本画册，我瞟一眼就知道了那是什么画册，那上面的性交图真是千奇百怪。

白胡子老头对我说，我的家已经搬到这里来了，家里的房子也卖掉了，我的爸爸妈妈打算在他家安度晚年，表姐也要陪着他们。他还说，我的住处是对面的旅馆，因为他家里挤不下这么多人。

"可是住旅馆是要交钱的啊。"我说。

"那当然。"他朝我挤了挤眼说，"这就看你的灵活性了。其实那旅馆什么人都能住，你表姐的男朋友就一直住在那里，也没交过钱。"

"您在说我吗？可不许您说我啊！"表姐嚷嚷道。

妈妈亲昵地将表姐揽到怀里，两人嘻嘻地笑了起来。妈妈指着白胡子说道："他，是我们家的世交啊。"

既然我的住处是旅馆，我就站起来打算回旅馆。我出了门，绕过这座破房子到了旅馆的后门。我从后门进去就直接上楼了。走到第三层时才记起，我的箱子和钱全部扔在出租车里头了。于是我就没有继续上楼，而是在三楼靠西头的一个单人客房推门进去了。我觉得自己已经灵活多了。

进到房里，这才发现这个房间已被人用过。被子没有铺好，卫生间里也很凌乱。其实这倒让我安心，我不打算换房间了，我先睡下再说。我躺下刚要睡，就有人打电话进来了。那人在电话里祝贺我搬进了新居。我说这并不是我的什么"新居"，只不过是个旅馆房间。接着他就生气了，指责我是"脚踩两只船"。我挂了电话，那电话又响起来，还是那个人，他希望我听他把话说完。我等他说，他却沉默了。最后他要我别忘了两点钟到厨房去"赴宴"。我不知道现在几点了，我看了看外面渐渐暗下来的天色，觉得已是下午五点多了。莫非他要我半夜去厨房？我怎么一点都不觉得饿呢？

我睡了一大觉，最后又被持续不断的电话铃声吵醒。还是那个人，要我下楼去，因为"大家都在等你"。

胡乱洗漱了一下，我心事重重地下楼了。

他们果然都在厨房里：父亲、母亲、表姐、表姐的男友、厨师和传达老头，还有那个黑皮肤的矮子也在。桌上热气腾腾的，放了很多盘菜和小吃，一根大红粗蜡烛插在中间。他们大家正在相互敬酒，一个个都显得满怀感激之情，那黑皮矮子居然不知羞耻地当众哭起来。看见了我之后，每个人都显得有点窘，于是收起情绪，有点呆板地坐在那里。

厨师给了我一盘油炸的小动物，我看着有点像青蛙，但又猛然记起这是老鼠。大家都不想理我，只有厨师对我很亲切。我吃了几只美味的老鼠之后，他又劝我尝尝他的说不出名目的小吃。他一边关照我还一边轻轻地征求意见，问我愿不愿意听他唱山歌。我使劲点了点头，他就不管不顾地大声唱了起来。他的声音如泣如诉，充满了情欲，也充满了悲哀。窗外的暗夜也使得歌声更为动人。他唱到中间时，每个人都哭起来了，并随之哽咽着加入合唱。后来我也哭了，我一张嘴，无师自通地也加入了合唱，而且唱得特别动情。我不知道歌词是什么，我"嗯嗯啊啊"地唱着，心里头那无法解开的思乡情结便一阵阵松动，通体说不出的感动。

到山歌唱完，妈妈和表姐拥抱着，已哭成了泪人儿。

不知是谁说了一句"天亮了"，这三个字尤其显得伤感，于是大家又啜泣起来。

天并没有亮，外面黑乎乎的。他们都喝醉了，大家搀扶着，吼着山歌出了厨房。不知怎么的，我们这一群人并没有上楼去客房，却钻进了地下室工人住的房间。房间里很臭，床位摆得很拥挤。他们什么都觉察不到，胡乱倒在那些铁床上就睡着了。我没有睡意，也不愿在这里待，我就信步走了出去。

在旅馆外面的庭院里，白胡子老头朝我走了过来，他手里的应急灯一闪一闪的。

"家伟，你已经习惯这里的生活了吧？"

"可能永远也适应不了。"

"那你还能怎样呢?"

他高举那盏应急灯,我看见在那束白色的光线里,一条金环蛇蠕动着缓缓前行。我和老头跟了上去,每走十几米,那条蛇就回过头来招呼我们。不知不觉,我们就到了海边,这时它往礁石里头一窜就不见了。

海静静的,真是个好天。

"海啊,海啊。"老头喃喃地说。

我已经打定了主意要同表姐,同每个人待在这里。现在且先回旅馆,等太阳升起的时候再到这里来下海。多么奇怪啊,我连一次海都还没下过呢。我这样想的时候,海就在我旁边发出了喃喃低语。原来海是在同白胡子老头对话,海微微地扭动身体,很像是在调情。白胡子老头急切地小声说话,已经把我忘记了。这时应急灯里的电池已经用完,一闪一闪即将熄灭。在黑暗里,海的声音慢慢变得凶暴起来,但海面还是那么平静。他越来越激动,我看见他走进海里去了,海马上吞没了他。海吞没了他之后就不再说话了。

我没有回旅馆,我也没有看到日出,因为我躺在沙子上头睡着了。我醒来之际,四周亮晃晃的,我感到自己的身体里头起了变化,一种陌生的欲望在里头跃动着,与此同时,头脑也变得无比澄清。

2002 年 1 月

原载于《大家》2002 年第 4 期

西湖

家务钟点工吴芳有洁癖。

吴芳承包了两户人家的家务:帮两家打扫卫生,帮一家做中饭,帮另一家做晚饭。这两户人家都对吴芳很满意,因为她把他们家收拾得窗明几净,饭菜也做得可口。但是吴芳自己却消瘦下去了。因为现在她的工作就是整天不懈地同肮脏作斗争,这正是她最不喜欢的。每天她到雇主家,前一天收拾得干干净净的房间就被他们弄得一片狼藉,脏不可耐了。他们就好像自己出了钱,就要尽情玷污似的。有一回,她竟然发现那户当司机的人家的主卧室的地毯上有一大口痰,而且是浓痰,当时她就眼前一黑,往地下一坐。好久好久她才恢复过来。吴芳向女主人提出严正交涉,要她想办法清洗地毯。没想到那女人嬉皮笑脸地说:"吴妈还看不惯我们呀,没什么大不了的,让地毯公司派人来洗一下就完了。"吴芳气得说不出话来。过了好几天,那家人还是让那口痰留在地毯上，直到渐渐干了，留下一个很大的污渍。吴芳打扫卧室时竭力不去看它，但又每次都忍不住看了个仔细。类似的事还有很多。每天回到家已是很晚，她脑子里尽是那些脏污的景象，就好像那两家都成了藏污纳垢的场所一样。吃完丈夫做好的晚饭，吴芳还得打扫自己家里的卫生，忙来忙去的每晚要搞到十一点多才能睡。骨头散了架似的，往床上一倒就睡着了。但不一会儿，那些脏物就来到她梦里。有好几次，她都因极度的恶心而号叫着醒了过来，披头散发摸到厨房，用盐水拼命漱口。

吴芳先前在一家药店卖药，她丈夫在那家药店卖医疗器械。那时候，他们一家三口的小日子倒是过得很不错的。一到休息日，别人就看见吴芳在家擦呀洗呀的，那房里真是收拾得一丝灰都没有，连厨房和厕所都散发出清爽的气味。吴芳的丈夫也是她的好助手，很少见到像他那么爱干净的男人。他常年戴着两只袖套，外出坐公共汽车也要戴上袖套，上班接待顾客就更不用说。他的整洁的衣服有一股肥皂的清香味。他们有个漂亮的女儿，吴芳以前总将她收拾打扮得像个洋娃娃，洗得香喷喷的。现在她大了，也成了一名有洁癖的少女。她已进入了中学，学校离家很近。她不愿进学校的公共厕所，所以常在课间还跑回来一次，为了上厕所，她还自己训练自己在学校不喝水，这样就可以不去公共厕所。吴芳和丈夫老永很赞赏女儿的这种做法，将其称之为"个性"。

天有不测风云，吴芳所在的药店不景气，夫妻两人必须精简一人，吴芳工资稍低，就主动精简了。吴芳没上过大学，也没有其他手艺特长，想来想去的，自己唯一能胜任的工作就是家务了。好在城里缺这方面的人手，她很快就找到了现在这两家雇主。心里一打算盘，做钟点工赚的钱比她原来的工资还高一些。但干了一天，心里的高兴全消失了。她自己的家里，因为全家人都特别爱清洁，所以收拾起来比较容易。而那两家可就不是这么回事了，头一天就把她累了个半死。在她看来，那玻璃窗上头，那厨房里、储藏间里、厕所里全都脏得吓人，积了厚厚的一层污垢。回来以后吴芳的丈夫替她分析道，像她这样蛮干也不是个办法，会累死。还是要制订一个计划，比如每天打扫干净一个角落，这样一个多星期后也就差不多全打扫干净了。吴芳于是按丈夫说的去做。可是新问题又来了：被她下死力打扫干净的那些地方，过两天又恢复了原状，甚至搞得更脏。就说厕所吧，当司机的那一家人的小孩居然把大便拉在便池外面。他家养的狗也是这样，不知怎么还把狗粪弄到贴了瓷砖的墙上去了。厨房也是这样，大家都到冰箱里拿吃的，将一些汤啦、肉啦、酱啦洒得到处都是，而且总忘了关冰箱门，使得里头的食品全都腐烂了。被脏兮兮的环境困住一个多星期后，吴芳几乎都要绝望了。她觉得自己笨，觉得自己不能胜任这份工作，她开始打主意去干别的。可是到了拿工资那天，两家雇主都对吴芳特别满意，给她的工资还增加了百分之十。这样，她似乎没有理由要从家务工作中退出去了。当她结结巴巴地向当鞋厂老板的那一家提到储藏室的卫生时，鞋厂老板瞪大了一双暴眼珠，不明白她要说什么，随即他哈哈大笑起来，手一扬，很干脆地说："我们从来不去那个地方！让它去吧，储藏室！你管它干什么呢？"

吴芳改变不了她的环境，她只能考虑如何改变自己了。她的洁癖当然是绝对消除不了的，那么就改变自己的心态吧。回忆起来，她还是太急躁了一点，她总想把她工作的这两家弄得和自己家里一样干净，她太急于达到目的了。如果胸怀开阔一点，承认有的人就是愿意生活在脏的环境里，她也就不至于这么愤激了。她最好按部就班去做，发现脏东西，能处理就处理，不能处理的就不去看它。但事情说说容易做起来难，吴芳夜里的噩梦还是越来越做得凶了。在梦中掉在粪坑里已成了常事，早上醒来头昏脑涨的。

"要不要换一家去做？"丈夫关切地说。

吴芳听出他说话的底气很不足，因为他自己在药店的位子也岌岌可危了。吴芳现在这两家雇主很稳定，可以做好多年，钱又给得多。换到别的家庭，很难有这运气，她已经仔细地打听过行情了。再说别人家就一定讲卫生吗？

"妈妈可不能丢了工作。"女儿小羊一本正经地说，"只不过上工的时候脏一点，回来就好了。我在学校里也很脏，靠厕所那一段走廊的尿臊气啊，熏得我头发晕。"

吴芳知道小羊最害怕自己的生活没有着落，生活一没着落就意味着每天她要待在脏兮兮的场所。小羊有两个同学，每天一下课就到那些苍蝇横飞的、油污酸臭的大排档去打工，那些木桶里的抹布溜溜滑滑的，看了就起鸡皮疙瘩。这事她提过好几回了，好像是她的心病一样。因为担心自己落到那一步，小羊最近变勤快了，每天晚上还帮家里洗衣服，打扫卫生。她的举动令吴芳看了有点心酸，一般家庭的孩子是根本不帮家里干活的。想到这里，吴芳肯定地对小羊说道：

"我是不会丢掉工作的。"

"妈妈真好！"小羊拍了拍手。

一转眼三个月过去了。吴芳还是每天同那两家人的肮脏作斗争，早出晚归，身心疲惫。有时她也想同主人家大吵一顿，发泄一下，但总是吵不起来。他们还是客客气气，笑眯眯地、有点嘲讽地待她。大概因为他们知道，从别处很难再找到像吴芳这么忠心耿耿又认真负责的钟点工了。她的洁癖对于他们来说不是坏事，反倒是好事。

没过多久司机家又发生了一件事。那天早上，吴芳去打扫他们儿子的卧室，她看见那张小床同往常一样乱糟糟的，被子拖到地上。她走过去打算叠被子，但被窝中间有什么东西在动，她立刻紧张起来。待了一会儿，她定一定神，鼓足勇气将那被子一掀，看见那只狗一蹿就下了床跑掉了。接着就闻到臭烘烘的刺鼻气味。她看见被子、垫被，甚至枕头上都是狗屎和狗尿。吴芳捂住口鼻，差点吐了出来。被单和被套，还有垫单枕套都可以洗，但是棉胎怎么办呢？后来她打定了主意。她处理完狗粪后，将被单被套之类扔进洗衣机洗了好久。而那两床被弄脏的棉胎，被她搂起来扔到了屋外。她想，司机夫妇回来了总会处理的吧。但她的想法是大大错了。司机夫妇不仅没扔掉那棉胎，而且没做任何处理又让它们回到了宝贝儿子的床上。当吴芳再进那间卧房时，臭味令她头疼欲裂。后来她又同女主人论了一回理。女主人这回还是嬉皮笑脸的，她故作惊讶地说："有臭味？我怎么没闻到？吴妈呀，你不要过于计较这种小事情，这对你不好。"吴芳心里一急，就说，她明明看见两床棉胎都沾了很多狗屎，现在就这么放到小宝床上去让他盖，对小宝的健康很不利。她把话说得这么明白，女主人就有点不高兴了，冷冷地对她说，小宝的健康不用她操心，小孩子嘛，什么环境都应该适应的。吴芳碰了个软钉子，细细一回想，恨不能钻到地底下去。她想，整个事情都是她在挑剔，又不是她住在这里，人家这么多年了都住得好好的，她受不了的那些事人家根本就没感觉。她，一个钟点工，反倒对主人家这不满意那不满意的，太不像话了。

休息的时候，吴芳遇到了几个老同事，她们都在做钟点工。吴芳一打听，才知道自己有这么好的雇主真是叫作掉在了福窝里。那几个同事的主人待她们极其苛刻，动不动就骂人，叫她们"下课"，还老嫌她们饭菜做得不好，"像猪食"。有一家人还故意将零钱放在客厅桌上来试探；还有一家则连厨房用的洗涤剂都要做记号，防止她"浪费"。"我们就像生活在地狱里。"她们几个异口同声地说。吴芳就劝她们换雇主，可是她们都说已经换过五六家了，"天下乌鸦一般黑"。她们又问吴芳的情况，吴芳就讲出她的苦衷，提到恶心失眠等等。她的同事们又问她的工资是多少，她告诉了她们。那几个女人都将嘴巴张得大大的，"啊"了一声，然后沉下脸来一齐从吴芳面前往后退，接着又相互使眼色，一齐在脸上堆起假笑，说："真了不起！你！我们哪能同你比呢？"说着就头也不回地离开了她。

吴芳个人的情况一点也没有好转。一天早上,她竟然一下床就晕倒了。那是半年里头她第一次没去上工。第二天她又挣扎着去了。前一天没打扫,那两家家里又是一片狼藉。因为身体不适,吴芳也顾不得打扫卫生了,她只为他们做了饭。司机夫妇和鞋厂老板夫妇都很担心吴芳。他们两家在电话里一商量,决定给吴芳放假。他们还合伙凑了一千块钱,要吴芳用这钱去西湖观风景,好好放松一下。钱是由鞋厂老板交给她的。

"西湖的美景会治好你的心病。"他眨着一只眼闪烁其词地说。

吴芳有点受宠若惊。她想起她那些同事,如果她们有她这么好的主人,恐怕会心里乐得开了花吧。她究竟对什么不满呢?看来问题都出在她那该死的洁癖上头。不过细细一想,主人家也不是一点问题都没有。比如说那棉胎的事吧,谁家会让自己的小孩睡在臭烘烘的狗屎味里头呢?今天她去小宝房里看,发现那沾了狗屎的棉胎已经换掉了。那么他们是故意演戏给她看吗?为了什么呢?

"西湖!"吴芳在回家的路上念出这两个字,全身的血都涌到了头上。吴芳的家所在的城市在南边,去西湖要坐一天多火车。从少女时代起,她就向往那种地方,她听人说西湖的水是浅绿色的,湖里开满了荷花,如果是月夜去划船,还可以碰见白衣白裙的仙女。后来成年了,当然不再相信这种神话。但西湖在她想象中仍然是最干净、最值得去旅游的地方。近来她精神这么不好,她怀疑是不是有了什么病。如果真得了病,这辈子就完蛋了。吴芳想，即算她患了不治之症，也得满足一下自己，家里反正是顾不上了，就让她丈夫老永一个人挑这副担子吧。吴芳一方面盼望去西湖，一方面又隐隐地有点颓废。

老永和小羊都很赞成吴芳去旅游。吴芳看出父女俩都把希望寄托在这次出游上头，好像只要她一去西湖，就什么病都没有了似的。

那天夜里吴芳和老永搬了凳子坐在自家阳台上看月亮。月亮同往常一样，不那么干净，他们家所在的工厂区烟雾也很重，令人呼吸起来不那么畅快。

"荷花呀荷花。"吴芳说。

"西湖呀西湖。"老永说。

然后俩人相对扑哧一笑。老永说吴芳是有福之人，他自己就一辈子没去过西湖。吴芳说她觉得前程未卜，担心有什么凶险藏在旅途中。她说这话时，老永就皱了皱眉头，若有所思的样子。

吴芳很少坐火车，上一次坐火车去西北老家时她还是一个少女。所以尽管对火车里头的肮脏有思想准备（她居然在行李中带了一床线毯），进到车厢里之后还是大吃了一惊。几乎每个地方，每一件设备和用具上都布满了灰尘。偏偏乘务员在这个时候又搞起卫生来了，扫帚扔来扔去的，灰雾腾起老高，乘客们为了躲避都将脑袋伸出窗外。吴芳爬上自己订下的上铺，从箱子里拿出线毯，将自己整个一身罩在宽大的毯子里头。她听见对面那个上铺的人被灰呛得咳了起来。不知怎么回事，下面的打扫持续了好久还没完。车子开动时,两个在扫地的乘务员居然用扫帚打起来了,这一下,大家更是没法呼吸了。有人在发出杀猪般的狂叫:"死人啦!"他这一叫,两个乘务员反而愣住了,一齐跌坐在垃圾上头,抱着头呻吟,卫生也懒得搞了,就让垃圾堆在过道里。

吴芳不敢下去,也不敢喝水,她蒙在毯子里头,只偶尔伸出头看一看外面。她听见对面那老男人在对她讲话:

"你上什么地方去?"

"西湖。"

"这年头,旅什么游呀,担心丢了小命!"

吴芳不愿躺下,就裹着毯子坐在铺上。到了半夜,腰酸背痛,糊里糊涂地就往那床薄被上倒去。但往往是睡了一会儿就被被子上的酸臭味熏醒了。如此反复,整个夜里如同一次漫长的跋涉。对面的老头子也睡得不好,吴芳听到他在黑暗中阴阳怪气地念叨:"何苦呢?何苦呢?西湖,哼!"天亮时,吴芳咬着牙去了趟厕所。从厕所回来,她发现全车厢的人都睡得很香。过道上的垃圾还堆在那里,断了柄的扫帚也扔在地上。一个下铺的旅客趴在铺上睡,一只手伸到地上的垃圾堆里。吴芳爬到上铺,正要进去,却看见对面的老头已经占了她的铺位。她又气又羞,压着嗓子问:

"你要干什么?"

"你在下面歇一歇吧,这里有危险。"他坐在她的线毯上瓮声瓮气地说。

"你走开,我不怕危险。"

老头从她床上的枕头下面摸出一把雪亮的匕首,在她鼻尖扬了扬,使得她向后一仰,牙齿打起架来。

"有人在枕头里藏了这个,这种地方还能待?"老头说着还龇了龇牙。

吴芳下来之后,总觉得那老头面熟,像在什么地方见过。她盯着她的铺,看见老头正在用匕首割线毯,一会儿工夫,好端端的一床毯子就被他割得七零八碎的了。吴芳看着他那仇恨的举动,忍不住哆嗦起来。

她坐在过道里的弹簧凳上,心里一个劲地告诫自己:可不能生病,绝对不能病倒呀!坐了一会儿车上就开早饭了。推销盒饭的小车从垃圾上轧过去,旅客们在过道里来来往往,吴芳没法坐了。她用乞求的眼光朝上面望去,却看见那老头回到了自己的铺位,正在蒙头大睡。吴芳心里一喜,爬上自己的铺位,脱离了下面闹哄哄、脏兮兮的场面。她顺手拿了那一堆破线毯盖在自己身上,将那床被褥卷成一团移到床头,自己用背靠了上去。这个时候奇怪的事发生了:先前臭熏熏的被子已经变得干干净净,不但不臭了,还有股薰衣草的香气。莫非那老头把自己的被子换过来了?但是他先前盖的被子也是这列车上的、一模一样的廉价品啊。那么是自己的嗅觉出了毛病?她在被子上嗅了又嗅,还是那种好闻的气味,并且她还发现铺上的垫单和枕头洁白干净,像自己家里洗出来的一样。她觉得难以置信,于是又伸长了脖子打量那老头的被子、垫单和枕头。那些东西同样是簇新、闪亮,反倒衬出裹在被子里头的人不那么干净了。再看下铺的情况,也是同样。太阳升起来了,整个车厢里焕然一新。过道里的垃圾也不见了,茶几和窗户也被抹得亮晶晶的,到处一尘不染。这时吴芳看见了昨天打仗的那两名乘务员，乘务员穿着新制服，头发梳得油抹水光，他们正在勤快地用拖把擦洗本来已经很干净的地板。吴芳长长地吸了一口气，吸进了树林的清香。她宛如在梦中，口里喃喃地说："西湖到了。"是啊，她已经在去西湖的路上了，不然的话，怎么会如此的惬意、熨帖呢？她的同事经常谈起坐火车的经验，坐火车是一件时髦的事，表示某种地位，她们的口气都有点炫耀。但说到车上的卫生状况，却没有一个人说好话的。如果她将这次的经验告诉她们，她们一定会吃惊得合不拢嘴吧！吴芳快乐地想着这些事，很快进入了梦乡。

当她醒来时，大家都已经吃过中饭了，她倒是一点都不饿。她知道西湖马上要到了，于是拿了漱洗用具去洗脸刷牙。她一边刷牙一边观赏外面的风景，于是看到了清爽的人行道，路边的绿草和花朵，姑娘们艳丽的衣裙，还有一个接一个的喷泉。世上竟有这么美丽的城市，简直让她看呆了。她努力辨认着，想要找出这个城市的一点缺点来，比如地上的果皮纸屑，比如踏坏的花坛，但是没有，一点都没有，这里是她做梦都想不出的地方。看看广场上那些洁白的鸽子就知道这里的蓝天有多么干净了。现在吴芳快乐到了极点，她决心在这一个多星期里头改变自己，变成另外一个人。她要尽兴游玩，把这一千块钱用光，将以前受过的委屈忘得干干净净。就在她刷牙的这几分钟里头，她整个的一生浓缩成这样一个画面：弓着背在房间里洗呀擦呀的，一轮一轮同肮脏作斗争，一直斗争到了四十岁，双手像锉刀一般粗糙，还落了一身病。她想起这些就气恼、灰心。她记得自己满三十岁的那一年,曾对自己的一生做了一个评估,那时她是满意的。虽然上班时免不了同一些从里到外都比较龌龊的家伙打交道,但只要一回到自己那个洁净安宁的小家,心情就平静下来了。事情的变化发生在下岗之后。做钟点工以来,她的脾气就变坏了。白天在龌龊的环境工作,憋了一肚子气,晚上回到家,也不再觉得家里好了。虽然丈夫女儿都很勤快,她还是感到他们对家务并不内行,让她找出许多不如意之处来。比如女儿洗过的衣服吧,还得她从竹竿上收下来加工,因为领口袖口都没用手搓,所以污渍原封未动。丈夫老永本来是精细出了名的,但他现在居然迷上了看电视,有时做饭时也看,把饭都烧煳了。以前他可是从来不看电视的。于是她只好忙完工作忙家务,像机器一样重复那些个单调的、损耗人精力的动作。她的病就是这样落下的。这病从外面看不出,最难受的是夜里,只要一合眼,就是那些血污的死尸、没完没了的粪便、到处乱爬的蛆虫……

她回到铺位时,车就进站了。吴芳提着自己的大帆布箱随着人流走向出口,心里油然生出一股自豪感——她终于也外出旅游了,而且是在下岗之后!她那几个已经倒霉或快要倒霉的同事会怎样想这件事呢?吴芳在站口买了一张地图,正打算根据地图上提供的旅馆选定一家时,一个踩着三轮车的小伙子向她打招呼了。那小伙子又瘦又高,极其苍白,讲一口蹩脚的普通话。他显然不是个拉生意的老手,因为他说话腼腆,不敢望人。

"'青山'旅馆离这里不过两里路,那地方安静,价钱也公道,才五十元一间房。"

"旅馆离西湖近吗?"

"出门就是。"

吴芳上车前小伙子用一块干净抹布将座位抹了又抹。待吴芳坐下,他又掏出一双洁白的手套戴上。吴芳朝街上溜了一眼,发现到处都是这一样的绿色人力三轮车,车夫一律戴着白手套,像电视剧里头的警察一样。

"我们这里不准开机动车,避免把空气弄脏。"小伙子一边蹬三轮一边说。

"好。"吴芳高兴地说,心里庆幸遇到了好人。

大约五分钟时间餐馆就到了。吴芳一抬头,看见绿色的匾上龙飞凤舞地写着四个白色的大字:"西湖餐馆"。餐馆不豪华,极其整洁、舒适,正是吴芳喜欢的那一种。车夫朝她做了个手势,自己就在门外等着了,吴芳觉得他有点心事重重的样子。

进了餐馆,就有几个村姑模样的服务员将她迎进去。她刚一落座,脖子上就被围上了一大块洁白的餐巾。餐巾散发着香气,浆得硬硬的,擦得她的脖子有点痛。吴芳虽从未上过餐馆,电视里却看得很多。她心里有点疑惑:"这所谓的'餐巾'怎么像理发店的围布一样呢?"服务员帮她从后面系好那块围布之后,又端来一小盆香喷喷的水让她洗手。吴芳看见那水有点泛出蓝色,担心是消毒液,不愿意伸出手来。但那端水的年轻女人就是站在那里不走,她只好草草地在水里划了几下。做完这些程序,她的好心情消失了一半。一会儿茶就泡好了,吴芳喝了一口,是那种水果茶,吴芳听人说起过这种茶。她没想到水果茶的味道有如此的奇妙,她的眼前立刻就出现了葡萄园,出现了阳光下挂果的苹果树,还出现了一丛丛带露的梨花。喝完那一壶茶,吴芳一直沉睡的食欲就被充分调动起来了,她听见自己的肠子蠕动得很欢。但是她还不能吃上饭,因为服务员又来换桌布了。好好的桌布为什么又要换?洁白的桌布换下去之后,一块淡青色的又铺上了,上面还隐隐约约地有西湖的景色。一会儿经理也来了,经理是个胖子,鼻子上架着金丝眼镜。他是过来巡视一下的。

"你能惠顾敝店,真是我们莫大的荣幸啊!"他拿腔拿调地说。

吴芳尴尬地点了点头,她有点不耐烦了。她抬起头扫了一眼店堂,看见整个店堂里只有她一个客人。那些女服务员隔一会儿就从里间鱼贯而出,向门口走去,她们手里既不端菜也不端饮料酒水什么的。也许她们是到门口去透气,因为过一会儿她们又鱼贯而入了。这些姑娘身着土布,脸膛黑红,透着一股自然的健康,不过吴芳没有精力欣赏了,她已经饿得晕头晕脑的了。

第一道菜终于上来了,那是一道清汤,上面浮了几片嫩菜叶。要是在往日,吴芳是比较喜欢喝这种汤的,可是现在饿成这样,只能胡乱喝它几口了。她巴望着她要的猪排快端上来。这时她听见里间一阵响动,于是伸长了脖子。端上来的菜有猪排、牛排和鱼。本来她只要了猪排。可是也顾不得那么多了,她伸出筷子就去夹一大块猪排。令她大吃一惊的是那些菜原来都是塑料模型,只有几片做装饰用的生菜叶是真的。她先将那些生菜叶扫到碗里,三口两口吃光,然后正襟危坐,一个字一个字地对服务员说道:

"请你们经理来一下。"

那个三十岁左右的村姑似乎很高兴，脸上浮出调皮的笑容，活泼地转过身往里间去了。留下吴芳一个人呆呆地看着那三盘模型菜。

过了大约十分钟经理才出现，他打着哈欠来到吴芳桌前，看样子他刚才在睡觉。

"真对不起，整个白天我都瞌睡沉沉的，我的窗外就是西湖，只要一开窗就做梦。你很快就会有这种体验的。"

"我要换一家餐馆！"吴芳愤怒地站了起来，同时就听见自己的声音有气无力的。

"啊，你消气！你消气！"经理的胖手按住她的肩膀，把她按下去，"你仔细想一下，现在这个时分也不是吃饭的时分，你到哪里去吃呢？所以呀，还不如坐在这里等，这里毕竟比较卫生，对吧？"他凑近吴芳，强调"卫生"两个字。

经理的西装里头也散发出同一种好闻的薰衣草的香味，闻了这气味，吴芳的怒气消下去了。这时经理就挪开一点椅子，在她旁边坐了下来。

"吃东西实在是无关紧要的事，你不觉得吗？要我说呀，吃得越简单越好。你看，你的饭来了！"

一大盆黑乎乎的红薯汤放在吴芳面前。这种红薯城里人一般不吃的，就是在乡下也基本上是用来喂牲畜。吴芳伸出筷子，夹了那些薯块，嚼也不嚼就吞下肚去了。她有一下没注意还烫着了喉咙。经理还在她耳边唠叨，吴芳一个劲地吃，什么都没听清。将所有的薯块都捞完了之后，她才打了个饱嗝站起来，顺手解开"餐巾",扔到一边。

这时她听到经理在说:

"作为一个朋友,我当然有义务带你熟悉此地的情况。"

"谁是您的朋友?"吴芳大为诧异。

"你呀!你不是鞋厂的金老板介绍来的吗?"

"我是在帮金老板家干活,不过他并没有介绍我到这里来。"

"嘿!都一样,都一样,你何必那么较真呢?金老板是此地长大的呢。"

吴芳盯着经理那梳得一丝不苟的、厚厚的黑发,觉得自己就要回忆起什么事来了,那是件什么事呢?她掏出钱包来问道:

"多少钱?"

"嗨,你开玩笑吧,怎么能收你的钱,你是金老板介绍来的啊。"

经理离开椅子,走到过道上一挥手高声叫道:

"来人啊!"

那三个村姑立刻过来了。

"带金老板的朋友去温泉澡堂。"

吴芳觉得好笑,自己怎么又成了金老板的朋友了。两个女人亲密地挽着她的胳膊,她们穿过后面那扇门到了露天。后面是一个很大的花园,牡丹花、月季花、丁香花、菊花、芍药花等各种不同季节的花儿都一齐怒放着,天空像蓝水晶,昏昏欲睡的蜜蜂飞着飞着就掉下来,掉到她们头发上。吴芳刚要用手去拂,小东西又"嗡"的一声飞走了。她们沿着一条鹅卵石路穿过花园,吴芳看见了漆成绿色的温泉浴室。服务员们帮她把手提箱和手袋放进一个大柜,又给她拿来一套真丝绣花服装,说是经理送的。吴芳推开那个礼盒,坚决地说,她要穿自己的衣服。三个女人相视一笑,将礼盒放在桌上,一齐走出了浴室。

　　吴芳换上高档的拖鞋,像电视里看见过的那样用雪白的大毛巾裹住身体往里面走去。那是一个二十平方米左右的浴池,微微冒着热气。吴芳试了下水温,正好。虽然这一切都很蹊跷,但她的感官渴望着从未有过的高级享受。洗着洗着,她差点在这香喷喷的浴池里睡着了。

　　终于洗完了。她裹上毛巾,到外间来穿衣服。奇怪,她的衣服不见了,哪里都找不到,一定是那几个女人拿走了。她摇着头笑了笑,打开礼盒,发现礼盒里面连精致的内衣都准备好了。穿好之后照了照镜子,简直不敢相信自己的眼睛了。经理到底是怎么回事?他总不会对自己这个半老徐娘产生欲望吧。她又到大柜里去拿自己的箱子和手袋,可是都不见了。这时她听到了门外的笑声,于是打开门,看见三个女人还等在那里,其中一个提着她的箱子。

　　"去我们的客房部。"年长的一位说。

　　"我订的是'青山'旅馆呀。"

　　"我知道,我们这里就是'青山'旅馆。您是老板的朋友,我们给您安排了高档套房。"

　　"高档的呀,不不,我住不起。"

　　"不要钱的。"

　　"不,我不去。"

　　两个年轻一点的女人立刻一人挽住她一边手臂,将她挟持着往花园右边那座天蓝色的别墅建筑走去。吴芳挣不脱,只好被她们拖着走。

她们动作利落地将她塞进屋里,又帮她放好行李,然后就走了。

现在她只好就范了,还能怎样呢,她累得想动也动不了了。她抬眼一望,房间的南面是一扇巨大的玻璃窗,一眼看出去,颤动的湖水延伸到了天边。她喃喃地说:"西湖……"然后就倒在了床上。

她在梦里双腿轻快地游了好多地方,有一下居然还爬到了一株老垂柳的树梢上,那根树枝伸向湖中,她跪在上面吓坏了,就尖声叫了起来。胖经理和一名女服务员在下面朝她喊话,鼓励她不要怕,还告诉她要一点点往后退,这样就不会出事。她就照着去做,终于溜下了树。可是她的真丝衣服被剐坏了一处,她沮丧极了。这时经理就说没关系,回去换一套就是。他还指着飞过的蝴蝶说:"你看它们多么自由。"于是吴芳生平第一次看见了红色的蝴蝶,它们身子上还有虎纹,一只只硕大得怪异。她连忙捂住脸,生怕毒粉掉到自己的脸上。蝴蝶飞走后,她扭过头一看,看见经理镜片后的那双眼睛变得巨大,而且凸了出来,把眼镜都撑得掉到了地上,并且他正张开双臂朝自己扑过来。吴芳发出一声惨叫,惊醒过来。

房间里十分寂静。吴芳在房里走了一圈,往宽大舒适的沙发上一坐,马上又产生了要跌回梦境的感觉。于是她站了起来,走向窗口。堤上果然有很多老垂柳,同梦里的柳树一模一样,那些细细的枝条都垂到水中。吴芳这才记起自己身在一座很大的别墅里头,这座别墅有五层,建在湖边,她住在顶上一层。西湖的水泛出不祥的灰绿色,湖面既没有荷花也没有船只,同她多年的想象一丝一毫相像之处也没有。在渐暗的天色之下,一种荒凉感觉从湖里升起,吴芳隐隐地感到那湖就是自己的心。在她没注意到的时候,房门打开了,送她来的那三个服务员静静地立在门口。年长的女人走上前来,放下手中的茶盘说道:

"这里会很寂寞的。您要什么东西,就到楼下来找我们,我们在一楼。"

门又悄悄地关上了。

吴芳坐在卫生间一尘不染的马桶上时,不安像许多蚂蚁一样爬上了她的身。她揉了好几次自己的眼睛,企图确定发生的一切不是做梦。豪华的温泉浴室,令人昏昏欲睡的花园,餐馆里的奇怪风俗,经理的神秘举止和谈话,她所受到的毫无道理的优待,等等,一幕一幕在脑海里闪过。她甚至还想起火车上发生的那些个怪事,但想来想去的,并不能想出什么头绪来。于是生她自己的气,懒得去想了。

从卫生间出来,又看见窗前那一片灰绿的湖水,心一烦,就将窗帘拉上了。开了灯,心情才稍稍平静了一点。这时她才第一次来打量房间。

房间真是装饰得十分奢华。墙上贴着米色的丝质墙布,瓦灰色的地毯是纯羊毛的,右边有一大块凹进去的地方,里面嵌着一排小冰箱,她依次打开,看见了各式各样的酒类和饮料。进门处的左边有两个巨大的衣柜,衣柜里居然挂着许多女式丝绸服装。吴芳将那些衣服看了又看，大饱眼福。她疑惑地想，莫非这些也是经理送给她的？经理到底是什么样的人呢？她好不容易才将要试一试那些美丽服装的冲动压下去。想了想，她又拖出自己的帆布提箱，找出她的旧衣服换上，将美丽的丝绸衣服和精致的内衣叠好，放进衣柜。她不想占人便宜。

穿上旧衣服之后心情好多了，这才记起还没吃晚饭。她不想在西湖餐馆受人捉弄了，她要上街去吃。

她打开房门，两头望了一望，就如做贼一样下楼了。然后她就从一扇侧门溜到了街上。她听见有人在叫她，原来是那位送她来的青年，吴芳早把他忘了，可他还在那车里等，他居然还知道她的名字！

"你怎么把我介绍到这种地方来呢？经理太古怪了！"吴芳摇着头说。

"您是说经理啊，"青年慢悠悠地说，"那可是个不幸的人。"

"有什么不幸啊，钱多得没处用吧。"吴芳不以为然。

"他还真是不幸，您住下去就知道了。看过西湖了吗？"

"没有。我现在要吃饭。"

青年显出为难的样子，左右环顾了一下，然后凑近吴芳说道：

"您忍一忍吧，我车上有两块烧饼。此地只有这一家餐馆，而且一般来说，我们都不吃晚饭的，我每天晚上就用一块烧饼对付。这里的人都不喜欢把吃饭的事搞得太复杂，您也看出来了吧？我们对弄脏环境的事深恶痛绝！"

他喊出"深恶痛绝"四个字时，吴芳吓了一跳，同时就看见他左边额头上有块疤涨得通红,看来他真的为了什么事很激愤。接着他转身到车里,拿出白布包着的两块烧饼交给吴芳。

吴芳边吃边想,这个比红薯好吃多了。看来还是这位小伙子贴心,要让他带自己去观赏西湖夜景就好了。

"我是不是先付你一部分费用呢?"吴芳试探地问。

"不不不!您说到哪里去了!"他慌忙摆手。

"怎么都不要钱?"吴芳发急了,"究竟怎么回事?"

"您不是金老板的朋友吗?"青年"嘿嘿"地笑起来。

"我不是他的什么朋友!我在他家做用人!"

"还不都一样!您就别操心钱的事了。我们只担心您在这里过不惯。您上车吧,我带您到西湖边上逛逛去。"

吴芳本想走开,后又改变主意坐上了车。她坐在车上愤愤地生闷气,但又觉得事到如今,自己在这人生地不熟的异乡,实在没办法同这几个怪人从经济上划清界限了。

她这才知道西湖原来大得不得了,踩三轮车要三天三夜才能绕一圈。堤上是两排柳树,柳树下是绿草,一条柏油路清清爽爽。奇怪的是车子在路上驶了好久,总没碰到一个人。在家里看电视报道,他们总说西湖"游人如织"。莫非这不是西湖?

"小徐,"吴芳招呼青年道(她刚得知他姓徐),"这里怎么一个人都没有啊?"

"一般来说总是这样。"小徐平静地说。

"那电视里怎么总是说什么'游人如织'?"

小徐扑哧一笑,答道:

"您不要听他们瞎说!"

"那谁还敢来游玩啊,要是遇上强盗……"

"这种地方不会有强盗。"小徐说着就停了车,走下来。

天已经黑了,西湖也变得黑乎乎的,柳树间的路灯闪闪烁烁。一阵阵微风吹来,荒凉之感又一次在吴芳心底升起。她觉得西湖太静了,静得让人发怵。还有这湖堤上,怎么会没有一些小昆虫、小鸟儿之类的呢?如果在这种时候,远处的路当中出现一个白衣白裙的仙女,那才会把人吓坏呢。

小徐站在车旁抽着烟,他的声音像从远处传到吴芳的耳朵。

"您怎么会想起来要游西湖?"

"我没有说出来啊。"

"嗨,还用得着说吗?我从车站接了您之后就一直在想这件事。我们这里没人会来游西湖的。"

吴芳没有回答。她难以启齿告诉这个小伙子,说自己从少女时代就向往西湖。她现在才知道她一直向往的是另外一个西湖,不是眼前这黑乎乎、深不可测又漾出荒凉之感的庞然大物。这时她看见小徐在路边蹲下去,好像尽量要把身体的目标缩小一样。不知怎么,吴芳也觉得这辆停在路当中的车子目标的确太大了。她绕了个圈,向一株老柳树的树干走过去,然后身子紧贴着树干站稳。她在树的阴影里头说道:

"这就像消失了一样。"

的确,在黑夜里,面对这浩渺的湖水,吴芳同小徐一样,自然而然地感到自己的身体是一件很别扭的东西,应该变模糊才对。天是阴沉的,一颗星都没有,吴芳记起白天里还是大太阳天呢。她想招呼小徐,让他拉她回去,可是小徐此刻坐在草地上,头垂在两膝间,好像睡着了一样。吴芳后悔不该到这湖边来,难怪小徐说:"没人会来游西湖。"原来是自己刚才没有听懂他的话。她又喊了一遍小徐,小徐还是不回答。她一赌气,就自己沿着马路往回走。

她走了没多远小徐就蹬着车追上来了。

"您请上车。"他说,"我刚才在倾听经理哭泣呢,他儿子死了。"

"哪个经理?"

"就是您见过的、西湖餐馆和青山旅馆的经理啊。他儿子前年投到湖里去了。那是他唯一的儿子。"

吴芳看着湖,感到全身起了一阵鸡皮疙瘩。但她还是问:

"你怎么听得见他哭?"

"你想一想这种地方什么听不见啊。经理每天夜里都要哭,全城的人都知道。他要是没有那样一个儿子就好了。大家都在议论:那样一个儿子,究竟是到世上来干什么的呢?起先不露痕迹长到了十九岁,然后就在一天,将衣服脱在柳树下,赤着身子往湖中心走,走进黑咕隆咚的深处去了。那个时候湖边不像现在这么冷清,有两个钓鱼的看见了他,就喊他,他头也不回,人家以为他闹着玩呢。您听,听到了吗?"

吴芳坐在车上竖耳倾听,可是只听到风声。她想起了那仙境般的旅馆后院的大花园,花园里那些昏昏欲睡的蜜蜂,色彩奇异的蝴蝶,花园边上那绿色的、精致的温泉浴室。她想,或许经理将旅馆造成这个样子,是为了整个白天可以处在梦游的幻境里？大概因为白天做梦，到了夜里他反而清醒了。她使劲回忆经理的长相，可是除了那一对镜片后面的暴眼珠之外，他的面貌仍很模糊。在这样的夜里，经理当然要哭，就连吴芳自己也想哭呢。

"旅馆后院的花园美丽极了，那些花儿怎么会不按季节开放呢？"

"哈，那是有原因的。您想想看，他儿子就躺在里面嘛。"小徐说。

"啊？"

"我不是说尸体，尸体从来就没找到过。那个花园是经理的儿子在梦里头要经理建造的，还有那个温泉浴室，您在里头没听到死人说话吗？"

"没有！绝对没有！"

"那是因为您没用心去听吧。据大家说，每一间浴室里都有那种声音。"

吴芳沉默了，她又使劲回忆经理白天的样子，于是记起了他那虚胖的体态，但不知怎么，她想象他走起路来轻飘飘的。当她同那几个服务员穿过花园时，有一瞬间她曾瞟见了经理，那个时候他脱掉了西装，身着一件睡袍坐在芙蓉花下面发呆。当时吴芳没在意，现在回想起经理的神态，心里头很震惊：那就像一个死人，像一个塑料模型啊。经理让人端来塑料模型给她吃，到底是什么用意呢？

风力加大了，吴芳听见湖水轻轻拍击堤岸的声音，小徐却回过头来说，那还是经理在哭。吴芳对他的装神弄鬼很气愤，可自己坐在他的车上,只有由他去说。

从湖堤向城市那边看,城里一点都不繁华。稀稀拉拉的灯光从那些平房的窗口射出,高楼大厦完全没有,仅有几座五六层楼的房子。吴芳觉得这西湖城就像一个小镇,可她来之前,人家都说西湖城大得很,是繁华的大城市呢。吴芳的思绪一会儿又转到了经理身上,她想,经理的儿子是耐不住寂寞才投湖的吗?年复一年地生活在这人烟稀少的西湖边,人是会起变化的。比如她,今天才到这里,就觉得自己的心肠已经硬起来了。刚才她想哭,却不是像从前一样为女儿,为丈夫哭,她是想为自己哭。倒不是可怜自己,只是种说不清的悲伤。才离开家两天,她已经一点都不挂记家里的事了,好像是否还要回去都是个问题似的。

吴芳还在胡思乱想的时候,小徐已将车子踩到了青山旅馆门口。

"您不进去啊?"吴芳问。

"不了,我就在这里等到明天早上,然后再带您去西湖。"

"怎么可以!你真的睡在这车上啊?"

"当然,您不要管我。"

吴芳在一名没见过面的服务员的带领下沿着一条长长的回廊往里走,走了好久才到了她住的那座六层楼的别墅,别墅里黑灯瞎火的,服务员居然只用一只手电筒给她照路。"您可要注意脚下。"她叮嘱吴芳,还一把抓住她的手,捏得紧紧的。吴芳问她怎么连个灯都没有,她就告诉吴芳说这是经理规定的,经理不想在夜里浪费电。"再说这种小地方,没几个人,就是点灯也解决不了问题,您说是吗?"她说这句话时竭力做出天真的口气,令吴芳十分反感。

上到三楼时,突然听见某个房里传出厮打的声音,然后是撕心裂肺的长嚎。吴芳听了脚都软了。

"是经理吗?"她轻轻地问。

"您想到哪里去了。"服务员笑起来,接着语调马上又沉重起来,"经理才不会大喊大叫呢,他总是悄悄地躲在一个黑房间里。这才格外让我们大家悲伤呢。这种夜里,经理已经失踪好几次了,全旅馆的职工都打着手电筒找,怎么也找不到。后来有人提出恢复点灯,遭到了大家的反对。怎么能够违反经理的意愿呢?"

"经理是怎么回来的?"

"您想想看,他还能失踪到哪里去呀!"她突然放声大笑。

她的笑声令吴芳毛骨悚然,吴芳对这个半老的女人厌恶已极。幸亏房间马上就到了,她把吴芳往房里一推就走了。吴芳习惯性地去按电灯开关,但开关全都失灵。她只好摸到床铺上,躺了下来。她心里估计时间大概不早了,总是夜里十一二点了吧,于是又起来脱衣,脱完衣重新睡下。

她刚迷迷糊糊地睡了一会儿,那名服务员又进来了。她高声大气地说话,笑着将吴芳从被子里拖出来。

"这种时候您还睡得着啊!"她说。

"有什么事吗?"

她将手电的光在天花板上晃来晃去地弄了好一会儿才说:

"您一点都不关心经理吗?您可是他的客人啊!"她叹了

口气。

吴芳被她拖着迷迷糊糊地在走廊里走。她打着哈欠，说："困死了。"

"来这里的人都这样。"服务员理解地捏了捏她的手心。

后来她们就进了一间很大的房间。房间里有很多皮沙发，尽头是一张工作台。吴芳跟在服务员身后绕来绕去地绕过那些沙发茶几，来到工作台前面。

"我们扑了个空，经理不在这里。"服务员失望地说。

吴芳看见她用手电照遍了每一个角落。突然她一拍脑袋说："知道了。"

吴芳又被她拖着到了走廊上。她刚辨出前方的一个黑影，服务员就用手电照准了那个人。果然是经理，经理穿着黑色的睡衣，没戴眼镜，歪着身子靠墙而坐，正在呻吟。服务员熄了手电，吴芳就看不见经理脸上的表情了。

"他总是这样。您和他说话吧。"服务员捅了捅吴芳的背。

吴芳想不出要对经理说什么才好，就默默地站在那里。

"经理啊，您是我们大家的衣食父母。"吴芳听见女人在说，"您千万不要想不开啊。我刚才在您房间里看了一下钟，现在是两点半。您想，两点半过去就是三点半，三点半过去就是四点半，然后再挨一下，就五点半了，五点半就天亮了。天一亮，什么都改变了，恐怕连您自己都变成另外一个人了。谁说得准呢？刚才我从花园那边来。看见又有更多的牡丹花悄悄地开了呢。"

女人说完这一大篇，却站在原地没动。吴芳不知道经理听没听进去。吴芳心里想，要是自己明天一早成了另外一个人，那才巴不得呢。但这女人在吹牛，她的话根本不能信。

"真讨厌，"经理在黑暗里发出声音，"你们干吗要来吵？我正在喝那种陈年美酒呢。湖水是有点深，那算什么，我早就适应了。我，一只久经风浪的老麻雀，哪里不敢去？"

服务员贴近吴芳的耳朵说：

"他在发疯。不过不要紧，天一亮他就睡着了，那时大家就会过来把他抬走。"

吴芳继续想自己的心事。她想，要是明天一早自己成了另外一个人，她就不回去了，在这个洁净得不可思议的小城里随便干点什么工作也行，比如就在青山旅馆做服务员。此刻她竟一点都不想念自己的家了，她被自己的这个变化吓坏了。但是这个城市和这个湖也很令她心里不安。比如现在，明明已过了半夜，她却不能睡觉，要站在这里守着一个半疯的老男人。到底是为了什么呢？更大的不安来自一种说不清道不明的像透明的薄膜一样的东西。刚来到这里时，她就感到这种薄膜到处都是，哪怕别人对她讲话，那声音在空中就被裹住了，传到她耳朵里就失真了。温泉浴室里那晶莹冒泡的水中也有这种东西，所以那一次她从水中站起来时身上一滴水都不沾，她怀疑自己根本就没同水接触过。然而身上倒是洗得干干净净了。现在她站在黑乎乎的走廊里，脸上痒痒的，可能又是那些东西在拂过她的脸。

"我哪里不敢去？"经理又嘟哝了一句。

吴芳听出那声音又失真了。她伸手去摸墙。贴着丝质墙布的墙却溜溜滑滑的，用力一抠还发出薄膜的响声。吴芳悄悄地、一点一点地移开身体,那两个人都没注意到,也可能是假装没注意。她终于离开他们,越走越远了。她下了楼,又摸着出了大门,谁都没注意到她。

小徐在门口等她,他告诉她行李放在车后了,小心不要压坏了。

"什么行李?"

"您的行李呀,您不是要换个地方吗?"

"小徐太聪明了啊。"

街上有零零星星的路灯,整个小城在昏暗中沉睡,吴芳也靠着自己的行李打起了瞌睡。吴芳在梦里看见小徐变成了一匹马,拉着马车在城里的街道上飞奔,而她自己,就坐在那马车里头。她朝车窗外头一看,人行道美丽极了,红的、白的、黄的,各色的花儿怒放,大树的华盖像绿色的巨伞,后面衬着蓝天白云。她用力吸了一口气,花的清香令她神清气爽。这时她发现了一件反常的事,那就是人行道上并不是空无一人,而是有一些影子在阳光下移动。起先她以为那些人躲在树干后面,待定睛一看,又并不是那么回事,那就仅仅是一些人的影子,却不是由人投下的。吴芳让小徐停了车,她走向人行道,走到两个人影所在的地方,然后用脚去用力踩……

"您干吗这么用力踩脚啊?"小徐回过头来向吴芳大声说。

吴芳揉揉眼,看见天已经大亮了。小徐停了车,过来帮她拿行李。

吴芳又看见了那块匾,上面写着"青山旅馆"。吴芳笑起来，说：

"又回到了老地方。"

"是啊，城里就这家旅馆嘛。"

"那你还带我去换地方？"

"不是换地方，是旅游啊。您不是出来旅游的吗？我们这里习惯夜间旅游。您还会看到更有意思的事呢！"

小徐的脸在阳光下显得更苍白了，吴芳想，这是夜里不睡觉引起的。

吴芳走进旅馆的大堂，看见经理正衣冠楚楚地从楼上下来。经理朝她随意点了点头，就进入了旁边一间办公室，透过玻璃窗可以看见他正在指着桌上的表格向一名年轻职员交代事情。

帮吴芳拿行李的服务员又带她走到她所熟悉的回廊，吴芳满怀希望地吸进早晨清新的空气，欣赏着回廊下面花坛里那一丛一丛的茉莉花，在心里对自己说："新的一天又开始了。"

两个姑娘正在用抹布抹那漆成大红色的柱子，她们年轻的脸上显出欢乐的朝气。吴芳想，假如让女儿小羊到此地来做服务员也不错。但她知道，小羊前面还有很长一段路要走，让她和她爸爸去挣扎吧。

在那个令人昏昏欲睡的花园里，吴芳吃惊地发现那些牡丹啊，玫瑰啊，芍药啊，美人蕉啊，全都长成了一棵棵的树！花儿就开在树上，一朵一朵的变得那么大。树底下还有一些花卉正在疯长，可以听到它们生长的声音。吴芳一抬头，一只从天而降的小鸟撞在她脸上，后又落到了草地上。细细一打量，原来根本不是鸟，是一只比麻雀小一些的蜂子，它躺在那里，腿子还在动弹着。

"这是什么?"吴芳说,牙齿磕得直响。

"蜜蜂吧。"服务员不以为然地说。

"让我到树林里走一走好吗?"

"不行。花园里头有瘴气,很危险的。"

"经理不是常躺在里头吗?"

"经理?那是另外一回事了。经理才不怕危险呢。"

吴芳终于可以睡觉了。门一关上她就倒在床上睡着了。

醒来时已是第三天早上。她觉得自己只是短短地睡了一觉,怎么就过了一天一夜呢?看来西湖城里的时间同她家乡的时间大不一样,有种随心所欲的味道。她听到窗外有喧闹的声音,就凑到窗前去看。

但那声音又没有了。虽然被太阳照着,西湖还是显得那样阴沉,深绿的湖水几乎一动不动。吴芳想起花园里那些疯长起来的奇怪的花树,心里有种不祥之兆。自从前天到这里之后,她就总是打不起精神,她觉得自己恐怕真要得病了。是不是因为这里太干净了呢?她以前从报纸上看到,太干净的环境也会让人得病的。比如那花园里的蜜蜂,身体就成了那种畸形,而且动不动就从空中掉下来,恐怕同某种毒素有关吧。前天夜里她被女服务员叫起来,后来又站在经理面前时,她的胃曾经狠狠痉挛了几下。如果那温泉浴室里的泉水有致命的毒素的话,吴芳自己就在劫难逃了。这次西湖之游到底是一个什么样的圈套呢?她在心里苦笑着对自己说:"这一下我可把自己撇得干干净净的了。"窗外又一阵喧闹响起，像是好多人在戏水。她这下听清了，声音来自西湖那边，但一眼望去，湖里一个人都没有。

强烈的饥饿感忽然袭来，她的头一阵发晕，连忙用手扶住茶几站稳。她记起自己已有一天一夜没吃东西了。下面的餐厅里不会有什么好吃的，但即使是昨天那种薯汤，此刻也会令她馋得要命。

服务员敲门后进来了。她端进来一只莲花似的玻璃盘，盘子里放了一大碗前天那种薯汤，碗底下还垫着花花绿绿的叶子。

吴芳顾不得客气，接了碗就大口大口吃起来。

年长的女服务员严肃地看着她，坐在旁边一动不动。一直到吴芳吃完了，她才开口说：

"您一定不习惯我们小城的夜生活吧？这里的夜晚太长太长了。我听说南方是完全不同的，街上整夜灯光明亮，几乎还没怎么留意一夜就过去了。在家里的那些人总是一觉睡到大天亮。我老是猜想：那究竟是一种什么样的情况呢？"

吴芳点着头同意道：

"你说得对，这里的确太不一样了。你瞧，我只不过来了三天，就变得有点像你们了。这三天好像有三年那么长，我连家人都不那么挂记了，那边的事全在渐渐淡忘，真不应该啊。"

服务员笑了笑，站起来收拾盘子准备离开。

她走到门边又回过头来说：

"您就留下吧。"

在经理那间宽大舒适的办公室里，吴芳冒昧地向他提出了留在他的旅馆做服务员的想法。经理的眼睛在镜片后头吓人地瞪着她的头部的上方,沉默了好一会儿才慢慢开口。

"我们这里并不要人。你也看见了的,生意清淡嘛,来旅游的人太少了。当然原因并不在这里。真正的原因是:你不会在此地久留的。我们这个小城里,还没有一个外地人留下不走呢!这里有些事太可怕了,不是吗?"

他的眼袋因为夜间失眠肿得更厉害了,他似乎对谈话感到很厌恶,就傲慢地向吴芳挥了挥手,示意她马上离开。

吴芳觉得自己受了莫大的侮辱。她想,经理也许还在发疯,昨天夜里他是如何度过的呢?一走出那栋别墅,她的想法就变了,她不打算留下来了。她要趁这几天时间好好地调查一下这个城市,弄清自己同它究竟有些什么样的瓜葛。这样一想,她就来到旅馆前台,往丈夫所在的药店打电话了。

她在电话里头问老永,听到有关她的消息没有?

丈夫在电话里头平静地回答,听到了,昨天鞋厂老板来到他们家,告诉他说,吴芳在西湖他的朋友那里玩得很愉快。接着丈夫又说,女儿小羊不想上学了,她自己找了份工作,初中一毕业就去一家旅行社做导游小姐。丈夫还说,假如她在西湖玩得好,就多玩一阵,现在回家的话家里也很脏,因为楼上装修房子,坐在房里都要戴口罩呢。

她听着丈夫的电话,就像听同自己不相干的人说话似的,连自己也感到奇怪。放下电话好久,她还在发愣:她的生活发生了什么变化?她听出丈夫已经不希望她马上回去了。似乎是,他把家里的事都安排好了,要是现在自己赶回去的话,反而打乱他的计划了。

吴芳走出旅馆,两头张望了一下,没有看见小徐的三轮车。她低下头,沿着铺了彩色砖的人行道慢慢向前走。街道上几乎没有汽车,只稀稀落落地有些三轮车驶过。没有空气污染,路边的花草和树木长势喜人。吴芳觉得自己的脚步如梦游一般轻飘飘的。生平第一次失去了生活的目的性,心里头不免恐慌。但她还是决计要享受一下这种不同的生活。自从下了火车到现在,她还一刻都没来得及享受呢。

街道的尽头是一个很大的广场,大得望不到边,广场上一个人都没有,只有一些鸽子。那些雪白的鸽子聚在一具战马雕像的底座周围。吴芳走到雕像面前,鸽子们毫不理会地啄食着地上的食物。她弯下身去抓一只鸽子,那只鸽子竟驯服地蹲下来,居然还闭上了眼睛。她将鸽子捧在手中,鸽子好像睡着了一样,也许是晕过去了吧。她放下这一只,又去抓另外一只,同样的情况又发生了。她一共抓了六只,六只鸽子一字排开躺在她脚下一动不动了。摸一摸它们的胸口,心脏还在跳,其他那些鸽子都围拢来了,好像都巴望着吴芳去抓它们一样。吴芳吓坏了,拔腿就走。走了好远回头一望,看见那六只鸽子还躺在地上。太阳晒到身上有点热,天空又高又远。吴芳觉得广场上充满了凶兆,就开始了小跑。就在她跑离广场,来到街上时,有人从后面在她肩上拍了一下。回头一看,是那个年长的女服务员。

"在我们这种地方,您有什么不习惯的事吗?"她说话时凑近吴芳的脸。

吴芳脸上痒痒的,她又感到了那些薄膜。她看不见它们,但它们的确裹住了这个老女人的声音,那声音变得像蜜蜂发出的一样,又细又失真。

"我好得很!这里到处都是新鲜事,我欢喜得很!"

吴芳听见自己在大喊大叫,忍也忍不住。

老女人怜悯地看了她一眼,转过身去,朝那棵开花的槐树踢了一脚。黑压压的一大群蜂子朝吴芳冲下来了,它们纷纷地落在她的头上、衣服上、颈窝里,一瞬间吴芳感到末日来临。

但是什么事也没有,那些蜜蜂全都死了。她将这些小东西通通抖搂,将颈窝里的那两只也拣出来扔在地上。老女人也在抖搂自己身上的蜜蜂。

"这些小东西并没有死,当心点,不要踩着了它们。"

吴芳小心翼翼地绕过那些蜂子,茫然地向前走了几步,忽然听见有人叫喊着朝她走来了。是那个脸膛黑黑的服务员,她提着她的行李。

"小徐会带您去火车站的。"她说。

她和老女人并排站在对面打量吴芳。

"可是我,并不要马上离开啊。我还想玩一玩。"

"你瞧,她有多么贪心!"黑脸女人捅了捅老女人说,"来了十来天了,白吃白住,可是还不想走!"

"是啊,有的人,脑子太精明了。"老女人慢悠悠地说。

吴芳十分气愤,又开始大喊大叫:

"你们瞎说!我是前天才来的,你们说我来了十来天了。你们以为我要在你们这里蹭吃蹭住吗?我告诉你们,是你们经理不肯收我的钱!我才不肯占便宜呢,我马上走!"

那两个女人面面相觑，仿佛自言自语地说出同一句话：

"经理？怎么能相信他的许诺？他不是早就疯了吗？"

吴芳火冒三丈，差点要骂人，可是小徐的车已经来了。小徐一声不响地将吴芳的东西放到车上，吴芳就坐了上去。

车子驶出好远了，吴芳才气呼呼地问：

"我来了十多天了吗？"

"谁说的啊？"

"那两个女人。"

"那大概是事实吧。我怎么能记得您来了多久呢？我们小城的生活过得昏昏沉沉的。"

"今天几号了？"

"要看车票。我已经为您买好了，那上头写得有。"

吴芳不作声了。她看见水晶一般的蓝天里飞着一排白鸽，共六只。那是不是她刚才捉过的鸽子？

"经理的儿子正式接经理的班了。"小徐回过头来说。

"他不是死了吗？"

"嘿，这是我们这里的风俗。没有任何人会真正死去的。"

后来，一直到吴芳上火车，他们之间再没交谈。

小徐一直把她送到车厢，然后回到站台，心神不定地站在那里。吴芳隔着玻璃看见他那张脸像死人一样。她突然感到难堪，就俯下身去不再朝外看。幸好列车一会儿就开动了，吴芳这时才觉察到车厢里的肮脏和恶臭。

然而她遇见了药店的同事。那位明霞大嫂是个很爱说话的人。谈话转移了吴芳的注意力,她心里不那么难受了。

一开始她们谈了分别后各自的情况,时而唉声叹气,时而又自嘲似的笑起来。后来两人突然一齐住了口。明霞大嫂怔怔地打量了吴芳好久,看得吴芳都不好意思起来了,这才幽幽地说道:

"按说,在药店里我们都是平起平坐,谁也不比谁高。我就想不通,你怎么会突然一下就出息了呢?旅游!这可不是一般人享受得到的乐趣啊!比如我这趟出门,就不是去旅游,而是去为公公奔丧。自从药店不景气以来,谁还有资格去旅游?吴芳啊,你可真是命里福星高照啊。"

不知怎么回事,明霞大嫂这一番话令吴芳全身的疼痛一下子全消失了。她感到一股久违了的勃勃生气又在她体内涌现。她挺直了腰,面对这个未老先衰的同事,她感到了自己的优越。是啊,除了她,谁又能去那种地方呢?如果她将大家闻所未闻的经历讲出来,恐怕没有一个人会相信吧。

火车轻快地行驶着,人们在高声交谈,吴芳明天早上就到家了,她归心似箭。她愉快地想,要是老永和小羊看见她现在这个样子,他们心里也会松一口气吧。当然,她不会允许小羊去做导游小姐,她一定要上高中、上大学。她要让小羊知道妈妈有能力做到这一点。

2002 年 7 月 12 日于北京牡丹园

原载于《小说家》2002 年第 6 期

文史资料

有寄是我们这栋居民楼里的一名年近六十的小老头。他戴一副很旧的塑料框眼镜,褪色的卡其布制服在他干瘦的身上显得空空荡荡。听说他原先是在县里面的一个文史资料室工作,后来因为他工作上多次出现重大错误,县里的领导就劝他提早退休了。据有寄的女儿说,这是个冤案。退休的有寄搬到我们城里来同他的独生女儿住在一起,也就是住在我们楼的六楼。可是第二年,这位三十五岁的女儿突然得了子宫癌,半年之后就去世了。有寄的女儿去世后,有寄就独自一人住在女儿那套两居室里头了。楼里的人说,有寄的屋里常闹鬼。有一回,胆大的陈猫半夜钻进有寄的房里,在那里面守候了好久。早上他对人说,那房里一个人也没有,一股阴风吹来吹去,将墙上的相片框啦,镜子啦,桌上的茶盘啦,茶杯啦,全吹到了地上,打得粉碎。

我时常想,一个文史资料室的工作,究竟会出现一些什么样的重大错误呢？从有寄刻板守旧的性格看起来，他不会做那种颠三倒四的事。而在我的印象中，一个县的文史资料，无非是将现有的那些资料抄抄写写，偶尔去乡下采集一点第一手资料罢了。这种事，居然会出现"重大错误"！世事真是太难预料了，人心叵测啊。我不仅仅怀疑县里领导的居心，我也怀疑有寄。谁知道他的刻板和拘谨是不是装出来的呢？

  自从前年我也退休以后，我同有寄就时常在楼道里碰面了。有寄是从不和人打招呼的，他往往提着一个破损的提篮去市场买菜，他身后的空气里留下一股又像玫瑰又像腐叶的怪味，使得我怀疑他独自一人在家时所从事的活动。他所在的六楼就在我的头顶，万一他房里发生意外，我也会跟着倒霉。但是在还没有发生意外时，我是没有理由向他作任何表示的。一个在编那些谁都不会看的文史资料时居然可以搞鬼的人，我怎么会是他的对手呢？不过他屋里倒是很安静，我几乎连他的脚步声都从未听到过，我老婆也没听到过，而我老婆，不知怎么是非常关心这种事的。虽然陈猫反复强调有寄到夜里就化为了一股阴风，我还是不相信这种无稽之谈。这世上可能有难以解释的神秘之事，鬼是没有的。

  当炎热降临，腐臭的空气里繁殖着大群毒蚊之时，有寄的房里就开始闹鬼了。一开始往往是一个女人发出一声惨叫，除了我，全楼的人都听到了，都从沉睡中被惊醒，接着大家就都看到了那个影子。至于他们怎么知道是有寄家而不是别人家在闹鬼，这很简单，全楼的人都在下面院子里聚在一起，每个人都将自己家排除，剩下的就是有寄了。惨叫之后往往是一阵搬动家具的嘈杂，似乎是一些桌椅之类被拖过来拖过去的。陈猫的老婆五妹说，是有寄的女儿回来了，她是回来勾走有寄的，有寄不肯去那种黑洞洞的地方，两人就打起来了。

  一般经过闹鬼的晚上之后，有寄就变得虚弱不堪，走路都要被风吹倒的样子。有一天我亲眼看见他下楼用了半个小时。下到一楼时，就一屁股坐在阶梯上，身子靠着脏兮兮的墙，像死人一样一动也不动了。虽然我一次也没听到过有寄房里的鬼叫和喧闹，可是碰到这样的时候，我就会不由自主地陷入无边的猜测之中。一个大半生都消耗在纠缠不清的文史阴谋之中的怪人，他的退休生活会是什么样的，这个问题太复杂了。更何况这不是通常的退休生活，而是被独生女儿抛下，独自一人住在顶楼上的老鳏夫的退休生活。我也是一名老人，我能设想出白发人送黑发人的滋味。有寄的女儿是一位温和谦逊的女性，那个时候如果她要结婚的话，机会很多。我感觉到她似乎是出于某种信念而坚守独身。当年有寄犯下"错误"期间，这位女性多次跑到县里，将自己写的替父申诉的那些材料交给那些领导，然后又一无所获地回来。据说她生前告诉楼里的人，说她父亲完全不赞成她的奔波，认为是"多管闲事"，还说多耽搁一天他就晚一天回到城里来。莫非她是怕老父回来要占住两居室中的一间房？女儿气急败坏，说她从未想到这上头去。母亲去世后，她多次考虑搬离这套充满了悲伤记忆的房子，只因财力不够，才没能实现这个愿望。当时听女儿诉苦的那位邻居狠狠地往地下吐着唾沫，大骂有寄"老不死"。现在仔细回想起来，那女儿的话也有问题，因为从外表没人看得出有寄是这么一个不讲理的父亲。有寄在楼道里上上下下,虽不与人打招呼,却也从未显出过一丝傲慢,因为衣着破旧还有点寒酸。既然有寄这么古里古怪,那他女儿就那么可信?有其父必有其女嘛。

现在他就从那上面下来了,他好像是在做脖子操,略微显小的脑袋左上右下地转动着,脖子擦着破旧的衣领。他的一只手扶着扶梯,闭着眼下楼。我目送着他走到院子里。他在院子里踩到了一泡鸡屎,身后留下一连串鸡屎脚印。然后他到街上去了。

"这个人真是一不做二不休啊!"

我被身后说话的人吓了一跳。原来是陈猫,他不知什么时候到了我后面,我和他一道站在楼道的窗旁看外面。在我们这栋楼里,除了我之外,陈猫大概算是第二个最关注有寄的人了,他好像前世有什么同有寄过不去的事一样。这陈猫原属无业人员,被称为"社会青年"的那种人。他后来也还是无固定职业,但一年四季在外帮人打零工,帮忙。一般这种人消息最灵通,又善于传播。当你看到院子里围了一堆人时,那中心往往就是陈猫。我不愿意自己被陈猫看作那种管闲事的人,就站开一点,也不回答他的话。这时我看见陈猫死死地盯住我,眼里射出那种怨恨的目光。

"今天不去上班啊?"我连忙找了一句话来搪塞。

陈猫不回答,傲慢地转过身去。我只好怏怏地回到自己屋里。

我对自己说,看来楼道里的风景也不是随便可以看的了,陈猫不高兴,因为我没有同他谈论我们的邻居。但是我又怎能和这种人随便谈论呢？想想看，他居然像强盗一样钻到别人家中去潜伏，这有多么可怕！

有寄从市场上采购回来时，天已快黑了。他昏头昏脑往楼上爬，不知怎么搞的，忘了数楼层，居然闯到我家里来了。

我老婆立刻给他让座，"有老师有老师"地叫了起来。有寄一点也不发窘，在靠门边的沙发上坐了下来。屋里立刻充满了那种又像玫瑰又像腐叶的味儿。突然，他将目光转过来，坚定地停留在我脸上。

"远文兄今年多大年纪了啊？"他问，目光在镜片后面令我害怕。

"小弟今年六十三。"

他点了点头。

"远文兄对于文史资料方面的工作曾有钻研吗？"他又问道。

"谈不上钻研，但我很有兴趣。"我感到有股热流在往上涌。

但是他不再往下问了。他站起来，提了自己的篮子，也不告辞，径直往外走。听见他上了顶楼。

"这是个阴魂。"

老婆关了门脸色苍白地说。我听出她的声音在发抖。从来不曾打过交道的有寄就这样闯进来了。起先我站在门口观察他时，我还以为他是走错了，现在看来根本不是那么回事。有了第一次，便会有第二次。他是怎样得知我在关注他的呢？大概因为我太不善于掩饰了吧。"有寄啊，有寄，"我在心里说，"你要把我带到哪里去？"

那顿晚饭我食而无味，一个劲地走神，待到上床睡觉时分，脑子里都要发狂了。似乎是为了平息我的烦躁，老婆忽然给我讲了有寄的女儿同她之间的一件事。

那时有寄还在下面的县里工作，他的女儿同病入膏肓的母亲住一起。那位慈祥的母亲死后没几天，有寄的女儿就到了我们家。据我老婆说她当时一副失魂落魄的样子，脚上一只拖鞋一只布鞋，说起话来语无伦次的。好一会儿我老婆才弄清她话里的某些意思。她说她父亲要回来了，她很欢喜也很担忧，因为她深知她父亲是个我行我素的人，万一今后弄出什么乱子来可不得了。"搞文史资料的人心里面是个黑洞。"她这样形容。最后她说出她的来意。她说她多年来受到我老婆的关照，心中感恩不尽，现在她最后一次请求我老婆，无论什么时候、什么情况下都不要抛下她父亲不管。如果他出了事，希望我老婆能在患难中安慰他。

但是她父亲当时并没退休，而是过了两年，当我老婆差点都要忘了女儿的托付时，这位父亲才提前退休回到女儿这里。他回来后，我老婆想，他有女儿照料，会出什么事呢？只有当女儿也逝世之际，我老婆才记起当初她那个秘密托付。我老婆将事情前前后后一想，吓了一跳，觉得好像是有预谋的一样。她并未食言，她终日里关注着楼上的动静。后来，尽管有种种的流言蜚语，尽管人人都说有寄房里闹鬼，却并没有真的"出事"。所以我老婆也无从去安慰他，更何况他连话都不愿和任何人讲一句。

刚才他冷不防闯进家中来，我老婆心中大惊，以为果真"出事"了。没想到这个人不但不是来求助的,反而还威胁起邻居来。莫非他女儿所说的"出事"竟是指他要伤害邻居?老婆说,她本人是信守了诺言的,只是女儿述说的事没有真正发生,所以直到今天,她也只能时刻注意楼上的动静而已。

听了这个离奇的故事后,我反而更睡不着了。这个阴险的有寄,在他那漫长的工作的经历中,究竟整理出了一些什么样的可怕的资料,以致上司视他为心头之患,而最终将他除掉?我们每个人在世上的活动,都有一份小小的记载,它躺在某个档案柜里蒙着灰尘。一般来说,没人会去注意那种东西,那是些死的文字,无意义的官样文章。个人的档案在特殊情况下还会发生一些作用,有时是决定性的作用。至于说到某个偏远县里的往日的文史资料,在我看来不过是一些民间故事,一些枯燥的事件记载。即算在当时称为大事件的那些事,过了好多年之后不就成了茶余饭后的闲聊了吗?有寄居然会在这样的事上犯"错误",这里头一定另有原因。我老婆的直觉一般来说是很准的,所以对有寄这样的人不能掉以轻心。

我想象着在那漫长的通往过去的黑暗地道里,有寄被他的上司赶出来了,他回到了这个庸庸碌碌的世俗中。但我听说过有一种渴求是消除不了的。有寄给我的感觉是,对这个世俗的世界,他人在心不在。那么当他一个人躲在他那两居室里头时,他是不是有可能开辟另一条暗道?如果是这样的话,我们这些天天生活在他周围的人当然就处在看不见的危险中了——如果在此地有一条暗道,谁都有可能被吞噬。

我又记起有寄女儿的那些申诉书,她写了些什么呢?难道她是了解内情的，知道要写一些什么？也可能她的死，带走了一些永远不能揭示的秘密？在我这个邻居看来，有寄同他女儿的关系实际上是极为默契的。她有时找人诉诉苦，但那其实不像一般的诉苦，倒好像是为了加深记忆，或者说让某种妄想通过交流变为事实。我从未见过这父女俩一同外出，但客观地说，他们之间的关系可称之为父女情深。邻居从半开的房门看见室内的摆设和女儿在世时一模一样，梳妆台上甚至还放着那些女性用品。

我在床上翻身到半夜，还是想不通这个问题：有寄今天是来干什么的？我仿佛看见他穿着一件黑袍站在我房里的窗户那里，手里拿着一捆散发腐叶味道的东西。

"是你吗？有寄？"

"哼。"

我并不是一个害怕回顾自己以往生活的人，不过一般来说，我和大家一样，都没有回顾的习惯。不知怎么搞的，当我同有寄在楼道里碰面时，他那张并无特征的脸总使我感到惭愧，使我不由自主地要回忆一些模模糊糊的情感。当然，我并不是一个坏人，也没做过什么见不得人的事。但这个有寄，他是专门钻研史料的，谁知道他会从一个人的一生中考察出什么来呢？这种事糟到什么程度几乎无法预测。所以我在别人面前可以傲慢，唯独在有寄面前不能。那些个暗道啊，它们不断地分岔，真不知会发展成什么局面。

楼上依然寂静，根本没有响动。这只老田鼠，它挖到什么地方了呢？有寄女儿预言的那种麻烦，是不是临近了呢？有时候，在深夜，我的心底会忽然冒出一种冲动，我盼望去有寄工作过多年的那个县里看看，体验一下某种氛围。可惜这冲动每每在天亮时消失。糟糕的就是你无法预防一些事。就比如说他问我对文史资料是否有钻研，我当时的回答是否对头呢？也许对于他为之献出了毕生精力的那种"文史资料"，我连听都没听说过，又谈得上什么兴趣？要是我总这样口出狂言，到头来会不会出事？但他问起来的时候我又不能不开口，不开口就是傲慢嘛。

我做梦也没料到几天后我竟然同有寄的上司碰面了。

我在菜场里排队买腊鸡，有个坏蛋投机取巧不守公共秩序。我气急败坏，将那胖子从售货的窗口前揪出来。胖子回过头也一把揪住我，还企图来抓我的脸。我护着脸，心里盘算着腊鸡吃不成了，就和他走到一边去说理。

我和他刚一到人少的地方，他就放开我，"哈哈"笑了两声。

"远文兄还是这么讲江湖义气啊。"

"你是谁？"

"有寄常说起你。我和他夜里谈话时，想出过好多种同你联系的方式呢。我就是他那该死的上司。"

这时我才来细细地打量这名胖子。胖子长着红通通的宽脸膛，两只细小的眼睛令人不舒服地眨动着。他的话立刻令我想到有寄那阴沉的事业，我的情绪变得很复杂。我既恐惧，又渴望进入他们的世界。于是我就站在路边傻笑着，那些买了腊鸡出来的人都吃惊地看着我，有的还鄙夷地往地下吐唾沫。我想邀胖子到我家里去，胖子执意不肯，说："有什么话就在街上说嘛，这种光明正大的事怕什么！"他的声音高得近乎喊叫，那些提了腊鸡已走开去的人又回过头来看我们。胖子很兴奋，又着腰又往路中间移了几步。

就在我同胖子僵持的时候发生了一件奇事：我看见有寄也混在那一堆提着腊鸡的人中间。有寄的表情毫无对自己的仇人的恨，他反而和大家一起站在那里等着看我丢丑。一切全乱套了，天底下竟有这种怪事。

"那种人，你犯不上为他打抱不平，他是个阴险小人。我早就知道他不会安分守己工作，所以才趁早将他打发回家！"胖子又嚷嚷道。

人群对我发出讪笑，似乎有寄也在笑，我可从未见过有寄笑啊。定睛想看个清楚，他却不见了。

我并没有为有寄打抱不平过，我只不过是感到他过着一种蹊跷的生活，因而对他产生了很强烈的好奇心而已。胖子硬要将我说成是想为他打抱不平，真是太横蛮了。从一开始，我就没有真正同情过有寄的遭遇，他的一切都太让人犯疑了。有时候，我甚至认为有寄是在搞一种"苦肉计"，目的是让自己的一生在别人看来扑朔迷离。我不知道他这种变态的嗜好是如何形成的，总之是非常难以理解。

我低下头，很快地往百货店的方向走，一会儿就甩开了那些人。

回到家，老婆问我怎么没买腊鸡，我说见了鬼了，我竟然碰见了一个怪人。我还要往下说，她就打断我，告诉我说屋里坐了一个客人。

"谁?"

"他说他的名字是杨柳青。"

我走进里面,看见胖子正坐在桌旁打盹,一个很大的、塞得鼓鼓的公文包放在桌上。我走近前去,他一弹就起来了。我摆摆手请他再坐下。

"老杨啊,你到底有什么事要找我,直接讲出来吧。"我愁眉苦脸地说。

"这种事是不能直接讲出来的啊。"杨胖子的小眼里闪出光来,似乎准备长篇大论的样子,"今天在菜场里,你看见那些人的态度了吧?有寄的问题,是一个历史问题,历史问题啊,你知道是怎么回事吗?你看看我的头发,你以为我多大了?我才四十五岁!嗐,那些个历史问题把我害苦了。

"我同有寄共事的十五年里头,我们俩可说是一刻也不曾获得过安宁。那真是一种水深火热的生活啊。白天里,我们在各自的房间里睡觉,但那种情况下是不可能睡着的,总有人来把你叫醒,然后我们就在半睡半醒中做些难以理喻的事。天黑时分,我们的精力就恢复过来了,到这个时候,那种真正有历史意义的工作才会开始。你以为那是什么样的工作?在灯光下整理故纸堆?到村里去搜集民间传说?哼,你们这些人的想象力是到不了那个地方的。在那套破旧的三层楼办公房里,我同有寄一起经历过的那些事,你们就是脑袋想烂了也想不出的。我来你这里说这些是为了什么呢?因为我被冤枉了。奇耻大辱啊。"

他拍着自己的脑袋,显得很痛苦的样子。

我老婆关切地递给他一杯茶,他喝了一口,继续往下说:

"我们的工作性质是没法告诉你的,我只能告诉你那是种不见天日的工作,苦啊!有寄干不下去了,这才逃回来……"

杨胖子的话被楼上发出的一声巨响打断了,在我听来,好像是上面房里有一只大柜倒下了,砸在水泥地上。杨胖子的嘴半张着,好久合不拢。我老婆凑近来轻轻地说:"不要随便说人坏话啊。"

"你们这里可不可以腾出一个角落让我待?"

杨胖子憋得满脸通红,憋出了这样一句话。他神情不安地盯着门那里,似乎担心有寄会破门而入。

"杨老师啊,"我老婆说,"您说话真有水平,我们听不懂呢!您是一位领导,我们都想巴结您,但是您怎么能待在这种脏地方呢?这里条件实在太差了,卫生也搞得不好。"

我朝老婆投去感激的目光,因为她平时并不这么伶牙俐齿。

"我不嫌弃,不嫌弃,我只要一张钢丝床。"杨胖子摆着手一连声说。

"这当然一点问题也没有。可是有寄喜欢半夜来这屋里巡查,那人横蛮,真是挡也挡不住。"老婆一本正经地说。

"那家伙来这里?那我还不如住到他家去。"

他二话不说,拿了自己的皮包就往门外走。可是他没去有寄家,他的脚步声朝楼下一路响过去。

老婆放下心来收拾桌子。她一边收拾口里一边咕噜道:"我可不想让这种人来家里胡搅。"虽然老婆嘴里是这样说,我却感到她似乎很懊恼的样子。她因为胖子这么快就离开了而遗憾吗?我心里想,谁把杨胖子赶走的呢?不是她自己吗?现在又后悔什么呢？扪心自问，我也不愿这个地下钻出来的家伙寄住在我家，要是这样的话家还成个什么家啊。所以我并不懊悔。

　　老婆见我不懊悔就更生气，将家什摔来摔去的。看来她对有寄的生活之谜比我的兴趣还要大得多，就像这事已成了她的精神寄托似的。真看她不出呢。一个家庭妇女，几十年如一日地做家务，居然会蕴藏了这么大的热情！不过这也可以看出有寄父女的影响力有多么大，"近朱者赤"嘛。现在我已经看出有寄女儿对她的那种托付是要命的事了，看看她在怎样全力以赴地参与进来啊。刚才她说到杨胖子来了的那种神气，俨然她就是个举足轻重的知情者了嘛。

　　我们对于有寄的那种表面的关注很快就告一段落了，因为冬天已经来了。我们这里没有秋天，夏天一过就是冬天。但是为什么说我们同有寄的关系要由天气来决定呢？这很简单，天气炎热，空中溢满毒素的时候，大家都爱到下面院子里去聊天和观察分析我们周围的环境。在那种时候，有寄同我们大家的联系是很紧密的，因为人人都听到了他屋里闹鬼的声音，并且大家都仔细打量过了他的脸色及表情，过后又热烈地加以了讨论。所以在夏天，有寄对于我们来说是一个活生生的人，这个人活在一桩阴谋的纠缠之中，没有人能够救他。冬天可就是两回事了。北风昼夜刮个不停，院子里结了冰，谁也不会站到那种地方去乱用思想了。所有的人的思想都停滞了。

　　我已经很久没有朝有寄的窗口看过一眼，也没有听到有关闹鬼的消息了。有时候，我看见有寄从上面匆匆下来，一件破旧的棉大衣裹住他,那大衣背后好几处都露出了棉花。他似乎比夏天有精神得多,飞快地蹿上蹿下。入冬以来,我一次也没看清过他的脸,因为那张脸裹在竖起的大衣领子里头。

白天里,我闷着头坐在煤炉火边,我老婆动作缓慢、僵硬地转动着身子做家务,两人脑袋里都是一片空白。

"有寄房里什么动静都没有了嘛。"我没话找话地说。

"哼,那种人,你还记得他。"

老婆不和我将谈话继续下去,她总是茫然地瞪着两只眼,因为大脑的空洞而痛苦。我注意到,她真的已经不关心楼上的事了。往事就如一场幻觉。一个简单的气候的变化就改变了一切吗?

这样的平静终于被打破了。

立冬的那天下了大雪,随着积雪越堆越厚,我心里的恐惧也高涨起来了。下午时分,老婆穿着套鞋从外面进来,把我吓了一大跳。她说,没有人扫雪,都快出不了门了。

"两人躲在这样的冰洞里头,会不会发生意外?"她直勾勾地看着我。

"我找有寄去!"我不由自主地冲口而出。

我没想到他的房里有这么多窗户,雪的反光弄得屋里出奇地亮,我都有点睁不开眼睛了。屋里的摆设显然还是女儿在世时布置的,墙上居然还挂了几束干花、一个向日葵,但却找不到他女儿的照片。有寄带我去看屋角的一个小水缸。由于没生火,缸里的水已结成了冰,一条红金鱼被冻在里头,边上还有几只小乌龟。有寄告诉我这些全是从菜市场买来的。

在他房里没有待多久,我的脚已经冷得痛起来了。有寄从铁壳热水瓶里倒出一杯温水来给我喝。他的动作反而比先前灵活,好像对寒冷全无一点感觉的样子。

"远文,你从前到人家菜地里挖过蚯蚓吗?比如说,你七八岁的时候,挖了去喂小鸭?"

他的干巴巴的声音在寒冷的屋里飘荡。幸亏我的双脚已经麻木了,要不还真坐不住了。

"我不记得了,这种事很重要吗?"

"当然很重要。近来我常在宿舍后面那个货站里转来转去的,我要找一块石头,地点就在货站里。等一会,你和我一块去吧。"

"这也很重要吗?"

"对健忘的人来说是这样。我要恢复你的记忆。"他做了个鬼脸。

我听到里面那间房里发出可疑的响声,一会儿,那种又像玫瑰又像腐叶的味道就弥漫到了整个房里,我感到有点窒息。那种声音是煮水的声音,陶瓷器皿在水中"呱呱呱"地跳动着。屋里的蒸汽越来越浓了,刺目的光线也变得朦胧起来,有寄的脸成了一个影子。

"你灶上煮的什么呀?"我费力地说道。

"一个纪念品。你感觉怎么样?"

"我都快看不见了,怎么回事啊?"

"是这样的,不要慌。"

有寄说着话就从我眼前消失了。厨房里的声音变得像放鞭炮似的，似乎水已经煮干了，是什么东西在火上炸裂？我很害怕，抬起头惊恐地扫视了一番，只觉得屋里满是烟雾，烟雾的味道令人作呕。我试着站起来，这才发觉全身已经软绵绵的了。莫非我中毒了？我心里头后悔不迭，意识又在渐渐丧失掉。

也许我是昏过去了，也许我是睡着了。不知过了多久，一双有力的手臂将我推到了门外，那人用力支撑着我的身体，使我可以倚墙而立。

"有的人啊，他还就是不肯逃生。"我听见有寄在对面说话。

"人的本性嘛。"那个人在我旁边应和道。

我听出来了，那人是有寄原来的上司杨胖子。他们到底还是搞到一起来了啊。虽然过道里很暗，我的视力还是慢慢恢复了。

北风呼呼地从窗口吹进过道，地上还落了一层雪花，可是这两个人一点也不觉得冷，他们都在打量我。我很窘地对他们说，我要回去了。杨胖子立刻弹了一下，一伸手将我按在墙上，对有寄说：

"你看你看，一不如意就要走。这种人我是看透了的。先前钻山打洞钻了进来，现在呢，一拍屁股要走了！"

我突然发现这个杨胖子满脸的横肉，而且他力大无比，我被他按得动都不能动。这个人是不是我在菜市场碰见的，然后又到我家去的那一个呢？我盯着他看来看去的，最后确定没错，他还是那个人，只是脸上的表情变凶恶了许多而已。我央求他说，我们还是进屋去吧，这里冷得受不了。

"这倒差不多。"有寄说，松了一口气似的。

于是我们三人回到有寄房里。这时房里的烟雾已经散得差不多了，但还是充斥着烧焦的肉的刺鼻的味道。杨胖子将我按在木沙发上坐下，吩咐有寄将厨房里的东西拿过来让我辨认。听到这句话，我就不由得哆嗦起来，谁知道他们在进行什么样的可怕的试验呢？

有寄在厨房里捣弄了半天，然后端出一个烧黑了的大陶钵。

我们三个人都凑到面前去看。

钵子里那一大团黑乎乎的东西有点像一条鱼，有寄用手去拨弄了一下，那东西居然就像眼镜蛇一样立了起来，我吓得连退了五六步，差点要夺门而出了。回过头再一望，那东西下去了，只看见钵子。

"你既然这么反感，我就把它端走算了。"有寄说着又到厨房去了。

"这种事，不是一次两次可以习惯的。"杨胖子老模老样地对我说，"你刚才看见了吧，这种东西用猛火都烧不死。由此联想一下吧，一个人若想抹掉自己的历史，难道不是做白日梦吗？还真有这样的人呢。"

"原来那东西是我的历史？"我嘲弄地说。

"那么它是什么呢？"杨胖子仰起脸，似乎也在努力思索。

他在屋里走来走去的，看他的神气好像已经把我忘记了。我觉得逃走的机会来了，就偷偷往门边挪。我乘他转过背时飞快地冲出去，下了楼，冲到自己家里，又将门反锁上。老婆正在做腌茄子，她耸了耸眉毛，冷冰冰地问我：

"这么快就回来了，家里又有什么好？"

"家里至少有一炉火可以烤。有寄他们根本就不烤火。"

"我早料到了,我刚才也将我们那炉火弄灭了,你看看哪里还有火?"

我气得说不出话来,一边冷笑一边去灌热水袋。我将小小的热水袋焐在胸前,然后走进卧房上了床,用被子蒙住了头。好久好久,我冻僵的身体才暖和过来。我听到老婆在外面和人"嗡嗡嗡"地说话,语气很热切,多半都是她一个人在说,对方偶尔答应一声,听不出那人是男是女。

有寄钵子里面那烧不死的活物真太可怕了,世上怎么会有那样的东西呢?回想它向屋里所释放的那种毒气,我依然是后怕不已。有寄说那是一个纪念品,会是什么样的纪念品呢?目睹了亲人早逝的他,竟然变得无人能理解了吗?冬天以来,他的精神变得那么高昂,我就知道这里头有蹊跷的事要发生了,果不其然。同样是坐在那房里,中毒的却只是我一个人,连杨胖子都刀枪不入,这就可见这两个人早就有了抗毒能力。

我以前从来没想到过杨胖子和有寄是这种关系。在那些日子里,我们宿舍的人全都目睹了有寄女儿的惨状。那时为了救她老父,她连工作都差点丢了。六楼那个窗户整夜整夜亮着灯光,申诉书写了一沓又一沓……大家都认为她是因为这事得病早死的。有寄现在一个人占了那套房子,他在里头干了些什么呢?他养了一个怪物,一个令人肉麻的、集中了腐败物质的怪物。我又回忆起他身上常年散发的那种气息——腐败与诱惑的气息。

躲在被窝里胡思乱想的日子没过几天,平静又被打乱了。

那一天,在老婆激烈的抗议声中,我不情愿地起了床,拿着米袋去粮店买米。

街上的积雪很深，每迈一步都十分吃力。这样走了一会儿，身上发热了，思维也活跃起来。我感到有很多小鸟在我胸膛里叫个不停，于是莫名地兴奋起来。我向后看，看见那两个家伙正搀扶着从雪地里向我走来。我就加快了脚步。跑了一阵，回头一看，他们离得更近了。有寄招着手喊道：

"你往哪里跑！"

我见逃不脱，就停下来站住。

有寄居然穿了一件棕红色的、比较贵重的皮衣，但他的脚下还是那双旧皮靴，头发也还是那么乱，这使他看起来像一个老贼。杨胖子也穿得很体面，高档的大衣，锃亮的皮靴，还怪模怪样地挂着一根手杖，手杖的弯头有点像我先前在有寄房里见过的那个怪物。

"你这个样子，失魂落魄的，像话吗？"有寄谴责地说。

我看看有寄，他的奇特的形象使我忍不住扑哧一笑。

杨胖子不耐烦了，用手杖敲着雪地，对有寄说：

"这种人，从根子上烂到了这个程度，你还指望他啊？我们走吧！"

他虽这样说，却又站在原地不动不挪。有寄听了他的话就走到我的身后，突然伸手将我一推，推得我扑倒在地。然后他又上前将我扶起，说：

"人就是这样脆弱的。"

我身上浸了雪水，衣服都湿透了。一生气我就将有寄也推倒在地。

有寄却不生气，还很高兴似的，夸奖我"很有力气"。我和有寄推来推去时，杨胖子厌恶地皱起眉头在想他的心事，毫不关心我同有寄之间的纠纷。直到我和有寄都站在那里不闹了，他才仿佛从沉思中惊醒过来，招呼有寄说："上车去。"有寄问他要不要带我一块去，他就暴躁地戳着手杖，说："这还用问！见了鬼了，你们都去死！"

有寄就连忙捉住我的手臂，三个人一齐往汽车站急步走去。

这个杨胖子忽然就成了我们三个人中的领导。我这才记起：他本来就是有寄的上司嘛。似乎是，只有他才明确知道我们要去干什么，有寄是跟着他的。而我，完全是不知所以然地迈动两条腿。当时我只感到自己已经冷得不行了，只有走动才不会冻僵。

汽车站位于城边上，远远地就看见了那一排灰头土脸的小平房，瓦上堆着积雪。白茫茫的很大的空坪里停了几辆破旧的长途车，其中一辆浅黄色的正在发动。售票员双手笼在袖筒里，为了御寒在院子里跑圈子，口里像野兽一样发出刺耳的尖叫。平房里走出一个老人，端着一只巨大的茶杯，茶杯里冒出白色的热气。售票员停下来，羡慕地盯着老人手里的茶杯，他的双眼鼓出来，越来越激动的样子。最后他终于忍不住了，扑过去抢老人的茶杯，抢了就一仰脖子"咕咚咕咚"大喝了一顿。老人一屁股坐到门槛上面哭了起来。

我们走到车面前，售票员就匆匆赶过来了，他做了个手势叫我们上车。

车子在大坪里摇摇晃晃地转了几个圈，忽然又熄了火，司机破口大骂起来。售票员高兴地搓着手，立刻下去了。杨胖子冷笑一声，也跟着起身。于是我们三个跟在售票员身后走进了候车的屋子。

屋子里坐了一些病人，东倒西歪地在那里呻吟，老的小的都有，全都像染上了流行病似的。杨胖子选了一个比较干净的座位坐了下去，庄严地把腰挺得笔直。

"远文，你对我的上司印象怎么样？你不觉得他很了不起吗？"有寄凑近我轻轻地说。

"嗯，他身上的确有些不平凡的东西。"

"这些人啊，全是走不了的。"他又说，"他们的前途，想一想都令人头昏眼花。大约二十多年前吧，他们就被抛下了，从那以后就天天来这里等。"

"被谁抛下了？"我一边跺脚取暖一边问。

"还有谁？被历史的车轮嘛。这里每个人都同那段历史有关，不信你问问他们。葫芦！葫芦！"有寄伸长了脖子用力喊。

我看见屋角的条椅上有堆破布动了起来，过了老半天，一个三十多岁的年轻人起了身，朝我们走来。这个人像是遭受着失眠的折磨，眼珠是淡紫色的，目光空洞。那青年走到半路失去了目标，于是转背又想回去。这时有寄又起劲地喊了起来，青年一怔，又回转身，迎着我们走过来。走到面前他又迟疑起来，可能又忘记了是谁在喊他，于是又想转身。

"混蛋！"有寄大骂一声，"站住！"

青年就站住了，想哭的样子。

"你不要被他现在的形象蒙骗。"有寄对我说，"他啊，杀过人呢。他现在完全垮了，可是那几年啊，他携匕首到办公室来威逼过我好几次。他为什么哭呢?因为他想自杀,但总下不了手。他现在想求我帮他,这不是做梦?"

青年伸出脏手来抓有寄的新皮衣,有寄傲慢地打开了他的手。这下他真的哭起来了。整个事情过程中,杨胖子始终用冷酷的目光盯着那青年。我发现屋里这些病人大都在哭,每个人都显得无比脆弱。我被哭声包围,心里很烦躁,就想走到外面去。我刚一迈步,那青年就侧过身子来挡住我,并讨好地对有寄说:

"你看你看,来了的人还想走,他把这里当什么地方了啊?"

一个婴儿从一名妇人的膝上滚下来了,那名妇人瞪着眼,双臂向前伸着,似乎毫无察觉。婴儿爬到椅子下头,顺手抓住了地上一只被啃了一半的馒头,俯在那里吃了起来。青年凝视着婴儿,自言自语地说:

"这里谁不是随遇而安?"

被关紧的房门突然大大敞开,一名黑脸汉子推着一部手推车进来了,那车上放了一大箱馒头,热气弥漫开来。

"吃饭了!"他的声音像一声炸雷。

但是没人到车子面前去,屋子里的人就像赌气似的不理他的吆喝。

"谁还顾得上吃饭啊?"青年喃喃地说。

黑脸汉子见无人搭理他,就到一边找了个位子坐下。可是他突然又跳了起来,用双手猛力将胸前的衣扣扯开,露出多毛的胸膛,急吼吼地说:

"看哪,看哪!快出来了!"

我盯着他的胸口看,果然看见有个气包在肋骨间游移,但再近前细看，那气包又不见了。汉子因为我注意了他，就逼到我的面前来说：

"你一定看见了，你帮我想法子弄出来！"

我连忙辩解，说我什么也没看见。他就大发脾气，说他已经快憋得发狂了，如果我不帮他把气包里的东西弄出来，他就不会放过我。他说着还用脏手来捉我的下巴。我用目光寻找有寄，我看见他同杨胖子傲慢地并排坐在那些病人中间，似乎在交谈。

我发现汉子并不能看清眼前的东西，他的手只是在空中乱抓。于是我一弯腰躲开他，蹲到了椅子底下。这一来他暴跳如雷了，将我称为"苍蝇"。

"苍蝇哪去了？我要死了！"

他干脆脱了棉衣，赤裸着上半身在那里闹。

这时我才看见那些呻吟着的病人相互搀扶着，慢慢走到小车边，伸手去拿箱子里的馒头。那些馒头已经冷了，他们一人只拿一个，全都苦着脸，皱着眉慢慢地吃，好像吃药似的。我也抓了一个馒头来吃，一边吃一边回过头去看有寄。看着看着我眼前就模糊了，我意识到是馒头里头有催眠药。

当我醒来的时候候车室里头已经空了，仅剩有寄和杨胖子两人在那里谈话，他们的声音在屋里发出回音。奇怪，他们似乎在讲一种我从未听到过的语言，不论我如何凝神细听，也听不懂他们的话。有寄发觉了我在看他，他的声音就低了下去，他不愿我听清他的话。他和杨胖子的话里头有很多"K"的音，"K、K、K……"的，显得很滑稽。我等了好久，他们还在说，他们到底在讨论什么呢？后来他俩终于说完了，两人都显得疲惫不堪的样子。

"远文，你这个小人！"

有寄突然冲我喊道。

"你以为你跟了我们来，我们就会把秘密向你暴露出来啊？你想一想看，这种事已经延续了三十多年，而你完全不知道，这是个什么道理？"

他说话时眼里朝我射出一种凶光，他旁边的杨胖子也用同样的眼神瞪我。我心里想，不会有谋杀发生吧？我将这空房子看了一遍，发现了一些疑点。那些个窗户全都装了铁护栏，两张大门都锁上了，也就是说，不经过他们同意我是出不去的了。他们对我说了这两句又不管我了，只顾自己"K、K、K……"地说得起劲。我的脑子里又浮现出"文史资料"这几个字，这几个字的后面还有一幅模糊的画面，画面上有很多蝌蚪文。那些蝌蚪文有时又化成一些汉字，我似乎熟悉，可又从未见过。我觉得自己很想说出一句话来，那句话是什么呢？

窗前有个人大概已经站了好久了，而我还没注意到，那是个小伙子。当我仔细瞧时，小伙子的脸却变成了我老婆的脸。我老婆用她那粗大的手指关节敲着玻璃，可不知为什么，我听不见敲击发出的响声。我走到窗下去仔细听，仍然听不到声响。现在她是用双手握成拳头在擂玻璃了，我真担心她砸烂玻璃，划破手背。有寄也在看我老婆，他对她的愤怒无动于衷。我感到屋里气氛很紧张，我拿不准这两个人要对我干什么。可是他们什么都不干，只是埋头在那边切磋什么事。我对老婆做了个手势，让她离开，她竟然朝我伸出舌头，她这种表情太奇怪了。

见我懒得理她,她居然又不知从哪里弄了只死老鼠戳在棍子上,在窗前晃来晃去的。

"还记得那条蛇吗?"有寄走拢来对我说,"蛇的意图太难捉摸了。我每天都在想它是不是要毁灭我。我把它背在背上了,你想饱饱眼福吗?"

我怀疑地看着他,摇头,因为他那穿着皮衣的背后没有丝毫异样,他不过是在制造紧张罢了。

有人在外面开门,钥匙在锁孔里转了三下,门开了。我急着想往外蹿,但是杨胖子拉住了我,他吼了一句:

"他还想一步登天呢!"

他们俩将我推到长椅上坐下,然后站在那里看门外。门外的天渐渐暗下来了,而我觉得还只是中午呢。有一个戴头巾的妇人从远方匆匆走过来,她走到半路又停下了,取下头巾,心情烦躁地乱抓头发。杨胖子和有寄似乎很紧张,目不转睛地看着那妇人。终于,妇人走到门边来了。妇人身上极肮脏,她是那种看不出年龄的人。

"哪条路还可以走得通啊?"杨胖子问话的声音竟有些颤抖。

妇人横了他一眼,指了指候车室北边的窗户,忽又一转身,朝门外走去。我从北边的窗户望出去,看见她渐渐走远了。我盯住杨胖子,看见他全身如一摊稀泥一样垮掉了。他倒在椅子上,一只手慌乱地扯着胸口的衣领。

"那个女的原来是老杨的妻子,后来疯了的。"有寄对我说。

"她从县里来吗?"我问。

"不是。谁也不知道她从哪里来,她总是突然来。这种事文史资料里不会有记载的。疯掉了的人,他们住在哪里呢?"他翻着眼思考起来。

由于他提到文史资料,我脑子里就乱了。看来什么都同那些文史资料有关系。我想到这里,一瞟外面,天已经完全黑了。因为候车室里的灯光不那么亮,我面前这两个人的脸在我看来就有些变形。我感到他们的样子越来越狰狞。忽然,我眼前出现了一个奇观,我看见有寄走进北面的那堵墙里头去了,他一进去,墙就合拢了。杨胖子傲慢地朝我做了个手势,叫我到他跟前去。

"你也可以去。"他说。

他把我往那墙面前一推,我就感到自己进去了。有一只手将我拽得蹲到了地上。四周黑洞洞的,空间很小,有寄同我面对面地蹲着。他的声音像耳语那样响了起来:

"远文啊,你不是一直想听文史资料的事吗?现在我就和你讲一讲吧。现在你听着,仔细地听一听。我要告诉你,我们的后面是一大片森林,狐狸穿行于其间。春季里的一天,老杨的妻子在林子边上看见了脚印,既不像人,又不像兽的脚印。当时我也在那边,我却没有看见。所以嘛,发疯的只是她一个人。那种事是早有记载的,我们在那类地方走来走去的,总有一天会撞上。我总在想,老杨的妻子真幸福啊。可是我呢,我只能犯一个小小的错误,没法同她相比。我老婆和女儿也是属于那种犯错误的人。我们很少去森林,偶尔去一次,也认不出那些脚印。"

他的嘴正对着我,口里哈出腐烂的味道。为了阻止他说话,我就含含糊糊地咕噜道:

"人各有志罢,着什么急……"

他听了我的话竟然兴奋起来,嚷嚷道:

"你怎么能这样说?文史资料可是忘不了的,永远!"

喊了这一句之后,他的声音低了下去,用同样热切的语气继续道:

"我呀,和老杨常来这个汽车站,我们把这里叫作中转站,我们绕着它转呀转的,慢慢就看出门道来了。你刚才也见到了,这是老杨妻子的必经之道,至于她去了哪里那是没人知道的。你再听,听到了吗?这是老杨在外头焦急地跺脚,皮鞋底都要被他跺坏了。他为什么焦急?当然是为了他妻子,这种事怎么忘得了?有时他也和我一块来这黑角落里等。"

他说到这里就伸手来卡我的脖子,我早就领教过他的臂力了,所以一瞬间觉得万念俱灰。我的脸一定涨成了紫色,眼珠也凸出来了,然而我的听觉还很好,我听见墙外有女人在狂叫,一声比一声凄厉。我也许要死了,但有寄的手又松了松,我又大张着口呼吸了几下。后来我自动放弃了挣扎,奇怪的是他也同时收回了他的手。好久好久我才平静下来,我问他道:

"我也属于要犯错误的人吗?"

"你属于蒙在鼓里的那一类,所以你也是幸福的。只有我同老杨受苦。"

"我怎么到今天还没有看出门道来啊?"我苦恼地说。

"蒙在鼓里才好呢,就像每天都有希望捡一袋金币。而我们,我们有什么?我和老杨什么都没有,我们早该去死了。但是我们又觉得有什么事没做完,不能死。我告诉你啊,中转站的周围埋了很多死人呢。"

他又伸出手来,抓住我的头往墙上用力碰,碰得我眼里直冒金星。我没想到我的颅骨竟有如此坚硬,我听到墙在"喳喳"地裂开。最后他发狂似的猛地一用力,我便人事不知了。

我醒来之际不由自主地摸了一把脸,手上沾了很多血。
"这就叫血的教训。"我听见杨胖子在我上头说。
现在我已经不在候车室里了,我躺在空旷的野地里,时间是大白天,有寄和杨胖子正目不转睛地看着我。我看见有寄的新皮衣被撕破了一大块,那是不是穿墙而过的时候弄的呢?穿着破皮衣的有寄更像个老贼了。我动了动,想撑起身来,可是一身软塌塌的。

杨胖子朝有寄努了努嘴,又道:
"他的愿望还很强嘛。可能是他躺在雪地上就不能思考。"
于是他们两个用力将我扶起,从两边搀住我。
"你现在想到哪里去?"杨胖子问。
"文史资料……"我稀里糊涂地说。
"到底还是撇舍不下嘛,哈哈哈!"
杨胖子边笑边使劲掐我的胳膊,有寄则使劲地捶我受伤的背部。

闹了一阵,我的眼前就渐渐出现了森林。那些树全都被冻住了,风一吹,枝条就"嚓嚓"乱响。我们三个人进入森林时,有个人影在前方闪现了一下,不过那也许是一只动物。

走了没多远,力气就回到了我身上,我就甩开了他们。

他俩停在一株冰树下抽起烟来。我听见杨胖子说：

"看这个家伙能走多远。"

我走着走着就到了外面。外面是一条冰河，冰结得很厚，人停在上面完全没有问题。起先我还听得见有寄和杨胖子说话，后来就完全被寂静包围了。我低下头，看见冰层里冻住了一只黑白斑纹的猫，是我最喜欢的类型。它的眼珠突出来，惊骇地看着上面的天空，那朝天的肚子似乎有些发肿，乳头微微发红，是一只母猫。突然间，那只猫在坚冰里头移动起来，它在慢慢地翻身，一边翻还一边发出了叫声，那声音在冰里头闷闷的。河的尽头有两个人在喊有寄，一唱一和。一会儿太阳就出来了，刺得眼睛睁不开。当我再低下头时，那只猫已经不见了。

"你看见我的猫了吧？"有寄像从冰里头钻出来的一样。

"一只可怕的猫。"我说。

"你既然看到了，它就总在你心里了。我很清楚这种动物，它们全是缠不清的。刚才在森林里，老杨发现了死兔。"

有寄黑着一张脸，垂头丧气地站在那里。没和杨胖子在一起，他就变得六神无主。他说杨胖子是跟踪他那个疯子老婆去了，他本来也想跟了去，又放心不下我，这才来了河上。他不住地叹气，说杨胖子不在他就"心慌"，还说我这种人从不知"感恩"。

如果老站在河上不动，就会全身冻僵。我就顺河跑起来，跑到一个转弯处，我爬上了堤岸。回头一看，有寄还在河里跑，有一只猫也在他旁边跑，也许就是我见过的那只。远方的那两个人还在呼唤有寄，但有寄并不是朝他们跑，他似乎在乱兜圈子，河风将他挂破了的皮衣掀起来，他的样子像一只蚂蚱。他停下时，那只猫也停下。我听见他在对猫说什么，那只猫忽然跳起来抓他的脸。有寄惨叫着倒在地上，用双手捂着眼。我跑过去的时候，那只猫就飞快地跑开了。有寄的颧骨上被抓了几道血痕，鼻子正中被猫爪深深地划进去，像要裂成两半一样。我看着他血糊糊的脸，回想起猫在冰层下的形象，全身剧烈地颤抖起来。

有寄爬起来之后，就从衣袋里掏出一条大手巾，将受伤的脸包起来，只剩一只好眼留在外头。我感到他包扎起自己来非常熟练，像是做惯了这种事一样。而且他满不在乎，好像疼痛马上就消失了似的。我们一齐爬上堤岸，有寄说去找老杨。

"档案里面提到的情况都发生了。这个老杨啊，我担心他这一去就不回头了。你想想看，那些脚印早就被雪覆盖了，他到哪里去寻他老婆呢？还不是越走越远吗？这一片森林可是横跨两个省的原始林啊！"

我觉得有寄在信口胡说，明明这是一片小树林嘛，再说我们并没有离城多远，这条河也就是城郊的乌龙河，怎么会一下就到了原始森林呢？也许在他们保存的那种神神鬼鬼的档案里头，一切都是另外一个样，所以他们一提到生活中的事物，就用那种黑话来讲，谁也听不懂。然而那个疯女人是实实在在出现过了。如果她真是杨胖子的老婆，那他的一生真够凄惨的。不过这种事谁也无法评价，说不定是文史资料中的旧事又复活了呢。要知道他和有寄可是倾其一生的精力在探究那种黑暗中的事物啊。好吧，既然他要把小树林说成是原始森林，我也跟着他这样看吧，我不是已经参与了这桩鬼鬼祟祟的事业吗？

当我想到这里时，周围稀稀拉拉的树林变得茂密起来了。

周围竟还响起了猫叫，可猫是看不见了，也许它们都给冻在雪地下面了吧。脸上烂糟糟的有寄一个劲地在树丫间钻行，他边走还边嘱咐我双眼要盯着地，注意那些脚印。其实呢，地上什么都没有。我哪里都懒得注意，神思恍惚地跟在他后头走。不知走了多久，我看到前方结冰的枝条上站着一只羽毛鲜艳的鹦鹉，那景象如同梦境。我正想靠近那枝条，脚底下一脚踏空，掉进了一个深洞。我扶着洞壁站起来之后，听见有寄在洞口骂我：

"远文，你这个势利鬼，你把我的话当耳边风，这下好了，你待在里头吧。"

他似乎是走开了。

莫非我要死在这里？且慢，我脚下的土在动呢。我想到了巨蟒，我也想到了眼镜蛇。洞里很暖和，醒过来的蛇一定听到我的入侵了。我感到有什么东西从土里钻出来了，到底是什么呢？

"远文兄对这种秘密的洞穴作何感想啊？"

黑暗中传来杨胖子嘶哑的声音。我的全身立刻松弛下来了。

"那家伙在树林里到处乱跑，可他怎么找得到我呢？在这个小世界里，气候可说是四季如春，丁香呀，月季花呀，日日绽放着，别提多么舒服了，你说是不是啊？我的老婆，她躲在更下面一层，我刚才就是从她那里来。你摸一摸，我头上有这么多的泥土。"

他捉住我的手放到他头上，我感到他的头皮像凹凸不平的菠萝一样。

"有寄还在冰天雪地里跑。"我喃喃地说。

杨胖子在笑，笑了好久，才漱了漱喉咙说：

"他不在那种地方还能上哪儿去?就让他跑一跑嘛。"

在这个洞里,杨胖子比先前和蔼多了,就像变了一个人似的。也许是他老婆待在下面的缘故?我似乎有点理解他先前的暴躁和冷漠了。这种洞,同刚才墙上的那个通道差不多,一定是他和有寄在多年阴暗颓败的生活中偶然发现的。他们每走到一个地方,都会发现这种处所。那么这种处所是用来干什么的呢?疗伤的吗?还有,我究竟已经离家多少天了?当初排队买腊鸡的时候,杨胖子对我的吸引是不知不觉的,我不知道那是他蓄意的安排。说到底,多年前我老婆和有寄女儿的那种畸形关系就已经决定了今天要发生的事。逐步逐步地,他一家人和我一家人就纠缠不清了,就连我住在他的楼下这件事,恐怕也有某种我不知道或无从再去追踪的原因吧。

"要是没有发现那种脚印,我同有寄恐怕早就放弃文史资料的研究了。那些日子每天都有悲伤袭来,祖先留下的疑问像石头一样重重地压在我们心头。我们最怕县里开大会,县里一开大会,我们的事就要曝光。有一回,我和他在大山里头躲了三天三夜!那三天里头我们吃的是什么呢?仅仅就是一袋干馒头!那种艰苦别人是想象不出的。"

他在这种地方提到文史资料,给我的感觉是某桩事就要揭开了,已经近在咫尺了,他只要再多说一句,就说出来了。但他为什么不说了呢?

"老杨,老杨,唉!"我叹了口气,往地上坐去。

杨胖子也坐了下来,而且搂住我的肩头,异常亲热地将头靠在我肩上,用另外一只手抚摸着我的下巴。对他的这种亲昵我当然很不习惯，而且有点恶心的感觉。我心里想，杨胖子和有寄都喜欢来这一套，这同他们的外表太不相称了。当然，也许外表从来就是一种假象。

"远文兄感到脚下有些什么异样吗？"杨胖子凑到我耳边说。

脚下的土里是有东西在那里骚动，像要破土而出。杨胖子暗笑着，笑得全身发抖。我想用手去探那个地方，杨胖子马上觉察到了，也不知黑洞洞的，他是怎么看得见的。他一把抓住我伸出的手，弄得我很生气。我质问他到底想把我怎么样。

"不怎么样。"他忍着笑说道，"你是个心存侥幸的小人。"

他们都称我为"小人"，我不知道他们这种称呼究竟是什么意思。在我们这个地方，"小人"一般指那些心地阴暗，背后捣鬼，加害于人的家伙。我觉得我的魄力还不足以让人称我为这种人。我还发现，每次他和有寄称我为"小人"的时候都忍不住要笑。难道是笑我想做小人又做不好？我这个人到了这种地步吗？

"洞穴的壁上是有梯级的。"他又说。

我伸手向洞壁上扫去，果然扫到了石头的阶梯，共有两级。我站起身时他就放开了我。我对他说我要上去了，他说好，但是他要留在下面一段时间，因为他老婆在下面。于是我一个人沿阶梯往上攀。好几次我的手都在那些冻硬了的石头上打滑，我以为会掉下去了，可偏偏又站稳了。大约爬了二三十级吧，我攀到洞口时，杨胖子在下面的响动就完全听不到了。

我刚小心翼翼地走出那片林子，车站就到了。

这回空坪里停了很多天蓝色的大客车，地上的雪也化掉了。

售票员纷纷站在坪里拉客。一个短发穿工装裤的女人抓住我的衣袖，让我上她的车，说是进城的。我累得要死，连忙进去坐下。我一坐下汽车就开动了，我一边对车上只有我一个人感到诧异，一边就迷里迷糊地睡着了。不知睡了多久，听见老婆在刻薄地对人说：

"瞧瞧这种人的德行吧，说走就走，招呼也不打一个。外面不好混了，就夹着尾巴回来，也不顾家里是不是还收留他。"

她这几句话立刻让我清醒过来了，我发现自己坐在家里的木沙发上。

"司机怎么知道这个地址的啊？"我问她。

"呸！当然是我派他去把你拉回来的呀。"她高傲地翘着下巴说，"要不车里怎么只有你一个人呢？你这家伙只知道坐享其成。"

我进了卧房，在床上躺下。一会儿我就听见有个东西在咬床板，有点像老鼠。我往床底下探头一看，看见了"那个东西"。那东西盘在地上有一大堆，竖起的头部东咬咬，西咬咬，咬得木屑掉在地上。老婆进来了，笑着对我说：

"有寄将它送给我们了。昨天他回来，第一件事就是把这个东西连钵子端来放在我们门口。他一离开，它就往房里扑，然后就钻进床底下不出来了。"

"有寄在哪里？"

"还不是在楼上？陈猫说他昨夜又闹了一场鬼，把窗玻璃都砸碎了。我这几天都在想一件事：殡仪馆棺材里的那具尸体，是不是有寄的女儿阿花呢？这年头，什么假冒顶替的事都会有啊。"

"你说说，我离家有几天了啊？"

"我也记不清了,大概已经一个星期以上了吧。这些天我过得浑浑噩噩的,你说说看,有寄那种人是不是包藏了杀心啊?自从他家阿花把我弄成这种人不人鬼不鬼的样子以来,我就对什么事情都没兴趣了。"

我抬了抬眼看她说出这种矫揉造作的话,有点忍俊不禁。我在心里嘀咕:我这个老婆,究竟是用什么材料做成的呢?但是现在我不想搭理她了,我爬起来,拿了自己的衣服去洗澡。我洗澡时心里很惊奇,因为这些天过去了,身上还是这么干净。是因为没吃东西吗?我记得我好像仅仅吃过一个馒头。那么为什么一直不饿呢?

我洗完澡出来,老婆意味深长地看着我说:

"猪头肉炖在锅里了。"

她这句话一完,我的肠子就乱响起来。我冲进厨房,揭开锅盛了一大碗就吃。我吃了又吃,差不多将那个猪头吃光了,这才泪眼汪汪地放下碗筷。

我想,一个人,当他被某种解不开的忧愁思绪占据了的时候,他居然就可以不食人间烟火了。那么有寄,当他回到家中时,是否也像我这样大嚼一顿呢?然而现在吃饱肚子了,却有种万念俱灰的感觉袭来。我到底怎么啦?我这条老狗,在追寻什么样的幻觉啊?在那不吃不喝、不拉不撒的几天里头,我究竟经历了一些什么呢?此刻,站在家里的厨房门口,我只依稀记得起先我是到了郊区的汽车站,然后在那里吃了一个冷馒头,其他的事全没有印象了。当然我知道这几天的事同有寄有关,另外还同有寄的一个上司有关,那个上司叫什么名字呢?我就去问我老婆有寄的上司叫什么。

"那种流氓,你还记着他干什么。"老婆说,分明在卖关子,可她接着又说,"你还不去有寄那里报到啊?"

"报到?"

"他不是成了你的上级了吗?"

院子里还是大雪盖地。两只瘦狗转了一圈,没有觅到食物,汪汪叫着冲到外面去了。陈猫的老婆从外头买东西回来,一抬头看见我,竟像不认识一样。后来又有金大妈等人进来了,也是一看到我就掉转了头。我回转头去看有寄的房间,的确看见那上面有几块玻璃不见了。这时有寄从楼里出来了。

有寄还是穿着那件破皮衣,他对我阴阴地笑着,好像在那边等着看我掉进一个陷阱里头去一样。我想起老婆刚才说的"上级"这两个字。忽然他焦急地指着南面的围墙示意我去看。我发现了那只黑白条纹的老猫。猫在结冰的墙头走动,脚下不住地打滑,每打一下滑它就发出一声惨叫。我觉得它不是因为害怕,而是因为身体里的某种疼痛才发出那种叫声。我这样一想,就找了根木棍去把它弄下来,它的叫声实在让我心惊肉跳。

我靠近围墙,拿了棍子去扫它。没想到这一扫,它叫得更可怕了,比嚎春的声音还要大,就是汽车从它身上碾过也不会叫出比这还恐怖的声音。

"你把它的火气撩上来了。"有寄冷冷地说,"先前在河里,它可是很乖的啊。这种家伙就是要冻在冰里头。我以前向你提到的那个仓库,现在失窃了。我从里头抢救出一点东西,现在放在家里，你要看一下吗？"

我默默地同他上楼。门打开时有股腥味，同我床底下那活物是一个味。他让我到他厨房去。

灶上面又在蒸东西。他打开锅盖，端出一个玻璃器皿，器皿里头盛着橘黄色的液体，液体里有些小黑点浮在上面。他叫我过去闻一闻。

我被那种辛辣味刺激得连打了十几个喷嚏。当我擦掉眼泪，再去看那器皿时，里面的小黑点都不见了。有寄说那里头是一种很古老的蚂蚁，在那些仓库里捉了来的。他还说他正在用这个办法保存它们。他拿起器皿晃了晃，又用嘴凑近去喝了一口。

"这些小东西全在里头活得好好的，死不了也出不来。"

"你把它们喝下去了啊？"我问道。

"这还不好吗？反正死不了的。原先的仓库是肉制品仓库，它们就在里头繁殖起庞大的家族，成千上万地从屋梁上爬下来。它们的行踪，还是我父亲告诉我的呢！蚁窟实际上类似于食人魔窟。"

说着话他就将玻璃器皿伸到我嘴边，逼着我也喝一口。我往后一闪，那器皿落在地上跌破了，液体流得到处都是，硕大的蚂蚁向四面八方匆匆跑去。有寄破口大骂起来。我脑子里乱得很，没听清他在骂些什么。

风从没玻璃的窗户灌进来，地下的液体立刻结成了冰。我看见一只没来得及跑掉的蚂蚁被冻住了两条后腿，正在拼命挣扎。还有几只就完全被冻在冰里头了。这时我听到有寄骂出一句："活该！"是骂蚂蚁活该还是我活该呢？他叉着腰踱来踱去的，完全感觉不到寒冷，而我，出乎意料地想念起我和杨胖子待过的那个洞穴来了。那里是多么温暖啊,就像那些蝉的居所一样!还有杨胖子的老婆,藏在更深的地底下的蝉……

　　我为什么不敢把这些蚂蚁喝进肚子里去呢?如要我喝下去了,是不是就会变得像有寄一样天不怕地不怕了呢?现在我在这结冰的房间里是多么冷啊!我的思想就快要被冻住了。有寄在窗口抽着烟,冷峻地看着外面那阴沉沉的天,他的侧面很像一只狼。我记不清这个家伙是如何一步一步俘获我的心的,起先我同他似乎毫不相干,然后我们的命运就发生了纠缠,现在,我是完全上了他的贼船,再也逃不脱了。家已经不再是家了,我还能回到哪里去呢?我,一个退休的老头子,在这冰窟似的房里被冻得几乎要失去知觉了,并没有人拦着我,是我自己不想离开啊。嘿,我现在还没事找事,又去观看屋角水缸里那几只被冻在冰里头的乌龟,好像我就只对这个感兴趣似的!我正在观察乌龟之际,有寄的口里忽然发出了一声真正的狼嗥,接着屋里一阵乱响,有一个庞大的黑影向我扑过来。我感到后脑勺被一个锐利的东西扎了一下,全身就麻木了,眼睛也立刻失明。

　　我苏醒时屋里的强光刺得我的头部像要爆裂一样。有人在我的脚那头拨弄,是两个人,不知他们忙碌些什么。听了他们的对话我才知道他们在用雪搓我的脚,这是处理严重冻伤者的办法。一会儿我老婆就出现在我上头了,她的表情显得很慈祥,她告诉我这是她请来的两个卫生员,帮我治冻伤的。她还说她没想到我有这么倔,一心一意要把自己冻在冰里头。当时她在楼下听见楼上一阵乱响,就知道事情糟了。待她急奔上楼推开房门时,她看见有寄还往我身上泼冷水,我身上已经到处都结冰了,而我口里还在喊着要有寄使劲泼呢。有寄红了眼,同她扭打起来,后来她操起板凳砸伤了他的头。"不堪一击的家伙。"老婆兴奋地说,似乎还沉浸在刚才的搏斗之中。

我老婆告诉我的这些事我一点印象都没有,我只记得当时有寄变成了狼朝我扑过来,后来我就不省人事了。

这时一个卫生员举起刀片在我脚上划了一下,我感觉不到痛,只看见血汩汩地流了出来,流到地上。他又举起了刀片。

"你要干什么?"我恐怖地嚷道。

他缩回了手,望着我冷笑了一声,这时我才看清白布帽下面的那张脸是陈猫的。于是我对老婆怒目而视。

"你不要瞪我。"老婆说,"陈猫他们做卫生员已经好多年了,阿花最后的时刻也是他们护理的,这栋楼里只有你一个人不知道。"

另外一个卫生员也向我转过脸来了,她是住在我家对面的老易,六十多岁的老女人。她手里也有刀片,而且好像一直在我腿上割来割去的。

我看着这两个人摆弄我的腿脚,心里厌恶得要发抖,可是又动不了,于是只好闭上眼不看他们。我刚一闭眼,又听到他们在窃窃私语,说要"用刀片割开他的眼皮","让他看清自己的地位"。我连忙又睁开眼了。我一睁眼,那两个人又蹲下去,继续从脸盆里掏出雪来搓我的脚心。而我的脚,不论他们如何搓也还是没有一点感觉。

老易终于不耐烦了,她站起来,一脚踢开装雪的脸盆,对我老婆说，像我这种被历史抛弃的家伙，最好任其消亡，用不着她和陈猫下死力气来挽救。又说我这种人，长着一双什么记忆都没有的脚，分明就是那类自暴自弃，在人世间留不下任何痕迹的货色。说完这番话，她就拉着陈猫气鼓鼓地走了，临走前还隔着裤子用刀片在我大腿上划了一下，弄得鲜血淋漓。

老婆听他们这么一说，也对我生出鄙夷来。她让我像破麻袋一样躺在那里，也不管我，从抽屉里找出她的家庭账本，就坐在那里记她的账。她念念有词地记了几笔账后，又变得愁眉不展了，心里一忧郁，她又要对我讲话。

"你这样到外面混了这么久，也没混出个人样来，如今要是在家里待下去，大家都看着你，你又拿不出一点证据来，你还怎么活下去呢？"

"什么证据？"

"我也说不清，总之是那种可以留下来的东西吧。比如有寄的女儿阿花，她就给我留下了口头遗嘱。我忘不了这个。"

"我消亡得干干净净，不正好如了你的意吗？"

"胡说！这正是我担忧的嘛。"她又显出那种矫揉造作的表情来，说，"我才不要你消亡得干干净净呢。"

不知怎么，这句话从她口里说出来竟令我感到毛骨悚然。我发狠地怪叫一声从地上撑起来，居然慢慢地爬回了卧室，也顾不得浑身都是血和灰尘，就那样爬上了床。我刚一躺下，有寄就进来了。有寄说，他累得快要崩溃了，他也要休息一下。说着他就躺到了我的旁边。于是我又闻到了那种熟悉的气味。我现在终于弄清楚了，那种又像玫瑰又像腐叶的气味就是那条蛇的气味。那么蛇还在床底下吗?

"远文啊,过去了那么久的事,为什么我就撇不下呢?"

"什么事啊?"我愁闷地说。

"关于土匪进村的那段记录啊。有一股势力,多少年来一直在掩盖这段历史。如果我停止搜寻,那段历史就消失在迷雾之中了。敌人是不会放过我这样的人的。"

"谁是敌人呢?"

"难道你真的不知道吗?就是老杨啊。他决不会让我弄清那段历史。我呢,也不会放弃努力,我可不想前功尽弃。他一直在放烟幕,把我的眼睛弄成了结膜炎,可是他不能打垮我。"

"那么蛇呢?"

"蛇?哼,它是我的法宝。"

我觉得我越来越理解有寄了,比如刚才,我冲口就问出了关于蛇的问题,我隐约地感到这正是核心问题。现在他躺在我旁边,我虽无法进入他的生活,但我可以真切地感到那种生活。这个人,起先似乎是同我一点关系都没有,后来也不知怎么搞的就卷走了我的一切。但真的是一点关系都没有吗?也许,他一直在向我发信号,只不过我愚钝的天性使我蒙在鼓里罢了。想来想去,不得不惊异于他的非凡的耐力。

"你的房间,也不过就比我们高一层楼,怎么会那么冷的呢?你们一家一直就这么过来的吗?"我说出心里长久的疑问。

他将被子往胸口上扯了一扯,说:

"在那样的环境里,人才能保持清醒的头脑嘛。原先我住在县里的时候,我的同事一个个都被冻死了。当然,也有一些冻不死的，就像你看见过的那只猫一样，他们久经考验，然后分散到各地去了。"

"去干什么呢？"

"去传播一个神话。有些事，本来是没人相信的。"

"老杨也在他们当中？"

"当然啦。"

"你刚才说他是敌人啊。"

"是啊，有很多这种敌人，怎么能没有敌人呢？表面上，老杨只不过是一个处长，我的上级，一个压迫我的人；实际上呢，他却是一切，没有他，连我也不存在。青年时代那些个思想的火花啊，可谓令人目不暇接。后来的秘密行动是一场长达三十年的持久战。假如我再活二十年的话，就会还有一次青春。也许在这段时间里，我就会解开关于土匪进村的种种疑窦。"

"他们为什么要摧残我的身体呢？我的腿已经血肉模糊了。"我委屈极了。

"没那回事，你再用手摸一摸，一点问题都不会有。"

我没有去摸我的脚和腿，我害怕。卧房里很阴暗，所以我的情绪也是很低落的。此时，我心里对有寄生出许多感激来，因为他是我一生中唯一的适合于在低落情绪里谈话的对手。此刻即使是沉默，也是大有深意的。

床下的"那东西"又在叩击床板了，它一下一下地撕去木头上的纤维，提醒着我某种深奥的东西的存在。忽然，血液沸腾了，手心也热起来，我有了勇气去探摸我腿上的那些伤口。

"真是奇迹啊！"我喃喃自语道，只觉得热气从被窝里冲出来。

"土匪进村时,一只公鸡跳到茅屋顶上叫起来,几个上了年纪的守山者同他们发生了短兵相接。这个场景是幸存者的孙儿在那条冰河上告诉我的。当时你已经走开了。"

我的腿已经可以在被窝里伸缩自如了,于是我掀开被子下了床,让有寄一个人躺着。我将裤腿用力卷上去,让多毛的腿子对着亮光,仔细地检查了一遍,一点都没有受伤的痕迹。那么刚才是做了个梦?我又顺着地上的血迹找到了厅里面,看到了那一摊血。

"人的恢复能力是惊人的。"有寄的声音在背后响起。

我回过头,赫然看到那条蛇正在有寄的怀里。它伸出很长的蛇信舔着有寄那张肮脏的脸,每舔一下有寄就闭一闭眼,十分陶醉的样子。

"它非常友好,你把手伸过来呀。"有寄说。

我伸出手去,蛇立刻在我手背上用力咬了一口,痛得钻心。我心里想,这下可要完蛋了啊。

"你看看你的伤口,根本就没有肿。"

好一会儿我才定下神来看手背。手背上的那两个牙印果然没肿,疼痛也慢慢消失了。是这条蛇根本没毒,还是我有了抗毒的能力呢?当我在沉思的时候,那条蛇又伸过头来舔我的脸了,那浓烈的玫瑰和腐叶的气味熏得我脑子里全乱了,我的脸也被它弄得湿漉漉的。

"外面的桃花已经开了。"有寄的声音温柔得有些怪异。

我的思绪立刻被他牵着跑起来。我想,楼上他家里还是严冬,我这里已到了春天了。潮湿和花香,苏醒过来的蛇,这都是什么时候的事情了呢？桃花，那些朝霞一般的桃花啊，我早就把它们忘得干干净净了。

"你哭什么？"

我用手一摸，摸到满脸泪水。

有寄不高兴地"哼"了一声，抱着那条蛇出去了。我走到窗口，看见院子里仍然结着冰，几个人一滑一拐地从外面进来。刚才有寄说的是美丽的谎言。我想象着他房里那些被冰冻住的动物，于是又有眼泪莫名其妙地流了下来。我这个人，并不怎么富于同情心，我在为什么而流泪呢？这时一个怪人进入了我的视野，她是从院子南面进来的。一开始我不敢相信，将老眼眨了又眨。后来我终于确定了那个全身穿着白色孝服的女子正是死去的阿花。我连忙去喊老婆，但用不着我喊，她已经站在窗口了。

"原来她没有死！"我激动地对老婆说。

"我早知道了。有寄这家伙不是个东西。"她板着一副脸道。

阿花低着头进了楼门。老婆朝窗外狠狠地啐了一口。

阿花的脚步很重，我听见她上楼去了。

"这个大骗局毁了我的一生。"老婆颓然地坐到沙发上说，"有寄这个老贼，连他自己的女儿都要骗，我们对他来说又算得了什么呢？我到过有寄家里，就是前些天，我在他那里搜来搜去的，一次都没找到阿花。我知道厨房里有个很大的水泥池，可是他不让我进去看。我就想，阿花是不是被冻在那池子里头了呢？一定是这样吧。如果阿花好几天不出门，很可能就是被冻住了吧。我还听陈猫说有一个什么历史的见证者也被他冻在屋里了。也许有一天啊，我们都要成为他的牺牲者吧。"

我站在那里听着自己的心跳。我已经不考虑对我来说有寄算个什么的问题了，那不是我应该考虑的事。在我的楼上有这么一个冷冻实验室，它的主人是一个类似杀人魔王的家伙，而我，碰巧成了他的实验品。但是果真是碰巧吗？会不会根本不是碰巧，反而是我自己的预谋呢？我这六十多年平静的生活里，的确有些不能解释的东西存在着。如果说有寄在我和老婆眼里看起来像个老贼，那我自己在别人眼里（比如说陈猫）看起来又像个什么呢？我在桌旁坐下来，就听到了河风呼啸的声音。五十多年前，我和弟弟穿过那条冰河时，他在我前面掉下去了。他头顶的黑发在水上冒了两冒就消失了。那一次我有个幼稚的想法：如果冰窟里没有水，只有冰，我也就可以下去了。

听见老婆在念叨着："遗嘱，遗嘱。"她将酸菜从坛子里拿出来，我就闻到了"那家伙"身上的气味。

"你腌的是什么？"我吃惊地问。

"每个坛子底下总要放些垫底的东西嘛。"她朝我眨了眨眼。

"你和阿花，暗地里有些计划的吧？"

她不说话了，将五个坛子都搬到屋中间来，一个一个地揭开，又盖上。我想，她是在搞运动取暖吧，现在她连火都懒得烧了，壁炉也被她扔掉了。和楼上冻在冰里头的那个女人比较起来，她总是显得有些犹豫不决，她怕什么东西呢？多年前，我和她搬来这里，我们的两个儿子还没成人的时候，她可是个天不怕地不怕的女人，她还只身擒住过小偷呢。她每年都要腌好些个酸菜，如果她在坛子里打了埋伏，做了些怪东西让我吃下去，导致我的性情发生改变，这也是完全可能的。不声不响地，她不是就将两个儿子弄出去,再也不回来了吗?

那一天,我老婆一直在摆弄那五个坛子。

融雪的那天地板上跑出好多蚂蚁。一早我从床上爬起来,老眼昏花地站到窗前,就看见陈猫在湿漉漉的院子里走动。陈猫还是穿着那件卫生员的白大褂,头上戴一顶式样古怪的红帽子。他好像在找什么东西。一会儿他老婆也到了院子里,他俩一块弓着身子看着地面找来找去的。

就因为融雪弄得情绪不好,我老婆饭也不做了,睡在另一间房里不起来。我到厨房煎了一块饼吃了,心里无端地有种做贼的感觉。朝外一望,陈猫还在弓着腰找东西。我心里一动,起身走出门去。

"还没下雪的时候,我在院子里埋过一些东西。"

他向我抬起阴森森的眼睛说了这句话,然后又补充:

"雪一融,这里就面目全非了。"

我从来没见过陈猫像现在这样绝望。他顿着脚,拍着自己的脑袋,好像不想活了的样子。院子里的积水弄得他裤子上尽是污迹。忽然他想起了什么,一下子冲到院墙底下,就在那下面用双手猛力刨动积雪。我走过去,看见他的指尖已经刨出了鲜血。后来似乎是,他的努力毫无效果。我回忆起,陈猫已经好长时间没有成为众人的中心了,他一定非常寂寞。他是要找回昔日的什么东西吗?他也藏着某种特殊的"文史资料"吗?我抬起头,看见天空还是那不变的灰色,天空下的院子和楼房一如既往地呆板、破旧,这种地方居然是某种难以言说的激情的藏身之地，这世界太不可捉摸了。

陈猫抱着头朝那一堆脏雪跪下去了。我心里无比沮丧，就将手背在背后往街上走去。我恍惚看见一些熟人一个接一个地迎面走来，他们到了我的面前就停一停，问：

"天气要转晴了吗？"

于是我也停一停，回答说：

"确实。"

有一个停在我面前的少年是我的孙子，他显得有点无精打采。

"爸爸也在装神弄鬼。"他苦恼地说。

"不要随便评判大人。"我正色道，心里却暗暗高兴。

他走过去的时候，我注意到他那窄窄的臀部扭了几下。他怎么变得这么轻浮了呢？看来，他还是继承了我的禀性啊。

我走到街道分岔的地方时，便记起了那个汽车站，连售票员的相貌也被我回忆起来了。现在我全想起来了，他叫杨胖子，他是有寄的上司。也许此刻，他还待在那个温暖的洞穴里，他的老婆则待在他下面。那个发疯的故事是他们大家编出来的，因为这一来，大家的行为就合乎常理了。想到这里，我就对迎面而来的熟人说：

"老杨待在那种四季如春的地洞里。"

熟人一怔，立刻回答道：

"他非常有福气嘛。可是洞在哪里呢？"

"在树林子里头。"

"总要亲眼看看才好。"

他一边叹气一边走开，我发现他的臀部也在轻轻地扭动。

陈猫从我的背后追上来了，同他一块的还有穿白孝服的有寄的女儿。我不敢望那年轻女人的眼睛，那双眼睛太吓人了。但他们不是来找我的，他们继续往前赶。

"陈猫，陈猫，你的袋子里是什么东西？"我急急地问道。

"啊，这是历史的遗迹，我们要将它放回冰河里头去。"

他急走，女人紧跟。他们走了好远，我还听见那女人如怨如诉的声音。我神情恍惚，我看见的这些人也全都神情恍惚。白色全都从城里消失了，到处是稀糊糊的东西。店铺老板们聚在一堆，谈论着地板上涌出来的蚂蚁，他们的脸色一律是病态的发青。我听见他们在说出"空中花园""炼铁""素食"等词语。阿花成了一个小白点，闪了几闪，消失在马路尽头。老板们一齐"啊"了一声，像从玄想里头脱身出来了似的，散开，各自回到店铺去了。过了一会儿，我就看见所有的店铺都挂出了"今日不营业"的牌子。

我的脑海里闪现出"文史资料"里头的场景。那是一个空旷的方形停车场，各种短途车在里头来来往往的，站在车与车之间的售票员像恶狗一样狂吠着，不知道在骂谁。有一些司机抱着头在车里头痛哭，另一些则下了车，匆匆走向候车室旁边的工作人员休息室。休息室旁站着那个没牙的老头，他端着大茶杯，张开黑洞洞的嘴在傻笑……发生在这种地方的事情，简直太像梦了。如果那时留下一只猫或一个冷馒头，不就有了我老婆所说的"证据"了吗？但当事者怎么会想到这些呢？当事者就像一些气体一样，飘荡在那些事物之间。我在那个深洞里的时候，指甲缝里的确塞满了潮湿的泥土，可是现在，指甲缝里却是干干净净的。到哪里去找痕迹呢？还有有寄，他到底是要保留文史资料还是要消灭它们呢？我从未见过内心比他更为焦虑的人，我想象此刻他已经把屋里倒得到处是水，全都冻起来了——融雪天温度更低。但他是冻不坏的，像那条蛇一样。看来他的女儿也是他的文史资料。这个女儿，她的生命其实一直就被操纵在蛮横的父亲的手中。虽然她也相当强韧，可以被冻在水池子里头而毫发无损。那么她的"遗嘱"是转嫁矛盾还是留下证据呢？像我老婆那么精明的人，一定早就知道自己心里收藏的是什么东西，只有我不知道，糊里糊涂在混日子。

有一家店铺终于开门了，那是一家饺子铺，肥胖的老板娘正端出一桶脏水往街上倒。她穿着水红格子的上衣，一头茂盛的黑发盘在头顶，我觉得她有点像豹子。当我进铺子里坐时，老板娘一边收拾桌子一边说话。她的话题很散漫，似乎谈到婴儿的头发之类，我无法弄清她的意思。后来她住口了，向门外探头探脑地看了一阵，回转来对我说：

"她在厨房里等了你好久了。"

我跟她走进厨房，看见了疯女人——杨胖子的老婆。女人正在笑，发出的声音像啄木鸟啄树一样。她坐在案板边上的一把很舒服的围椅里。

"你在等我吗？"我尽量和蔼地问她。

她停止了笑，将表情空洞的脸转向我，那脸上留着泥土的痕迹。一些泥土嵌在她双颊的肉里头，那大概是钻洞引起的吧。她不认识我，完全不认识。老板娘却胡说什么她在等我。我向她提起那天同杨胖子待在洞里的事，我的声音发抖，叙述乱七八糟。实际上，我讲出来的不是那个洞里的事，我讲出来的也是关于婴儿的头发的事。我怎么会和老板娘说一样的话呢？

"婴儿头发上有棕红色的光。"我说。

疯女人动了一动，背过脸去。我发现她在吃东西，不由得大为诧异。她的咬肌一动一动的，看来她脸上的伤完全没有妨碍。

老板娘谄媚地朝她笑了笑，对我说：

"她真能吃。"

我觉得我没必要待在厨房了，就踱到外头餐厅里来。但是老板娘追出来，揪住我的袖子，很严肃地问我：

"你一点好奇心都没有吗？"

我当然有好奇心，但是我害怕。我掉进洞里的时候，从未想起过我可以将脑袋插入泥土，从洞的另一头钻出去，我太孱弱了。所以那个女人坐在那里，我不能长时间地靠近她，她太吓人了。她和杨胖子，是如何共谋一项事业的，我已经亲眼看见过了。人并不是随时可以掉进那种洞里去的，他们夫妇却可以做到，所以她脸上的肉里头嵌着泥土却一点事都没有。

我点了点头，老板娘就笑起来，大声嚷道：

"到底还是想知道啊！"

我红了脸，抬起脚就往外走。

这个小城的春天是令人沮丧的。到处是污水和泥泞，臭气在空中蒸腾着，阳光化掉了冬雪，底下的脏物全都暴露在外。这种时候，如果在街上走一整天的话，肯定要恶心得病倒。我观察到，全院的人里头，只有有寄一个人整日里在外头游荡。他有时深夜不归，有时又在傍晚带着一队乞丐模样的人冲进院子，吵吵嚷嚷地上楼。奇怪的是，每次进来的那些乞丐都不是相同的人，而且他们进来之后，就再也没有出去了。不但我没看见他们出去，全院的人也都没有看见。而院里的人，有很多为了弄清底细守过夜。事实是，这些衣着奇形怪状的乞丐消失在有寄家里了。又因有了这桩事，连陈猫这样的人物也不敢去他家窥看了。我只要一闭上眼，就想象出有寄的客厅里站满了一个一个的冰人，这种事是让人出冷汗的。陈猫这滑头，一定是早就预感到了这一点，所以现在才装出对有寄的事不感兴趣的样子吧。

有些事越来越严重了，就连穿白孝服的阿花，我们也见不到她的踪影了。街上餐馆的业务进入淡季，现在很少有人愿意进入那种臭烘烘的地方吃饭了。隐隐约约地有关于霍乱的流言。然而就在这种时候有一个自称是"老杨"的县里的官员出现在餐馆里，餐馆老板说他是一个饕餮的家伙，吃遍了弄得到的海鲜，吃到夜深还不肯走，就伏在餐桌上睡到天明。我见过那个"老杨"，他不是杨胖子，而是一个矮小干瘦的人。当我把这件事告诉有寄时，有寄略一沉思，然后肯定地说，那人他也见过了，就是他的上司老杨。他还解释说，老杨是因为在洞里待得太久而失去了水分，才变得如此瘦小的。他告诫我说："不要以貌取人。"我听了有寄的话，就决心去那家餐馆证实一下。

他坐在油腻腻的餐桌边上。他是一个二十七八岁的小个子，方脸，头发纠结成一缕一缕的。他正在吃鲍鱼，汁水顺着他的下巴往下滴。我挨过去坐在他旁边,要了一份炒饭。老板凑在我耳边说,他在"老杨"的鲍鱼里头放了一瓢污水。我立刻反胃了,动也没动那份炒饭。

"文史资料还是藏在原来的地方。"

他说完这句又低下头吃起来。

"你怎么这么能吃啊?"我问他。

"长期绝食留下的后果嘛。"

"我记得你先前是一个胖子,我还在心里叫你'杨胖子'呢。"

"嗯。我这个人,时胖时瘦,你每回看见都会不一样。你说心里话看看,你到底是来做什么的?"

"你看我是来干什么的呢?"

"好像是来躲灾难的。县里面的案子就要揭开了。"

我看见他的眼珠正在变得蒙眬,然后他就势朝自己手臂上伏去,舌头伸了出来,脸上则布满了红斑点。

"天哪,这个人死了吗?"我问餐馆老板。

餐馆老板耸了耸肩。他的小女儿跑了进来。六岁的女孩似乎一点都不怕这个伸着舌头的男人,她还爬到他那僵硬的身上去扯他的头发。我想,这个人并没死,只不过是"僵"了,这种情况我一生里头还没遇到过呢。

我从餐馆出来之后,看见远方黄沙滚滚而来。这是不是他说的那种灾难呢?

我冲进我的院子,院子里一个人也没有;我又冲到楼上,竟然发现不但自己家里房门大敞,一个人也没有,而且每一间房都成了空房。又到其他那些住户家里去看,看见他们家里也是一样，家具全搬走了。这栋楼现在已经成了空楼。我从窗口伸出头去，看见黄沙滚滚已到了面前，于是立刻关了窗，一会儿就听到沙石落在屋顶的响声。这时我才意识到我是待在有寄家中。这个被遗弃的家已不再那么寒冷了，它恢复了正常温度。我走进厨房，厨房里那炉煤火还燃着，上面放了很大的蒸锅。揭开盖子，器皿里头又是那种黄色的液体。水泥池子里头扔着有寄女儿的那套白色孝服。厨房里的味道令我作呕，我赶忙退了出来。我记起刚才"老杨"说的"案子揭开了"这句话。那么，有寄和他的戏已经唱完了吗？这种连环套似的案子，是怎么能够揭开的呢？沙石还在打得屋顶作响，屋里满是尘埃味。我把所有窗子全关紧了仍无济于事，后来我就钻进了有寄的卧房。

有寄的卧房出奇地清苦，整个房里连张床都没有，更谈不上桌椅衣柜之类了。放在地上的一块长方形木板是他的床；他的一件破外衣卷起来是他的枕头；墙上有两个衣钩，挂了两条破裤子；屋角有两双旧皮鞋。我想到无数的夜晚，他就在这样的地方度过，我便理解他是如何进入记忆深处打捞那些陈年旧事的了。

有什么东西擦了擦我的脚脖子，是那只黑白条纹的猫。猫绕着我走了一圈之后，就在屋角蹲下了。看着这只猫笃定的样子，又回想到整栋楼里只有有寄家还留着家具，我一下子明白了这种形式的含义。

那风沙刮到第二天早上才息下来。我看见人们都出来了，有的在擦窗子，有的在街上清扫，有的在冲洗汽车，只有我们这一栋一个人也没有。夜里我是睡在有寄的床上的，猫儿一声不响地陪伴着我。我好几次醒来，都看见它的双眼在黑暗中炯炯发光。它根本不是陪我,它是守着这套房子。早上我记起厨房里的火还没关,就跑过去查看,没想到那煤火仍是那么旺,蒸锅里的水也一点都没干,还是和昨天一样。难道这一切被施了魔法?猫儿也跟进了厨房,它也是来查看的。它是一只奇怪的动物,居然不需要吃东西,像那种过去时代的幽魂一样。

  白天里,我上了一趟街,买回一些食品(我在有寄的抽屉里找到了现钱)。我还过得去,唯一感到有点不自在的就是那只猫。猫一般是蹲在窗台上一动不动,也许它在看外面,也许什么都不看。它也很少吃东西,这栋楼里也没有老鼠。只有一次我看到它在咬卷心菜吃,不过也只吃了两三口。我对它感到不自在是因为它从不休息。到了我睡觉的时候它就也进了卧房,蹲在同一个地方,但它决不睡觉,它虎视眈眈。

  有一天,我和猫并排待在窗口时,我忽然看到了我青年时代见过的景象。城市重重叠叠的房屋中出现了一大片空旷地,空地上有一个铁塔,铁塔耸入云霄,一些身着奇装异服的人正排成一队往上爬,为首的快到顶上了。但是为首的又停下了,他显然不愿到顶上去。由于他猛地一停,底下的人就全乱了阵,一些人纷纷往下掉,像红红绿绿的纸片一样落在那片空地上……后来所有的人全落下去了,只有为首的孤零零地挂在那上头。这时我分明听到旁边的猫儿发出了一声叹息。

2002 年 9 月 6 日于北京牡丹园

原载于《红豆》2003 年第 1 期

父子情深

痕挑着一担小白菜走在田埂上，儿子阿敏挑一担小些的跟在后面。天很蓝，不像要下雨的样子，但是早上收音机里说有雷阵雨。从家里到集市这段路有二十多里，为了赶集，痕就走得比较快。阿敏在后面抱怨说，他的肩膀快磨破皮了。阿敏是新学挑担子的，今天他不上学，就来帮忙。痕听了他的抱怨就想，急什么呢？不就一点小白菜吗？卖不到好价钱也算不了什么啊。他放慢了脚步。后来他干脆将担子撂一边，同儿子在田埂上坐下来休息。

湖区的视野总是无比开阔，一些水鸟在旁边的鱼塘那里立着，寻东西吃。昨天伊姝又到痕的梦里来过了，这一回她穿着青年时代那件花布衫，脸上却爬满了皱纹。"水缸下面藏得有一个存折。嘿嘿。"她说道，扯了他的衣袖要他一同去看。后来外面什么地方失火了，就很多人都拥进来了。痕努力回忆着伊姝在梦里那种机警而认真的表情。阿敏的模样很像母亲,而且他也有藏东西的癖好,什么硬币啦,螺丝啦,收音机零件啦,邮票啦,扑克牌啦,东藏一点,西藏一点。有次痕找不到新买的两只小酒杯了,问阿敏,阿敏摇头说不知道。半年后,痕暴跳如雷地在老柳树的树洞里找到了它们。他去质问阿敏,阿敏却说:"你看,它们有多么新。"于是他扬起来要打他的手掌又放下了。这个心事很重的儿子总的来说还是听话的。想到这里,他忍不住伸手摸了摸儿子被压痛的肩膀。

儿子扭开身子,反倒站起来对他说:"我们走吧,坐在这里也没什么意思。"痕心里想,他小小年纪,莫非就什么事都没意思了?难道伊姝把一切活生生的东西全带走了吗?于是痕也赌气似的站起身,挑起担子继续走。这一次他却走得比较慢了。

离集上还有三四里路,痕就看见了三三两两往回走的人,都挑着空担子,他们的货已经卖完了。回头看看阿敏,垂着头,被担子压得哈着背,面无表情。路上碰见村里的二黄,二黄没挑担子,空着两手走路。本来已经过去了,不知怎么他又停在原地,大声对他说:"痕老师,你这些个白菜,不愁卖不出去。"也不知他是告诉他一个信息呢,还是说反话。阿敏听了他的话似乎有点振奋,背也伸直了,催他快走。

到了集市上之后,痕就知道形势已经不对了。卖菜的人基本上已走完了,只有两三个妇女正在收拾东西,而她们每个人的菜都差不多卖完了。原先摆菜摊的大片空地上,现在摆着一些鞋垫和针织棉袜之类。阿敏的眼里露出失望。痕硬着头皮将小白菜放下,同阿敏两个人孤零零地站在那里。集市上还有不少的人,但他们大多是去逛百货店或去坐茶馆的,几乎没有人朝他们的小白菜望一眼。后来又来了一些摆鞋垫摊子的,嫌他们占了地盘,要他们让到一边去。痕只好挑起担子同阿敏退到高压电线下面。这时阿敏的样子就好像要哭了一样。

"卖菜啦!卖菜啦!"痕吼了两声,但他的声音立刻被嘈杂的声浪吞没了。

痕心里想,管他呢,实在卖不出去的话,扔一些,挑一些回去算了,凡事不可将自己逼得太紧。现在首要的事是阿敏,他来镇上一趟,一定要让他高兴一下。于是他对阿敏说:"你可以拿两角钱去玩弹子。"

阿敏眼一亮,接了钱就走。

中午一过就起风了,黑云渐渐在天边堆积。痕的肚子也饿了。他站在那里站了那么久,只有两个人来问小白菜,其中一个是邻村的,来问着好玩的;那另一个,有点像个菜贩子,把价钱压得很低,几乎等于白要。痕没有答应他。现在他不能去吃饭,因为阿敏跑得不见踪影了。他心里冒出个念头:既然给那菜贩子等于白给,就将它们扔到这里,让别人来捡走也没什么。

当他下了决心要解捆绳时,却又看见那菜贩子转来了。他穿着风衣,脑袋缩在领子里头,手里夹一根纸烟。

"你儿子被弹子房扣住了,欠了两块钱。为什么你要他去赌博呢?"他吧了一口烟又说,"这些菜,连扁担挑子全给我算了,我去叫人来挑。"

他拿了三块钱塞到痕的手里。痕拔腿就往那边走,他在神情恍惚中感到雨点已经落到了他脸上,周围的人全在奔跑。忽然有个人用力踩了他一脚,他忍不住破口大骂起来:"找死啊,你!"

那人本来已经过去了,这时又停下,转过身来。痕看清他是一名四十多岁的汉子,长着一对淫荡的蒜泡眼,手里还拿着一根粗木棒。他不怀好意地笑着,眨着眼,对痕说:

"你过来,过来。"

痕以为他要动武,就绷紧了神经站在原地。那汉子离他一丈多远。等了半天,那汉子还是没有行动,只是重复那句话:"你过来,过来。"痕就麻起胆子走过去,随时准备迎接砸过来的木棒。但是什么也没发生,只是在经过那人时,他又说了一句:"这一棍子打下去你可受不了。我嘛,也不想进牢房。"

痕跑进弹子房时,天已经下大雨了,雷声隆隆的,像是不祥之兆。

弹子房的老板有六十多岁了,白头,曾经得过麻风病。当痕问他阿敏的事时,他不耐烦地回答说已经走了,然后伸出手来问痕要钱。痕给了他两块钱,又问他是怎么知道他会来送钱的。

"这么一点点大个镇子,什么事不是传得飞快啊。丑事还要传千里呢!"

他说这些话时,那张脸完全变成了麻风病人的脸,痕听得心里一跳一跳的。痕用目光扫了扫房里,没有发现打弹子的那种台桌,也没见其他顾客,心里觉得很诧异,就说:

"请问老板,你的生意是在这屋里做吗?"

"你刨根问底的,还要怀疑我啊!"他大发脾气了,"我刚收了东西要关门了,你去问你儿子好了。"

痕连忙道声歉走了出去。外面下着瓢泼大雨,他只得站在塑料雨棚下等待。想起今天这一天忙碌,付了阿敏的赌债,还赚了一块钱,也不算太倒霉。只是那菜贩子的举动不可思议。他先是将价钱压到一块钱,后来又忽然提高到三块钱,这是怎么回事呢?还有阿敏,果真是欠了两块钱吗?他爱赌,可从不曾赌过这么大的数目啊!就像吃了豹子胆一样。屋里的老板已经在上门板了。痕设想着阿敏在大雨中行走的情形,不觉又担心起来。淋了生雨,肯定是要生病了。这孩子一定是羞愧得不行,才会和他不辞而别的吧。痕很清楚,他身上爱赌博的习性是遗传了他的。

集市上一个人都没有了,小镇又变得像平时一样冷清。痕的心情越来越阴沉。好在雨没下多久就停了。痕到小店买了一张饼,边吃边快步往回赶。在集镇口上又看见菜贩子,他似乎是在这一带转悠,双手插在风衣口袋里,领子竖起来。痕从他身边经过时,他好像已经不认识他了似的。痕回头张望了一下,发现除了他和菜贩子,整条街上空无一人,连他刚才买饼的那个店都关门了。菜贩子走在空街上,皮鞋在石板上发出清晰的响声,很快他就走远了。赶着路,痕心里不断地想着菜贩子和他之间今天发生的事。

"啊呀呀,痕老师,你家阿敏发疯了呢!"

满英扬着两只手,一脸惊恐的样子。她告诉痕说,阿敏湿淋淋地回到村里,往她家的鸡舍那边走去。她问他怎么回事,他不回答,猛地将手探进鸡笼,抓了那只正在下蛋的黄鸡婆就走。她要去夺,被他下死力一撞,撞倒在篱笆上头。后来他就跑回家闩上了门,任她在外头如何喊叫也不开门。满英只得留下话:"等你爹回来再找你算账。"然后就气咻咻地离开了。满英断定阿敏是鬼缠身了。

"打,下死力打。用藤条最好,不要舍不得,这种事就是要下狠心。"

痕含糊地答应着,厌恶地摆脱她,朝自家院子走去。他意外地发现房门敞开,阿敏好好的,坐在门口看一张图片,嘴里还嚼着米花糖。

"阿敏,你没淋雨吗?"他问。

"怎么会呢?天不是好好的吗?是弹子房老板叫我先回来的,他说碰见你了,那会你还有别的生意要做。"

"你抢了满英大娘家的母鸡吧?"

"早送回去了。我只不过想看看母鸡下蛋的样子嘛。"

"你的兴趣太奇怪了。"

"奇怪什么呢,你总是养些公鸡,我还没见过母鸡下蛋呢!"

"不准抓人家的鸡!"

痕吼了这一句之后,马上后悔了。阿敏低着头走开去,手里的图片扔在椅子上。图片上是一只畸形鸟蛋,有两只小鸟从蛋壳里面探出头来,还有一只在底下,只探出了红喙。一个滑头滑脑的家伙用大手托着这只怪蛋。

痕看了这张图片，觉得头有点晕，有点恶心。回忆起刚才阿敏说的那几句话，吃惊得张大了嘴。他又到房里视察了一番，看看有没有阿敏淋过雨的痕迹。没有，一点都没有。他还是穿着去时穿的那身衣，鞋子也是干的，而且他也没有受凉。痕想，莫非是自己鬼缠身了？弹子房老板和菜贩子之间肯定有联系，他们盯上阿敏了。

"阿敏，你欠了弹子房老板两块钱，让你爹替你还？"

"嗯。"他仍然低着头。

"你的胆子也太大了吧？"

"老板说爹还得起，不要紧的。"

痕皱起眉头，一下子陷入深思。半晌，才又问他：

"那老板认识我？"

"他说和爹是老朋友。"

听阿敏的口气，他对那人的话深信不疑。痕还要问阿敏，阿敏一甩手就到外面去了。痕呆呆地看着墙上的方镜。因为潮湿，镜子后面的水银已经剥落，照出的形象已模糊不清。一天早上，正在对镜梳头的伊姝把脸转向他，轻轻地说："你真的有儿子吗？"当时他"啊"了一声，颇受震撼。后来的年月里，他始终没弄清这个问题。即使是伊姝本人也到死都不能同阿敏亲密起来。她在昏迷之际居然称阿敏为"那个小孩"，当痕把阿敏的手放到她手里时，她就紧紧攥住，叹着气说："那个小孩的手怎么像尸体一样冷啊。"

痕想，那张奇怪的图片，可能是弹子房老板送给阿敏的。这件糟心的事扰得他情绪很混乱，他站起来，到门背后拿了锄头去菜地。

虽然阿敏执着的好奇心令他不快,痕并没有要阻止儿子的想法。他所采取的态度是任其自然。其实,痕也觉得自己是没有能力阻止阿敏的——阿敏比他更决绝。他锄着菜土,心里想着要如何向满英解释。到锄完菜土边的野草时,生活重又变得单纯起来了。湖区的油菜地真是美极了,金黄的花朵一直延伸到天边,蜜蜂啦,蝴蝶啦,全在花丛里忙忙碌碌的。此地是痕的老家。那一年痕与伊姝旅行结婚来到这里,伊姝看了那些油菜花,就坐在田埂上,仰望着蓝得让人心疼的天,一个劲地发起呆来。第二次,他们便是带了资金投奔老家来了。他俩成了菜农,但又不是菜农,只不过是村里头的闲人——因为并不卖菜为生。后来的年头里他们便懂得了,美丽的风景是可怕的心灵腐蚀剂,蜜蜂们不但酿出蜂蜜,也在空气中酿出毒药。后来伊姝,就是中毒而死。虽然痕心里不免有些歉疚,伊姝并不后悔。病入膏肓的那些日子里,她一次次让痕和阿敏扶她到油菜地里去,贪婪地吸进野外的空气。痕认为是那些花粉害死了她。

前面的稻田里,满英正和一些妇女在给禾苗喷农药。满英灰头土脸的样子,远不如往日神气,大概是农药熏得她心里很难受。他们村里从去年才兴起来给庄稼使用农药,经常有人为这种活儿病倒。而伊姝生病之时,村里人还没见过农药呢。让伊姝致死的毒素大概是很特殊的吧,这件事长期令痕感到冤得很。伊姝心满意足地走了之后,作为她身体一部分的阿敏就留在痕身边了。儿子不声不响的,却时不时让父亲吃惊。有的时候,痕觉得儿子就像被一个玻璃罩罩住了似的,他在外面怎么也猜不出他的心思。一般来说，痕觉得自己是可以猜得透伊姝的想法的，那么为什么现在猜不透阿敏的想法呢？看来自己的认识上有误区，阿敏并不像妈，也不像自己，除了一些表面的习性（如爱藏东西，爱赌）之外。奇怪的是这孩子喜欢信口乱说话，比如刚才，他为了掩饰自己的错就说家里专门养些公鸡，没有母鸡。痕实在琢磨不出他是一种什么样的用心，作为十二岁的孩子来说，他太复杂了。

"桂兰啊，我劝你不要把那种事当回事，让别人去嘀咕，你照样每天吃两个糖鸡蛋。那又怎么啦，吃自己的！"

是满英站在不远的地方说话，双手指指点点的。站在她旁边的桂兰正在抹眼泪。这两个女人背上背着装农药的铁皮箱，戴着弄脏了的口罩，样子怪可怜的。从远处看，村里人都显得又朴实又可怜，但痕是领教过他们的厉害的。满英说完那几句后就做了个手势，声音小下去了，大概她看见了站在这边的痕。

太阳已西斜，痕又在辣椒地里忙了一气才收工。回到屋里，看见阿敏正在厨房里蒸饭。一低头，发现刚才阿敏看过的那张图片掉在地上，还被踩了两脚。他弯下身去将它捡起来放到窗台上。

睡到半夜，被惊醒的痕终于忍不住要去儿子房里看看。他蹑手蹑脚地走过去推开了门，看见阿敏睡得正香，身子像一只虾子一样弯着，嘴微微张开，月光在地上照出一个扇形，扇形中央放着儿子的鸟笼，几只小鸟在里头发出骚响。痕站在月光里头沉思的时候，那种声音又响起来了，这一次尤其逼真，似乎近在咫尺。痕背上吓出了冷汗。被那种声音吓着，几只小鸟差点将鸟笼都弄翻了。他注意到阿敏一动都没动。那到底是什么声音呢?痕已经听到好几次了,每次都是半夜,两点到三点钟之间。那种既阴森又带威胁的怪叫不像是人发出来的,也不像是野兽,倒像什么奇怪的装置里弄出的声音。痕已经听了这么多次,大祸临头的感觉还是丝毫没减弱。鸟儿们烦躁不安地闹了一阵之后,终于安静下来了。

第二天痕问阿敏听到什么没有,阿敏回答说:"要是有点什么声音倒好了,夜里静得让人害怕,我才不敢醒来呢。"

湖区的人死了都抬到山里去埋掉,伊姝也一样。这一大片湖区都没埋过死人,但大家都认为此地不适合走夜路,因为一到夜里就阴魂萦绕。"死鬼们集体下山"是村里人的口头禅。痕不相信什么阴魂,可他在这里碰见的这件怪事实在是无法解释。

又是一个明媚的早晨。一早痕就到玉嫂那里去买豆腐。豆腐现做现卖,已经有五六个人在门口排队,还有人在陆续往这边走。

玉嫂正弯腰到水里捞豆腐,将一锅豆腐全捞上来之后,她就垂着眼用铁皮去切那些豆腐。当她偶尔抬起眼来望一下外面时,痕发现她神情恍惚。痕暗自思忖:莫非她夜里也听见了那种声音?排在痕后面的"癞子"夸张地长叹一声,用猥亵的语气大声说:

"一个女人家,除了做豆腐生意,又要操持些别的买卖,难啊!"

他的话音一落大家就哄笑起来。痕站在那里也不知为什么就红了脸,幸亏没人注意他。他又偷窥玉嫂,看见玉嫂不但没生气,反而有些满足的样子,动作也活泼起来了。她熟练地将豆腐铲到顾客的篮子里,还说些俏皮话。痕心里隐隐有些失望的感觉。看来他是找不到人讲那件事了。

轮到痕买豆腐了。玉嫂脸一变,很不耐烦的样子,将十块豆腐用力往他的篮子里一扔,其中两块因而破碎了。

"破的我不要!"痕说。

"不要?只有这样的!"玉嫂的双眼瞪得溜圆,声音一下子高得吓人。

连先前走开的那两个顾客也回来了,他们还是邻村的。大家围成一个圈子,将痕围在中间,七嘴八舌地指责他。玉嫂则坐在地上失声痛哭起来,边哭边口齿不清地痛骂,不知道咒了他一些什么恶话。后来痕就稀里糊涂被众人推到圈子外去了。

痕觉得村里人既暴烈又奸诈,自己永远不是他们的对手,并且在任何事情上都是他们对,自己错。十多年了,事情从未有什么转机,关系反而越来越紧张。伊姝刚来时也和他处在同样的境地,不过女人到底灵活,后阶段她就同村人有了交往,死前的那一年甚至有"打成一片"的迹象。所以她死后,全村人一齐将她送到山里,有两个妇女还哭了几声。那几天里头,大家甚至对他也和气了许多。痕很佩服妻子,但他琢磨不出她的方法是一种什么样的方法,所以也无从学她。她在世时痕总是想,家里有一个人同外界打交道就可以了。他是个惰性很重的人。妻子一死,问题就落到了他头上。两年多了,他一直在惶恐中度日,其间还发生过有人扬言要往他的水井里投毒的事。

痕提着豆腐回到家里时,满英已经在台阶上坐了一气了。满英朝他篮子里看了看,笑起来。

"欺负人嘛。"痕说。

"是啊。你总是躲嘛。如果是我,我就不躲,搞个水落石出。这些年了,你总是躲,你不敢试一试吧?"她说话的样子很急切。

"你有什么事吗?"痕冷冷地问。

"没有。非要有事才来啊,邻居嘛,我是来劝你的。"

她转过身,愤愤地离开了。

痕是上过她的当的。阿敏两岁的时候,伊姝要回娘家去看看,怕阿敏受不了坐船的苦,就将他留在家中。那一天,痕要去集市上卖辣椒,他本想将阿敏放在箩里同辣椒一并挑去,但是满英在路上拦住了他,让他把孩子交给她带。傍晚痕回来时,看见阿敏被脱得光光的坐在一堆沙子里头,屎啊尿啊的全拉在那里头,一身臭熏熏的,还感冒了。他质问满英时,女人满不在乎地说:"小孩子带得太娇了可不好。"

想起她刚才说是来劝自己的,痕又浑身不自在起来。这村里到处都藏着眼睛,他们果真对他的生活一目了然啊。阿敏已经上学去了。痕昨天洗他的衣服时,发现裤腿上有一大块血迹,就去问他。他说小鸟快死了,他害怕,想躲到外边去,黑咕隆咚的就摔了一跤。但是小鸟并没死,好好地在笼子里头吃小米,他为什么要乱说呢?而且他腿上也并没有伤。

痕满腹心思地在家里、院子里收拾着,这里的件件东西都让他想起伊姝,好在他已经比较麻木了,不会让回忆停留在她身上。收拾了半天,刚想坐下来歇一会,满英又来了。她总是这样，一会儿赌气，一会儿又过来了。

她抽着一杆烟，那杆子细细的、黄黄的，烟嘴是白的，像是贵重金属。痕看着那烟嘴，感到十分稀罕。

"看什么嘛，这东西有好些年头了，是我二舅留在家里的。"

"他出去了吗？"

"你见过他了呀，就在集市。他是个菜贩子。"

"我记不得。"

"贵人多忘。哼。"她吐出一口烟，用目光扫了一下痕的院落。

痕觉得她是个有主意的女人，而且她一贯鄙视自己和伊姝，认为他们夫妇是"废物"，她还当面对他们说过这两个字。这个女人的丈夫为人方面心计特别深，痕吃过他一次亏，见了他总是绕道走。

"云美（她丈夫）叫你去我们家商量事情。"

痕觉得自己今天尽遇怪事，现在是无论如何也躲不掉了，只得硬着头皮上。

云美是个脸皮皱巴巴的小老头，看上去比满英大了二十多岁。他们进去时，他正在阁楼上清东西。他自己不下来，反倒招呼痕到那灰腾腾的阁楼上去。满英也在背后推他，要他快上去，说上去了有好事情要告诉他。痕迟疑了几秒钟，终于一咬牙爬了上去。阁楼并不像底下看起来那么矮，但是堆满了同一种规格的铁皮箱，有的箱子打开了，里头是一些废报纸烂棉絮之类。

看见痕上来，云美就停了手里的活，用衣袖在一只铁皮箱上头拂了几下，要痕坐到上头去。痕坐下后，看见云美的两条腿在发抖。

"痕老师，你有什么打算吗？"他站着说话。

"哪方面的啊？"

"村里的风气这么坏，没想过到别处谋差事吗？"

他的脸在昏暗的光线中显得格外愁苦，甚至悲痛。痕记起就是这同一个人，半年前同村里那些二流子一块打杀了他的看门狗灰灰。现在是不是他自己也遇到麻烦了，村人也同他过不去了呢？

"这种地方，没法安身了。"他又说，将一只铁皮箱"砰"的一声盖上。

"你要离开吗？"

"呸！"他勃然大怒，"我是指你！你不要把事情扯开去！"

"可我……并不想走。"

"那你就等着瞧吧。这是一个什么地方，你迟早要领教的。我的母亲，我没有将她埋到山上去，我将她放进了水渠，她顺着水渠流走了……"

他痛苦不堪地抱住了脑袋。

黑暗中有几只老鼠在活动。后来痕听见满英在楼下急切地喊她丈夫，喊了又喊，却不上来。痕几乎要代他回答，想了想不妥，还是闭了嘴。女人像是有急事，但她为什么不上来呢？这时他已坐到了地板上，像云美一样将脑袋夹在两膝之间了。痕又坐了一气，觉得无聊，就站起来下楼。

他走到楼下，又走出屋子，走出院子，满英一直没有喊他，也没有朝他望一眼。痕注意到她正在做腌辣椒，她的表情是全神贯注的。这一家人,虽然住在痕的隔壁,痕却感到他们夫妇比村里别的人们还要难以捉摸。这个云美,据说也是从外乡来的,但他给痕的感觉是比本地人还要像本地人。痕想不出他怎么会被同化得这么快。也许他本就是这里的人,不过是出去了一段时间又回来的吧。但是今天,他的举动忽然一下就不像本地人了。

回到家,阿敏也已经回来了,说是下午不上课。痕对他说自己去满英家了,还说云美劝他搬走。

"那是个魔鬼。"阿敏恨恨地说,"我看见他吃狗肉,吃得满嘴血红!"

"怎么会满嘴血红?"

"是吃生狗肉呢!杀了就吃,用小刀挖出脑髓来。"

"你又胡说八道了。"

"哼,我看他就是那种人。我只要从他身边经过腿子就打抖。"

"他自己也腿子打抖。"

"那是他想吃生肉。"

中午他和阿敏吃豆腐青菜。阿敏用筷子将一大碗豆腐扒拉了一气,却没有夹一块。痕问他怎么啦,他说害怕,不敢吃。痕生气了,将半碗豆腐扒到自己碗里,大口吃了起来。

阿敏那顿饭仅仅只吃了青菜。痕对他的少年老成感到好笑。

"下毒总是不敢的,他们还没到要我死的地步嘛。"

"难说啊难说。"阿敏一板一眼地摇着头。

痕走出房去喂鸡。他发现满英家的那只母鸡从他家鸡舍走了出来。它还在他家鸡舍里生了一个蛋,此刻正叫得欢。

"阿敏！"痕怒气冲冲地喊道。

"爹爹是说那只鸡啊。"他若无其事地走出来，"满英大娘已经送给我了。"

"她为什么送鸡给你？"

"不知道。她说我可怜。"

"胡说八道！"

"爹爹你总是生气。"

阿敏将手探进鸡舍捡了那个蛋，对着阳光左照右照了一气，然后叹了口气，进屋去了。

痕一边喂鸡一边打量自家这三间瓦屋，回忆起当初砌房子的艰辛。有一件事是很奇怪的，那就是砌房子时全村人都来帮忙了，似乎大家都巴不得他和伊姝立即在这里定居下来。当时他俩也很振奋，沉浸在家乡的温情之中，憧憬着美好的未来。但是房子砌好后村人就再也不到他们家来了，这种翻脸不认人的做法是痕始料未及的。虽说后来伊姝通过自己的周旋和村人处理好了关系，痕自己却始终没有被大家接受。伊姝死的时候，他还暗暗盼望过村人不要来帮忙呢。那样的话，他就可以偷偷地将伊姝放到湖里去。可是他们都来了，一路吹吹打打将伊姝送上了山。那一天是痕一生中最丢脸的一天，没有一个人来同他说话，他们完全将他当外人。

看门狗灰灰被村人弄死之后，痕又养了一只烟灰色的公猫。公猫似乎领教过周围的敌意，所以总是像贼一样出没，见人就躲。现在痕就看见它躲在老杨树的树洞里。痕走过去抚摸了它几下，它就呜呜地、满足地叫着，使得痕好一阵伤感。一般公猫到了发情期就出走了,可这只猫好几年了都没出走,大概是那压倒一切的恐惧把它的性欲也压下去了。

有时候,痕也会想一想从前在城市里的那些情景。一般来说那些印象全都变得模糊不清了。他做过很多种工作,推销员啦,中学的教员啦,百货批发商啦,等等,后来一时冲动他就和伊姝到了这里。他城里的居室的墙上挂着父亲的遗像,那是一个沉默寡言的人。他记得那时居室的客厅里还有两把老式藤椅,不管谁来了都坐在上面。那时他的居室是什么风格呢?总的来说很凌乱,因为那时他比较懒散。反倒是现在在乡下,他变得作风严谨起来了。在某个清爽的月夜,他和伊姝也曾忽发奇想到堤坝上去坐一坐,但事后引起的麻烦使得他们打消了这种奢侈的爱好。多年来,美丽的风景只是停留在他的心里,他很少去特意观望了。他深深地感到在村里,如果他做出闲散的样子,别人就认为他有罪,他的处境就危险。所以他和伊姝竭力将日程排得满满的,忙这忙那。好在乡下的琐事本来就多,一忙起来什么都忘记,倒也过得充实。伊姝不在后就更加如此了,因为还得管阿敏。

"你照样每天吃两个白糖煮鸡蛋,那又怎么啦?"

他又听见满英在说同样的话。满英和桂兰扛着锄头从他屋前经过。

"你说的也是,可我……"桂兰的声音压得很低。

"怕什么?你看看人家痕老师!"

痕的脸一下子红了。他想,为什么自己总不如这个女人呢?关于两个糖鸡蛋的话题,他听见满英说过无数次了,有时是对这个桂兰说,有时是对别的妇女说。痕不清楚她说的到底是什么,只觉得她的口气理直气壮。而痕自己,是怎么也发明不了这种话题来对别人说的,或许这就是这里的人鄙视他的原因?那么满英刚才又为什么好像在夸赞他呢?满英的丈夫云美,虽然样子长得猥琐,其实也是很有魄力的。他既然开了口叫痕离开,痕就担心着要出事。前两年,云美就唆使村人收去了他屋后那块油菜地。这时有人在喊大家开会。痕已经好久没参加过村上的会议了,他不去也没人来叫他。不过这一回,那人进了他的院子,在门口站住了。

"痕老师,开会了。"说话的是二黄。

"我有活要做,不去行吗?"

"不行,是讨论你的事情呢。"

"我的什么事情啊?"

"不清楚,好像与你的房屋有关吧。"

痕准备好晚饭,就往村委会去了。

村里人已经把会议室坐满了。妇女们都在劈莲子,男人们抽着烟。村长脸红红的,显然喝醉了。他用手指着云美,叫他到台上去代替他发言。云美洋洋得意地上去了。痕坐在底下,一颗心有些乱跳。

云美在台上坐好之后,就开始讲话。但是他并没有对着话筒讲,他同前排的余七聊起天来。他们谈到今年的粮食收成,还有渔业方面的情况。村长不时红着脸插一句话。村长一插话,余七老汉就气势汹汹地同他争了起来。后来不知怎么搞的,村长和余七老汉两人一齐扑上去打云美,用烟袋上的铜嘴敲他的脑袋，整个屋里乱开了花。痕就趁乱往外溜，心里后悔得不行。

"痕老师！痕老师！"

喊他的女人是桂兰，手里还抱着婴儿。

"你会都不开就走了吗？你真有胆量啊。"

"你不是也出来了吗？"

"我？我是来同你说句话的，我还要回转去开会呢！"她突然忸怩起来。

"什么话？"

"刚才不是说过了吗？"

她站在柳树下的阴影里不动，痕觉得她的脸色特别苍白，就仿佛被什么事吓坏了一样。她怀里的婴儿已经睡着了，婴儿脸上很脏，一副营养不良的样子。

不知怎么，痕觉得自己不便马上走掉，就站在那里等她开口。但是女人不再开口，只是恐惧地看着他，好像他是一个鬼。

下午的阳光晒在痕的脸上，痕感到很不舒服。这时会议室里头爆发出一阵大笑，女人听见那声音，吓得眼珠子乱转。痕实在忍不住了，拔腿就走，好在女人也不再追过来。走了好远，痕看见她还站在那棵柳树下。

虽然桂兰同痕在一个村里，但这之前她和他从来没有说过话。在痕的印象里，这个女人是满英的应声虫。不论满英说什么，她都煞有介事地听着。但是从她今天的反常举动看起来，她并不是一个毫无主见的女人，痕甚至觉得她也许是富有同情心的那一类。她为什么同情自己呢？

天色已经渐渐暗下来了，湖里有个人正在将小木船往岸边划。那是一个矮小的男子，桂兰的丈夫，这个人从来不同痕说话。他快靠岸时，又一只木船驶过来了，船上的男子痕从来没见过。痕看见他们俩一同上了岸，各自系好自己的船，然后又一同朝村委会走去。痕心里阴沉沉的，他觉得自己应该回去开会。又觉得这个时候再回去开会已经迟了。最后，他硬着头皮回家了。

痕和阿敏吃完晚饭村里人才散会。他站在院门口张望，他们却不过来同他讲话。他们默默地走着，然后回各自家里去了。

"爹爹要卖房子了吗？"阿敏问。

"谁说的？"

"他们早就对我说过了。你不在的时候，还有人来测量过了呢。"

"测量！你怎么不告诉我？"

"我以为是你叫了他们来的嘛。连后面的菜地都测量过了。我可不想搬家。这下麻烦大了。"

他将双手背在背后，在痕面前踱来踱去的，小老头一般。痕最不喜欢看见他这种样子。生阿敏的那年有过关于特大洪水的谣言，当时他和伊姝租了一只大船，差点准备动身了。要是那一次就走了的话，现在怎么样呢？痕还记得那船主是个干巴老头，会说很多民谣，痕白白付了他五天的船费。当伊姝问他这水会不会涨时，他一个劲地摇头，说这种事他见得多了，到头来还不是虚惊一场。还说伊姝带着这么小的小孩，根本不应该考虑逃难的事。就是船老大这一席奇怪的话让他俩同时打消了逃命的打算。人心真是没法揣测啊。后来那一个月里头谣言不断，他俩却是一副"死猪不怕开水烫"的样子。在死亡的流言中长大的这个孩子，早就学会了处变不惊的本领，那种环境的确是锻炼人啊。

痕一个人在外面的大路上站了好久。后来那只公猫就来了，"呜呜"地在他脚边叫着，蹭他的裤腿，很焦虑的样子。痕觉得猫大概也是预感到了即将到来的变故了。他想去问一问村长，想起村长喝醉了的样子，又打消了这个念头。如果他们将他赶走，痕倒并不是死路一条，城里那套房子还在，生活费也不成问题。说到阿敏，如果变动一下生活环境说不定还会开朗一些呢，现在他这种样子太像个大人了。于是痕又想到租船的事。十来年过去了，那个船主恐怕也作古了吧？在满英家阁楼上同云美之间的谈话也十分蹊跷，那家伙到底是为他担心还是要逼他走呢？他那满脸悲痛的表情总不是为了他痕吧？就是这个云美，他和伊姝刚到村里的第二天，他就借来拖拉机，为他运来一车烧好了的红砖，而且坚决不要任何酬谢。他是多么热忱地欢迎他们一家在村里定居啊。如果他还是当初那种心肠，而现在痕因为某个不可抗拒的原因要离开，他内心悲痛，那倒是解释得过去的。但事实根本不是那样！事实到底是怎样的呢？

那天夜里，痕等了又等，那种怪声却没有响起。到处静悄悄的，痕甚至听到了湖里的大鱼击水的声音。

早上太阳又是出奇的好，风也不大，站在空旷的地方一眼望去像置身于水晶宫似的。一站到太阳里头，痕就打消了离开的念头。就死赖着不走，那又怎么样，他们总不能杀了他吧。这样一想，心里头的疑云就散去了。

上午的任务是出猪粪，痕干得满头大汗，心里头甚至有点欢畅的感觉。只是那两头猪不知为什么烦躁不安。痕还没干完，村长就来了。痕以为他是来催他搬走的，就摔东摔西，做出凶恶的样子。村长对他的态度完全没有感觉，他慢条斯理地在石磴上坐下，装好一袋烟开始吸。然后他问痕栏里的猪有几个月了，喂的什么饲料。

痕的情绪缓和下来，但他还是没好气地问村长：

"你们要赶我走吗？"

"赶你走？谁能赶得你走？谁有这个本事？"他哈哈一笑，又补充说，"再说我们也并不想赶你走。"

"那就多谢了。"

"谢什么呢？你住在这里，又不欠我们什么东西。"

"原来是这样啊。"

"当然是这样。你养猪，你就吃肉，你儿子欠了赌债，你就替他还。天经地义的嘛。"

"你也知道阿敏欠赌债的事了。"

"弹子房的老板喊得方圆几百里全知道了。下次去那里可要注意啊。"

村长盯着他看了一眼，又说：

"从明天起啊，你的菜土都要归村里了，这是昨天村委会决定的。大家说，你要菜土干什么？你完全可以去买菜吃，你种菜是因为你自以为高人一等嘛。"

痕将粪勺子往地下用力一摔，破口大骂起来。事后他隐约记得自己似乎骂了"走狗""流氓""黑社会"等字眼。他骂的时候，村长一声不响，只是静静地吸烟，一副与己无关的样子。等他骂完，村长就站起身，拍拍屁股离开了。没走几步他就看见云美，于是大呼小叫地同云美打招呼，几百年没见过面似的。

村长走后好久，痕才想起自己早上的决心。是啊，自己偏不让出，他们总不能杀人吧。他来了这么多年，还没见过村里人动武呢。他们似乎是一些不习惯动武的人。这是个有利条件，痕自己只要破罐子破摔，他们就拿他没办法了。自从伊姝死后，一股黑势力就向他逼拢来了。看来先前，是伊姝在他和村人之间制造了一个缓冲地带。现在伊姝在对面山上看着他这副狼狈的样子，会是怎么样的一种想法呢？破罐子破摔，这是今后唯一的办法了。反正他不离开这里，不离开不光是因为伊姝在这里。痕想到这里就冷笑了一声。他刚笑完就听到满英在大路那边说出那句关于白糖鸡蛋的话。痕觉得自己一下子就听懂了她话里的意思，而先前听了那么多次，从来没听明白过。

他们并没有来赶他走，痕还是每天在菜地里忙，没有谁注意到他。渐渐地，他自己又不安起来了。那件事是暂时不提了呢，还是取消了？为了表现自己完全不在乎，他决定自己找上门去。

他走进满英家时，云美就从里头出来了。他一点也不对痕的到来感到惊奇，随便挥挥手示意痕坐下来。痕一落座，又有一个汉子从里头出来了。起先他一直背着脸，痕听见他的声音很熟。汉子告诉满英说，集市上红皮萝卜卖不起价了。后来汉子转过脸来，痕才知道他就是菜贩子，买了他的小白菜的那一个。

"碰见熟人了吧？"满英对痕说，"这就是我同你说过的舅舅。"

"痕老师过得惯这种清苦的生活吗?"菜贩子问他。

"还好,还好,不是已经十多年了吗?"痕有些发窘。

"你看他有多么自傲。"菜贩子将脸转向云美取笑地说。

三个人一齐笑起来。痕心里很厌恶,还是硬着头皮坐在那里。

痕张了张嘴,刚要说起自己的问题时,门外有人叫云美。那人气急败坏的,云美连忙出去了。

"你的事也可以和我舅舅说,都是一样的。"

满英走过来说。

"什么问题?"痕茫然地看着她。

"你自己最清楚吧,你只要告诉舅舅就可以了。"

她和菜贩子在那里相互使眼色。痕心里闷,就起身想走。这时菜贩子又开口了。

"痕老师今后还去集市上卖菜吗?"

"当然要卖。"

"这就好。"

痕走出门后,菜贩子也跟出来,似乎想向他打听阿敏的情况。痕警惕地避开他的话头,装聋作哑。菜贩子说,阿敏在弹子房里混了好久了,他根本就没好好上学,几乎每次都溜出来,说到弹子房老板,他是很喜欢阿敏的,他说过这孩子非同一般的伶俐,所以他就不收他的费,让他玩。他那天之所以将痕叫了去,是为了警告他一下。痕就问他警告他什么,他笑了笑,说自己也不清楚,反正这世上值得警告的事很多吧。

"你认为阿敏是不是需要一个稳定的家庭环境?"菜贩子严肃地看着他说。

"很难说。"痕神情恍惚地回答,"再说我现在算不算稳定呢?"

"肯定不算。"菜贩子斩钉截铁地下了结论。

"是因为我吗?"

"哼。"

菜贩子显然看透了痕,他的皮鞋在地上啪地一响,痕看见他转身回屋去了。他的风衣张起来,像一只大鸟。这个菜贩子,给自己三块钱去还赌债,不知他的居心何在。痕回忆起那个雨后的下午,菜贩子走在空旷的街上,皮鞋在地上发出响声的情景,心里不由得暗暗吃惊。

没有人来赶他,但是痕也不能理直气壮地在这里生活。总有人来提醒他说,这里不是他的安身之地。提醒的人还往往附带提到阿敏的问题。似乎他们都觉得,阿敏在此地待下去对他很不利,总有一天要出大乱子。痕去集市买菜油的那一天,二黄就对他说了很多村里的流言。当时他走在河堤上,二黄匆匆赶了上来。这个二流子曾多次找他借钱,最后那一次痕没有借给他,他就不同痕说话了。所以这是多年以后他又重新和痕讲话。

"痕老师,惨啊,真惨。"

"什么事啊?"

"您的事啊,听说您的房子也收归村上了。"

"但我还住着。他们敢怎么样?"

"是啊,您还住着,他们不会怎么样的。不过阿敏已经没上学了,他隔几天去一次弹子房。"

"我见过弹子房的老板,是个见多识广的人。"痕故意这样说。

"连您也这样说。可是阿敏又欠钱了啊。"

"会有人替我还的,如今的世道什么怪事都有。"

听了痕的话,二黄就显出很窘的样子。后来他下了堤,到桂兰丈夫的船上去了。那个男人的船停在那里好像是专门为等二黄似的,不知道他们搞什么鬼。痕虽嘴上硬,阿敏的事还是最揪他的心的。成天去赌博,对一个孩子来说算怎么回事呢? 痕咬牙切齿地痛恨起村里人来。

到了集市上,痕先不去买油,走到弹子房那边去看看。

弹子房没开门。痕在门口站了一会儿,就听到里头有人在讲话。他凑到门板缝上去听,果然听到阿敏的声音。似乎是,他和那老板两个人在打弹子,一边打一边研究弹子技术。痕就用力敲门。

老板和阿敏都出来了,但老板堵在门口,不让痕看到屋里的情况。

"你来干什么呢?"阿敏抱怨地说,"你在家里又不同我讲话,我只好到这里来。你平时什么事都瞒着我,对我的想法一点都不关心,现在我自己找了个地方玩,你又跟了来。你一来,老板就会问我要钱了,我又没钱,只好问你要。"

他恶毒地瞥了痕一眼,那眼神竟有些无赖的味道。

"我不来,你就没欠账吗?"

"是啊。你想,小孩子哪有什么钱呢? 不就等于没欠一样吗?"

说到这里阿敏还自作聪明地挤了挤眼,痕觉得儿子分外可恨。他就伸手去拉阿敏,想要他跟自己一道回去,但是阿敏一跳就躲开了。

"何必死死抓住不放呢？他自己生得有脚，肯定是要到处走的。"老板嘲笑道。

痕想了想，想通了，自己一个人往油店那边走去。他买了油，往回走，感到自己的脚步有了衰老的意味。十多年以前，他和伊姝路过这个集镇时，街上一个人都没有，两边的房屋大门紧闭，门上都奇怪地装饰着柏树枝。呼吸着沁人心脾的柏树的清香，他和伊姝同时打定了在这里待下去的主意。痕想，那一天镇上的人都到哪里去了呢？那是一种多么古怪的欢迎仪式啊。后来进了村，留下来也就顺理成章了。伊姝甚至感到庆幸呢。小镇的周围有很多柏树，都长在坡上，将这块洼地团团围起。如果镇上没有人，这里就像一个墓地吧。他第一次将阿敏放进箩筐挑到这里来的时候，阿敏兴奋得不能自已，迈开两条小腿到处乱跑，搞得痕买卖都没做好，将一担菜随便卖几个钱了事。当时也是那同一个菜贩子来找他买黄花，痕同他讲价时，他定睛看着阿敏，好像想起了什么心事一样。这件事痕早忘了，直到刚才又忽然记了起来。这一记起倒让自己吓了一大跳：原来菜贩子早就注意上阿敏了。

痕提着那桶油上堤坝的时候，阿敏追上了他。阿敏主动提出要帮他提那桶油，似乎是，他心里有歉疚。

"你和那菜贩子常来往吗？"痕忍不住还是问了阿敏。

"你是说龙叔啊，龙叔的本事大得很呢！"

"什么本事？"

阿敏不回答，低了头走路。过了一会儿，他又突然抬头对痕说：

"他们撵我们的事，找他说一声就解决了。"

"为什么？"

"反正龙叔神通广大嘛。"

"你常去那里打弹子啊。"

"大部分时间都没打。"

"那干什么？"

"就坐在那里。"

痕想，阿敏宁愿同弹子房老板枯坐也不回家，而且对上学也极其厌恶，这些举动，实在不像一个十二岁的小孩。现在阿敏走在他前面，很活泼地迈动步子，看来他刚才过得很开心。他其实不那么担心被撵走的事。也许，他是个随遇而安的孩子吧。走在长堤上，落山的太阳将他们的影子拉得长长的，一大一小。痕抬眼望去，看见桂兰的丈夫在湖里，船上还有一个人，看身影像是菜贩子。痕不由得十分怨愤，因为这个菜贩子总是围着他们村转来转去的。于是他招呼阿敏下堤，抄小路回家。

夜里，痕突然梦见了城市，城市里的人们像黄蜂一样"嗡嗡嗡嗡嗡嗡"的，将痕团团围住。痕看不见他们的脸，只看见很多影子。痕心一急，就叫了出来："我的家是在城里啊！"这一叫就醒来了。醒来后痕完全拿不准了：他真的在城里有套单元房吗？他到底卖没卖掉那房子呢？

"阿敏，要是去城里生活，你会习惯吗？"

"这是你的事，你真的有房子在城里吗？"

"一上午我都在翻那些个老文件，还是没有找到那张房产证，也没找到卖房的合同。我真是糊涂了,房子到底卖没卖?"

阿敏笑出了声。痕看见他聚精会神地用两枚图钉扎进画面上那只小熊的两只眼睛,小熊的眼睛变成了亮晶晶的图钉。痕看着看着,心里堵得慌。

阿敏向来是独来独往的,可是最近,他忽然和二黄的儿子在一起玩了。二黄的儿子铁锤在划船,阿敏坐在船头。

"铁锤那孩子平时对我们不怀好意。"痕不无担忧地说。

"是啊。灰灰恐怕就是他毒死的。"阿敏叹了一口气。

"那你还同他交往?"

"这是另外一回事啊。"

阿敏太复杂了,痕觉得自己已经不是他的对手了。

村里人并不到他的菜土里来看,谁也不注意这里。丝瓜长得沉甸甸的了,辣椒也要红了。地力很富足,栽什么长什么,长得飞快。他们这个地方可说是一个不愁吃不愁穿的富乡,人与人之间也不爱比富,就连那些打鱼的,也常将打来的鱼重又倒进湖里,因为太多了,吃不完。那么他们要他的菜土干什么呢?他们既然要他的菜土,这些日子怎么又无声无息了呢?

有一天夜里,痕在烦闷中走到堤上去散步。一会儿就有人叫他。

"痕老师,下来坐坐吧。"

那人的船停在岸边,是二黄。

"阿敏说,你要是走了,他就来跟我们住。"

痕的背脊骨一冷,话都说不出来了。

"他还说,他妈妈埋在这里,他怎么能走开呢?如果住我家里，村里人不会反对的。"

"他们为什么要赶我走呢？"痕虚弱地说。

"并没有人真的来赶吧？你太夸大了。"

水在船下汩汩流动，像无数鬼魂在低语。痕暗想，要是二黄现在来杀他的话，这船上会发生怎样的搏斗呢？现在他肯定是瞧不起自己了。这倒没什么，反正从来就没人瞧得起他，连那个窝囊废一样的桂兰也如此。

"开会的时候你真不该走掉。"二黄责备地说，"那是你的会。你走掉了，我们还开什么会呢？你太傲慢了。阿敏是不错的，很爱学习。"

有一个活物在堤上跑动，越跑越近，定睛一看，是他那只烟灰色的猫。猫在痕的对面站住了，两眼发着绿光。痕曾打算万一搬家的话就把猫也带走，可是猫自己到底想不想走呢？也许它早已习惯了这种阴暗的生活？农村毕竟天地广阔啊。

"不要认为大家都没安好心。有些事情是很好的。"二黄又说。

痕心里讨厌，就起身离开二黄。二黄在他身后哼起了小调。

湖区的夜又长又暧昧，有无数次，痕试图在这样的夜里理清心里的那些疙瘩，每次都不了了之。月光啦，小动物啦，草垛啦，水田啦，全都和他拉开距离。痕早就下了决心稀里糊涂下去，所以眼前的景物就像同他无关了。但今天夜里有一点异样。他快到家的时候，看见家门口的路上有个妇人席地而坐。妇人怀里抱着婴儿，是桂兰。

"痕老师，我看见你出去的。"她一边说一边低下头去，然后用力亲了一口婴儿的脸。

婴儿睡得很死，一动都不动。痕不知怎么觉得她的举动有点恐怖。

桂兰站起来，让到一边等痕过去。痕觉得她的目光死死地盯在自己脸上。一直到进了屋，闩了门，从窗口望出去，妇人还抱着婴儿站在那里。她并不像是来监视自己的，倒像是在等着看他的事有一个结果。以往他在夜间出来走，很少碰到人，今天却接连碰到了两个。刚才二黄说的"有些事是很好的"，莫非是真话？要如何才能领悟到这个"好"呢？

痕躺在床上仔细地听，他想看着桂兰会不会搞出什么动静来。但是她并没有搞出什么动静。

第二天一早醒来也没看到桂兰，却是满英在那块地方指手画脚地对几个人说什么。他一出去，那几个人就都走开了。痕就背着手在他的菜地里绕了一圈。番茄又多又大，全都红透了，得马上摘下来做番茄酱。痕把那些番茄往屋里挑的时候，心里一直在犹豫：是不是应该做这么多番茄酱呢？越想到后来腿越发软，番茄也没摘完，心里打定主意让它们烂在地里算了。

最后一担挑回来的时候，看见屋里坐着白胡子的老头，是当年的船老大。船老大抽着烟，皱着眉告诉他外边的情况。按他的说法是世风日下，全都混不下去了。他一会儿又冒出一句："幸亏那一回你没走。"船老大的船早就卖掉了，他现在也成了农民，就住在离这儿不远的一个村里。痕问他为什么现在才来看他，他就摇着头，说痕的村里的人不欢迎他。痕又问为什么不欢迎。

"因为当年我要帮你搬家啊。"他大声喊了出来。

"他们现在都盼我走呢。"痕幽怨地说。

"你这样想是很危险的。"

船老大的目光扫来扫去的,问痕儿子哪里去了。痕回答说上学去了。他又问痕还记得当年他对他说过的话吗?痕说不记得了。

"当年我对你说,有了儿子,就更不应该搬家了。你看,全都被我说中了。哈哈!那时你儿子那么小,你怎么知道他的意愿呢?"

船老大就像痕的家人一样,在痕屋里翻起东西来。一会儿他就从抽屉里翻出一个纸包,是阿敏的东西。他将纸包打开,鸟的羽绒就飞腾起来。痕躲到一边,惊讶地看着。船老大将那些羽绒弄得到处都是,然后就出去了。他走到门外又招呼痕出来。痕问他有什么事,他就用手朝东边一指。痕顺着看去,看见菜贩子正在用一把锄头挖他的菜地。痕气急败坏地回到屋里背了一把二齿锄出来,冲着菜贩子过去,他打算豁出去了。

"你为什么挖我的菜土?"痕的声音发抖。

"啊?"菜贩子撑在锄头上看着他,"是你的菜土啊?他们没说。"

菜贩子口里嘟嘟哝哝的,走到一边去了。后来,他忽然记起了什么,拔腿就走。痕追了几步,他走得更快了,还回过头来对痕说:"好合好散嘛。"后来他就走掉了。痕打量着被他挖倒的苦瓜棚和茄子,对这件事纳闷了一阵。幸亏他没挖多久,所以破坏还不大。痕掉转头,看见船老大还在他门口观望,冲着他笑呢。

"痕老师,痕老师,你们这个村子真复杂啊。"

船老大笑吟吟地走来,拾起菜贩子扔掉的那把锄头看了看,指着锄头把上刻的字说:

"你看，这还是满英家的锄头呢。"

"你认识他们一家啊？"

"怎么不认识呢？我先前也是这个村里的啊，要不我还会答应来帮你搬家？这种家可不是好搬的！"

船老大走出了好远好远，痕还在看着他的背影发愣。这时他的视野里又出现了阿敏。阿敏垂着头，走得很慢，显然又在想心事。他用一只手随随便便地提着书包，那只书包几乎在地上拖。痕一时竟感到有些呼吸困难，他张大嘴吸了几口气，不再理会乱糟糟的菜土，在石礅上坐下来了。刚坐了一会儿，又看见阿敏跑出来了，一边跑一边惊慌地喊："爹！爹！"

"有人要我的命！有人要我的命！"他一脸煞白。

"怎么了？"

"鸟的巢被捣坏了！"

"你是说那些个羽绒啊，是船老大翻出来的呢。反正散在屋里，你再收拢来就是嘛。"

"什么船老大？哪里有船老大？那是一个鬼，你还不明白呀？"阿敏的眼珠子瞪得老大。

听他这么一说，痕的脸上也变了色。他虽不信什么鬼，但这个人是来干什么的呢？他来了就翻东西，好像他本来就有这个权利，他说起话来也总是打中痕的要害。现在阿敏说他要他的命，有什么根据呢？痕过去帮阿敏将那些羽绒收拢重新包好。可是他刚做完这事，阿敏就冲上来，又将纸包抓烂了，羽绒又飞得到处都是。痕生气了，问他到底要干什么，阿敏却闷声不响地走到里屋发起呆来。痕踩着那些羽绒站在那里，心中一筹莫展。

这时村长在门外叫他了。

"痕老师啊,你看我醉没醉?"他红着脸,眯缝着眼说。

太阳光射在村长的老脸上,那上面的每一条皱纹都分外清晰,痕突然觉得这村长才像一个鬼。痕往屋里退两步,村长就往屋里进两步。

"你对我不放心啊?"他又说,"你这个人疑心极重。"

村长自己在凳子上坐下了。他踢了踢那些羽绒,羽绒又飞起来了。村长又朝里屋探了探头。阿敏看见村长就活泼起来了。村长进了里屋。

"阿敏对上学一定没兴趣吧?村里的小孩全这样。"村长问。

"正是啊,上什么学呢,浪费时间罢了。"阿敏老模老样地回答。

"哈哈,和二黄家约定了吗?这种大事,要同他们商量。"

"差不多了吧。我不会打退堂鼓。"

"当然当然,有其父必有其子嘛。"

痕在外面听见他俩一问一答地说得热闹,心里就很失落,只想快点走掉。可他的脚却如同生了根一样。村长说着说着,竟趴到地上去了,他要阿敏骑到他的背上去。阿敏不肯,他就一个劲地请求,很焦急的样子。最后阿敏还是没有骑他。他讪讪地站起来,拍拍裤腿上的灰,走到外屋来对痕说道:

"老兄啊,我可没醉。你这儿子,是块金子呢。"

村长一走,阿敏又坐在屋里发愣了。

"阿敏夜里从来不醒吗?"痕问道。

阿敏想了一想,回答说:

"醒过一次,很久以前。"

"哼,我早忘了。"他又补充说。

"我已经决心不离开了。"痕说这句话似乎是想安慰阿敏。

"是吗?"

阿敏一点好奇心都没有,并不关心痕的想法,就好像痕的想法同他无关一样。痕更失落了。

痕走到外面去,将被弄坏的菜地整理好。这工作一会儿就做完了。菜贩子的举动还是让他猜不透,从这里的情况看起来他也不像是要搞破坏,倒像是对这块地另有打算一样。可为什么他一来菜贩子马上让出呢?不知道村里人是如何许诺菜贩子的。今天他的猪在猪栏里吵得特别厉害,好像要跳出来一样。那一年涨大水就发生了这种事,三只小猪全都从栏里跳出来了。

"阿敏哎,阿敏哎,你想通了吗?"

痕听见二黄的儿子在前面房里说话,阿敏喘着粗气,很激动。

痕走到他们面前,那两个人都很嗔怪地望着他。然后他们就站起来,一齐出去了。痕看见二黄、满英,还有村长等人在门口等他俩。

过了一会儿痕才出门,一出去又碰见了船老大。船老大喜气洋洋的,穿着白布衫子和黑绸裤,那样子像是要出远门。痕问他去哪里,他就含含糊糊地回答说,其实也没什么地方可去,不过是随便走走。又说他儿子娶媳妇,闹得实在不像话,把他卖船的钱全拿走了,他现在成了穷光蛋,正在考虑一个人另起炉灶单过的事。他说话的表情一点都不焦急、悲痛，平平淡淡的，倒像说别人的事。痕觉得他在撒谎，因为他刚才还喜气洋洋的。

"如果我现在到你们村里来打零工，你不会反对吧？"

"我不反对有什么用呢？现在我自己都要被赶走了。"

"你不要瞒我了，已经有人告诉我了，说你在这里是个重要人物，村里面动不动就要为你的事召开大会。你能不能帮我去说说，让他们把村里的鱼塘交给我管？说起来我也不是外人，是从这里出去的。"

痕生气了，干脆直截了当地对他说：

"你同我说有屁用，我很快就要连房子都没得住了。"

"你真的见死不救啊？我倒不如当年用船把你运走呢。"

船老大也变得愤愤的，指着他的鼻子骂了句："外乡佬！"

痕感到不解：这个船老大，先前还说村里人恨死了他，现在又要来村里找事做了。他还说他在村里是"重要人物"，真是个信口雌黄的家伙。这些天，村里倒是真的又召集了好多次会议。但都没来叫他参加。阿敏溜进去听过一次，回来告诉他说，那是个追悼会，会上摆了很多花圈，但追悼的不知是什么人，既无照片又无棺材。这一阵村里并没死人，他们为什么开追悼会呢？

船老大到痕的屋里背了一把锄头就走了，说是去"找活干"。接着阿敏就从屋里出来了，又是一副吓坏了的样子。

"爹爹，那是一个鬼啊。"他声音发着抖。

"你刚才不是同铁锤出去了吗？"痕诧异地问道。

"是啊，我们走了没多远就看见这个鬼往我家来了，我就抄近路跑回来躲在屋子里。幸亏这回他没有动我的东西。你看见他往哪边去了？"

"西边吧。"

"一定是去挖那块油菜地。我看见他好几次了。爹爹，你为什么要去惹他呢？你惹了他，我就会没命了。"

阿敏哀怨地看着痕，看得痕心里发怵。

"爹爹，我活不长，是吗？"他突然又问。

"瞎说，谁说的？"痕吓了一跳。

"都这样说，所以这个船老大才一趟趟跑来嘛。"

"他不是鬼，是我们家的老朋友呢。你刚生下不久他就到我们家来过了。"

"我知道，他是来看我的。"

"你怎么这样说话呢？那时你才几个月大，不可能知道他来过。"

"我真的知道，我发誓我见过这个人。"

"是后来见的吗？"

"不是。反正我一见到他就认出来了。你看看门外。"

痕一回头，看见村里的人都进来了，就站在他的院子里。

"痕老师，痕老师啊，我们来请你去开会呢，你要辛苦一下啦。"云美毕恭毕敬地对痕说道。

"我不开会。开什么会呢，不开。"

痕强调了这一句之后，对自己的态度很满意。满院子的人都肃静下来，似乎在等一个什么指令。痕看见菜贩子和船老大也在人群中，他俩正紧张地看着自己。再一回头，发现阿敏不见了,肯定是又躲进屋里去了。痕惴惴地想,菜贩子和船老大对自己怀着什么样的期望呢?是不是所有的人都对自己怀着某种期望呢?多么荒唐啊。他站在台阶上等了一会儿,却没有人说话,大家只是看他。有的人直瞪瞪地看着他,有的人是偷眼看他。痕的心里生出一个怪念头,他挺了挺脖子,朝着人群大声说:

"我一辈子都不去开会了,就这么回事。"

他说出这句话之后,那些人似乎卸下了心头重负似的,脸上都舒坦了。虽然没人回应痕,但他们的注意力一下子全分散了,三三两两地在院子里走动,议论起别的事情来。只有船老大和菜贩子还站在那里看他,似乎对他还不放心似的。那两个人走到一起,一边抽烟一边拿眼睛瞟着他,有时又交头接耳地说两句。痕觉得很不耐烦,就进屋去了,却没关上门。他想,只要自己不理他们,他们就会走掉的。

过了一会儿,云美进屋来了。云美将屋里扫了一眼,干笑着对痕说:

"据大家反映,你最近对菜土的照料有些疏懒,这是怎么回事呢?"

"你们不是要我搬走么,怎么又关心起我的菜土来了?"痕说。

"你现在还没搬,在一日就要好好劳动一日嘛。"

"我偏不劳动,从明天起就天天睡懒觉,那又怎么样?"痕提高了嗓门。

云美有些慌乱,连忙说道:

"当然,那也是可以的、可以的、可以……"

她边说就边从人群里钻出去了。院子里的人们似乎得到了他们等待的指令，就纷纷往外拥去。痕再出来时，一个人也没有了，就好像根本没来过人一样。

阿敏脸上的阴云也散了，他从抽屉里拿出扑克牌，一边往桌上摆一边说：

"这些人就像毒蝙蝠一样。爹爹真勇敢，我恐怕学不会爹爹的勇敢了。"

说到这里，他的眼睛盯住一张"小鬼"发起愣来。痕伸手拣出那张"小鬼"看了一气，没看出什么。再看儿子，儿子又变成那种魂不守舍的样子了。

"那人已经走了，你还担心什么呢？"

"他能走到哪里去，他还在村子里。"

痕叹着气想道，阿敏的日子真难熬啊。

村里人又来过一次，不过不是来请痕去开会，是来同痕"商量"腾出房子的事。一开始他们气势汹汹，拿着扁担和绳子冲进院子，好像是来捆他的家具什物的。可是后来他们又并没有进屋，就站在院子里同痕"论理"。痕对他们说，就算他们将所有的东西全搬走，他也不会离开村子，他就不信这里没有他的一口饭吃。他说这话的时候，菜贩子和船老大站在离他很近的地方，目不转睛地盯着他。突然有人从身后扯他的衣服，是阿敏，阿敏发了横，用力拽着他往屋里去。他竟被他拖进了屋。奇怪的是，这一来外面院子里的这些人反倒慢慢地散了。

痕心里很感激阿敏，就问阿敏是怎么想的。

"我怕你犯错误啊。"阿敏随口说。

听了这话，痕吃惊得半天合不拢嘴，简直有点怀疑儿子是魔鬼附体了。

儿子的体形仍然是普通的少年的体形，后颈窝还长着不少淡色的绒毛，细长的四肢有些笨拙。他说了那句离奇的话之后，就跪在木桶边逗他的虾子去了。头天夜里他的小鸟死了一只，他心里悲痛，早饭都没吃。

接下去又没有动静了。村人见了他，远远地就绕道，甚至掉头走，就好像他是传染病人一样。但没有任何人来干涉他的日常生活。阿敏还和往常一样，有时去上课，有时去镇上打弹子。他告诉痕说，那船老大并没有来村里找活做，因为他根本不会干活，他只会驾船，卖了船之后，他就成了乞丐，到处骗饭吃，痕问儿子从哪里知道这些事的，他说他一看见那人就知道了，根本不必去调查。

"你还以为他有家呀，他其实就睡在那些鸭棚里。"

看着阿敏一本正经讲话，痕又有点想笑。不知不觉地，阿敏长成一个心胸十分开阔的小孩了，痕感到这个小孩心里头什么事情都装得下。也许是湖区这种无遮无拦的风景造就了他的性格吧。很快他就要满十二岁了，伊姝要是还在，会怎样看待自己的儿子呢？痕觉得阿敏不但可以自己照顾自己，还引导着他这个当父亲的往正确的路上走呢。

"你要留在这里，我就也不能走。因为你是个怕鬼的小孩，我如果走了你就长不大了。"痕说出心里的豪言壮语。

阿敏抬起头看了看他，什么都没说，然后又低下头去弄他的木刻。

好久以来那怪物就不在夜间肇事了。有时候，痕还是会在那个时候醒来。宁静的夜还是在他心里掀起波涛，他没法重新进入睡眠，于是忍不住又要去儿子的卧室里看看。阿敏是根本不会醒来的，痕看见自己的身影可笑地印在墙壁上，身子向前一倾一倾的，好像在同什么人争辩。墙上贴着阿敏白天做的木刻画，那是一个粗糙的骷髅头。

白天里痕照旧种菜养猪。阿敏呢，有时上学，有时不上学，不上学时就去镇上打弹子或搜集那些古怪的图片。家里那些小东小西还是常常失踪，痕心里明白它们的去向，也就懒得去追查了。一次痕在剪指甲，剪着剪着手中的剪刀居然不见了，而当时阿敏并不在家里。痕就仔细地回忆：自己有没有放下过剪刀去干别的事呢？当然没有，剪指甲不过是两分钟以内的事嘛。那把缠着水红色塑料丝的小剪刀还是伊姝从城里带来的呢。再定睛仔细一看，手上的指甲并没有剪过的迹象。痕心里断定自己只不过是产生了在剪指甲的幻觉。但是阿敏一会儿就回来了，阿敏从书包里掏出那把小剪刀递给痕，说自己"不想再惹得爹爹心烦"。痕打量着精致玲珑的小剪刀，和儿子相视一笑。

菜贩子有一天来拜访痕，他对痕说道：

"同这些乡下佬明争暗斗的，你会不会觉得厌倦呢？"

痕不知道要如何回答他，因为他没有设想过今后的事。他犹豫的当口，菜贩子就摆了摆手，意思是痕不用回答了，他已经知道答案了。痕想，他知道什么了呢？

"打个比方吧，你在菜土里种了豆角和冬瓜，有人威胁说将来有一天菜土要收走,那么你为来年留不留种呢?我见过一个人,从来不留种,胡乱弄些菜籽来,闭上眼撒到菜土里了事。那人其实是个种菜的高手。"

菜贩子说了这一番话就洋洋得意地看着痕,直看得痕心里发毛。最近这几个月菜贩子常到村里来收购蔬菜,所以痕用不着将菜挑到镇上去,只要送到满英家的门口就可以了。他去送菜时,总有另外的人在场,但那些人并没对他做出什么脸色。痕疑惑地想:莫非一切都是场玩笑?满英和云美显然是不欢迎他的,不过也只是板着脸站在一旁而已。痕从菜贩子手里拿了钱就走。

季节已到了深秋,菜土里的活越来越少,痕开始收拾院子了。时常,他看着后院堆得像小山一样的柴捆,心里油然生出一种踏实感。如果说这里不是他的家,那他就不曾有过家。当他用牛屎垒院墙的时候,村长来了。村长先是赞许地频频点头,夸他的活儿干得漂亮,后来又换了忧虑的口气道:

"这房子也不知你还能住多久啊。"

痕回答说,住一日就要好好维护一日。

村长就拍了拍他的肩膀,醉醺醺地说:

"我是关心你的嘛。"

村长在院子里转了一圈之后,进了痕的屋。痕看见他进去了一会儿又出来了,手里举着那张上面印了奇怪鸟蛋的图片,一路嚷嚷道:

"痕老师啊痕老师,你家阿敏今后怎么办啊?"

他将图片放到痕的眼前,指指点点地分析着,说阿敏小小年纪就这么悲观厌世,实在是可怕,他一想到他的前途就要流泪。难道痕，作为他的父亲，就一点责任都没有？要是他早就顺应潮流，同村人搞好关系，让儿子在祥和的气氛中长大，现在也不至于发生这种危机了。痕就反驳他说，他和儿子之间并没有什么危机，相反，他觉得自己一天比一天更了解儿子，一天比一天更离不开儿子了。危机？什么危机？他对自己的前景看得很清楚，清楚得就如同知道"自己的猪栏里有几头猪"一样。说到这里，痕觉得自己有点吹牛吹过火了，心里有点不安起来，就转移话题，问村长找他有什么事。村长说没有事，只是到这里来转一转，同他聊一聊，因为外面关于他的流言太多了。痕说要是没事，他就喂猪去了。他提了那桶猪潲往猪栏里走，村长还是跟在后面唠唠叨叨。他问起阿敏的情况，又说那些流言都与阿敏有关。痕本不想开口，一开口又成了吹牛。他说：

"阿敏就是在流言里头生下来的，说不定他感到如鱼得水呢！"

村长被他的话吓了一跳，瞪着他看了好一会，最后气愤地将图片往猪栏里一扔，指着他的鼻子说，要是他再这样疯下去，必定"完蛋"。村长指责痕的时候，阿敏在村长背后出现了。村长并没有朝阿敏看一眼，就知道他来了，于是脸上的表情化为慈祥，好像酒也醒了的样子。

"你有这样一个儿子，就像有了救星一样呢！假如他是我的儿子……"

村长沉浸在一种痕不能理解的思绪之中。痕懒得理他，手里继续干自己的活。村长一边自言自语一边走开了。这时阿敏跨进猪栏捡起那张图片，然后对痕说道：

"他从来没有喝醉过,是吗?"

痕点了点头,要阿敏帮助照料喂猪,他去地里收些萝卜菜。

收萝卜菜的时候,痕一直在考虑这个问题:阿敏到底是从什么时候起变得这么复杂的呢?痕使劲回忆,一会儿觉得是近两年发生的变化,一会儿又觉得阿敏一生下来就不简单。想来想去的,各种各样的记忆都搅成一团,没法区分了。其中一个古怪的记忆弄得他很不舒服——那是阿敏刚学会说话不久,有一天,痕抱着他坐在凳子上,他突然指着痕的眼睛用尖利的童声说:"鬼!很多鬼!"他长大后就一直怕鬼。痕先前以为他会自然而然好起来,可是现在都十二岁了,还是怕鬼怕得厉害。阿敏又很矛盾,他虽然说船老大是"鬼",谈论起他来却又把他当作一个人。阿敏所说的"鬼"到底是什么意思呢?

冬天就快到了,没人会喜欢湖区的冬天,没完没了的寒冷北风总让人产生颓废情绪。痕伤感地看着苦苦挣扎的太阳,心里的危机感又涌了出来。他在心里安慰自己说:"毕竟,儿子在一天天长大啊。"村里有一段时间没开会了,如果村长今天不来,痕还以为房子和菜土的事已经不了了之了呢。到底他们还是记在心里啊。痕盼望着修堤,一开始修堤,他就得加入集体的劳动,到了那种场合,所有隐蔽的问题都要公开,到底他是走还是留就会水落石出了。痕不愿意目前这种既不松口也不紧逼的状况成为一种惯性,成为他的整个日常生活,所以他把目前的每一天都看作一种过渡,一种稳定前的骚乱。这样的日子已持续了好久了,还没见到什么预兆,所以修堤是一件大事。

他把萝卜菜挑回来,阿敏就迎上来说:

"爹爹，村里派你去买农药，要去半个月呢！"

"谁说的？"

"满英大娘。她还要过来帮我们照料家务呢。"

痕发出一声冷笑，暗自思忖：这下好，倒让他铁了心，打定主意了。

"我哪里都不去，就在家里陪阿敏。"

"是吗？小鸟要是搬家都要死去的。"阿敏笑了笑。

阿敏放假了，放假后他就不再去镇上打弹子了，他待在家里照料那几只小鸟。本来他想将小鸟放飞，但小鸟们已经不会飞了，也不愿意飞，它们像小鸡一样在房里满地跑，啄食用水泡过的米粒。于是长久以来，痕的心里第一次升起一种安慰感。现在基本上没有人来看他的房子，也没有人来看他的菜土了。只是痕从村里的大路上走过时，他能够感觉得到路旁那些窗口射过来的目光。所有的男劳动力都去修堤去了，痕成了村里唯一的闲汉。他想起村长说的"被历史的潮流甩下的人"这个比喻，心里仍然有些发紧。因为他没去修堤，又不肯替村里买农药，妇女们都很仇视他，他就尽量缩在自己家中、院子里。其间来过一个三十多岁的乞丐，那人一进来就声称要在痕家里住一个月，哪怕睡在厨房里和猪栏里都行，弄得痕好一阵紧张。坐下来吃着痕给他的食物，他又说起船老大的事。他说船老大是今年去世的，阿敏还参加了他的追悼会。痕反驳说，阿敏是参加过一个追悼会，但那并不是追悼船老大，因为那个时候船老大根本没死，他自己还见过他。这时阿敏就过来加入谈话。阿敏完全不同意爹爹的意见，他说那次追悼会虽然没看到照片和棺材，他也觉得那像是船老大的追悼会。船老大就是死了一百年，爹爹都有可能在大白天见到他。他这样一说乞丐就拍起手来，洋洋得意地连声附和。痕无言以对，十分尴尬。正当痕转着脑筋该怎么安顿乞丐时，乞丐一下子就站起来说他要走了，因为痕的家里对他来说不合适，他就是睡在鸭棚里也不见得比这里坏。他一走，痕就问阿敏为什么要同他抬杠，尽说些稀奇古怪的事。阿敏回答说，他才不是抬杠呢，他说的全是心里话。

痕坐在窗前搓草绳时，窗外响起了歌声，是修堤的人们归来了，大家一起唱着山歌，情绪十分振奋。痕伏下身子，他不愿村人看见他。直到歌声远去，痕才站了起来，看着村人们的背影久久地发呆。十多年以前他和伊姝盖房子的时候这些人也唱过这首山歌，歌词无论如何也听不懂。但那次也同这次一样，痕听了就莫名其妙地感到振奋，感到自己还不算老。"城里的房子已经被我卖掉了嘛。"他对自己说。

一个寒冬的早上，风停了，痕和儿子走到堤上去看那条大鱼。夜里，痕听到它在湖里扑腾得十分厉害。这是一条传说中的鱼，据说有五百斤，背上有奇怪的花纹。父子俩都听到了水中的响动，但是那条鱼始终不现身。阿敏心醉神迷地唠叨着："老狐狸啊老狐狸。"痕心里腾起一股热浪，一些死去的激情又复活了，他忍不住回头眺望他的房子。他看见那只老猫稳稳地蹲在屋顶。

2002 年 12 月 29 日于北京牡丹园

原载于《山花》2003 年第 2 期

男孩小正

男孩小正是远蒲老师的孙子，今年十二岁，是一个性情急躁、动作很快的小孩。远蒲老师是退休的乡村数学教师。

远蒲老师当年为退休的事还和学校大闹了一场，因为他根本就不想退休，只想在地区中学做下去，做到死。这种想法当然是要不得的，于是校长就勒令远蒲老师退休了。远蒲老师没了课教，就每天赖在传达室，为一些功课差的学生补课。后来他又将学生引到了家里。他的家同学校隔着两个村子，但还是有穷苦的学生晚上跑很远的路到他家来补习。

师生们共着一盏油灯，一边翻动书页一边压低了声音说话。一般总是来五六个学生，有时也来两三个。小正也挤在学生里头，大家把一张桌子围得密密实实。小正注意到，每当一阵风刮来，吹得油灯里头的火苗颤动起来时，爷爷的脸就变成了一张狐狸的脸。狐狸的眼神阴森而凄惨。小正看到爷爷的脸变成了那个样子，就吓得哇哇乱叫。他一叫，爷爷就生气了，要小正"滚开"。小正再抬眼看时，狐狸就消失了。他觉得太奇怪，太委屈了，为什么大家都没看见爷爷的狐狸脸呢？或许他们也看见了，只是没人敢吱声？

这种家庭的补课也是很不一般的，虽然翻着数学书，却没人谈数学。几乎每一次，小正都听见爷爷在同他的学生谈论周围某个地方新发生的一桩惨案。偶尔哪一天不谈惨案，就谈地区河流的水质问题。没想到这些青年跑这么远的路到他家来，就是为了谈论这种事，小正很不解。爷爷说话时声音本来压得很低，但说到关键处就突然提高了。尤其在变成狐狸脸时更是如此，他会突然张开血红的大嘴吼了起来。有一次这种情况发生时，小正往桌子上一扑，晕过去了。到他醒来时，周围已没有一个人，油灯静静地燃着。他隐隐约约地听见外面有些人声，开了门一看，是爷爷在和学生们告别。

"没有学生的日子真难熬。"爷爷边往屋里走边说。

"你在桌子上搞什么鬼？"他突然问小正。

小正回答说，他才懒得搞鬼呢，他那会儿睡着了。

"这就好。小孩子做些梦是有益处的。"

但是小正从不做梦，就是做了也记不住。他觉得爷爷是在吓唬他，这令他感到很气愤。

近几年远蒲老师已经不教学生了。小正再也没看到过他的狐狸脸，于是又有些惋惜，有些留恋小时候的事。他仍然对自己看到的事没把握，去问爷爷自然也是白问。小正想，当时他为什么没有想到伸手去摸一摸那毛茸茸的尖脸呢？如果是现在，他就一定会这样做的。今天爷爷又要他去做那架飞机模型，他心里很不愿意，愤愤地、频率很快地用锯子锯木头。飞机的模型大约有一张桌子那么长。爷爷年轻时做过木工，但他却很少动手，只是指挥小正干活。锯了一会儿，看见爷爷出门了，小正就扔了锯子。

小正去找文选玩。文选正在灶屋里烧火煮猪潲。

"我爷爷有事瞒着我。"小正说。

"是啊。我砍柴的时候，看见他在树林子里吃东西呢。"

"吃东西干吗跑到树林子里去吃啊？"

"他吃的不是一般的东西，好像是一大把一大把的绿色的东西。他是不是想长生不老啊？我看我爷爷也想长生不老呢。"

"有可能。"

两个少年都陷入了沉思。火在灶膛里"毕毕剥剥"地烧得很旺，小正闻到了一股特殊的臭味，熏得他心里很难受。

"你烧的什么柴？"

"还不是山上砍的那些小树。"

小正坐不住，就站起来要走。文选也站起来，凑着他的耳朵一个字一个字地说：

"我怕你的爷爷，都说，他快要变成刀枪不入的鬼怪了。"

小正无聊地站在大树下观察了一会儿那几只蝉，转身去橘树里头捉天牛。捉了几只，觉得无趣，又都扔了。他猜爷爷是去后山的树林了，心里头一振奋，抬脚就往后山的方向走。

后山很高，树并不多，林子显得稀稀拉拉的，但是各种杂乱的灌木却很多，长得又快，所以村里人总爱去后山砍柴。小正还没走到石板桥那里就碰见了下山归来的爷爷，他狠狠看了爷爷几眼，发现爷爷嘴角果然有一条绿色汁液的痕迹。

"小孩子不好好劳动，跑这里来干什么？"

爷爷很不高兴。爷爷手里拿着一根树枝，正是文选烧的那种臭树。一路上碰见几个打柴的，都笑呵呵地同爷爷打招呼，小正觉得这些人好像天天同爷爷在山上见面。爷爷唠唠叨叨地对小正说，要好好劳动，尤其是做模型，这种劳动需要耐力，要一个部件一个部件去做。小正嘴上答应着，心里直想跑掉。快到家时遇到一个邻居，爷爷和他站在路边说话，小正就趁机跑掉了。

小正跑到田埂上，看见秋元正提了一塑料袋鳝鱼从田里上来。

"刚捉的。去我家吃吧。"

"不。"

"哈，一定是和你爷爷一块吃饱了仙果吧？"

小正向他怒目而视，他就不理会小正，自己走了。小正脑子里冒出个可怕的念头：爷爷会不会变成了吃草的山羊？小正看见他爹爹正从屋里走出来，手里拿着几棵果树苗。他爹爹是这一带的农艺师。小正想躲，但是爹爹叫住了他，要他待在家里，不准出去。他只好又垂头丧气地去锯木头。每次都是这样，他逃得了爷爷，逃不了爹爹，爹爹不声不响地帮爷爷管制小正。

一会儿手臂就酸痛起来了，小正心情阴郁地坐下来休息。他等了好久，爷爷还是没回来。于是他到门口去张望。奇怪，爷爷的影子都没有，爷爷又走了。小正沮丧地打量着只有一只翅膀的飞机模型，想起爷爷的话。爷爷对他说，今天夜里就要让这架模型飞起来。爷爷显然是吹牛，木头怎么会飞上天呢？就在两天前，爷爷的学生来看他，他还对那个学生说，他的飞机模型马上要上天了。小正不知爷爷哪来的这份信心，要知道在平时，爷爷从不吹牛说假话的。想着这些没趣的事，小正情绪灰灰的。他顺手从桌上拿了一张旧报纸来看，还没看完一条新闻，就倒在长凳上睡着了。

这个时候远蒲老师正在山上大嚼一种名叫大叶香薷的草。他是无意中发现自己能吃草的，一开始只不过是异想天开地尝试一下，到后来竟欲罢不能了。草的种类限定于那些香草：细叶香薷、大叶香薷、野葱，有时是菜土里的紫苏。但是近来，他发现自己无论什么草都想尝一尝了。一般是将草拔起，塞进嘴里慢慢嚼，慢慢下咽，像衰老不堪的黄牛一样。因为吃草，他几乎每天都到后山来。又怕人发现，手里也不敢拿多了草，拔一点吃一点，见了人来马上扔掉。他知道有人在议论他，但那些人都不知道他吃的竟然是草。远蒲老师这两天还曾练习过像牛那样吃草，他找了个青草茂密的处所蹲下去练习，但效果不好，那草很难到他嘴里，到了嘴里也很难咬断。他还是乐此不疲地学习，脑子里想着那句古话："只要功夫深，铁杵磨成针。"一天，他俯卧在地上，旋转着头部做这勾当的时候，被文选那小孩发现了。文选问他吃什么，他回答说吃仙果，文选羡慕得不得了，问他要一点来吃，他就对他的要求连连摇头。就是今天上午，他又开始吃起灌木叶来了,他吃的就是那种有臭味的,大家当柴烧的小灌木。他很高兴,因为站在灌木丛里,就可以假装是来砍柴的。

远蒲老师自从吃草以来,觉得自己的体力和精力都大大增强了。他饭吃得越来越少,而且觉也不怎么睡了。他夜间的睡眠变成了一种形式,往往是刚刚打个盹就醒来了。他醒来之后就在树林里漫游,很多人都在凌晨看见过他,还有两个半夜起夜的老汉也见过他。看见他的人都躲着他,背后把他叫作"鬼"。远蒲老师最近感到小正成了他的心病,因为这孩子开始注意他的行踪了。他不想现在就让他知道他的私事。他觉得这孩子像他爸,认死理,不轻易相信自己没见过的事。就是为了改造孙子的这种性情,远蒲老师才规定他做飞机模型。他的做法看来至今收效不大。

今天上午因为下了一场雨,远蒲老师闻到了强烈的青草和树叶的芳香,所以他就迫不及待地上山了。他趴在地上一鼓作气地吃了一些新长出来的嫩草之后,突然闻到了一股异香。他在周围找来找去的,终于找到了发出香味的植物。那正是大家用来当柴烧的那种有臭味的灌木,树上开着小白花。这个村里的人都喜欢烧这种柴,远蒲老师却不爱烧,觉得太臭了。啊,这些叶子竟会在特定的时刻释放出醉人的香气!尤其是那些小白花,远蒲老师闻了几闻后心里无比痛快。于是一不做二不休,他坐在花叶丛中就吃了起来,一边吃一边在心里感叹:原来村里人早知道这里头的奥妙啊!远蒲老师很快就醉倒了,他倒下去的时候看见许多五颜六色的锦鸡朝他飞来。

他醒来的时候看见有个人在离他不远的地方砍柴。远蒲老师惊跳起来，赶快离开了那丛灌木。可是那个人并不认识他，那是一个青年汉子，远蒲老师见他砍下的灌木全是刚才他吃的这种，他已经砍了好大一片，远蒲老师觉得地上那些柴他根本不可能挑回去了，可是他还在砍，远蒲老师渐渐不安起来：这个人究竟要干什么呢？又等了一会儿，只见那人发了狂一样猛砍，灌木呻吟着"哗哗"地倒下。他终于忍不住走了过去，拍着青年的背说：

"喂，歇一下吧。"

那人白了他一眼，将砍刀一扔，赌气似的说：

"歇就歇。"

远蒲老师发现这青年赤着一双脚，连草鞋都没穿，一条麻布裤子的裤腿也被挂得稀烂，上身的布衫是用两条汗巾胡乱拼起来做的。

"你砍柴啊？"

"呸！我砍着玩，这里的柴砍起来顺手！"

"你不是这里的啊？"

"当然不是，我到处乱走。"

"我有个孙儿，性子同你一样急躁。"

远蒲老师对自己说出的话大吃一惊，他感到自己像中了邪一样。

"那么他也不会有好下场。"

远蒲老师看见他弯下腰，捡起那把柴刀就走。他心里好一阵迷惑：这个人怎么就不怕木刺刺穿他的脚板呢？他的目光落在地上那一大片残枝败叶上时,又忍不住要捡了那些花儿吃起来。

远蒲老师后来碰见孙子小正时,小正接过他手里的树枝嗅了嗅,皱着眉头说臭死了。远蒲老师觉得他的态度更加证明了他的判断:这孩子像他爹。

一名久违了的远蒲老师的学生来看望他了。小正看见他拘谨地坐在板凳上,不安地搓着双手。他的裤腿上沾了很多泥。当他移动屁股时,小正大吃一惊,因为那屁股上有一条尾巴,白白的、短短的,随着他身子的小幅移动甩过来、甩过去。爷爷似乎对这个学生特别满意,不时地将手掌拍到他的肩膀上。至于爷爷和他谈论的问题,小正有时听得懂,有时听不懂。他俩说着说着脑袋就粘到一块去了,小正看见他俩在相互啃对方的脸。小正一咳嗽,他俩立刻就分开了。

"这种天里,蘑菇是长得很快的,学校里的师生天天吃蘑菇呢。"学生说。

远蒲老师认真地点着头,似乎回忆起了什么事。

坐了一会儿,学生就站起来要走,远蒲老师说他同他一起走。小正看见学生一站起那条尾巴就消失了,再怎么看也看不见。他追着学生观察时,爷爷狠狠地瞪了他一眼,做了个手势叫他让开。小正就站在门口远远地望着爷爷和学生的背影,他看见他们并没有朝学校那条路走,却是往山里那条路去了。小正很气愤,冲到房里拿了一把铁锤就砸起飞机模型来。机身被砸开一道很宽的裂口,榫也脱出来了。小正发现里头居然放了一个长颈瓶,瓶里装了一种黄绿色的甲虫,那些甲虫堆在一起往上爬,但绝对爬不到瓶口,它们将这无望的劳动做了又做。

小正的爸爸听了这一声巨响就过来了。他是个沉默寡言的男人,中年丧妻,从表面看似乎已对生活失去了信心。

"可不能让爷爷知道你在搞破坏啊。"远文离得远远的,他似乎不想过来看现场。

"总有一天我要弄清爷爷在搞什么鬼!"

"你真沉不住气。这样不好。"

小正虽然气呼呼的,但也有点害怕起来。他想把裂开的机身修好,但越弄裂缝越大。于是他惊慌地放弃了,赶紧去锯那些木板,那是爷爷给他规定的工作。他卖力地锯着,一边寻思着要如何骗过爷爷。

远蒲老师和他的学生袁一爬到山顶时,两人都已经满头大汗了。

一路上,袁一一直在东张西望的,想发现一点反常的迹象。但是没有,这不过是座普普通通的柴山,还有点乏味,因为山上既无大树又无怪石,只有一些杂生的灌木。袁一早就从学校毕业了,现在在家里务农,他是远蒲老师最喜欢的学生。远蒲老师刚退休不久时,袁一常常来他家。后来有一次,小正看见袁一和他爹爹远文单独在房里谈话,那一天远蒲老师躲在楼上不见袁一,后来袁一就不来了。远文在路上碰见过袁一,袁一告诉他,自己正在搞西瓜嫁接发明。远文将他的情况告诉父亲,远蒲老师就惊叹地频频点头。

"老师,这种野地方有过什么传说吗?"

"嗐，不要相信别人的信口胡说。什么传说啊，一代一代传下去，全是谎言。我们要亲自来评估。"

袁一听见风在对面山上吹，但他们所在的这座山一丝风都没有。一瞬间他觉得自己和远蒲老师两人成了两块化石，这令他有些恐慌。老师将他带到这里来干什么呢？

"袁一，你老实告诉我，从学校出来的这几年里头，你遇到过什么怪事情没有？比方说，有没有人来找过你？"

"啊，老师，"袁一回答时显得有些激动，"我每天田里土里的忙，能遇到什么怪事呢？又有谁会来找我呢？"

"你再仔细想想。"

袁一陷入了沉思。他一会儿抬起头来，想开口又有点犹豫，远蒲老师就用眼神鼓励他。

"是老师您来找过我，在梦里，我睡觉时。您为什么要用这种方法来同我联系呢？我追赶您追得多苦啊。您一眨眼就走得没影了。"

"我指的不是我自己，一定有一个人来找过你，你忘了。"远蒲老师温和地说。

袁一低声咕噜道："也许吧，也许吧。"他听见风把对面山上的一棵大树折断了，那树砸在另外的小树上，发出一连串"咔嚓咔嚓"的断裂声。袁一打了个寒噤，想起了家里的芦花母鸡。那只鸡被野猫从笼子外面咬断了一条腿，现在待在窝里熬日子。学校里的生活早就离他远去了，只有一件事永远忘不了，那就是远蒲老师被逐出课堂的事。本来校长已安排了另一位数学老师来给他们上课，但远蒲老师抢先一步到了教室，不管不顾地讲起课来。后来就发生了那丢人的一幕。当时大部分学生都在幸灾乐祸地看热闹,个别的还帮着校长和教务主任推远蒲老师。远蒲老师脸色惨白,汗水淋淋,一边被强行拉出教室口里还一边喊着:"我不会原谅你们对我动粗!"围观者都哄笑起来。他记得后来远蒲老师也笑了,不过是苦笑。

"你不想过另外一种生活吗?来找你的那个人告诉你的那种生活?"远蒲老师期待地看着学生的眼睛。

"我每天田里土里……"

"这并不妨碍,一点也不。"他打断他的诉苦。

袁一突然感到,是因为远蒲老师坐在这个山头,风才不往这里刮了。远蒲老师的心里有很多崇高的、他袁一所难以企及的东西。他终于离开了学校,但是他并没垮掉,他心里的东西还在往上生长。袁一也听人说起远蒲老师躲在山里吃些奇怪的东西,他不相信他吃的是长生果。不知怎么,他觉得这种事不便问老师。

袁一觉得自己应该回去了,因为天快暗下来了。他对远蒲老师说了这个意思,远蒲老师就让他先走。

"那您呢?天一黑就不方便了。"

"我就在这石头上睡,再说我的孙儿小正等下会来。"

"真的吗?"

"错不了。"

说话间天完全黑了。袁一下山时绊倒在灌木丛里,一些鸟儿发出惊叫。一会儿他就走远了。没有月亮,星子也没有升上来。远蒲老师掏出打火机,抓了些柴草在石头上点燃,小小的篝火蹿出笔直的火苗,他就站在旁边添柴草。实际上,石头周围到处都是他备下的柴草。

远蒲老师一边抽烟一边倾听,那"喳喳"的脚步声越来越近了,他会心地笑了笑,把火弄得更旺一些。

"今天的工作全做完了吗?"他问小正。

"做完了。只是有件事要告诉您。"

"不要说了,我对你很了解。你看到我的篝火就来了吗?"

"我起先没看见,是爹爹告诉我的。"

"你的爹爹,我搞不清他。"

祖孙俩都沉默了。小正在想着砸坏模型的事,远蒲老师则在想远文这个人。后来小正一抬头,看见对面山上着火了,有人在呼啸着的风中狂奔。再看爷爷,正若无其事地往篝火里添柴草呢。

熄了火,远蒲老师就招呼小正一同下去。走几步小正又抬头看一看对面那座山,那山上的火还在烧,风还是刮得那么响。

"我们坐下来吃点东西。"远蒲老师说。

小正的心怦怦地跳起来了。爷爷在黑暗中摸索了一阵,却并没有找到吃的东西。他口里念念有词的,似乎有些烦躁。小正也在摸索,他摸到了那种有臭气的树,就折断树枝交给爷爷。爷爷用那树枝扑打着周围的草丛。

"哈!"他说,"你的爹爹完全是另外一个人,我竟没想到!"

远蒲老师很激动,本来他是想让小正尝尝野草,锻炼锻炼他的胃的,现在他又改变了主意。他决定,还是让小正先完成那架飞机模型再说。

快到家时风就起来了。小正回过头,看见他们刚刚下来的后山黑洞洞的，风吹得林子呼呼作响，心里不由得十分沮丧。爷爷到底一个人在那上面干什么呢？

远文恭恭敬敬地说：

"你们回家了啊。"

远蒲老师扫了他一眼，径直走到自己的房里去了。他突然脑子一亮，记起来远文时常在后院烧那些枯叶，长久地站在火堆边想心事。媳妇是前年得病去世的，媳妇一走，远文的魂也被勾走了。表面上，远文还和平常一样，也没见他显出悲伤的样子。但是有一天远蒲老师半夜起来漫游时发现了一件怪事。他首先走进儿子一个人睡在里头的卧房，他听见远文在打鼾，一声接一声地打得很响，他平时正是这样打鼾的。那天夜里月光不太好，借着朦朦胧胧的光线远蒲老师看见床上的被窝可疑地塌下去，他又向枕头那里弯下腰，也没有看见远文的头部。这一下他的吃惊相当厉害，于是他伸手往被窝里一探，里面竟是空的！远文不在，屋子里却充满了他的鼾声！到了早上，远蒲老师看见远文在厨房里做早饭，完全没有什么异样。

"远文，你睡得好吗？"

"还可以吧。"

这样的事常常发生。远蒲老师也习惯了，他知道远文并没有出门，只是"不在"而已。白天里，儿子奔走于方圆几百里，给那些庄稼人送去他们需要的技术，从不敢有半点懈怠。他的刻板虔诚的工作态度对于远蒲老师来说也是个谜，那些个西红柿、西瓜，还有水稻对他来说真的那么重要吗？在他的摆弄之下，他们家院子里的葡萄长得像鸽子蛋一样大，可是小正和远蒲老师都不爱吃，因为心里害怕啊。然而夜里时常"不在"的远文却是个极为实在的人。远蒲老师记得他从小就是个实干家，不爱说话，却爱动手干活。因为这，他妈在世时毫不犹豫地将他送到了农艺学校。

小正终于鼓起勇气向爷爷承认：飞机模型已被他破坏了。他回到家里时，看见那些甲虫全部从长颈瓶里消失了，心里就慌了。想来想去，只有马上向爷爷报告，他担心会出大乱子。

爷爷坐在油灯下，竖起一个指头，要小正不要再往下说了。

"你听！"远蒲老师对小正说。

小正听见屋里有昆虫翅膀扇动的声音，越来越多，越来越密集。但到底是什么昆虫却一点都看不见。他站起来想寻找一下，爷爷又将油灯吹灭了。一片黑暗中只听见满屋子全是那种声音。爷爷叫他不要乱动，因为这种甲虫的杀伤力是很大的。

"一件开始了的工作，怎能半途停下呢？"爷爷反反复复地说这句话。

小正感到脸颊被飞虫的翅膀弄得痒痒的，可又不敢去挠。就这样不知熬了多久，门"吱呀"一声开了，远文进来了，手里提着马灯。远文一进来，昆虫就消失了，既看不见，也听不到了。

远文一边将马灯放到桌子上一边低声咕噜着，小正听见他似乎是在说外面下雨了，虫子才会往屋里飞。他放好灯又转身出去了。

"他啊，谁也别想知道他的心事！"爷爷大声说。

小正想，莫非爷爷怀疑那些甲虫是爹爹放出来的？爹爹为什么要做这样的事呢？虽然灯一亮，虫子就不见了，但是小正觉得那些虫子一定潜伏在屋里的某个地方，小正对这些杀伤力很大的虫子感到很害怕。突然小正听见外屋一阵乱响，他要起身去看，爷爷按住了他。爷爷先拧灭了马灯，然后捉住他的手，嘴里含糊地说道："跟我来。"

小正跟爷爷摸到外面房里之后，就着窗口透进来的微弱光线仔细辨认，发现原来放在屋当中的庞然大物已经不见了，而爷爷，正跪在地上摸索。

"这是机身！"他敲着一块木板，刺耳地说，"远文啊，呸！"

他的声音里头有种古怪的辛酸。小正心里泛起无限的怜悯，他也不由自主地跪下去，哭着说：

"爷爷啊，爷爷啊，我再也不……"

"傻孩子，再也不怎么啦？你找到机翼了吗？"

小正就递给爷爷那块长东西，爷爷立刻就站起来了。他似乎在黑暗中摸到了几样工具，在对机翼进行某种改造。他在老虎钳上夹东西，锉东西，看都不用看。小正经历了这一系列折腾之后感到无比的疲惫，他往长椅上一倒就入睡了。但是很快又被吵醒了，因为爷爷在装配模型时弄出了震耳欲聋的响声。小正一睁眼就看见那大家伙又立在屋当中了。接着爷爷就将他抱到睡房里去了。

后来过了好久小正还在想这些个问题：那天夜里爹爹真的砸烂过飞机模型吗？他和爷爷之间有仇吗？那些个甲虫又到哪里去了呢？

远蒲老师的身体近来渐渐消瘦下去了，野草和树叶却使得他体内的精力更为饱满。在家里，他仍然对儿子远文感到不放心，这是因为远文从不完全向他表露心迹。他骑着一辆破自行车到处跑，白天基本不在家，但远蒲老师仍能感到他是深深地渗透于自己的内心的，这从他捣毁他的飞机模型的举动就可以看出来。多年以前他妈妈将他送到农艺学校去时，大概对他寄予了某种隐秘的希望。

小正用砂纸打磨着那只还未安装的机翼。刚才，他从机身的窗洞里看进去，发现那只长颈瓶又好端端地放在里头了，他甚至还看见了那些甲虫，他觉得爷爷像个魔术师一样。打磨了一阵，他将耳朵贴上去，竟然听见里头嗡嗡嗡地响，如同发电机在遥远的处所发动。再去听模型的其他部位，也是那种声音。小正感到自己的头发晕，他又不安心工作了。这是一件没有底的工作，他干到哪天才算完呢？本来机翼已经完工了，但现在上面被砸出几个缺口，又要修理。爹爹一大早就出去了，爹爹走后爷爷才来安排小正的工作，还要他尽快地将破损处修理得"完好如新"。爷爷就好像要瞒着爹爹做这些事一样。

那个叫袁一的学生又来了，爷爷和他站在门口说话，然后，他就像一条狗一样追随爷爷向外走去。小正仔细看了看，没有发现袁一的背后有尾巴。会不会是那天晚上看花了眼呢？这几天袁一天天来，每次来都拿着一个长颈瓶，里面装着五颜六色的昆虫。他将昆虫倒在桌子上，昆虫就满屋子飞。这时爷爷就将窗子和门都打开，让虫子全飞到外面去。他俩这种奇怪的举动让小正看在眼里，但小正一点也不理解，只觉得他们是两个狂人。昆虫有毒，所以小正身上无缘无故地起疱肿，脚上消了手臂上又起。昨天爹爹突然对小正说，要注意袁一，不要同他有皮肤上的接触，他坐过的椅子也要用消毒水抹几遍。小正问为什么，爹爹就说因为他染上了怪病啊。小正想，爹爹是不是也会嫉妒袁一同爷爷的关系呢？小正还看见过爷爷和袁一在房里吃东西，他一进去，那两人就一起停止了咀嚼，做出什么也没吃过的样子。当时他真是气坏了！文选又一次向小正证实：爷爷的确在山上找到了一种长生果。"是葫芦形状，他吃得满脸汁水。"虽然在这样一座贫瘠的荒山上找到长生果是一个不合情理的推测，小正还是很喜欢这个推测。这让他心中跃跃欲试，他要同爷爷一同共享珍果。但是现在袁一夹在里头了，爷爷看重的人好像只是他。就比如那种昆虫游戏，爷爷也只同他玩。

"袁一啊，你去死吧。"小正在心里说。

秋收的时候，小正看见中学的校长出现在他们家里。校长已经老多了，头发稀稀落落，背也有些弯。不知为什么，他手臂上竟然挽着一条长长的无毒蛇，像个走江湖的人一样。他大踏步跨进屋内，顺手将蛇放在桌上，那蛇就开始在桌面上游走，但并不掉下去。

远蒲老师尴尬地笑着，既不开口，也不离开，坐在那里抽烟。校长坐在他对面，也不开口，只是聚精会神地盯着蛇的运动。

不知过了多久，远文从外面回来了。小正在大门外截住远文，大声说：

"不好了,校长来找爷爷算账了!"

"胡说八道!"远文涨红了脸。

远文跨进房门时,校长已经站起来了,那条蛇仍然挽在他的手臂上,他的手握着蛇头。远文起先吓得倒退了两步,然后定下神来站稳了。

"孙校长早啊。"他谄媚地说,还鞠了一躬。

"早来早了结嘛。"校长高傲地昂着头不看他,"这个怨也结得太久了。我听说远蒲老师在致力于一种新生活,这是相当令人鼓舞的嘛。我的学生袁一向我报告了此事。"

远蒲老师心里想,校长还是那股劲头啊。本来他是可以将自己留在学校多干几年的,他心里到底打的什么主意呢?那一次,自己被他们轰出校门时,校长不是说过从此"井水不犯河水"了吗?他现在又来干什么呢?其实远蒲老师心底并不怨校长,只不过是很长一段时间有些惆怅,有些拿不定主意罢了。如今旧事重提,远蒲老师心中油然生出些自豪来了。

当校长的目光落在贼头贼脑地溜进屋来的小正身上时,那目光就变得阴沉了。他扬了扬手里的蛇头,狠看了小正几眼,说:

"这孩子是怎么回事?为什么不上学?"他的口气里透出厌恶。

"这是我的孙儿,我让他跟着我学习。"

远蒲老师也不自觉地做出挑衅的表情。小正赶紧溜了出去。

"原来你另有安排,那也好。"校长的口气缓和下来,"那就让他到我那里来一次,我要找他谈谈。"

校长走的时候远文客气地将他送出好远,点头哈腰的。小正听见爹爹对校长大声说:"这孩子今后就拜托您了!"

"你拜托校长什么事了啊?"他问爹爹。

"校长是个好人。"远文简单地回答。他不爱说话。

小正提心吊胆地等了好些天,校长却并没有来叫他去,也许他把他忘了,也许大人们的谈话小正没听懂。但因此,他更加努力干活了,就好像要补救什么错误一样。

远蒲老师开始做尾翼了,他心里有些什么东西正在明确起来。昨天他将小正带上山,让他目睹了自己吃草的场面。小正也想模仿爷爷,但他皱着眉头嚼了几根草,又皱着眉头吐出来了。远蒲老师对他说,他的胃还太嫩,用不着都吃下去,尝尝味就可以了。他俩演习这件事时,空中飞来大群麻雀落在草丛里,惊慌地闹个不停。后来远蒲老师又带小正钻了石洞。石洞很浅,没有走两步就碰到了壁,小正的额上碰了个包。祖孙俩在石洞里目睹了校长的身影在草丛里出没,那人在急匆匆地狂跑,被他踩倒的灌木"哗哗"怒响着。

"校长好像在躲什么东西。"小正对爷爷说。

"蛇在追他,你没看到吗?那是两条大蟒,住在那边一个洞里的。校长平时手上挽的那条蛇就是用来引诱它们出洞的。"

远蒲老师说出这些话之后,就觉得心里的那件事已经有了结论。

"想要将它们引出洞,为什么又躲它们呢?"小正不解地皱着眉问。

"大蟒能不躲吗?有的一口就会把人吞进肚里!"

小正害怕地挨紧了爷爷。想到山上有那么大的蟒蛇,自己又毫无警觉,他不由得有些后怕。他听说过蛇下起山来是最快的,心想怪不得校长不往山下跑,总在那里兜圈子呢。远蒲老师瞅了瞅小正,明白了他的心思,就笑起来,说道:

"他啊,没人跑得过他!"

他们在回家的路上被校长追上了。小正明明听见校长又在重申要找自己谈话,可他后来去问爷爷时,爷爷却说他是"听错了"。爷爷很不喜欢小正的想法,还说:

"小孩子,不要把什么事都往自己身上扯,来日方长。"他弄得小正很委屈的样子。

做着尾翼,远蒲老师又记起昨天的事。尾翼刚成形时,远蒲老师自己也大吃了一惊。因为这个尾翼居然比机翼还要长,又细又长,实在是难以理解为什么会是这个样子。打磨到后来,他就在心里慢慢认同了这个尾翼。倒是小正并没有表现出吃惊,他还对这种异型的尾翼显出有兴趣的样子。到底是小孩子。远蒲老师上午看见远文交给小正一个网兜,网兜里有一些蝴蝶。后来那网兜就不见了,他估计是小正藏起来了。远文从未想过要将小正培养成农艺师,而是听之任之,让他同爷爷混。以前远蒲老师认为他的魂让老婆带走了,所以对小正也没多大感觉了,现在看来并不完全是这样的,只不过他的感官用异于常人的方式发生作用罢了。

小正将耳朵在尾翼上贴了一下,脸色变得惨白。有一种勾魂的声音在那木材里头旋转着,使得木头"喳喳"地裂响。他走开去,那声音还是追逐着他。尾翼被它里面的声音震得微微颤动。小正想,难道木头里面掏空了吗?他可是亲眼看到爷爷的制作过程了啊。再说这种又细又长的东西，是用什么工具将里头掏空的呢？

小正不相信爷爷在山上吃的是草或树叶，他觉得爷爷还没有将秘密讲出来。他对草或树叶之类没兴趣，他感兴趣的是那种从未见过的东西。一个天天吃草的爷爷对于他来说是一个乏味的爷爷。当然他对文选说的什么"长生果"也不感兴趣。那种"长生果"全村人都知道，不过是一种石榴罢了。他又问过文选，文选告诉他说，他爷爷吃的东西"肯定不是草"。不是草，会是什么呢？

远文在沟边捕那些蝴蝶时，有种末日来临的感觉。蝴蝶粘在纱网上，美丽的翅膀无力地扇动着，那景象给他带来种种的回忆。那时在他们家的院子里，母亲种的那些花儿特别招蝴蝶。有时候，一连五六只闯进他的睡房里来，年幼的他对这些不速之客十分害怕，只好惦记着关窗的事。但总有疏忽的时候，那种时候它们就像树叶一样飘进来了，然后粘在他的衣物上面。无奈之下他去求母亲，母亲就给了他捕蝴蝶的网子，他小心地将它们一只一只捕进网里，又一只一只弄到外头放飞。他的母亲，似乎在锻炼他的耐力。

"远文叔叔，您怎么有闲心来干这个呢？"

正在他干得起劲的时候，父亲的一个学生突然出现在他面前，好像从地里冒出来的一样，浑身都是土，两只亮晶晶的眼睛眨巴着。他站在那里望着远文傻笑。

"是给小正玩的呢。"远文的脸都红了，他对自己很生气。

后来他同小正放飞这些蝴蝶时，它们大部分都已经死了，小正不善于侍弄它们。

长颈瓶里的昆虫的确是他砸烂瓶子放出来的，他已经忍了好多天了，气不过，才做了那件事。虽然可怜那些昆虫，自己却又有捕蝴蝶的冲动，所以又生自己的气。有时他也会想一想：他和父亲两人，谁更极端呢？

小正同父亲一起从沟边回来时，月亮已经变得又大又圆。他想起被他抛在沟里的那些死蝴蝶的尸体，心里头懊悔不已。当时他应该听爹爹的，将它们放出来。可是这些小东西实在太美丽了，他就生出了要独享快乐的念头。沟边到处是一丛一丛的野菊和金银花，还有丁香、野玫瑰，怪不得飞来这么多蝴蝶呢。爹爹告诉他说这些个花都是当年奶奶撒下的种子长出来的。小正从未见过奶奶，听了爹爹这样一说神情就有些恍惚，有些搞不清是何年何月了。

父子俩回家后一会儿，远蒲老师也从外头回来了。远蒲老师不知在什么地方摔得鼻青脸肿，浑身都是土。远文看了看父亲，一下子记起遇见他的学生的那件事。

"孙校长搞了一场人蛇大战。"远蒲老师干巴巴地说。

"哦。"远文答应了一声。

他们各回各的房去了。

夜里小正敞开窗户站在那里久久地等待。他听见爷爷出了两趟门，都是出去一会儿又回来了。他幻想着蝴蝶从窗口鱼贯而入，他也幻想着奶奶回来了，手执一束他从未见过的怪花，每一朵花的花蕊里都爬满了小苍蝇。

"小正啊，你看看这尾翼，是不是取消算了？"远蒲老师说。

"我不知道，我从没见过真飞机。"

"我也没见过嘛。"远蒲老师不满地说。

被爷爷拆下的尾翼放在墙角，不再发出嗡嗡的声音了。再回过头来看飞机本身，也好像失去了从前的虎虎生气，成了一堆普通的木头。昨天小正在工作的时候校长真的来了，但他根本没有要找小正谈话的样子。他用一根铁条敲打着飞机模型，口里鄙夷地叨念着："这种无用的庞然大物，我可见得多了，完全是一种庸俗的爱好嘛。"他绕着模型转来转去，完全不看小正一眼。小正偶然一抬头，发现校长的臀部鼓起一个大包，虽有衣服遮着，还是很显眼。那是不是一条尾巴呢？小正心里头升起一股恐惧，手里的活也干不下去了，心里盼望着爷爷快回来。可是整个上午爷爷都没回来，连校长都好像是等他等得不耐烦了，才愤愤地离开的。他从椅子上起身离开的时候，臀部那一团东西撑得裤子的线缝发出绷裂的声音，他却丝毫没有觉察。有人站在大门口等校长，小正往外一看，那人竟然是爷爷。然后校长又对爷爷骂了一句粗话，扬起拳头威胁着，骂骂咧咧地同爷爷一块走了。

想起这些事，小正的劳动劲头完全消失了。不就是一堆木头吗？盘弄来盘弄去的也上不了天。时不时地，小正恨不得从家中出走。他想到很远的山里去捕蝴蝶，捕那种从未见过的珍稀品种，捕到之后再放飞它们。他可以同爹爹一道去。想到爹爹的态度，他又泄气了。爹爹总是叫他"好好劳动，别胡思乱想"。不，爹爹完全不理解他。文选也是不行的，他每天要煮猪潲、喂猪。

没有人同自己一起，小正是不敢去那边的大山里头的，据说那里是野猪出没的地方。

"小正，你胡思乱想些什么呢？"

爹爹进来了。爹爹用手抚摸着机身，一遍一遍来来回回地摸，好像它是他的儿子一样。这时小正听见木头在爹爹粗糙的掌下发出"嗡嗡嗡"的声音，先前被他打磨得光滑可爱的木头表面也似乎在柔软地起伏，飞机又被注入了生气。小正不由得为刚才的念头羞愧，谁能肯定飞机飞不起来呢？

"奶奶长得什么样子？"他问爹爹。

爹爹没有回答，他不喜欢回答这种问题。令小正惊讶的是，他将手从机身的窗口伸进去，一把将里头的长颈瓶弄出来了。窗口那么小，瓶子那么大，他是如何完成这个动作的，小正一点也没看清，他的这个动作就像闪电一样快。他观察了一阵瓶子里那些半死不活的昆虫，又用闪电似的动作将瓶子放回去了，小正凑近去看那些小窗口，窗口完好无损。他又想将自己的手臂也伸进去，却不行，口子太小了。就在他将手缩回来之际，机身忽然剧烈地跳了几下，轮子离了地，里面发出很响的嗡嗡声。莫非飞机要起飞了？小正急忙向后退去。当他镇定下来时，看见没有尾翼的模型仍然立在屋当中，而爹爹已经不见了。

远蒲老师似乎不打算将飞机完工。他又在做新的尾翼，这一次的宽而短，形状老是定不下来。小正每次遵照爷爷的旨意修改时都抱着期待的心情。经历了那些事，他所劳作的对象就不再是简单的木头了，有时他竟心花怒放。他把他的好友文选带到家里来参观他的模型。文选来的时候,飞机很不争气,无论小正如何跳上跳下地解释,它始终以平凡的样子立在屋当中,那种样子根本不像发生过奇迹。文选听得不耐烦,就要小正住口,说他在将他当傻瓜。"我才不是傻瓜呢。"他反复强调说。小正看到他那嘲笑的样子,心里更急了,就要文选凑到模型窗口去看那只长颈瓶。

"你看到了吗?"他眼巴巴地问道。

"是啊。"

"就是这个大东西,我爹爹从里面拿出来过。"

"他在玩一种魔术。也许他有种方法将机身拆开又飞快地装好,你看不见,这种事现在很多。"文选一脸的不相信。

"爷爷做的东西谁能拆开?用榔头砸都砸不开呢!"小正气愤地嚷起来。

"别吹牛了。我问你,这瓶子是如何放进去的?你爷爷当初不是拆开它放进去的才怪呢。"

小正闷闷地涨红了脸,他知道什么全是白说了,文选为什么不开窍呢?文选还在仔细寻找木头之间的接缝,小正看了他的背影就生气,可是他又没有办法对他说清自己看见的事。他觉得自己真是昏了头了,居然向这个人公开心里的秘密。他是谁呢?不就是村里的一个小孩吗?他天天喂猪,打柴,从来不出远门,怎么会相信自己没见过的事呢?小正自己是出过远门的,虽然对那次旅行记忆模糊,但毕竟是在一个完全陌生的地方待了好几天,不像村里这些人,一辈子从不外出。

"好吧,我就相信你这一次。"文选让步了。

小正知道他根本就不相信。他走过去，无精打采地拿起爷爷新做的尾翼看了看，突然又一次对这工作产生了厌倦。

"我要走了啊。"文选怕他生气，轻轻地说，"我还得去打猪草呢。"

小正听见文选走出了院子。这时手里的木头又一次"嗡嗡嗡"地响起来，像在唱歌一样。他急忙追到外面，大叫文选的名字。

但是文选已经走远了，小正返回来，记起文选对他说过爷爷吃长生果的事。是啊，这么一个死脑筋的，没出过门的小孩，怎么会相信他的话呢？他就知道人人都谈论的长生果！小正发誓不再把自己知道的事告诉任何人了，因为那只是自取其辱。

文选也在发誓，他发誓再也不相信小正说的话了。"他凭什么要我相信他编的故事呢？"一路上，他都在叨念着这句话。很久以前，他就听人说了远蒲老爷爷做模型的事。村里人都认为他做的不是模型，而是他死去的老婆。有人还看见那老婆的脚放在窗台上，于是夜里去偷，偷到手里一看，那脚指头还能动，于是他又放回去了。文选当然也不相信这种人的鬼话，他希望小正自己告诉他这件事。但是小正并不乐意谈论，只说他在"做苦工"。文选觉得小正一家人同村里人不太一样，尤其他爷爷，行踪诡秘，老是惹得人议论纷纷的。文选没有上过中学，不曾目睹远蒲老师在学校里那场风波，他仅仅感到这老爷子不好接近。有一天他打猪草回来，看见远蒲老师睡在路边的水沟里，很多彩蝶停在他身上，他以为老头死了，就叫起来。后来他爹爹来了，制止了他的呼叫，告诉他说这老爷子是因为偷了学校的教学仪器，被赶出来，想不通，才倒在这种地方睡觉的，因为"溪水可以使人头脑清醒"。第二天他又看见了老头，果然一点事都没有。文选想着这些事就到家了，一到家就看见小正的爹爹在帮他家弄院里的那些橘子树，自己的爹爹也在帮忙。

"远文叔叔好啊！"他招呼道。

远文没有理他，却对他爹爹说："小孩子还是要管严点好，不然就乱套了。"

文选的爹看着文选，不住地点头，很信服的样子。

文选心头升起怒火，闷头进了屋。他想，小正的爹爹实在讨厌，自己的儿子说谎也不去管，倒是管到他头上来了，这人脑子一定是有问题。

他从窗口伸头向外看，看见娘也回来了，也站在橘树下听小正的爹爹说话，还频频点头。这个小正的爹，平时很少开口，今天是中了什么魔呢？文选看到自己的爹娘都这么信服这人，而这人又对自己很鄙视，心里真是说不出的味道。

娘悄悄地进了屋，娘凑到他脸前说：

"文选啊，千万不要到小正家里去。"

当树的叶子全落光了，草也枯黄了的时候，远蒲老师就把全部心思都放到了那架飞机模型上头。尾翼已经做好了，既不细长，也不粗短，而是适中。小正以为爷爷这下要完工了，但是他又将机头部分拆下来重做。这一次，他是亲自动手。小正看见爷爷的注意力前所未有地集中，有的时候，他还半夜起来工作。像机身一样，机头的里面也是空的，但是小正总感到爷爷会趁他不注意的时候放些什么东西进去，就一直警惕地注意着安装的过程。一个星期后,飞机终于初步装好了。小正问爷爷飞机什么时候上天。

"要有耐心,要每天来打磨它。"远蒲老师说。

小正想说自己也很寂寞,张了张口,没说出声来。远蒲老师瞥了他一眼,沉下了脸,将手中的锯子用力往地下一扔。

远蒲老师感到自己心里的激情正在落潮,当冬日的阳光晒到他左脚上面时,左脚会短暂地消失,然后又慢慢地再显现出来。这一现象开始时令他感到有点怪异,后来他就习惯了。在屋里时,他总是伸出头去看院门,他在等袁一。

小正知道爷爷在等谁。但是爷爷常常一连几个钟头盯着他自己的脚,这事让小正犯疑。他想,莫非爷爷快死了吗?爷爷的确越来越瘦了,走起路来脚步还有点虚浮。校长在厨房里对爹爹说,爷爷已经"来日不多"了,那是什么意思呢?因为担心爷爷,小正总是紧紧地跟着他,就连他上厕所也跟着。爷爷不反对小正跟着自己,只是喜欢嘲笑他"目光短浅",他还说小正的这种性格是从他爹爹那里遗传的,"不管怎么用力看,也只看到表面的浮华,这都是天生的能力啊。"爷爷说这话时语气怪怪的。

于是小正就不知不觉地用起力来了。他看过自己指头上的螺纹,看过母鸡的羽毛,也看过天上的云。他因为用力看而弄得眼珠胀痛,但他还是坚持努力。他记起了袁一和校长背后的尾巴,也记起了爷爷的狐狸脸(他好久没看见爷爷的狐狸脸了)。难道这些都是他的幻觉吗?爷爷看见的到底是什么呢?小正又感到,爷爷看得见的东西爹爹也看得见,甚至袁一也看得见,更不用说校长了。只有他一个人被蒙住了眼，他看不见那些重要的东西，一定是这样的，比如说爹爹究竟如何从飞机里头取出长颈瓶的，他就没弄清过。

"爷爷，您怎么不告诉我呢？"他抱怨道。

"这种事，告诉你也没用，你还是你。"

爷爷现在不做模型了，因为已经完工了。他只是坐在模型边上，若有所思地看着这大家伙。机身里头的长颈瓶再也没被拿出来过。小正一睡着就看见甲虫全死了，干缩成了小小的一撮棕色物，聚在瓶底。有时醒来一两分钟，就听见黑暗中有小东西在飞旋，于是赶紧用被子蒙紧了头。小正时不时地产生这种念头：也许飞机永远不会飞起来了。爷爷越来越衰弱，出门的次数越来越少，他的样子很像在等死。昨天他从厨房里的柴堆中抽出一根柴，就是那种有臭味的柴，他将它折断，放到鼻子跟前嗅了又嗅。小正看见他双目闭上，一副很过瘾的样子。

袁一的死讯是下午传来的，那时的天气特别的寒冷。袁一的表舅进了门，简单地对远蒲老师说，他已经"去了"。远蒲老师招呼表舅坐下吸烟，然后就沉默了。一直到表舅离开，远蒲老师也没有从回忆里摆脱出来，他在想他最初的那个飞机模型的方案，那时是如何设计的呢？他想了又想，可是他的记忆通通从脑子里游离出去了，只留下一片空白。虽然远蒲老师本人什么都没回忆起来，小正却看见了爷爷脑子里的念头。当时他站在大柜的左侧，爷爷坐在桌旁，离开他大约三四米的样子。小正用力一看，就看见了爷爷头部上方的小小飞机，是他想不到的类型，尾部狭长，机翼宽而短。飞机绕着爷爷的头部转圈子，小正可以将它看得很清楚，但不知为什么，小正心里知道他看见的只是一个幻影。小正一开口，那飞机就消失了。

"爷爷，飞机会不会有另外的一种做法呢？"

"你都看到了吧？那个东西，是袁一的设计。"爷爷回过头来看着他，满脸的悲痛表情。

"我什么也没看到。"

"你已经看到了嘛，不要掩饰了，你的眼力增加了啊。"

爷爷蹒跚着进自己的卧房睡觉去了。小正待在放模型的房里。他掸掉落在模型上头的灰尘，抚摸着机翼，心里头感慨万千。如果是像刚才看见的飞机那么小，飞到空中也算不了什么奇事，可是这样一个大家伙，要如何才能起飞呢？他觉得爷爷并不是为了袁一的死悲痛，而是为了这架飞机模型。小正又想到自己的眼力，莫非他真的能看见那些不存在的东西，而且想看就可以看了？先前他倒是看见过爷爷的狐狸脸，还看见过袁一和校长的尾巴，可是那都不是他有意要看的，他也没有用力去看，只不过是无意中的发现罢了。但是刚才，他的确是出于好奇，想看见爷爷脑子里的念头，他的眼睛一用力，飞机就出现了。回味刚才的事，想着自己新获得的能力，小正又兴奋起来了。他注意到，模型并不在他的抚摸之下有什么变化，仍然是普通的木头，也不嗡嗡作响。这或许是时候未到，也或许是他的功力还远未达到他爹爹那个份上。

新的欢乐压倒了心里的忧愁，小正又变得跃跃欲试了，现在，只要不睡觉他就用力睁着眼到处看。不过他暂时还并没看到什么新的异象。

文选被他直愣愣的目光吓坏了，摇着他的肩膀问他要什么花招。

"你要做一名法师吗？我才不怕那些法师呢。"他冷笑着说道。

有一只鸡在院子里觅食，小正的目光追随它有很长时间，可是鸡的周围什么东西也没有，也许，鸡就是什么都不想的动物。

后来他又观察了很多小动物，他也观察了爹爹，观察了爷爷的两个学生，观察了校长……他一无所获。

他从模型的窗口望进去，连那只长颈瓶都看不到了。不知道是被拿走了还是他眼力衰退，看不清楚。他下个月才满十三岁，眼力怎么会衰退？

他的欢乐就像昙花一现，他又陷入了焦急的泥沼。爷爷似乎已将模型忘记了，他不再看一眼自己的成果，有时候，白天里他也在家中昏睡。

远文看到了父亲的变化。早上出门的时候，有什么东西撞在他脸上了，他伸手摸了一把，手里是一片枯干的叶子，发出难闻的恶臭。叶子的臭味将他的思绪带到了夏天。那些日子里，父亲是多么活跃啊，简直神出鬼没！现在是冬闲，并无什么农活可干，远文就骑上自行车出去游荡。

也许他走了很远，也许他就在门口转悠，远文感觉不到这些。这片他自小生长于其上的土地在他的轮子下面翻腾着，地底传出尖叫。冬天是荒凉的，但是远文心中涌动着激情。父亲的激情正源源不断地流向他的身体，他的身体有些战栗，一种麻酥的感觉，他明白这是父亲在同他说话。有人在很远很远的地方叫他："远文——远文——"那人一定离开有几十里路，他无法骑到他所在的地方,所以他叫也是白叫。也可能那是一个垂死的人,近来乡下死的人很多,因为冬天太冷了吧。远文的眼前有些模糊,开始是一小片白花花的东西挡在前面,后来渐渐扩张,他看不见前面的路了。他只好下车,将车扔在路边。有一个汉子出现在他面前,那人只有一个身子,齐颈脖以上被白花花的雾遮蔽着,胸脯一起一伏的,显得很焦急的样子。

"我该怎么办呢?"远文听到他在上头说话,"种子全埋在地里了,可是冬天这么长,看来希望不大了。你是干这个的,说不定可以给我一个主意,这样的话,我就不怕冬天了,你说是吗?"

远文听得头发都竖起来了。他想去捡他的车子,可是那人老拦着他的路,唠唠叨叨着一些事,还提到他的儿子小正,说:"像那样一个儿子,如何熬得过这么长的冬天呢?"远文一低头,发现这个人的脚非常大,而且他没穿鞋,脚指头张开,稳稳地踩在地上,脚指甲里头尽是黑垢。又有人从对面骑自行车过来了,铃声从远方一路响过来,汉子慌了,连忙往旁边一让,"哗啦"一声倒在田里头。远文弯下身察看,看见田里躺着他的自行车,并没有什么人,而且对面那个人也没有将车子骑过来,铃声又渐渐远去了。

远文全然失去了游荡的兴致,他跨上车,心情郁闷地回家了。

小正一眼看见爹爹的时候,腿一软就坐到了地上。爹爹像往常一样推着车进院子,但是他赤着上身,背上长了一个巨大的透明的气囊,气囊里头满是蝴蝶在扑腾。小正从未见过色彩如此耀眼的彩蝶，它们中有的已经死了。那气囊同他背上的皮肤连了起来，皮肤由连接处渐渐变薄，最后变成薄膜。小正挣扎着凑近去看，看见彩蝶全是从爹爹胸腔里飞出来的，而且越挤越密，"嚓嚓"地扑动着。小正别转了脸，这景象太令他恶心了。"哈，我又看见了。"他对自己说。但是这一次他感觉不到欢乐，除了微微的恶心，他什么都感觉不到，他的嘴也被冻得麻木了，于是急忙回到厨房去烧火烤。一直到水在大铁锅里沸腾起来，小正的脑子里才升起那个疑团：这么大冷的天，爹爹怎么可以不穿衣呢？他往灶膛里塞了一把柴，摸了摸被烤得发烫的脸。

那天半夜，爆炸的声音将小正惊醒了，他鞋都顾不上穿就往外跑。在院子里，他的视力穿过墙壁，目睹了飞机在一轮一轮的爆炸中跳动。他以为飞机要起飞了，但那火光中的模型只是移动了几个位置。小正听出是里头的玻璃长颈瓶在爆炸，那是一颗什么样的炸弹呢？炸了五次之后，机身上的火焰终于自动熄了。小正走进屋里，在黑暗中撞到远蒲老师的怀里。

"爷爷！爷爷！"

"啊，不要怕，这种事并不可怕。"

远蒲老师的手像冰一样冷，小正的脸一接触到那双手他全身就更厉害地哆嗦起来。因为没穿鞋，他的脚已经没有知觉了。小正想，这种痛是可以忍受的。然后他又想，起火的时候，飞机有多痛啊，怪不得它一轮一轮腾空跳起来呢！就像好久以前发生过的情景一样，小正看见父亲提着一盏马灯出现在黑暗中。马灯的光照在爷爷身上，爷爷马上躲开光线，缩到黑暗中去了。远文将马灯高高举起,好像要照亮屋里的每个角落似的,但那马灯的光太弱了,而且越来越弱。一会儿灯里的油就烧干了,房里重又恢复了黑暗。

"你总是不饶人。"远蒲老师低声说。

小正听见爹爹在惭愧地叹气,并且用双手抚摸着那架飞机,仿佛在请它原谅什么事一样。小正想回房去睡觉,他觉得要是自己睡着了,也许就会把这里的事看得清清楚楚了。根据以往的经验,梦里头来看这种事,总是看得更清楚的。

不过这一次,小正怎么也入不了梦。他自己成了那架飞机,在大火中一轮一轮地弹跳。他还看见了放火的人,那个身影正是爷爷的身影,但是他看不见爷爷的脸。他拼命喊爷爷,爷爷还是将背对着他,弯下身去浇汽油。屋里满是汽油味,火烧得那么凶,爷爷怎么烧不死呢?小正憋足了劲一下弹到了半空,他想起飞,从敞开的窗口飞出去,结果是他又重重地落回到地上。就在他将床板弄得"砰砰"作响的时候,爹爹推开房门进来了。这一次,爹爹提了一盏新马灯,马灯发出的强光直照他的眼睛,他张不开眼了。

"爹爹,我脸上起疹子了。"

"没有关系,很快就会好的。你为什么要走开呢?你应该把事情弄清楚。"

到小正终于睁开眼时,房里没有爹爹,只有那盏马灯,但是他听见爹爹在讲话。房里的每个角落都被照亮了,爹爹在什么地方呢,莫非他变成了马灯?爹爹平时很少说话,现在却变得这么多嘴。后来小正就同那盏马灯吵起来了,双方口出恶言。

小正盛怒之下用板凳砸烂了马灯。一时间，沉寂的卧室显得分外恐怖。他同那些奇奇怪怪的事物搏斗，一直挣扎到天明。然后他起了床，走到做飞机模型的房里去。他看见爷爷正伏在机身上头打瞌睡，手里拿着那个长颈瓶，他的脸上和衣服上都爬着昆虫。小正摸了摸飞机，冷冷的，什么感觉都没有。爷爷睁开眼，朝他笑了笑，示意他坐在他旁边。

"这些个虫子全爬出来了。"

"从瓶里爬出来的吗？"

"不是，从我鼻孔里爬出来的。"

远蒲老师爱怜地捉住一个甲虫放到掌心，凑到眼面前去看。

小正又目睹了恶心的场面，因为那只甲虫从爷爷的眼珠那里爬进去，消失了。

"很可爱，对吗？"爷爷眨着眼对他说，"我闻到山上的野草已经发芽了，我挨得到那个时候吗？"

小正尝试着去抓爷爷身上的甲虫，可是那些甲虫死死地粘在衣服上头，怎么也弄不下来。那些闪闪发光的甲壳有红的也有绿的，上面还有精致的图案，所有的图案全是一只人的耳朵。小正想，爷爷和爹爹，一个在身体里头养着甲虫，一个养着蝴蝶，说不定自己身体里头也养着小动物，只是不知情罢了吧？却原来长颈瓶里的甲虫都是爷爷身上钻出来的啊，这些个会变色的小东西太活跃了。

"我不喜欢吃草。"小正说。

"所以你才这么孱弱嘛。不过没关系，你会改变的。"

爷爷有些生气似的，他猛拍飞机，飞机里头发出怪叫，那叫声像要刺破小正的耳膜一样。小正用两手捂着耳朵逃到外面,他在院子里站定之后,突然发现自己手里捏着一个甲虫,甲虫已咬破他的皮肤,嵌入了他的掌心。他恐惧地一咬牙将小东西弄了出来,扔到地上,那血糊糊的家伙立刻飞快地跑掉了。刺痛的伤口发作起来,小正流着泪去找爹爹,爹爹房里有治虫伤的药。

爹爹仔细地察看了他的伤口,竟露出笑容,说:
"很好嘛。"
"我痛死了!"
"不要紧的。去吃早饭吧。"

以后一连好久,小正都在为手上的伤口担忧。文选告诉他说,甲虫一定在他的伤口里头产了卵,这种事以前村里有过好几起。小正马上联想到爹爹和爷爷身体里头的那些东西,这使他相信了文选的判断。

"你看我爷爷挨得过这个冬天吗?"小正问文选。
"挨不过,他自己一心想死嘛。"文选一本正经地回答。

小正对他的回答很气愤,也后悔不该问他。他知道什么呢?他脑子里就只有那些长生果!尽管鄙视文选,又隐隐地觉得文选并不如他以前设想的那么简单,文选其实是在佯装。

手心的伤口消了又肿,肿了又消,搞了四五个回合才愈合。愈合之后的伤疤的颜色是绿的,放到耳边去听,则可以听到里头有小东西在蠕动。

很多人都以为远蒲老师挨不过冬天,可是他又开始在屋里走动了,他的活动范围先是扩大到院子里,后来他就可以自由行走了。有人看见他倒在路边的枯草上头,就要去扶他起来,他却不让扶,说他自己正在操练。他变得更加怪里怪气,连路也不好好走了,动不动就在地上爬,要是离得很远看,还以为他是一头牲口呢。他很长时间没有去摆弄屋里那架飞机了,那上面的灰已落得有半寸厚,里面的长颈瓶也不见了。爷爷的举动搞得小正很难堪,因为村人都在讥笑他们一家人。

"爷爷,您干吗不好好走路呢?"

"呸,你怎么敢这样同爷爷说话。你不知道在地上爬有多带劲,你应该来试一试嘛。"

小正就爬了几步远,一点都感觉不到有什么好。远蒲老师说他注意力不集中,还要好好练习。

到野草和树叶长出嫩芽的时候,远蒲老师的身体就恢复了活力,甚至他脸上也泛起了薄薄的红晕。仿佛一夜之间,远文惊讶地发现爹爹又变得身姿矫健了。远蒲老师不再跑到山上去,他就在村里的路边爬来爬去的,大家都看见他在吃路边的草和树叶的嫩芽,他的举动就像那些牛和马一样。因为他已经爬着走路有好长时间,大家对他吃草和树叶也不感到特别惊奇了。他们心里想,这个老头说不定变成一匹牲口了吧。

一天,小正看见一大群年轻人来到了村口,这些人衣衫褴褛,眼里发着光,有点像强盗。小正躲在路边的草垛后面,看见他们朝爷爷走过去了。到了爷爷面前后,他们大家便一齐趴到地上,和爷爷一块在那里吃草。远远望去,他们就像是一群牛。有几个离得比较近的被小正认出来了,他们是爷爷的学生。

小正的心怦怦直跳，脸开始发红，他拿不定主意要不要站出来。在他的身后是大片的水田，文选的爹爹正在那边犁田，两个身穿橘红罩衫、天蓝色裤子的妇女站在田埂上聊天。左边是他的家，他自己的爹爹站在家门口，手里推着自行车，仿佛拿不定主意究竟是出门还是回到屋里。小正睁大眼睛看了又看，爹爹还是站在门口不动。

春天的太阳照在小正身上，小正感到有很多虫子在皮肤底下钻动，好像要破皮而出，喉咙里也干得很厉害。不知不觉地，他也往地下蹲去，用手拔了那些汁液饱满的嫩草大嚼起来。有人在远处叫他，是爹爹。爹爹站在院子当中抽烟，在他身后，巨大的银色的飞机正摇摇晃晃地升上天空，那种景象十分吓人。小正赶紧闭了眼，将脸蛋紧贴那丛嫩草，全身伏在地上。

2003年1月26日于北京牡丹园

原载于《花城》2003年第3期

民工团

民工的生活是多么苦啊。

我是2月3日跟随大队人马到达这个大城市的。我记得那天傍晚天下着大雪,整个城市阴沉沉的,街上行人稀少。走一段就能看见一个高档的餐馆,里面热气腾腾,灯火辉煌,人头攒动。为头的带着我们这一群人在雪地里走了将近一个小时才到达住的地方,我们的行李铺盖全都被雪花弄得湿淋淋的,脸都被冻得麻木了,说话结结巴巴的。

我们的宿舍是一座破旧的高楼的地下室。地下室有两层,我们民工团租住在下面一层,同车库相邻的地方。这是一个不见天日的处所,幸亏是冬天,室内还开了暖气,所以我们一到这里心里就轻松起来了。我们六个人住一间十平方米的小房间,房里开着三个双层铺。大家立刻将被子毯子摊开在床上,以便睡觉之前稍微干燥一点。刚刚换掉湿鞋袜工头就来喊我们去吃饭了。

饭是在工棚里吃,伙食比乡下好多了。我们吃洋葱炒肉、南瓜和番茄鸡蛋汤。每个人都可以吃饱,只是动作要快,不然做菜的大师傅就要来夺碗了。同来的灰子是独生子,吃饭吃得慢,在家时还挑食。厨师站在他身后注意了他半天他也没发觉。我们都吃完了,蹲在地上抽烟。忽然听见"哐当"一声响,是厨师摔了灰子的碗,饭菜都倒在泥地上。灰子一脸通红,眼里噙着泪不敢哭出来。厨师还不罢休,揪着他的衣领要他"滚回去"。大家都去劝架,厨师这才骂骂咧咧地松了手。后来还是葵叔带灰子到街上去,买了一张煎饼让他吃了。葵叔是灰子的叔叔,灰子就是他带出来打工的。

吃饱了饭,回到臭烘烘的宿舍里,我们一个个都变得睡眼蒙眬的。但是被单和棉絮还没干,所以大家都还撑着不睡,只是靠着墙打盹。昏昏沉沉之中,忽然被一声炸雷似的吼叫惊醒,原来是工头进来了。

"你们这些家伙不想活了啊?明天一早就要上工,到现在还开着灯在这里赌钱!我要把你们通通赶走!"

我不知道他为什么要说我们"在这里赌钱"。可是容不得我细想了,我赶紧铺好棉絮,找了一件没被弄湿的衣服铺在上头,不管不顾地躺了下去。接着工头就熄了我们的灯,又到隔壁骂人去了。他就这么一路骂过去,我们六个人躺在床上听得清清楚楚。睡在我上面的灰子似乎在哭,又似乎是擤鼻涕。开始我还对他弄出响声感到很气愤,后来我就睡着了。当我们第二次被吵醒时,却是叫我们起来开工了。我看看放在箱子上的闹钟,才三点过五分。我有点怀疑工头是不是弄错了时间。

除了灰子外，我们这些人的工作都是背水泥。有三辆长车厢的卡车停在路边，必须在天亮前将那些水泥都背到工地上，因为天一亮城管队看见路边的水泥就要来罚款。我们在家乡都背过碎石子，所以这活难不倒我们。

背了几轮我们就尝出了这活的厉害。水泥一袋有两百多斤；搭在车厢上的跳板又高又窄；工头又站在旁边催命一样催；再加上没吃早饭，我们背了几趟之后就脚发软了。但每个人都知道只能进不能退，如果在跳板上闪一下恐怕一生都完了。至于临阵逃脱，我们连想都没想过，谁愿意回乡下去啊。

"有志者事竟成"，第一天早上就这样熬过来了。到后来我感到自己完全是在出冷汗，似乎要晕过去了，幸亏那时水泥也背完了。王肚皮第一个冲到街上的烧饼铺，买了八个烧饼充饥，因为食堂开饭还得等一气。我的腿子发抖，一步一挪，过了好久才挪到烧饼铺坐下。吃了五个烧饼之后总算恢复了一点元气。

烧饼铺的老板娘是个斜眼的高个子女人，她定睛看着我狼狈的样子，鄙夷地说：

"我的烧饼就是专门卖给你们这种人吃的。除了你们，谁会起得这么早啊。"

吃完烧饼我站起来要走时，她又开口了。

"我说这位兄弟啊，你怎么也落到这种地步了呢？"

我很生气，觉得这人实在是啰唆，就说：

"落到什么地步？总不会死人吧？"

"这个嘛，就很难说了。"

她一扭一扭地进去了，显得风韵犹存。我还从未见过这么爱管闲事的人。莫非她把我们这一大群人都看作死囚了?为了什么呢?

每天白天的工作是挖土方、扎钢筋、倒预制板、搭脚手架,等等。有什么活干什么,每天干完后骨头都累散了架。没有人敢偷懒,稍微歇一歇工头就威胁要我们"滚回去"。工头的眼睛就像是粘在我们背上一样,哪怕上厕所也被他紧紧地盯着。

我看见灰子了,他在我干活的地方挑灰,那是比较轻的活。这个十六岁的男孩的样子完全变了,才几天时间,圆脸就变成了尖脸,眼睛下面一圈黑晕,狭窄的肩膀挑着两小桶灰,腰弯得像虾子一样。我始终想不通,他为什么要来做民工呢?他家境不错,父母都健在,听说还有个姑姑在城里,有时可以援助他们家。他实在没必要来这里挣钱。

由于每天清晨三点就得起来干活,所以大家都抓紧时间早早睡觉。听说城里有很多好玩的地方,还有夜市,但我们哪里有钱去玩呢?就算有钱,又哪里有时间呢?每天晚上七点才收工,吃完饭、洗完澡、洗完衣服,就快九点了,得马上上床,不然第二天干活就要出事。我们邻村一个小伙子,就是因为睡眠不足,不知怎么的掉进石灰池里去了。后来在附近小医院里胡乱治了一下,拉回家去等死。听说先前还从脚手架上掉下一个,当场就没命了。工地上还有很多传说,我们这一批人胆子小,到了外地之后格外谨慎。

民工之间聊天之类的事是越来越少了。除了时间的原因之外,最主要的是因为建筑队里流行一种告密的风气。有很多人去向工头告发自己的同事，为的是换取轻松一点的活儿。工作实在是太艰苦了，告密的举动也是可以理解的。有一个告密者，还没来得及换上轻松活儿就躺倒了，大病，只得派人送他回家。自告奋勇送他回去的人正是被他告发的老实巴交的堂叔。工头对那堂叔说，回去了就不用来了，工地人手有富余，三天后民工团就要解散。堂叔一边走一边落泪，不知道他是怜悯自己呢还是怜悯那告密者。我的原则是不同任何人拉家常，我知道所有的是是非非都是拉家常拉出来的。

一回宿舍大家就睡觉。睡在我上面的灰子最近已老实多了。他的活比较轻，工资少得可怜，可他还在硬挺着，从来没提过回家的事。这小孩真是自讨苦吃。他的母亲来工地上看过他一次，一把鼻涕一把泪的，后来被他暴躁地骂走了。灰子这小孩的内心离他娘太远。他的叔叔葵叔，更是个不可理喻的汉子。这个叔叔每年出来当民工，一回到村里就赌咒发誓，说："砍了我的脑袋也不去建筑队了，死人的地方啊。"然而没过几天，他老婆又帮他准备行装，他又坐着长途汽车出发了。我们这一大群人都是他带出来的。实际上，我们是有心理准备的，但工作的繁重还是超出了我们的承受力。我每天都在恐惧中，生怕自己生病，出事。不过我不相信到了这里都死路一条，葵叔不就活得好好的吗？

我们的工头姓杨，他的上级是包工头，他死心塌地为他的上级卖力。有一天吃饭时我刚好坐在他旁边。他和大家一样匆匆地吃完，放下碗，点上一根烟。随着一声"喂"，我面前的桌子上落下了一根烟。杨工头居然向我敬烟，这不是太阳从西边出来了么?他清了清嗓子要同我说话,周围的人全都知趣地走开了。

"我说你啊,怎么会落到这步田地的呢?"

他说,然后他傲慢地喷出一口烟。我觉得这句话很耳熟,可一时又想不起自己在哪里听到过。见我答不上他的问题,他就笑起来。

"你好好想想吧。你看看我们民工团里,谁是最喜欢偷懒的家伙呢?我要搜集这方面的情况汇报上去。灰子这个小孩子怎么样?他不是同你住一起吗?你最了解情况。"

"不,我并不了解他。你也看见了的,我同谁都不说话,我只想把活干好。我们每个人都应该学会吃苦。"

"那你这样做不是脱离群众了吗?"

杨工头停止吐烟圈,板起脸来。

"啊,也许吧。我是不管别人的事的,我只想做好自己分内的工作。"

"这样可不行!"

他斩钉截铁地说完这句话,撇下我走出去了。

杨工头的话令我忐忑不安,熄灯后我在床上好久没睡着。我和村里的男劳动力一样,也是自愿来到民工团的。我要养活老婆孩子,如果不外出赚钱,在家乡就只能长年过一种半饥不饱的生活。杨工头说我"落到这步田地"的话是完全错误的。虽然这里的工作苦得超出了想象,饭还是可以吃得饱的,况且不是还可以赚钱吗?拿了钱回去,家里人也可以吃得饱了。他今天找我谈话的目的就是要我告发别人,我当然不能遂了他的心愿做出这种事来,哪怕让我不干活光拿钱也不能。我眼前出现灰子那张沮丧瘦削的脸。不知怎么,睡在上铺的他今天夜里也不安宁了,他反复辗转,弄得床铺吱吱呀呀叫。是不是工头又去找他谈话了呢?我心里可怜这个小孩,又有点气愤:在家待得好好的,偏要跑到这里来寻死!

因为夜里没睡好,我和灰子两人的脸色都极难看。我还发现这小孩在躲着我,也可能是杨工头在他面前造了我的谣。我想,他要造谣我也没办法,身正不怕影子歪吧。

从后面看去,灰子的样子像个患病的人,风都可以吹得倒一样。奇怪,工头居然没有打发他回家。要是真打发他回去了,倒不失为一件好事呢。

我在装脚手架的时候,有个邻村的家伙总往我跟前凑,想要同我说什么事。我尽量避开他,不想听他的。我心里事情已经够多了,干这个活可不能出岔子。他见我硬是不理他,就悻悻地走开了,还朝地上吐了口浓痰。他不知道和工头谈话后,我已暗暗下了决心,不让工头找到我的差错。我要使工头看清:我是个言行一致的人。

然而我内心的平静很快被打破了。我隔壁房间的一个中年汉子对我说,有人告发了我。他让我小心。我没有向他打听详情,这种事,越打听越糟糕。

果然,我又被派去背水泥了。这一次就不只是背一早上了,我整整背了一天,第二天还得继续背。是谁告发了我呢?我又发现灰子也被调换了工作,调到相对繁重的挑沙队去了。挑沙队从早到晚挑,连喘口气都不可能。当天夜里我就听到他在上铺发出痛苦的呻吟,到了下半夜又喊救命。我以为他早上起不来了,谁知他还是起来了。这个娇生惯养的独生子看来并不是等闲之辈。

啊,我觉得自己快要累垮了。我浑身都不舒服,汗如雨下,甚至吃饭都吃不出味道了。但是怎能躺下呢?一躺下,什么都完了。我心怀恐惧回到地下室,车库不知怎么没开灯,我只好摸着走。突然,从一辆轿车后面蹿出一条黑影,朝我逼近。

"谁?"我声音发颤。

那人不吭声,走到我面前一把搂住我,凑近我的耳朵说:

"你的情况都是灰子提供给我的,他说你时常发泄对民工团的不满。你不要担忧,明天就可以让你休息一天,不过不是待在宿舍,而是去公园。你真幸运啊,老兄!"

我很想看清工头这张丑恶的脸,但他用力推了我一把,将我推到灯光那边,他自己又缩到黑暗里去了。他刚才说的灰子告发了我的话肯定是骗我的,他在挑拨离间。如果灰子真的告发了我,为什么他没能换个轻松点的活儿呢?这种人的话当然不能信。

既然第二天可以休息,我就睡得很死,一个梦都没做。工头来叫我的时候,天已经大亮了。这一觉真是酣畅极了,我来民工团之后还从未这样享受过呢。自然,我的病也好了。工头让我去伙房吃饭。

由于已经过了开餐的时间,厨师就让我去吃小灶。我的菜是蘑菇炖肉、羊肉汤,还有粉条豆腐。没有人催,我可以慢慢吃。

厨师抽着烟袋,看着我说道:

"你今天去公园,一举一动都要用些心机啊。怎么说呢,这是个危险的大城市,我在这里待了多年了,什么没见过?时常,就在你自以为是休息时间，可以放松的当儿，不幸就发生了。有一个女的，是原来的厨师，在公园里玩得好好的，一下子就被从笼子里逃出的老虎吃进了肚子。啊，吃饭时不说这些，我和你开玩笑呢，不要放在心上。"

我偶尔瞥一眼他，看见他正热切地盯着我，似乎还有话要同我说，但他没说。

我吃完的时候，他突然又气愤地说了一句：

"灰子那小子，给脸不要脸，迟早要完蛋！"

厨师一定是嫉妒我有了一天休息才说出那些鬼话的。唉，这个地方啊，你就不要期望别人嘴里说出什么人话来。想一想也情有可原，这个厨师，终年在低矮的棚子里闻油烟，从来也没见他有休息的时候，这样的生活，叫他怎么不满肚子的愤怒呢？也许他同我一样，在乡下也有家小，所以不得不坚守在这里吧。这时我心里突然又起了疑惑，怎么只有我一个人有一天休息呢？来的时候我们都被告知过：民工团里没有休息日，每天都要做，做到躺下为止。

一会儿就有一辆吉普车停在院子里，车子又破又旧，差不多要报废了。工头走进来叫我坐车去，说公园离得很远。

车上只有我和司机两个人。司机的脸又粗又黑，眉毛像两把小扫帚，身上酒气熏熏的。我听说酒后开车很危险，但已经上了他的车，只好听天由命了。我注意到司机一直没有朝坐在旁边的我看一眼，不知道他是看不起我呢，还是讨厌同别人谈话。

现在我可以好好地看一看这个城市了。同我来的那天一样，这个城市的特点就是那些红红绿绿的饭店。有的饭店门口站着穿金黄色服装的侍童,穿红袍子的小姐;但大部分饭店都关着门,因为现在不是吃晚饭的时间。除了饭店之外,我还看到了许多住宅区,它们朝街的出口一律是黑色的大铁门,门上都有一把大锁。这些住宅区都住的什么人呢?也许每个住宅区都有另外的出口吧。

车子越开越快,我被劣质汽油的味道呛得发晕,差点都要呕出来了。这时我的视野里出现了郊区的风景,大概我们已经出城了,我已闻到了泥土的腥味。我看到车子开进了一座红色的牌楼,牌楼进去是大片的黄土,没有树也没有房屋,显得很荒凉。我正在琢磨自己到了什么地方时,车子就"嘎"的一个急刹车,我的脑袋差点碰到了前窗。

我等司机对我发指令,可是司机绷着一张脸不吭声。忽然他站起来,上半身越过我,用他的拳头"嘭"的一声打开了我这边的车门。很显然他是要我下车了。

我看着那一片黄土心里发毛,脑子里立刻浮出一些谋杀的场面。但我想没人会要杀我的,一个乡下佬,身上一文不名,杀我干什么呢?当然,有可能被掳去当奴隶,城里四处流传着这种流言。

见我不下车,司机就火了,他抡起一把扳手要来砸我,吓得我滚了下去。我忍痛爬起来之际,车子已开走了。司机从驾驶室里探出上半身,喊道:

"我五点钟来这里接你回工地!"

我警觉地打量四周,我打算这个时候如果有人来袭击我的话我就往牌楼那里跑,我记得出了牌楼就有一些商店和房屋。但我的担心是多余了,这地方除了黄土还是黄土,黄土上癞子似的长着一些乱草，不要说人了，就连一只鸟都见不到。我忽然想起，我现在已经失去了方向感，这里显然没有进城的班车，唯一的办法就是等到下午五点，让司机来接我。但万一司机骗我呢？我一边胡思乱想一边走到牌楼下面。抬眼一望，右边是一个皮革服装厂，左边是一个亭子，亭子里有一群汉子在打牌赌钱。我想了一想，决定先去亭子里。那些汉子也是同我一样的乡下汉子，不知为什么，我觉得他们当中有两个人似乎有点面熟。

我在亭子里站了一气，没人理睬我。最后，我瞅住一个空子问一个年纪大点的人进城该如何走。那个人白了我一眼，很不情愿地说：

"你不会去问灰子么？"

我心里一兴奋，急忙追问：

"灰子？他在哪里？我正要找他！"

那人朝对面一努嘴，说：

"到皮革厂去找！"

皮革厂里头机器轰鸣，弥漫着极为刺鼻的化学药水味。一进大门就是车间，车间的面积很大，一眼几乎望不到头，但屋顶却十分低矮。所有的男男女女都趴在缝纫机上劳作，这些人的样子看起来也很相似。我沿着狭窄的过道绕车间走了一圈，没有碰上一个我可以询问的人。我只好出了车间走到一个堆满了皮革的院子里，我想在这里等待某个人的出现。我等了好一会，却没人来这里。我又来到一个类似库房的、紧挨车间的偏屋里，那里有一个秃头正在算账，圆珠笔夹在耳朵上。

"这里有名叫灰禹的小伙子么？"我发出的声音意外地响亮。

秃头立刻抬起头来,怕光似的用一只手挡在眼睛的前方。他做了个手势,让我看他身后的水泥池。池子里果然站了一个人,他的小腿淹没在染皮革的黑水里,裤管扎到了大腿根。他正是灰子。我看着他,忍不住自己的寒战。

"灰子怎么会在这里啊?"

"你不也在这里吗?我一早就来了。我的工作就是将皮革翻过来,这工作倒不累,就是有点冷。真的有点冷。"

他弯下腰去咳嗽,憋得一脸通红。我觉得他要生大病了。他咳完后,就从池子里爬出来,将两只染得墨黑的脚套上长筒套鞋,也不穿袜子了。他好像对一切都无所谓了。这个小孩的变化真是惊人。

"他们叫我休息一天来游公园,可公园怎么是一个这样的地方!"我气愤地说。

"我倒是早料到了。"灰子撇了下发青的嘴唇,淡然地说,"这又有什么关系呢,我反正是可以适应的。"

"你的适应力也太强了吧。"我讥讽地反驳他。

"难道有什么事适应不了么?咳嗽也没什么可怕的,你刚才都看到了。"

灰子将我带到库房后面的一个小杂屋里,那是个很小的房间,里头结满了蛛网,废纸和破布头一直堆到天花板,占据了三分之二的空间。一关上门,我们两个就把靠近门边的这点空间填充了。灰子哧哧地笑个不停,我问他笑什么,他好半天才停下来,回答我说,他不是笑,他是在打嗝,可能受了凉。我一摸他的手,比死人的手还冷。

"瑶叔啊。"灰子顺势紧紧抓住我的手,对我说道,"你瞧,我还是被工头搞到这里来了。工头已经威胁我好多天了,说要把我弄到这里来做苦力。我嘛,当然不想来。后来工头就要我出卖你。我以为出卖了你自己就可以免罪,结果呢,还是不能免。"

"原来你真的出卖了我!"

"那又怎么样,你不也出卖了我么?现在我什么都不想了,只想回到我们村。夏天的时候,我要躺在老榆树下面就着烧鸡蛋喝稀饭。"

他的喉头一响,眼睛散了光。

"那我们一道跑回家去吧。"我试探地提议道。

灰子苦笑了一下,脸上立刻像老人一样布满了皱纹。

"跑?跑得了么?再说我不想跑。到了下午五点,你就可以回去了,我还得留在这里。你看看这些废纸,你用手摸一摸,摸到了吧?这是我布置的一张床,我钻进了这个纸洞里,一身都暖和了。人到了这里不能乱来,我下午还要去翻那些皮革呢。"他说话的口气就像他是我的叔叔。

房里太冷,我和他都跺起脚来,跺了一会儿,灰子就开始蹦高,越蹦越高,停不下来。我发愁地看着他,好久好久,他才停下来了,脸上红得有些古怪。我伸手触了触他的胸膛,那里头有个圆东西在往外鼓,很吓人。

"这是什么?"我指着他一动一动的衣服前襟问道。

"是、是我的心嘛。"他喘着气回答,"我的心是长在外面的,我娘做了布袋子帮我兜起来,这事村里只有几个人知道。前天工头看见了它,要我解下来让他看个清楚,我没同意,他就决定了送我来这里。"

这样的奇事,我在村里从不曾风闻过,真难为这个小孩了啊。那个问题又一次萦绕我的心头:他干吗非要勉为其难,出来做苦工呢?这不是往死路上闯吗?他好像听见了我心里的疑问似的,说:

"我就是要死得轰轰烈烈。现在你走吧,去公园里到处看一看。我在这里还要待很久。要是我娘到民工团去看我,你就和她说说,让她就当没生我这个儿子吧。"

"那怎么行!我可说不出口的。"

"你太古板了,难怪工头对你印象不好。"

出得门来,晕头晕脑的。抬头一看,太阳出来了,但是这里的太阳一点暖意都没有。回忆起刚到城里的那天晚上,随大队人马走进地下室宿舍的感觉,竟然生出一丝留念之情。毕竟,宿舍里是装了暖气的,不像这郊外,随时有冻伤的危险。这种天气到冰水里去泡着太可怕了,这个灰子到底怎么了?现在他钻进那个废纸和破布头的洞穴里去了,那里头真像他说的那么暖和吗?一边想心事一边又走到了一望无际的黄土荒地里。我不敢走远,就在原地兜圈;我也不敢停下来,怕冻坏。

"老瑶——老瑶——喂!"

有人在喊我,声音很熟悉,是谁呢?视野以内并没有人影,然而喊声又响起了。

我试着回应了一声,但是一种吓人的噪声使得我紧紧地捂住耳朵蹲了下去。那种声音给人的感觉就好像灾难临头了似的。天上还是那个太阳,气温还是极低。我本来可以躲到牌楼那边的商店里头去,那里头该有暖气,但是我不敢,因为担心司机很快要来。已经是下午三四点了,我这才记起中午什么也没吃,所以饿得有点发昏。那么就去店里买点东西来吃吧。

这个店名叫"便民超市"。我进去之后发现货架上全是空的,而且柜台后面也没坐人。我大声喊了几句之后,才有一个男的慢吞吞地出来了。这人瘸着一条腿,脸上有很多疤。不知道是不是他的眼睛有毛病,他根本没有朝我望一眼,对着另外一个方向说:

"你要什么东西?"

"我要吃的,糕饼都可以。"

他一步一瘸地进去了。过了一会,端着一盘发饼出来了。

"三块五。"

我看见那是些劣质的陈货,可是已经顾不得那么多了,先吃了再说。我一边啃发饼一边推门出去。

"喂,你!来的时候看见有人输钱了么?"男人叫住了我。

"我没有注意。"

"要是有人输钱,晚上这里就会发生血案。你犯了什么错误呢?"他凑过来,用他那对斜眼打量我。

"我没有犯错误。"

"鬼话!没有犯错误不会来这里。要是那人到了五点还不来接你回去,你就必须参加这里的赌博。这里其实是个劳改农场,他们骗你说是公园吧?"

我没吭声,他又继续说:

"不会赌博吧?不会赌博就只好牺牲了。已经死了不少人了。

皮革厂的那个小孩,吃了晚饭就会去亭子里赌博。你听,你的车来了。这不等于你今后就不会来这里了,你逃不脱的,什么办法都没有……"

他还在说,我已经冲出了门,远远地看见了那辆破吉普。我心里暗暗佩服刚才那人敏锐的听觉。车子"嘎"的一声停在我身旁。

上车后,司机将车掉了个头往城里开。这时我才发现他不是上午那个司机。但是这辆车还是原来的车啊,他是如何认出我的呢?经验告诉我,这种时候还是免开尊口为好。

吃了发饼,又受了惊吓,我很快就在驾驶室里睡过去了。我的睡相大概有些无赖的味道吧。一不做,二不休!

我睁开眼的时候,已经躺在民工团食堂前面那块空地上了。看来是司机将我推出车外,又把车子开走了。

"你的睡相一点都不雅观,张着一张蠢嘴,像没吃饱一样。"厨师对我说。

此时显然已过了吃饭的时间,他不会为我额外留饭的。幸亏衣袋里还有两个没吃完的发饼,可暂且充饥。我现在急于去休息,因为累坏了。

宿舍里头出现了新的情况,我的床铺被人占了。一个汉子坐在床上,他在我原有的铺盖上面又加了一套铺盖,是那种蓝底白花的土布铺盖。我一坐下就闻到一股汗臭味。我问汉子是怎么回事,他回答说因为工地住房紧张,工头就将他安排到我的铺位了,要他同我挤一个铺位。我听了之后愤愤地骂了几句粗话。

"你一定对上级有很多不满吧?"他问。

我忽然意识到了什么,连忙改口说,我骂的不是这里的人,是一个劳改农场的坏人。

"你今天去一个劳改农场了吗?"他又问。

"不,我今天去公园了,我很愉快。我刚才看见这床土布被子,就想起从前遇见过的劳改农场的家伙,就骂出口了。他也有这样一床被子。"

"人不可貌相,海水不可斗量,对吗?"

我不敢和这人对视,他瞪着圆眼睛的样子令我又不快又畏惧,也许他可以看透一切吧。我坐得和他隔开一点,但他已开始脱衣上床了。

"两人睡有两人睡的优点。"他说。

我心里对他十分厌恶,但瞌睡不饶人,我只好也挤上了床。床实在是太窄了,两床被子胡乱堆在上面,人睡在底下一动也动不了。我被挤得紧紧地贴着墙。这个人不但脚臭,还特别警觉。只要我稍微动一动,他就会一下子坐起来,摸着黑检查他挂在墙上的衣服的口袋里的东西,也不知那袋里到底装了多少钱。这样折腾着睡了一夜,到凌晨起床时,还是觉得自己和没睡差不多。一想到前景,全身就像泡在冰水里一样。我抬头一看,灰子的铺位还空着。

"你今晚能不能睡上铺去呢?反正空着也是空着。"我试着同他商量。

"不能。"他断然否决了我的提议,"这不是由我决定得了的。上铺的人有可能冷不防就回来了,杨工头就是这么说的。"

不知是不是我神经过敏,我感到自己说话时房间里的另外几个人都在那里暗笑。但是我没法再做推测了,马上又要开工了。我为自己打气说:"熬一天算一天吧。"当然这句话我没说出声来。

在昏暗的过道里,老石拍了拍我的肩头说:

"灰子昨夜回来睡你一点都不知道啊?"

"他?"

"他在他床上躺了一个小时,又被强行叫起来,吉普车将他拉走了。我昨夜刚好牙痛,听见他进来又出去,真是个苦命的孩子。你没有做过对不起他的事吧?"

"我从不做对不起别人的事。"

"那你是个好人吗?我看你心里有鬼。"

"我心里没有鬼。"

"你要是说你心里没鬼,就一定是有鬼。"

"哼!"

我在做工的时候把脚上的鞋弄破了,我抽了一个空子去宿舍里换鞋。进了房间,我看见和我同铺的汉子睡在床上没起来。他大张着双眼,木然地看着我。

我不想理他,就匆匆地换鞋。换好鞋,正准备走时,他一把扯住了我。

"没有用的。"他说。

"什么没有用?"

"这么拼死拼活工作,没有用。工头在心里已经把你除名了。"

"呸!除名!我又没犯错误!我昨天还领了工资呢!"

"你这家伙,死到临头不知情啊。"

他咕噜着什么,用被子蒙住了头。似乎是,他很消沉。

吃完晚饭我坐在食堂门口抽一支烟。自从我从所谓的"公园"回来之后,同事们就很少同我说话了。这样倒也好,少去了许多可能的麻烦。我想到和我同铺的汉子,他是从哪里来的?来干什么的?既然他什么都不想干,又那么消沉,他来民工团对他有什么好处呢?我心里暗暗打定主意,夜间睡到上铺去。我没听到灰子半夜回来,老石一定在胡说八道。我抬头望去,看见烧饼铺门口站着高个子的老板娘,她正在对我招手呢。我犹豫了一下,还是走过去了。

"大兄弟啊,你平安无事吧。"

"还好,还好。"

"我屋里有个宝贝要给你看,你跟我来。"

她打开门让我进去。我看见铺里完全变了样,空荡荡的。

"你再抬头看上面。"

屋梁上垂下一根绳子,绳子上绑着一个小伙子,他的长头发遮住了面部,在半空晃荡着。我吃了一惊,回过头疑惑地望着老板娘。

"这是我儿子,我请人将他挂上去的。他呀,哀求我几天几夜了。你说,谁能经得住这样死缠不休啊。现在他的企图得逞了。你站到一边去,不然他会朝你吐唾沫,他是一个没有教养的家伙。"

"这是什么?"我抹着脸上的水珠问。

"是他出的汗。隔一会儿我就搭梯子给他喂一次水。"

我这时才看见了隐在暗处的木梯。

"这件事,你不要对外人说,那会伤了他的自尊心的。"老板娘送我出来时这样叮嘱道。

我突然灵机一动,对她说:

"你还不如让他来当民工呢!"

"这种事,我会考虑的。"她若有所思地说了这句话后,就进去了。

我回头张望了一下,看见写着"烧饼店"三个字的招牌已经被摘掉了。

尽管白天累得要命,到了吃晚饭时,我又惦记起吊在半空中的小伙子来了。我在宿舍里听人议论老板娘,他们说起了她的儿子。老石说那青年是这一带有名的恶棍,且十分阴险,善于搞暗害,都是老板娘这个寡妇将他宠坏了。他们的话我半信半疑。

放了碗,我就直奔烧饼店。

门关着,里面没有响动。我刚要敲门,门就打开了。是那青年,目光像逃犯一样。

"你是来找我妈的吧?她现在在那上面。"

我一看,果然。她因为身材高,挂在上面显得很长,茂密的长头发垂下,很吓人。我虽然没看见她的脸,但不知怎么,总觉得她吐出了长长的舌头。

"她总算生了我,也没有枉活一世了,对吧?这种关起门来的秘密活动,除了你这种多事的人,别人也不会注意到的。我妈不是一般的女人,有好多年了,我帮她做烧饼卖钱,我们赚了些钱,她的心思不在这上头,她属于那种心高气傲的。现在我要是去把她解下来,她就会大发雷霆,因为还没到她忍耐的极限。"

"你们吃过饭了吗?"我不知怎么问出了这句蠢话。

"我们不吃饭,只喝水。"他沉下脸来,生气地回答,"像你这样的人才会吃饭呢!你要看的全看见了,还不走吗?"

夜里我睡在灰子的铺上,想着这件怪事,心里总有些疙疙瘩瘩的。昨夜我就睡了他的铺,但他并没有回来。我下面的这个汉子已经不干活了,我白天偶尔见到他趿着鞋走到院子里,一副潦倒的模样。不知道这个人在民工团里到底是什么身份。我被分配了最重的活,但我已有一天多没见到杨工头了。他不在场监视,我仍然不敢有丝毫的怠慢,我现在几乎确信我是在危险之中。这一回是不动声色的网捕。灰子大概已经完了,接下来轮到我了吧。即使如此,我也没想过要回乡下,民工团的人都不会主动回去,这似乎是天经地义的。

我总是想,在繁重的劳动中获得的经验越多,就越难出事。现在我稳稳地走在跳板上,像那些走钢丝的杂技演员一样有信心了。我的技能的熟练一定引起了一些人的妒忌,那张网就是由这些小人物构成的。我没有理会他们,就是理会,我也得不到丝毫好处。杨工头似乎在躲着我,我有一回看见他站在脚手架下面骂人,他还抽了对方一个耳光。当时我正在和另外一人抬水泥板,他经过我身边时,看都没看我一眼。我在心里嘀咕:现在他不注意我了,我倒盼着他来注意,真见了鬼了。

我洗完澡,端着脸盆里的湿衣服回宿舍。和我同铺的汉子溜达着过来了。

"你这样刻苦,其实没有用。"他又老调重弹。

"你要我怎么样?"

"我?不过随便说说罢了。见过那寡妇了吧?她呀,是杨工头的相好!"

我想起抽人耳光的工头,心里好一阵后怕。看来这个地方真不是人待的地方。但是不也有待得好好的人吗?比如葵叔,比如厨师。不错,他们也会歇斯底里地发作,但发作过后一切又恢复了原状啊。所以我,也没必要过分忧虑。杨工头居然会有寡妇这样一个相好,看来他到底是怎样一个人我也是摸不清的。表面上,他是那种残暴阴险的,靠榨取别人获利的人,然而寡妇又并不是这种人啊。除非寡妇也受他压榨,否则我只能说我对工头并不了解。但我感到,寡妇这个人不是别人轻易控制得了的,她有自己的原则。她和她儿子将自己吊在屋梁上的举动就是那些原则的体现。

"你要是今夜里晚睡一会儿,我带你去看一场好戏。看了这场好戏之后,他们就会给你加工资,而且你也用不着这么刻苦了。"

同铺的汉子在我晾衣服之际又对我说了这番话,他的目光里包含了期望。

"好吧。"我半信半疑地回答他。

说老实话,在这种天寒地冻的气候里,我不愿晚上外出。不过我心里有太多的疑问,还有对灾祸的预感。也许去弄个水落石出比鸵鸟政策要好。

同铺的汉子领着我走巷子、穿胡同，来到了一处院落。这个院落里黑漆漆的，显然没住人。但一进大门我就知道自己的判断错了。到处都是叹息声和哀号声，那些低矮的房屋里有很多人住着，只不过没开灯而已。汉子告诉我，这个大院被市政公司断了电，因为他们长期拖欠电费。他说着就用脚踢开了一间屋的大门，一边进去一边向里边的人通报说："他来了。"我立刻紧张起来，站在敞开的门边没动。

　　"穿堂风都刮进来了，你要死啊？"门口那人暴躁无比地吼道。

　　我只得将门关好，用一只手抓住门把手站着——为了便于开溜。但是那个人还不放过我，他对同铺的汉子说我是个骗子，让他将我轰出去。这时我听到了另一个我熟悉的声音，当我听到那个声音在黑暗中响起的时候，我的全身就抖得像筛糠一样。

　　"他要有这雅兴，让他站在那里旁听一下也是件好事。"

　　那是杨工头的声音。他的声音很快就被窒息了，我听到了"啊……啊……"的挣扎声，似乎是有人在掐杨工头的脖子，可能是起先说话的那个人。房里大乱，一片桌椅翻倒之声，同铺的汉子也不知上哪里去了。

　　我从衣袋里掏出打火机，敲出一朵火苗，但还没来得及观看，脸上就挨了重重的一击，火苗立刻熄灭了。我口里有咸味，也许牙被打坏了吧。

　　"你，快过来帮你的工头做人工呼吸。"最先讲话的那人叫我。

　　我战战兢兢地摸到那群人面前（好像有五六个人）。他们将我牵往躺在地上的杨工头，要我将他的脖子托起来。那脖子软绵绵的，脑袋怎么也扶不正。他们就说不管他的呼吸了，先做心脏按压再说。于是七手八脚扒掉他的上衣。他们都不动手,要我做,说是往他胸口拳击就行了,用脚踩也行。我心里发怵,脱了鞋,勉强踩了几下,我感到自己像踩在一堆柔软的烂泥上一样。

"好!"他们齐声称赞我。

我鼓起勇气又踩了几下,大家又说好。但是我害怕极了,我觉得工头已经死了。我这样践踏他,是为了报复他对我的迫害吗?其实,我一点都不想报复他,毕竟,他没有从肉体上折磨过我,也没扣过我的工资,怎么谈得上迫害?

我停止了动作之后他们就把工头搬到床上去了。我看不清这些人,也不知道他们一共有几个。我闻到他们身上的气味,那是一种很浓重的兽味,熏得我很不舒服。我还从来没遇见过发出这种气味的人呢。

"看来老瑶对他的工头评价不高?"最先讲话的那人又开口了,他好像是这群人里面为头的,"有些事,要亲身经受一下才有发言权。民工团是个自觉性很高的组织。"

我悄悄地往门边缩,担心着他们是不是要来掐我的脖子了。

氛围越来越紧张,那几个人影都凑到了一块,同我对峙着。我又偷偷地去摸门把手,在心里测量着他们离我的距离。然而工头忽然在床上说话了。

"打我的脑袋吧,你们打啊,用力打!给我一把刀,让我把脑袋割下来!"

"他说得多么动听啊。"有一个嗓子尖尖的人称赞道。

有人按住工头不让他动,他又用力挣扎起来。这一次,连床都弄翻了。工头的力气真大啊,三个人都按不住!于是又掐脖子,又喊救命。我想趁乱逃跑,就开了门。

"住手!回来!"尖嗓子冲我吼道。

我又被拖进屋内,拖我的人守住了门,一时无法逃走了。

"正是那些不情愿受苦的人,我们不会折磨他的。"守门的汉子开导我说,"你一定听到了,这个院落里尽是私设的刑堂,有些刑具的花样没人能想得出。来这里的人全是来寻死的,你的工头就是一个。他已经来过两次了。他第一次来这里时正好是他把你的工友遣送回家那一回。"

我嘀嘀咕咕地向他表示我一点都不了解杨工头。

"那当然,他怎么会让你了解他呢,他是一名工头啊。你既然想走,你就走吧,你看,我把门打开了。怎么,你还不走?"

工头也在床上怒吼道:

"让他走!"

我摸到身边的一把椅子,坐了下来。我自己都不明白我这种好奇心。

但是他们全都停止了动作,屋里变得很安静,只有外面的哭叫不时传来。有一个男高音始终在那里重复同一句歌词"你呀,你的衣裳,你呀……"

考虑到第二天还要干活,我只好抽身退出了。我听见工头在床上说了句什么,我没听清。

我刚一出院子,却又清楚地听见了工头的声音,他仍在哀求那些人打他的脑袋。

我在夜色中匆匆地前行,我看见天上有一只巨鹰展开翅膀在滑翔。这种死寂干巴的水泥城市里哪来的鹰啊?也许是从动物园逃出来的吧?

回到宿舍,那些人都已经睡了,我自己的床上却是空的,同铺的还没回来。我懒得爬上去了,就拖下我的被子,睡在我自己的铺上。夜已深了,得赶紧睡。不知是幻觉还是怎么回事,我居然闻到房里也有股兽味,就同我先前闻到的一样。莫非这股味道是从我自己身上发出来的?但我来不及想清楚就入梦了。

早上去食堂,看见同铺的汉子趿着鞋站在院子里抽烟,样子显得很萎靡。他哭丧着脸对我说:

"你昨天那一跑啊,把工头害苦了。"

"为什么呢?他不是要寻死吗?他还叫人把他的脑袋割下来呢。"

"是啊,我看他是真心的。可是你干吗要走?你一走,全都乱套了。"

"是他要我走的嘛。"

"你这种态度让我觉得我们没希望。"

他不吃早饭,始终在院子里抽纸烟,地上都扔了好几个烟头了。我弄不懂这个人。

上午的活是筛沙子,我同葵叔合作。我看见工头远远地站着。

筛了一会儿,葵叔就对我说:

"你去歇着吧,我一个人干。工头不会来管你的,他现在要讨好你了。你昨天那一走啊,搞得他没脸见人了。你那一招真厉害啊。"

我问他是怎么知道昨夜的事的,他告诉我当时他也在那房里。

我不相信我真的可以不干活了，我走到旁边去拿起铁铲铲沙子。这时葵叔就讥笑我是"小脚女人"。工头一直远远地站着，注视着我们，却不像平时一样走拢来。我开始有点相信葵叔的话了。哈，我一定是于不觉中掌握了工头不愿让人知道的内情，所以他开始怕我了。这么一想，干起活来就有点松懈了。当然这种松懈只是内行才看得出。

葵叔意味深长地看着我，口里念叨着：

"这就对了嘛，这就对了。"

我向葵叔打听灰子的行踪，葵叔用力摇头，说他不管这种事。

"这年头，谁管得了谁呢？"

他用下这句话，就埋头筛沙子去了。

整整一天，工头都站在原地方看着我干活。他是不是有求于我呢？葵叔让我别理他，因为我"已经占了上风"。但我并不想占上风，我只想规规矩矩地赚钱。葵叔怂恿我利用这个"机会"捞好处。实际上，我已经捞了好处了，我铲沙子的速度已经放慢了。人的惰性真是无孔不入啊。

第二天这一幕又重演了。工头不再直接给我派活，我的活是通过别人传达的。我被安排给外墙贴瓷砖。我站在脚手架上工作时，工头就远远地待在脚手架的另一头。贴瓷砖是个技术活，我做得比较慢；又由于意识到工头在那一头，我做得更慢了。中途我还上了两次厕所，就像故意做给工头看似的。而工头，他自己决不上厕所，整整一上午如雕像一般立在那里。我终于有些不安了，但我没人诉说。

到了第三天中午,我径直走到工头面前,开口说:

"真对不起啊,那天夜里的事!"

工头倒抽了一口冷气,眼神变得呆滞起来。

我有点心慌意乱了。

"你,是不是怀疑我的诚意?"他迟疑地问道。

"你真的想死吗?"我反问。

他用劲地点头。我觉得他完全变成另外一个人了。先前他又自负又残暴,成天变着法子折磨人,他对我们吼一声,我们的腿子就要发抖,没有任何人敢违抗他。这些日子以来,已经有三个人被赶回了老家,我至今记得他们苦苦哀求的哭声。这样一个恶人,居然会怕我!

"那就去死吧!"我说。

他却又摇头,脸都发白了。

"那你到底想干什么?"

"你,对我失去信心了么?"他迟疑了半天才又想出这句话。

他绞扭着双手,显得异常沉痛,不知他到底哪里不舒服。而我,忽然对与他之间这种莫名其妙的纠缠厌烦了。我不能为事情的表面迷惑,我得继续老老实实地干活。于是我说了声对不起,从他身边擦过,往食堂走去。

待我吃完饭回来,工头已经不在那里了。老石对我说,刚才工头闹肚子痛,痛得从脚手架上栽下去,幸亏下面是个沙坑,他没有受伤,后来他自己一瘸一拐地回宿舍去了。

"你为什么没去帮他一把呢?"

"我是想帮他,可是他的眼神像要杀人,我就吓得躲开了。"

这个人啊,他是何苦呢?我当时真的是同情他。"老石叹了口气。

下午我还是和老石一块贴瓷砖。他不再同我说话,总是停下手里的活发呆。我想,工头落难了,他本应该幸灾乐祸才是,怎么反倒这副模样呢?平时那家伙对他多狠啊,他的小手指曾被工头的木棒打成骨折,当时他痛得在地下打滚呢。不知怎么,我觉得他对工头的同情是发自内心的。这个民工团的一切事情都太难理解了。我站在脚手架上,看着我们寄住的破旧的灰色大楼,一时脑子里浮想联翩。已经是早春了,要是在家乡,早就到处花红柳绿,阳光暖洋洋。可是这里呢,风刮在脸上还是像刀子一样剜人。平时我从未到大楼里去看过,似乎是,里头没住几个人。偶尔出来一个脸色难看的男子,总是脚步匆匆,有急事的样子。那些窗户全都被帘子遮得密密实实的,外人休想看到里头。

就在那天夜里,灰子回来了。半夜里,我睡在他的铺上,睡得不太踏实,滚来滚去的,这时他就摸上来了。他让我往里靠一靠,我就紧紧地贴到了墙上。他一躺下就猛烈地咳嗽起来,于是又欠起身往下面吐痰,如此反复了四五次,弄得我没法入睡。

"灰子啊,我看你在皮革厂落下病了呢。"

"胡说,我好得很。要不是因为你,我才不会回建筑队呢。"

"因为我?"

"是啊,他们说你把杨工头搞得一点自信心都没有了。我是杨工头派到那里去的,他们每天都托人带口信给我,可是这些天没人管我了,我被遗弃在那个小地方了,一想到这事我就伤心。

直到今天,才有个司机把我接回来。"

由于我们的说话声太响,惊醒了同房间的人,他们就一齐恶骂起来,咆哮着说要把我们"赶走"。我和灰子吓得连忙闭嘴。黑暗中,我听见灰子蒙在被子里窃笑。真奇怪啊。

早上我起床去干活,灰子躺在床上不动。我问他为什么不起来,他就说对他来说生活已经没意义了,干不干全一样。我又问他是否打算回家,他说当然不。我还要问下去,同铺的汉子就不高兴了,说我太多嘴了。我边出门边想,已经有两个人躺在房里不起来了,这样下去,宿舍要变疗养院了。我当然不会像他们这样干的,因为我是有家小、有负担的人,不能轻举妄动。再说一开始,我就是打算来吃苦,来赚钱的,只有赚到了钱之后我才能放松自己。同铺汉子的底细我不了解,灰子的情况我是知道的。他毫无理由地跑到这种地方来受苦,搞出一身病;他当然也可以毫无理由地躺倒。对他来说一切都是心血来潮。但说到究竟是什么在支配他的行动,我依然一无所知。

大家吃饭的时候灰子和同铺的汉子并排站在院子里晒太阳。两人都是趿着鞋,双手笼在袖筒里,灰子还流着清鼻涕。他们俩大概是刚刚才结识,可他们的表情已经是惺惺相惜的味道了。我走出来抽一根烟,就听到了他们之间的对话。

"你这小子说起话来成熟得很啊。这种地方是很能锻炼人的,你算走对了路。"汉子说。

"有人劝我回去,他们根本不了解我。"灰子缩着鼻涕说。

"你打算怎么办,同工头说了吗?"

"他才不会来管这种事呢。再说这是我个人的事,我要见机行事。"

灰子说了这句话之后又猛咳起来,并往地下吐东西。我看见他吐出的全是红色的东西。我心里想,他活不过这个冬天了。现在他就是愿意干活也干不了了。当我仔细观察他时,我发现他并不沮丧,甚至还有点兴奋的样子。他同汉子站在那里,脸上的神气就好像他们是某桩事件的主谋策划者,那种优越感是显而易见的。我经过他们身边时,看见灰子脚上又没穿袜子,已经冻得发紫了。他对此类事大概已失去感觉了。

晚饭后见到灰子,他对我说他已经从老曹(同铺汉子)口中听说了我那天夜里的事,他对我的遭遇特别有兴趣,他问我愿不愿带他去一回那个"行刑的院子"(他就是这样称呼那地方的)。我说我恐怕没精力干这事了,第二天一早要上工,太耗费精力的事不敢做,怕身体出问题。

"怪不得他们说你是势利小人呢,我不过试探一下你罢了。"

我只好答应他了。可是当我找到那个地方时,院落已经被拆除了,只有一些碎砖乱瓦堆在很大的空坪里。北风呜呜地吹着,断壁残垣在月光下显得很阴惨。灰子兴奋极了,这里看看,那里听听,口里不住地说:"来得真及时啊。"我冷得受不住,就催他回去,他摆摆手让我先走,他说他要搞清心里的疑问。于是我走了,撇下他像猴子一样在废墟上跳来跳去。

一直到了第二天我去上工他也没回来。同铺的汉子让我"不要搭理这种人"。我反问他灰子是哪种人,他说他也不清楚,好像是靠不住的那种人。

这事弄得我上班时没法集中注意力了。灰子如果昨夜被冻死,他的老娘来找我要人,我该怎么办呢?我一边贴瓷砖一边想着这个问题时,工头又像幽灵一样出现在脚手架的那一头了。工头不是一个人来的,他身后还跟着烧饼铺老板娘的儿子。这时我才看清了小伙子的脸,这张脸已经变得又老又凶,也许这是另外一个人,并不是老板娘的儿子。他们俩径直朝我走过来了。我的心怦怦地乱跳。

"老瑶啊,"工头对我说,"这些天我们心里乱糟糟的,什么事都拿不定主意了。他的妈妈(他指了指小伙子)要你今后多多指导他。"

"他是谁?"

"你真健忘,他不是还同你说过话吗?"

"我以为他不是那一个呢。"

"他正是那一个。你不要用老眼光看人嘛。你看这个民工团,哪一件事不在飞速变化呢?我这就把他托付给你了啊。"

工头撅着个屁股下去了,他的样子好像是放下了一桩心事似的。那小伙子(说不定他比我还老)叼着一根烟,吊儿郎当地站在那里。

"你妈让你学泥水匠手艺啊?"

"呸!不知道。"他凶神恶煞地回答我,"今后别问这种事!"

"那你就同我无关了啊!"我也火了,大声回敬他。

他气哼哼地将烟头甩出去,说:

"这个责任你躲不了!"

他站在我旁边既不讲话也不走开,我暗想,刚刚摆脱一个凶神又来了一个,到底是他被托付给我了还是我被托付给他了啊？我就不理他，干我的活。他要默不作声倒也罢了，偏偏他一会儿就来指责我一下，说我瓷砖没靠平啦，线缝没对直啦，有的地方有松动脱落的迹象啦，等等，在他眼里，我是个偷工减料的家伙，而且技术也不怎么样。我心里本来就不踏实，现在听他说起话来针锋相对，我就更紧张了。天很冷，手冻得很木，我越想做好，越出乱子。一失手，几块瓷砖掉下去打烂了。

"原来这个行当里尽是些混饭吃的啊。"他冷笑着说。

"那你来做试试看！"

"我？我才不干这个呢。我又不是囚犯。"

"你说我是囚犯？"

"那你是什么？你看看你自己，你没有自己的家，你如果想把自己吊上屋梁也没地方吊；到了夜里，你就在笼子里乱窜；你的一举一动都要听命令。我没说错吧？"

"倒也没错。"我泄气地说。

"这就是囚犯嘛。"

整整一天他都站在我边上指责我，讽刺我，也不知他哪来那么大的兴趣。有一下我一生气就忍不住挖苦他道：

"你前一阵可比现在显得年轻啊。"

我这句话果然打中了他的要害。他愣在那里半天没出声，后来才嗫嚅道：

"都是因为妈妈……"

"妈妈怎么啦？"

"出走了。她把铺子留给我了。我可继承不了她的事业，没这个能耐，所以我就成了闲汉。但是你不要以为可以压得住我！

我可是有家的人!"

奇怪,他立刻又盛气凌人了。后来老石来了,他一看见老石,就灰溜溜地走掉了。

老石告诉我说,前些日子这个家伙偷了他的钱包,他发现之后狠狠地揍了他一顿,若不是看在他妈妈的面子上,他要打断他一条腿!

"他妈妈是工头的相好,工头也拿这小子伤脑筋。不瞒你说,工头有次还派我去除掉他,不过工头后来又改变了主意,只是要我抓住了他的错误就狠狠地揍他。我抓住他的时候,立刻想起被工头打断的手指,所以我就格外下死力打他。"

老石的逻辑是很怪的,民工团里有很多人都是像他这样想问题,好像只有我成了例外。时常,我顺着他们的意思听他们讲下去,但他们的结论往往同我的预期相反。时间一长,我慢慢有点适应了这种思考方法,但我还是难以及时预测到他们的真实想法。比如灰子,我就不知道他现在到哪里去了。

我还是睡在灰子的铺上,一连好多天他都没回来,也没人问起他。我又去那个被拆掉的院落里找过,根本就没有他的踪迹。一想起这事,我就背上出冷汗。

我又去问同铺的汉子。他对我说:

"快不要打听了,这年头啊,自身都难保,谁还去管这些闲事啊。有这工夫,你还不如去打听你自己加工资的事呢。这城里夜间猛兽出没,全是动物园放出来的。"

来这里一个月,我就眼睁睁地看着这孩子消失了,而且凶多吉少。我回忆起这一个月里同他的每一次见面,越发觉得他可怜,觉得自己解脱不了。有时我也想,我对他的怜悯全是多余的,他很有主见,太有主见了。他使自己的身体受苦,甚至致残,其实是为了达到一个我没法了解的目的。如果真是这样,我的怜悯心就成了自作多情了。想一想,这种解释也有道理,因为自古以来我们那个村就不是一般的农民村。我们虽然也是脸朝黄土背朝天地劳作,但我们极不安分,一有机会就往外面钻,接受新事物又特别快,所以村里的人大都有一两门手艺,大都见过些世面。我记得我小的时候,村里有几个汉子长年累月在山上弄一种土制的飞机,后来听说那几个人在试飞时出了事故,栽进深沟里面去了。这个灰子就是在这种地方长大的一个怪种。从前在村里时我们很少见到他,可能是因为他的心脏长在体外,家人有意隐瞒吧。但是他忽然就做出惊人之举,不仅仅出来打工,过一种公共的生活,还神出鬼没地进行某种活动,这个转折真是令人摸不清他的路数。现在发生了这种情况,他的娘要是得知了一定会痛苦得昏过去。那位葵叔,灰子是他带出来的,现在失踪了,我也告诉了他,他仅仅点了点头,完全不放在心上。由种种的事情我得出结论:此地是一个大冷库,不管谁到了这里,他的心都要被冻僵。然而还是有原因不明的激情在暗中活动。工头啦,灰子啦,厨师啦,葵叔啦,不论是谁,都怀着这种古怪的激情,也许他们仅仅为这而活。那么我自己呢?我不也在对一些莫名其妙的事产生兴趣吗?尽管白天里体力劳动十分繁重,尽管睡眠总是不足,我还是觉得自己比在家乡时爱思考问题了。也可能是形势所逼吧,被网捕的感觉从来没消失过,那网越收越紧了。我有老婆,有父母,还有两个儿子,但是来这里之后我几乎没怎么想过他们,就好像我是个单身汉似的。现在我同他们之间唯一的维系只在一点上了——我必须赚钱改善他们的生活,在这里硬挺下去。

杨工头晚上意外地又来查铺了,不过他的态度更出人意料。他走进来站在那里,满脸堆着假笑,说:

"各位请多多担待,民工团的声誉就靠你们了。大家努力吧,上面领导不会忘记各位的功劳的,到时会有嘉奖。"

由于同室的几个工友都没有理他,他就很尴尬地退出去了。这是怎么回事呢?本来,我们大家见了他就像老鼠见了猫,没有人敢在他面前说个"不"字,就连背后也不敢说他的坏话,因为怕告密。此刻大家猛然就采取了这种态度,难道人人都吃了豹子胆?我躺在床上想着工头的那几句话,琢磨着他说的会有嘉奖是什么样的嘉奖。想着想着我就睡着了。

夜里我被弄醒了,有个人挤上了我的铺。开始我以为是灰子回来了,心中一喜,后来才发觉不对头。那人又粗又壮,是睡在对面铺上的言哥。言哥浑身发抖,将我的铺弄得响个不停,我听到底下那同铺的汉子在咬牙切齿地骂他。我终于不耐烦了,厉声责问他:

"你到底怎么回事?"

"我不能睡我的铺了,我一合眼,工头就来掐我的脖子。他这一手真毒辣啊!"

他居然像个小孩一样呜呜地哭了起来,还用我的被子蒙住他的臭脸,大约将鼻涕也擦到被单上了。我无比厌恶,喝令他滚下去，但他不但不滚，还放声大哭，声音之大，将所有的人全吵醒了。就连隔壁都有几个人跑过来了。灯开了，大家都气恨恨的。忽然，矛头全指向了我，说我是"蛇蝎心肠"，说我害死了一个人还不够，还要继续作恶。由于他们人多势众，我也不敢回嘴。那几个人回自己的房去时，我瞥了一眼闹钟，看见只差一个多小时就要上工了。熄了灯之后我还想睡一下，言哥却唠叨开了：

"你想想看，一睡着就掐脖子，这种手段有多么恐怖。先前我在家里的时候，摊开手脚一觉睡到大天亮，有时候，我的黄狗就来咬我的脚后跟了。不管它怎么咬，我也不醒！现在我成了这个样子，你看我怎么办？你看我怎么办啊！"他又提高了声音。

我劝他小声点，不要吵着同室的人。他一听这话，嚷嚷得更响了。他说他不光是诉他自己的苦，他还是代表工友们讲话，因为谁的心里都是一肚子苦水。他把他受的苦讲出来，就是为大家减轻负担。果然，他嚷嚷之际大家都在静静地倾听，完全没有对我的那种反感。

后来他不光嚷嚷，还一脚一脚地往我身上踹，踹得我都要发疯了。看来觉是睡不成了，我愤怒地跳下来，站在黑地里生闷气。这个时候同铺的汉子就劝我"想开点"，他还说他经历这类事经历得多了，生活在一个大家庭里，可不要随便对人记仇，而应该认为别人都是为自己好。我对他说我宁愿不要这种好，只要别人不来管我，他就沉默了。过了一会儿才又开口，说我的想法"太幼稚，行不通"。经这么一折腾，我当然就不能睡了，不过上工的时间也已经到了。

啊，我真是累坏了啊。夜里睡不好，白天还得拼命干活，我感到我快要倒下了。好多天以来，我右边的肋下就一阵阵地痛，可能是肝脏要出毛病了。起先我想忽略这事，可是发作越来越频繁，我不得不考虑退路了。春天早该来了，这个城市里还是一派严冬景象。而我的身体在这种严酷的天气里正在萎靡下去。前不久我被加了一次工资，这件事应了同铺汉子的那句话。如果我现在离开，放着眼前的钱不赚，实在有点可惜；而如果不离开硬挺下去呢，又有可能因此丧命。我愁眉不展，想不出解决的办法。最后我鼓起勇气去同杨工头商量。

杨工头很久都不训人了，他每天都坐在工地上的空坪里一根接一根地抽烟。我把我的困难告诉他，他便扬了扬眉毛严肃地问我：

"你说的是真话么？"

我立刻指天发誓。

"我不能安排你做轻松工作，因为你的年龄未到。"

我听了后心里一冷，万念俱灰。

"但我可以安排你一个特殊工作，而且工资照发。"

我又起死回生了，眼巴巴地望着工头，恨不得把自己的心掏出来交给他。

"你抬起头看一看。"他命令我说，"看见了什么？"

"没有什么啊，就是我们新砌的这栋楼嘛。"

"对，这楼有二十六层，顶上面那一层有一个房间，是值班室。这个值班室从明天起要启用了。老板昨天要求我找一个人坐在那里头,我打算派你去。不过你不要以为这个工作很容易做好。当然你并没有什么具体责任,差不多可以说你不用管事。但是你的活动范围只限于顶层的平台,每天有人给你送饭,你只要待在上面就是。这听起来不像一个值班的工作,但是有什么办法呢,老板就是这样嘱咐的。你干还是不干?"

他瞪着那双金鱼眼,他的表情似乎有点紧张,这种紧张情绪又影响了我,我不知道他葫芦里卖的什么药。然而别无选择了。至少可以保命,而且工资照发。

"我干"

"好!"他一拍大腿站了起来,"这样就解决了。"

吃过中饭我就将自己的铺盖往楼上搬。我收拾铺盖时,同铺的汉子皮笑肉不笑地对站在一旁的言哥说:

"他这回可是真正的高升了啊,从地下室一下子升到了二十六层!"

言哥恶声恶气地回了一句:

"要是掉下来可就惨了。"

我的身体是真的垮了,似乎说垮就垮。二十六层楼,我歇了四回才爬上去。

我推开门,看见房里有一个木床、一张凳子,于是心里一阵激动。有多少日子了啊,我连个休息的地方都没有,现在我可要好好地睡一大觉了。我把床铺好,又走到门外的平台上视察了一下,没有发现什么异样,就只是觉得这上面十分的静。虽然可以看得到对面工地的繁忙景象,也可以看到街上跑着的各式汽车,但这上面一点都听不到下面的喧闹,只有北风吹过的声音。我从未上过这么高的楼,所以觉得非常怪异。我返回房间,脱下衣服搭在被子上头,然后用被子紧紧地裹住身子进入了梦乡。

这一觉醒来已是第二天早上。由于暖气没有开通,这顶楼上无疑是非常寒冷的,但我竟没有觉得!这时我又记起我昨天还没吃晚饭。工头说过每天有人送饭,那人怎么还不上来呢?我到厕所里就着冷水胡乱漱洗了一通,然后就坐在铺上等送饭的。大约等了十分钟,果然有人敲门了。

进来的是失踪已久的烧饼铺老板娘。她垂着头,将一个小竹篮放在凳子上。到了面前,我才看清了她的脸。那张脸肿得像紫茄子一样,鼻子歪向一边,被人打歪了似的。放下饭菜后她就要走,我叫住了她。

"我见过你的儿子了,他还好。"我想让她安心。

她看了看我,眼里闪出一丝光,很快又暗淡了。她开口说话时,嘴歪得很厉害。

"你要好好地待着。"她一个字一个字地说。

"你等一等,我想问你一件事。"

"问什么呢?不要问。"

她下楼去了,不是坐电梯,而是一层一层走下去的。这栋楼的电梯还未启用。

竹篮里的饭菜分量很多,大概是给我吃一天的。我饿极了,不管三七二十一,将所有的食物一扫而光。吃饭的兴奋很快就过去了。我又在顶楼上的北风中溜达了一大圈。除了风声,除了阴沉沉的天空,这上面什么都没有。我在心里对自己说,这种囚禁对我来说算不了什么，我就当它是住疗养院吧。这种环境是很能让自己放松的，昨天睡了这一大觉之后，肝部已经不疼了，休息的疗法比什么都好，一想到坐在这里养病，饭来张口，居然还可以拿到工资，简直有点心花怒放了。也许是老天开眼吧，我的苦日子总算熬到头了。而且听工头的口气，这个工作似乎可以无限期地干下去。我怎么会有这种好福气呢？这样看来工头并不是一个恶人，难怪很多人都对他印象很好，听他的话。可能他只是表面上很凶，有时喜欢打一打人而已。说不定他还有一副仁慈的心肠！不到关键的时候，谁又能看出这一点来啊。

　　我把碗洗好放进竹篮，就关好门，坐进被窝里。幸亏我早有准备，到街上买了一双厚厚的棉花脚套，现在我就将它们套在我的脚上，所以也不感到特别冷了。一想到楼底下的工友们所受的苦，我心里就涌出一股幸福的暖流。长这么大，我还不知道幸福是怎么回事，现在总算体会到了。我想着想着就有了睡意，我成了睡不醒的懒人了，而且在梦里，我好几次笑出了声！

　　这是什么样的惬意的生活啊！这样的生活我整整享受了三天！每天都是老板娘来送饭。她垂着头，放下手里的竹篮，将上一餐的竹篮拿走，她脸上的伤引起我满心的怜悯。

　　闲坐之际，我开始来考虑这个问题：为什么要设这样一个值班室？想来想去，最大的可能性是：楼房的投资商向承接这个工程的老板提出了这个要求，老板又把这个要求下达给了工头。听说那位投资商是一个神出鬼没的人。有一回我们刚回到宿舍睡下，工头就冲进来把我们叫起，要我们去开夜班，因为那位投资商要在那个时候来视察。当时工头还嘱咐我们说："要造出一种热火朝天的氛围来。"这个古怪的投资商,也许哪一天突然想到了要在屋顶安插一个人值班吧。工程老板由于害怕他半夜到顶楼来视察,就想出了这个既经济划算,又靠得住的办法。于是我就成了那值班的。我的任务就是守着这栋未竣工的楼房,决不离开半步。深夜里,我必须开着电灯睡觉,这也是工头规定的。或许那个投资商正在远处的某个旅馆里默默地注视着半空中的这一线灯光?

今天是我上顶楼的第四天了。今天早上发生了一件很不好的事。我不知道这是一个偶然还是早就设计好的阴谋。

早上老板娘像往常一样来送饭。她放下一个篮子,提起装了空碗的另一个篮子。本来她就要走出门了,可是她忽然有些迟疑,在门口停了两秒钟。我问:

"有什么事吗?"

这句话竟然令她惊跳起来,她朝楼梯口冲去。我听到急急的脚步声一路响下去。

我正在洗碗的时候,那条狗出现了。是那种杂交的狼狗,身上脏兮兮的,尾巴耷拉着。它耷拉着尾巴的样子说明它很可能是一条疯狗。它并没有发现我,径直往平台上走去。本来我如果闩上门待在房里的话就什么事也没有,可是我的意志出现了偏差。不知道根据什么我自信地认为我可以除掉这只疯狗。于是我拿起放在门后防贼的木棒出去了。它正在平台上绕圈子,我一出现它就停下来。我们对峙着,我发现它的眼珠是血红的。

第一个回合我吃了亏,它隔着裤子狠狠地咬了一口我的小腿，痛得我眼冒金星，心里生出绝望的念头："完了！"它再冲上来时，我差不多要疯了，我用那根头子上包了铁皮的木棒下死力击打它的大脑袋。我打了又打，停不下来，直到自己累得趴在水泥地上。它的脑袋被我打扁了，血溅了一地。到了这个时候，真正的恐怖才开始了。

我当然无心去收拾狗的尸体，我心里最紧迫的念头是赶快去医院注射疫苗，防止狂犬病毒在我体内扩散。我忍着痛，一步步挪向楼道。当我下到消防通道的倒数第二层时，我面前赫然出现了一张新装的铁门，铁门被锁得紧紧的。也就是说，我被关在顶楼上了。我用木棒用力捅了一阵铁门，又声嘶力竭地喊了好久，但是没有任何回应。看来楼里根本就没有人。绝望中我还想了这个问题：疯狗又是如何上来的呢？

回到寂静的平台上，我看到我的同事们正在下面的工地上忙碌。我一边高喊一边用木棒击打低矮的护墙，闹腾了半天，仍无任何效果。正如我丝毫听不见下面的声音一样，他们大概也听不到我的声音，我和他们已被分隔在两个世界了。我垂头丧气地拖着腿回到房里，这时右腿已经开始麻木了。我往铺上一坐下去就没法再站起来了。我背靠着我的被子，呼吸很困难，但是我的思路还是很清晰的。

回忆早上的事，差不多可以认为，疯狗是老板娘放进来的。她是为了什么要这样干呢？在这个楼顶，我唯一可以接触到的人就是她了。如果她有意放进疯狗来咬我，那么明天她来给我送饭时，也决不会帮助我去就医。这样我就凶多吉少了。啊，我的腿！现在它已经不是我的腿了，只是发胀的、紫色的肉块，伤口向外溢出黄色的泡沫。突然又有一声狗叫打破了周围的寂静。难道那家伙起死回生了吗？还是她又放了一只狗进来呢？我的门没有闩，我只有坐在这里等那畜生来进攻了。还好，它只是在平台那边叫，并不进我的房间。我就在它发出的刺耳的叫声中昏睡了一会儿。

是工头将我推醒的。我睁开眼见到工头时，差点要痛哭失声了，工头用两个指头拎起我的裤腿，察看了一下我的伤情。

"嘘，不要激动！这对你没好处。"他说，"那条狗一直养在这顶楼的，先前你没来的时候，它就住在你这屋里。那是条好狗，真可惜。"

"它不会是疯狗吧？"

"嗜，不要这样说它。这年头，就是人也一下子就疯了，何况狗！它先前可是条好狗。"

"我觉得我要死了，送我去医院吧。"

"你这样悲观啊。其实哪里死得了呢？你要相信我，我们是死不了的。你再这样悲观，老板娘就要生气了。菊华！菊华！"

他大叫起来，大概是叫老板娘的名字。

"她躲起来了，她总是这样喜欢捉迷藏。你把她心爱的狗打成那副惨状，她都不想活了。你看你有多么凶残！"

听他这么一说，连我自己也被我的暴行吓坏了。我甚至暂时忘记了我的腿，一味地沉浸到刚才的回忆中去了。我是因为恐惧而杀了它的，但我是主动走出房门去同它交战的，这点我记得十分清楚。要是我待在房里，什么事也没有。我问自己：我是不是像工头所说的那样喜好杀戮呢？显然一点也不是。我是那种最喜欢瞻前顾后的胆小的人，远的不说，就说我和灰子的关系，从这上面也可以看出我的品性。可是那只狗又的确是我杀的，我用乱棍打死它还不够，还要把它的脑袋打扁。我主动找出去同它交战。我想了又想，还是想不出我性格变化的原因。或许我根本没变，以前的几十年全是伪装？

"我得去处理狗的尸体，老板下午要带投资商来视察，不能让他们看到。"

在外面，有女人的哭声。于是我又想起那只被我打扁的狗的大脑袋。木棒还立在门边，铁皮上血迹斑斑。我看着它眼睛发了直，一股杀气又莫名其妙地在体内升腾。要不是工头向我指出来，我是怎么也不会知道自己是这样一个人的。我坐在床上动不了，但我又在脑海里同那只疯狗进行了一场恶战。这一次，我用包了铁皮的木棒捅进了它的肚皮，一大堆花花绿绿的东西全流到了地上，四条腿抽搐着……我越想这些事脑子里越黑，竟然绝望得晕过去了。

没过多久，腿部的剧痛又使我醒了过来。我吃惊地看见老板娘正在用一把精巧的小匕首在我小腿的伤口上捣弄，一会儿她就从那里剜下了一小块肉。我发出一声恐怖的尖叫。

"叫出来就好了，你不会有事的。"

她仔细察看了一下那块带着脓血的肉，将它甩到地上，用自己的围裙擦拭着匕首。

我的小腿那里出现了一个洞，却并不流血，我甚至看见了里面的白骨。经她这么一刺激，所有的感觉全恢复了，腿子钻心地痛。

"你可以试着站起来走一走嘛。"她得意地看着我说。

趁我没注意，她猛地一把将我拉起。我晃动了一下，居然站稳了，当然那种痛是没法形容的。我本能地要坐回床上，可是她不让，她横蛮地将我拖到房子中间，拽住我不放手。我牙齿磕响着，告诉她我受不住了。

"我还没有把你捆起来，你就成了这个样子了。"

她将我一推，我坐到了地上。我知道她对我很不满意，将我看作一个脓包，什么都干不了，还这么娇气。我心里有点感激她，也很抱歉，但我痛得说不出话来。

"我把你治好了，你可不要再惹祸了。狗是很通人性的，你懂吗？"

工头在门外叫她，她倾听了一会儿，显出懊恼的神情，一跺脚就出去了。

疼痛一直在持续，不知已持续了多久，也许三天，也许四天，丝毫也不减轻。我不断晕过去，又不断醒来。其间我也胡乱吃了些饭菜（当然没顾上洗碗），上了几次厕所。如此剧烈的伤痛却并没有影响我的室内活动，想来有些奇怪。也许这要归功于老板娘的横蛮作风，她将我从床上拉起来站稳的一瞬间，我便向极限挑战了。这段时间，我明白了一个真理：只要不晕过去，没有什么受不了的。即使晕过去，也还是会醒来，反正死不了。注视着白骨森森的伤口是有点吓人，但我并没有死，伤情也没有恶化，这就暗示事情正在朝着好的方向发展。这种伤痛与一般的伤痛很不相同，它不存在缓解，所以我在忍耐之际也没什么好盼望的。忍耐就只是单纯的忍耐，最近的结局是晕过去，或者不晕。我想，那些意志薄弱的人遇上这种情况恐怕要发疯的吧。

这也说明了我是一个意志力超常的人。不知从哪一刻起，我已经适应了在剧痛中思考问题了。我最先思考的问题是小时候的一桩疑案。那时我们家很穷，有一年春天，大饥荒又来了，母亲叫我去邻村表姨家借五个红薯。我拿到五个大红薯之后（个个都是红皮黄心的好货色），就提了篮子往回赶。回到家，篮子里的红薯却只剩下了三个。父亲认定我在路上偷吃了，就狠狠揍了我一顿。事隔好多年之后，我仍然忍不住一遍又一遍地反省那个问题：到底是表姨用障眼法骗了我呢，还是我在路上掉了两个红薯？抑或更坏，是父亲藏起了红薯，却一口咬定是我吃掉了？不论用哪种假设来解释，我都说服不了自己。我的整个青年时代都被这个红薯的怪梦萦绕。此刻，在这个高楼顶上，在剧痛之中，这件往事忽然浮现出了不同的意义，我感到我就要接近答案了。如果不是眼前发黑，又一轮昏迷席卷了我的话，那个答案就被我得到了。

工头认为我既然已经受了伤，成了个废人，就不再适合在这顶楼上担任值班的工作了。因为万一那投资商来了，看见他日夜挂念的值班工作竟然是由一个废人在这里担任，一定会大发脾气的。他一发脾气，工程老板的前途就会被毁掉。工头决定下午派几个人将我抬下去，抬到宿舍里去养伤，他还告诉我工资照发。

"你看看大家为你做出了多么大的牺牲。"

他说这话时有点咬牙切齿的味道，我不知道他仇恨的对象是什么，看起来好像不是我。我问他为什么今天早上来送饭的

不是老板娘,他翻了翻金鱼眼回答说:

"她已经回烧饼铺去了,过两天铺子又要开张。总不能因为死了一条狗就打乱日常生活吧。很快又有大批民工团要来,她的烧饼铺要为他们服务。想想看吧,一个乡下佬来到大城市,两眼墨墨黑黑,她不去指引他们谁去指引?"

我回想起刚到城里时在她铺里同她交谈的情形,不由得感慨万分。

下午共来了四个人,有两个是同我住一间房的同事。我究竟是如何被搬下楼的,自己已经不知道了,因为我昏过去了。我醒来时就已经在我原来的铺上,房里一个人都没有。

后来他们都来了,却没看见同铺的汉子。大家都羡慕又不平,抱怨他们自己的坏运气,没有一个人提到我受伤的事。我听见他们满口粗话骂个不停,将工地称为"粪缸",将某些得了好处的人称为"粪缸里的蛆"。我觉得他们很明显是在骂我,一气之下我向他们亮出我的伤口说:

"我现在成了废人了,你们来羡慕我吧。我一天要晕过去好多次。"

我的话音刚一落房里的四个人就都嚷嚷起来,说他们"巴不得成废人""巴不得晕过去",那样就可以躺下了,那是多么好的事啊。

说话间老石走过来,一巴掌拍在我背上,拍得我差点失去了知觉。他阴沉着一副脸对我说,我明天必须去干活,又说我要是再这样娇气,再这样纵容自己的话,大家就要去集体请愿,要求上面减轻民工们的工作。上面肯定是不会同意这种请愿的,那么，随之到来的事就是民工团面临解散。不过要是我明天去干活的话，请愿的事就不会发生了。

　　夜里我几乎没怎么睡，因为疼痛也因为绝望。我这个样子怎么能干得了活呢？老石在其余人的鼾声中几次同我说话，他说"车到山前必有路"。我问他和我同铺的汉子到哪里去了，他说那汉子做了厨师的徒弟，搬到伙房去了。

　　"你瞧，每个人都有出路。"

　　他似乎在宽我的心。我想了想，觉得那汉子的确适合做厨师。

　　上工的时间终于到了。房里的四条汉子不由分说，架起我就往工地上走。虽然每走一步都像踩在刀尖上，这一次我却并没有晕过去，伤口也没有恶化。自从老板娘用匕首从伤口剜出腐肉之后，伤口还从来没包扎过呢。那个深洞始终没长拢，骨头就那样露着，看一眼都让人毛骨悚然。

　　我的活还是同老石一块贴瓷砖，不过这一回不用上架，就在底下贴。因为我站不住，老石就弄了个矮凳让我坐着，由他来将瓷砖一块一块地递到我手里。这一来他自己反倒不干活了。我一阵阵头晕，将瓷砖贴得歪七竖八，牙关咬得咯咯作响。

　　"没关系，习惯了就好了。"他在一旁说。

　　我流着冷汗，不断问自己：这到底是在干什么？

　　老石仿佛听到了我心里的话，就笑着对我说道：

　　"你是在重新学习嘛。你看这么久了你也没晕倒，我在帮助你打掉娇气呢。"

　　那天吃饭时来了很多同乡。他们垂着眼，显得很驯服的样子。由于长年吃不饱，他们个个看起来面有菜色。工头又变成了一头凶残的狼。他将双手背在后面，鼓着金鱼眼，手一挥一挥地向这些人训话。起先我懒得听，因为腿痛得厉害，我要赶快吃完饭去休息。后来我忽然听见他说到我的名字。

"这个老瑶是你们的同乡，你们以后就要同他共事了。他刚来的时候也同你们一样，什么都不懂，现在他已经变成老狐狸了。到了他这个份上啊，就是不干活，我们也要花钱养着他！你们好好在这里学习吧。"

工头的话让我哭笑不得。这时大家都将目光投向我，老民工们既疑惑又鄙夷；新民工们满心羡慕；厨师和工头，还有老石则像在看把戏。我一咬牙就站起来了，我的忍受力倍增，居然可以像正常人一样走路了。虽然还是痛得两眼发黑，我却可以机械地迈动脚步。我的背后响起一片惊讶之声。

"他是民工团的宝贝！"

工头的声音比谁都响亮。

我的伤口到今天也没有痊愈，但也没有更进一步恶化。正如它所给我的疼痛的感觉一样。发生变化的只是我的适应力。现在我已经把自己看作一个正常人了。有些重活我已经不能干，但我能够胜任的活还是很多的，所以工头也用不着为派我的活伤脑筋了。我的裤腿遮挡着伤口，别人看不出有什么异样。只是当风太大从伤口那里吹到骨头上时，我的全身就会发起抖来。

2003年6月21日于北京牡丹园

原载于《当代作家评论》2004年第2期

在城乡接合部

我终于实现了我的夙愿,从闹市搬到了现在这个城乡接合部。

已经有很多年了,我对闹市的生活厌倦得要命,一心只想寻一处远郊的房子作为最后的安居之地。退了休之后,我就像一条老狗一样嗅来嗅去的,想要找到合我胃口的地方。我不喜欢那些人太多的大社区,那会令我感到同住在闹市差不了多少;但我也不喜欢孤零零的一套住宅立在偏僻的地方,那样又太没有安全感了。那么就去找那些小的社区吧,人不多,但还是有一些人群居在一处的社区。我访问了五六个这样的地方,其结果总是失望。这些小型住宅区都有严格的管理章程,来客要登记,夜里十二点大门要上锁。要是在这样的地方住上几个月,人家就会把我的底细摸得清清楚楚。而且,我有夜间出游的习惯,有时到了凌晨还在外面。我住在闹市的大街上,房门打开就是人行道。难道我在闹市中间夜间出游可以不受限制,到了这里反而要被人监视了吗?越看下去,我对郊区的这些小型住宅区就越不满意了。它们给我一种"笼子"的感觉。市中心是一个大笼子,郊区这些小区则是一些小笼子。

我从本地报纸上看到一则报道,说的是一群同我有类似想法的业主组织起来,委托房产商在西郊的一座小山下造了一些廉价的楼房,这些楼房内部设施简陋,并且故意不搞统一规划,只是根据地形的便利东一栋西一栋的,乍一看去,就好像是当地农民砌的住房。这些散落各处的楼房虽然不在一个围墙内,但由众人合伙出钱雇了几个保安在住宅周围巡逻,加上当地民风淳朴,所以安全也没什么大问题。一般是一栋五层的楼住二十多户人家,出门就是鹅卵石的小路,一直通到大马路上,所以比较方便。

星期三一早我就坐公交车去西郊实地考察。西郊是比较荒凉的地区,没什么产业,农业人口也不多,只是近来零零星星地盖了一些住宅区。这些住宅区的居民大都是城里的"拆迁户"。政府搞开发拆了他们的房子,就把他们迁到了这里,因为这里地价便宜。我听说拆迁户对政府都是很不满的,但不满归不满,毕竟免费住上了新房子。进城不太方便,总算还有少量交通车。所以也没听说有什么大的骚动。他们的小区也显得脏乱,绿化也搞得不好,无所事事的闲汉一群一群地坐在那些一楼搭起的雨篷下面玩牌。当我快走到乡下的时候,眼前忽然一亮,我看到了我想要买的房子。山包下的绿树丛里出现了深灰色的屋顶,屋顶全是那种"人造瓦"盖的,也就是并没有瓦,只是做成瓦的形状。我至少看见了三栋这样的五层楼房。于是我又在周围看来看去走了一大圈，最后才按报纸上的地址找到了那个简陋的售楼处。

所谓的售楼处其实是一栋农民的房子。如果不是墙上的那几个字，没人会把它看作售楼处。房子破旧，屋前有一些鸡在灰堆里头"洗澡"，即使是我到了跟前，那些大胆的鸡也不挪动，反而用力将泥灰扇到我的裤子上头。台阶上有条大黄狗，见到生人也不叫，只是费力地睁了睁眼又闭上了——这是条快进坟墓的老狗。

我站在屋当中大声咳了几下，从里屋走出一位老农民。他穿着深蓝色的土布衣服，古铜色的脸上长着平塌的五官，他的一只手里拿着一个苍蝇拍。这屋里苍蝇很多，肆无忌惮地在空中横冲直撞。

"请问售楼处的工作人员在吗？"

"买楼的呀！"他哈哈一笑，往办公桌前坐下来，"你一定去周围看过了吧？你要什么样的楼？地点？楼层？"

他从抽屉里拿出表格，往桌上一摔。

"啊，我还没确定，先看看，先看看。"

"没什么好犹豫的，买这种楼房就是要打定主意……嗨！我告诉你啊，这种楼房不会再有了，政府不让盖，说是缺乏规划……嗨！你看，这是内部文件……嗨！"

说话间他已打死了四只苍蝇，他用拍子将死苍蝇从桌上扫下去。

我迅速地看了一下那份文件，抬起头来说：

"那么我就买吧。请您介绍一下情况,啊,我还没问您,您贵姓?"

"叫我老卢好了。不要问情况,你问不出什么的,搬进去就知道了。你从来没买过房吧?我一看就知道。城里面那些个售楼的人,最恶心,巧舌如簧,吸血鬼!幸亏你找的是我,要不你会被那些人害死!"

我心里拿不准这个人是不是有毛病,他为什么会有这种莫名其妙的义愤呢?只有两种可能,要么我碰上了一个诚心做买卖的人(现在这种人真是凤毛麟角),要么他是个骗子。看他那副朴实的、涨红了的农民脸,他似乎是前者。

"但是房子本身总得看看吧。"

"那当然!"他"啪"的一声打在我肩膀上,一只苍蝇掉在地上,"我和你说啊,房子是无可挑剔的,关键是邻居。"

"邻居?"

"是啊,这里的人不好相处,拿你打个比方吧,你只要搬来几天性格就会起变化,变得不好相处。这事我见得多了。现在就有一对老年夫妇,买了房不去住,躲在农民家里。"

"怎么会这么复杂?"

"我不知道,反正这个小区里的人,谁都不管谁。"

"那不是很好相处吗?"

"按道理应该是这样。"

"您还是带我去看一看吧,不看一看我怎么买呢?换了谁都不会放心的。"

"我不去,要去你自己去。出门往右一直走,四楼东边有一套。"

他将一串钥匙往我手里一塞,然后就回到里边房里去了。我拿了钥匙往外走时,就想起报纸上那则奇怪的广告。细细一想,在售楼处的奇遇也就算不得什么奇遇了,本来找这种地方来住的人就都是像我一样有怪癖的嘛。所以我,不但没有打退堂鼓的念头,还觉得找对了地方呢。

我在那条鹅卵石的小路上一直走到头,一个人都没遇到。到了屋前,我才放了心——里面是住了人的。虽然房门都紧紧地关着,但是各家阳台上都晒了衣服。有一个阳台上还挂了一只鸟笼,两只鸟在里头尖厉地叫着,一个农妇模样的青年女人出现在鸟笼下,她睡眼蒙眬地向外探了一下头就进去了。我听到房门关上的声音。

上到四楼东头,打开房门,便看见了小小的、简朴舒适的套房,格局设计得很合我的意。我在上厕所时忘了关外面的房门,我似乎听到有个人进来了。走出厕所,却又发现根本没有人进来。看来这里真的是"谁都不管谁啊"。像我这种老鳏夫,最喜欢的不就是这个吗?从前住在大街上,总难免有几个来往密切的人,他们喜欢来家里坐一坐,有时我也盼他们来,不过大多数时间却是不希望他们来打扰我。

厨房那里有一个观景台,站在那里可以看到远方的河流,这说明房子的地势是相当高的,这也正是我喜欢的。再仔细一看,我又看见了售楼处,售楼处的门口,那个汉子正在赶鸡,他把鸡赶得到处乱飞之后又进屋里去了。

客厅和卧室都很小,对于我来说正好,我既没有客人,家具也少得可怜。在这套房子里转了几圈之后我便产生了"家"的感觉，心里想着没必要再看其他的房了。还有一个细节要落实一下，下水道是不是畅通无阻呢？我走到厨房和厕所去察看时，又听到有人进屋来的脚步声，待我追出来，又是一个人都没有。这件事令我心里升出一丝不快，是不是人在这房里容易生出幻觉来呢？不过这时我又发现了这套房的一个很大的优点，那就是在进门的玄关那里有一个壁柜，壁柜与墙漆成同样的银色，拉手是隐进去的，不仔细看几乎看不出来。打开壁柜，里头十分宽敞，我心里大喜过望，因为我那些杂物都可以塞在里头了。一般的商品房很少设壁柜，大概是为了节省成本吧。就是这个壁柜使得我将我的不快全都忘记了，这说明我正是那种追逐"蝇头小利"的人。

回售楼处的路上我又站在那里看了看这栋房子。不知是巧合还是怎么回事，在挂鸟笼的那一家阳台上，那个青年农妇又向外探了探头。这一下我记住了，她是住在五楼西头。

"看清了吗？定了吗？带钱了吗？"老卢朝我吼道。

"我定了，就买那套。签合同吧，我一回去就付款过来。"

"哼。"他说，似乎并不高兴。

我仔细地看了合同，在上面签了字。他拿出章子，"砰！砰！"两下，用力盖在上头。

鲜红的大印上写着："美丽华房地产公司"。这个公司的房子砌得很有品位，为什么公司取了这样一个俗不可耐的名字呢？我又想起今天所见到的这两个农民模样的人，于是告诫自己：不要被事物的表面所迷惑。

老卢终于咧开嘴笑了笑。

"从今天起你就是山庄的会员了。"

"山庄?"

"是啊,我们成立了山庄俱乐部。这地方大得很,大家爱怎么瞎逛就可以怎么瞎逛,尤其是那些夜里睡不着觉的。好地方啊。黄伟!黄伟!"他朝窗外喊道。

我以为他叫售楼处的办事员,没想到进来的却是那条大黄狗。大黄狗立在那里,四条腿子颤抖着,随时要倒地的样子。

"黄伟受过大刺激,是我把它接到这里来安度晚年的。你注意到它的眼睛没有?它总在哭呢。你快走吧,你待在这屋里,黄伟的心里有很重的负担呢。"

我将合同放进手提包里,匆匆地离开了售楼处。

此地的空气很清新,天空碧蓝,鸟语花香。我走在鹅卵石的小路上,所有的烦恼和疑惑全消散了。有这么多的人住在这里,我还担心什么呢?我虽不知道此地具体的生活模式到底是什么,但别人能做到的,我也能做到啊。老卢说,这里的人谁都不管谁,这一点不正是我长久以来所向往的吗?自己追求的生活目标究竟是怎么回事,总得去实现它才知道吧。

在准备搬家的那些日子里,我的失眠症更厉害了。一天夜里,我从城东走到城西,在城西的小广场中间打了个盹,醒来时看见了黑鸽子。黑鸽子的数量很多,密密麻麻地将我围住。我怀疑这种景象是我的一个梦。月亮被一片乌云遮蔽时,黑鸽子就全部飞走了。我失魂落魄地往家里走,一路上都在想着老卢对我的告诫。清晨回到我住的那条街区时,我看见很多人都打开窗户朝我看,像看什么怪物一样。莫非我脸上的表情很吓人?

我搬家的前一天,我的同事马述来送行。马述送给我一个样子很普通的小收音机,说是我到了那边之后"一定用得上"。他坐在我的行李堆中默默无言,显出心灰意冷的神态。

"不过换个地方罢了,我们还要常来往。西郊并不是很远嘛。"我没话找话。他心不在焉地抽着烟,一会儿就起身告辞了。

送走他回到屋里,我将收音机装上电池试听了一下,发现什么电台都收不到,里头只有一片噪声。马述当然是不会骗我的,他是很少几个同我亲密来往的人之一。我把收音机放进箱子里,心情也变得沉郁起来。

第二天我就搬到了"美丽苑小区"的那栋楼房的四楼。搬家工人走了后我便开始清理。一边清理,我一边就感到了周围的环境有些异样。我来视察的那一天的平静消失了,代之以许多令人心烦的、说不清来源的细小噪声。这些噪声很怪,你越是不注意它们,它们对你的干扰越大;当你去捕捉它们时,它们的势头就大大减弱了,甚至可以说消失了。于是我像个傻瓜一样一轮一轮跑到阳台上、厨房里、房门外的楼梯间等处所去寻找它们。这种捉迷藏似的游戏持续了好久。那是些什么样的声音呢?我觉得很难形容。它们有点像生翅膀的微型昆虫,并不咬人,但停留在你的皮肤上拂之不去;不,也不完全像。我小的时候最怕鞭炮,邻家比我大六岁的男孩看见我路过他家就拿一串鞭炮在我眼前晃荡,这些噪声就有点像那种感觉;不,也不完全像。街上有一个小流氓偷走了我的雨靴,天天穿在他自己脚上从我门前走过，我一直想骂他一顿，但为了维护内心的平静一次次放弃了这个打算，那种情绪就有点像这些噪声在我身上的反应；不，也不完全像……当我胡思乱想之际，我的手触到了箱子里的一个硬东西。啊，那个小收音机!

我开始收听，里头立刻响起陌生的语言。是一名音质优美的男播音员在讲述，我一个字都听不懂。这是什么台的节目呢？我又将波段调来调去，但每一个波段都是这同一个节目。我对收音机是非常熟悉的，但马述给我的这个收音机不像是一般的收音机，倒像是个魔盒。我将它放在桌上，一边收拾东西一边倾听，我感到这些男女播音员对于自己的职业怀有少见的热情。听着这些深情的异族语言的讲述，不知不觉地，我就忘掉了外面传来的噪声，沉浸在一个有点古老又有点奇特的境界里头。我抬起头，看到有人没有敲门就进来了，是一个大头的小女孩。

"你在听'乡村之音'。"她尖声尖气地说。

"你知道这个电台吗？"

"这里只收得到'乡村之音'。我妈妈派我来监视你一会儿。"

她在我房里察看了一通，批评我的家具太难看，摆的位置也不合适。

"你是个男的吗？"她问。

"是啊。"

"男的都这样。"

"怎样呢？"

"很蠢嘛。我得回去做家务了，在你这里是浪费时间。"

她大摇大摆地走出去。我想弄清她住在哪里，就追出去。

我在门口朝西边看过去，哪里还有人影？照她消失的时间判断，她必定住在我的隔壁或隔壁的隔壁。经过这样一扰，我发现刚才听到的噪声已经消失了。可见那种声音也不是时时刻刻都有的，我绷紧的神经松懈下来。回到房里时，收音机里头已经在唱歌，女歌手在一个高音上头嗓子忽然哑了，歌声突然停止，接下去什么声音全没有了，就好像是收音机坏掉了一样。我拿起它来拨弄了一会儿，还是没有声音。大约过了半个小时，当我几乎把这事忘了时，收音机才又响起来——我刚才没关。里面仍是那个男播音员，播的内容也有点耳熟，莫非是同一个节目反复播？

　　清理房子是很烦琐的，所幸东西少，到下午就弄完了。我煮了一碗面吃过后，就打算午睡。上了床，还未入梦，就听到隔壁打小孩的声音——很像是刚才进来的那个女孩。大概因为打得凶，那女孩哭起来不要命似的，听了都肉麻。我想起她刚才说的她还要做家务，不由得设想了一下她有多么严厉的家长。也许是生地方，睡不着，在恍恍惚惚中休息了一会儿我就起来了。广告上说这附近有个菜市场，我是不是去买点菜回来呢？犹豫了一下，决定不去，今天太累了。

　　收音机停播的时候，外面的噪声又响起来了。不过这一次，远没有上午那么厉害，也许是习惯了吧。我下到一楼，站在屋前的院子里，那声音就完全消失了。这时我看见西头有一个老头从楼上下来丢垃圾，这个人居然戴着两只硕大的耳罩。如此奇特的打扮令我吃惊不小，同时在心里升起一股绝望之情。那老头丢完垃圾之后就一路小跑着跳上楼梯，敏捷得像年轻人一样。因为房里有讨厌的噪声,我决定到周围走一走,要是找得到菜场就买点菜。南边的小路风景很好,我就往那边走去。沿途有几栋农民的土砖屋,那些农民什么都不干,坐在自家门口聊天。我听说他们的房子都要拆迁了,他们就要变为城市人口。我还看到了另外两栋"美丽苑"的房子,一栋傍着小山,还有一栋在一个很大的水潭边上。

"我呀,我决不搬走!让推土机来碾死我吧!"

说话的是一个黑汉子,手里拿着大蒲扇坐在自家门槛上。他发现了我,恶狠狠地瞪了我一眼,我连忙加快了脚步。看来本地人对我们这些外来户积怨很深。住在这风景优美的地方,他们大概是不愿搬走的,会不会有恶性报复事件呢?

鹅卵石小路走完了,我来到了大路上,还是没有看到菜市场的踪影。路边有一个摆香烟摊的老太婆,我走过去向她打听。

"你是'美丽苑'的?刚来的?难怪你不了解情况。我告诉你,这里没有菜市场,先前是有的,后来就发生了农民在菜里面下毒的案子,市场就被撤销了。"

"那就没地方买菜了吗?"

"是啊,要进城。我听说你们每一栋楼专门雇了一个人去城里买菜。这里的菜不能吃。你到楼里问一下就知道了,有人管这事。城里人,可怜啊。"

她坐在太阳伞下面怜悯地看着我,好像我是个乞丐。

老太婆的一席话把我一路上的好心情全冲散了,我懊恼地往回走。

回到楼里,我就去敲一楼一户人家的门。敲了很久没人开门。我又转到西边敲另一家。这回门开了,一个肥胖的老年汉子一边摘下他的耳罩一边问我有什么事,他显得疑神疑鬼的样子,堵在门口生怕我进屋。

"我是新搬来的,向你打听一下采购蔬菜和肉类的事。"

"你把钱放在我这里,我去转交。"

"啊,麻烦您了。不过……"

"你到底买还是不买?"他愤怒地提高了嗓音。

"买!买!买!"

我连忙掏出钱交到他手里,他接过去就对我劈面关上了他的房门。这时我才注意到他房里有很多奇怪的声音,像是从好几个收音机里头分别发出来的。

回到家之后,我满心沮丧。我曾作过最坏的打算,那也只是邻里之间的冷漠,各顾各,或被别人小小地欺负一下之类。回忆搬家前后的这些情况,觉得这里简直是个狼窝,疏忽将会导致生命危险。刚才那老头显然也是怀有敌意的,我糊里糊涂就交给他二十元钱去买菜,等于是同他建立了某种关系。要是在城里,这种突兀的关系谁能理解得了啊。想着这些烦心事,屋内的噪声又开始逼人了,我连忙打开马述送的收音机。看来我也得像他们一样做两个耳罩戴上。

月光下,"美丽苑"周围的风景是多么迷人啊。尽管我知道此地不够安全,我也知道村民们对城里人所怀的敌意,夜间失眠之后我还是忍不住出游了。因为房子里头实在是没法待。这里的树林都很矮,远远望去,就像是天空下行走的绵羊队伍。附近有好几个深潭，水面泛出幽光。其中一个水潭里居然游着几只野鸭。在这深更半夜，居然有野鸭出游！可能它们同我一样也患了失眠症吧。我绕着有野鸭的潭边走了几圈就碰见了巡逻的保安。保安也是农民模样，腰里挂着一把手枪。

"青木叔，天气好，心情愉快啊！"他向我打招呼。

"好！好！你认识我？"

"怎么不认识，你大名鼎鼎嘛。你不要有顾虑，这里其实是很安全的。这是我的手机号码，有紧急情况你就打我的电话，我姓余。"

他将一张卡片塞到我的衬衣口袋里。小余是中等个子，显得很结实，笑起来有两粒金牙闪闪发光。

"我想打听一下每天的食品、蔬菜的采购问题，我刚来，什么都搞不清，也没处打听，真是困难啊。"

"你不要烦恼，习惯了就好了。米、面、日用品什么的，大路边的店里有卖。至于蔬菜和肉类，这可不好说了，要靠你们房主商量办法，派人进城购买。我很想帮你打听，但是现在我要走了，那边有一户拆迁的农民在叫我过去帮忙。"

"原来你还要为他们服务啊。"我不无讽刺地说。

"是啊，我是本地的农民，我又受雇于你们公司。我是有良心的，总不能忘本吧，你说对不对？反正，我不会让他们对你们下毒的！"

他说完就飞快地消失在旁边的树林里了。

潭里有一条很大的鱼在击水，那些野鸭吓得窜上了岸。有一个人在拉二胡，声音是从西边的农民的平房里传出来的，悲悲戚戚，令人伤感。想到是我们这些不速之客将这些农民从他们美丽的家园驱逐出去，我不由得十分内疚。听说他们都要集中居住在小山那边的一大片空地上。即使新房比他们原来的房子质量好一点，对他们来说意义也不大，因为家园已经失去了。这个保安小余，他获得了一份城里人的工作，可是在他的心底，会不会也藏着深深的怨恨呢？这时我回转身打量我住的那栋楼，我找到了它的位置，但我找不到楼房，它隐匿在黑乎乎的树丛里。那些人一定都戴着耳罩睡得很熟，失眠的只是我一个人。

我离开水潭，朝另外一栋"美丽苑"房屋走去，那栋房里头亮着几盏灯。

"你还在这里啊！"

小余从路边的灌木丛里闪出来，对着我大呼小叫。

"你的事干完了？"我问他。

"呸！什么屁事！不过是帮一个死人抹尸罢了。那人死心眼，非要死在拆迁之前，说是死给城里人看！你说，谁还敢住这种房子啊！青木叔，你不用怕，有我呢。那死鬼打错了算盘了。我这个人胆大包天，什么地方都敢去。青木叔，你告诉我，城里人为什么要搬到这乡下来呢？这里的人都说，是因为城里到处抢劫，夜里没法入睡，才搬迁到乡下来的。真有这事吗？"

他的脸在树的阴影里头时隐时现的，右手举着那把手枪挥来挥去，我真是担心枪要走火。我想同他拉开点距离，但他偏要凑上来，我还发觉他暗暗地将枪口瞄准我。这时，我本来已经有了的一点睡意跑得干干净净。这个人要干什么呀？

"小余，你对城里人如何看？"我忧心忡忡地问，也没有回答他的问题。

"我是欢迎你们的！你们来了，我一下子有了一份新工作，从此生活大变样！我是个有文化的农民啊，可惜我们这里的人都太愚昧了。你也看出来了吧，他们一点都不珍惜生命。"

我突然听到一声巨响，子弹正打在我脚边的泥土上，腾起一片灰雾。我好半天说不出话来，觉得自己马上要被暗算了。

"见鬼！见鬼了！"他大声嚷嚷，"这是什么枪啊，怎么会走火的，差点出人命案子了。"

"我要回去了，你走吧。"我愤怒地对他说。

他只好转过身往回走，一边走还不时回过头来对我喊：

"青木叔路上可要小心啊！"

"有事就打我的手机啊！"

"不要走到小区的外面去了啊！"

我的楼房里一片漆黑，我真羡慕这些房主。我摸黑上到二楼转弯的地方时，有东西绊住了我的脚，是一个什么动物。

"你要踩死我呀！"她尖叫起来。

原来是我见过的邻居小女孩。我弯下腰去扶她，她打开了我的手，怒气冲冲地爬起身。

"你怎么睡在这种地方？"

"我可没睡，我在等人。"

"等谁？"

"我妈妈。她去农民家里了，去和他们讨价还价。"

"啊？"

"你以后走路注意点。"她一本正经地忠告我道。

我一边爬楼一边想起那些阴险的农民。这个小区的人和农民们到底是什么关系呢？居然还可以"讨价还价"！一个女人也敢在外头走夜路，真有胆量啊。我进了屋，找出两团棉花塞上耳朵，又一次思忖着一定要做一个耳罩。

我睡不着，而外面天已经亮了，楼里有嘈杂的骚动。有人来敲门了。

打开门，看见地下有一堆菜，用塑料薄膜包着，走廊里却一个人也没有。莫非这菜是隔壁女人送来的？那是一个什么样的女人呢？刚想到这里，旁边房里又传来打小孩的声音，被打的仍是那个小女孩，那人打得很用力，大概是心狠手辣的那一种。

小女孩从房里冲出来，一只眼被打肿了。她在走廊上蹲下，用双手蒙住脸。那女人居然打她的眼睛，是不是后娘呢？为了避嫌疑，我转身回到了屋里。

一会儿打小孩的女人就来找我了，她也是给我送菜的女人。她有四十岁左右，肥胖、懒散、衣衫不整，眼皮耷拉着。她开口称我为"邻居"。

"邻居啊，你怎么会想到把房子买到这里来呢？这一步可走错了啊。"

"这里不是很好吗？"

"哼，那你干吗还要做耳罩啊？"她指着我桌上的布和剪刀。

"这……房里是有噪声，可是大家都住在这里，这是可以习惯的，是吗？"

"住在这小区的人都有血债，他们没办法了才住到这里来的。就说你托他买菜的那个男人吧，他有一个侄儿掉到井里去了。"

"同他有关系吗？"

"没有。但那是他侄儿呀。还有保安小余，他亲眼看见他弟弟用手榴弹炸鱼时炸死了自己，我刚来时，他逢人就讲这个故事。"

"这并不能算作他们的血债。"

"苗苗说得对，你的脑子太迟钝了。"

"我正要问你呢，你家苗苗这么聪明，你其实用不着打她的。"

"不打不成材啊。你刚才说我的女儿聪明吗？"她眼里闪出光来。

"我从来没见过这么聪明的女孩。"

"她什么事都是一学就会！"她更兴奋了，说着就往外走。

过了一会儿，我又听到她在打苗苗，惨叫一声接一声传来。我连忙将没完工的耳罩胡乱套到耳朵上，心里久久不能平静。

我想着这些事，心不在焉地往靠椅里坐下去。但我马上弹跳起来，一阵钻心剧痛向我袭来，因为我的屁股坐到好几颗图钉上头了。我将那些图钉一颗颗拔出，裤子已经被染得血迹斑斑。这不是我家里的图钉，一定是刚才那女人蓄意放在我椅子上的，她为什么要谋害我呢？就因为我的话不中听吗？我对着镜子用碘酒涂抹了伤处，又细细地回忆那女人进来时说的那些话。向镜子里苦笑了一下，我自言自语道：

"说不定我也是'不打不成材'的人呢！'美丽苑'啊'美丽苑'，我还不如把你叫作'魔鬼苑'呢。"

奇怪，镜子里头那个人一点也不悲愤，分明咧开大嘴在笑。

我吓得掉转头往卧室里跑，进了卧房还不忘闩好门。看来都是失眠惹的祸，我决定再试试看能不能睡得着。

因为在慌乱中弄掉了耳罩，我又听到了收音机里头的那个男声。我昨天明明关掉了收音机，怎么又被打开了呢？播音员的声音也不像往常那样中听了，而是有点嘶哑，有点急躁。忽然，他用我听得懂的语言声色俱厉地说：

"谁叫你来这里的？"

然后一片寂静。但两秒钟之后，这种寂静就被屋里的噪声淹没了。我的脑袋像要裂开一样，我连忙捡起掉在地上的耳罩将耳朵遮好。这下我真的要睡觉了。我躺下去，合上眼皮。这时我耳边响起小余的说话声，他似乎是站在屋角那里。

"青木叔，我又去帮一名死者穿了衣，那人出了车祸。早不出，迟不出……"

我很想抬起头来看他，但是我的眼睛怎么也打不开。他还在那里说话，说起那个死人的事迹。我很不想听，但还是听见了。听着听着我就迷迷糊糊的。小余却不放过我，他溜到我床头来，从上方看着我说话。他反复说的一句话是："生的快乐，死的考验。"我一点都不明白他说什么。后来他忽然又生气了，开始诅咒，还说自己巴不得某个人死掉。

这一觉我没睡多久，似乎是刚睡着就醒来了。所以醒来之后还是很不舒服。我到厨房里洗了一把脸，开始来为自己做吃的。城里采购的小洋葱头很不错，牛肉也很新鲜，我总算吃上了一顿爽心的饭，失眠的痛苦也随之小了一半。

他进来时有些愤愤的，说自己敲门已经敲了半个多小时了。我指着自己的耳罩向他反复解释。他是一个白胡子的干巴老头，是住在西头的一位教授，他让我称他为"教授"。

"房产公司杀人不见血！他们将我们骗到这种地方来，下一步就是把这里的环境全部破坏。他们已经把周围所有的地全买下来，又卖给一个采石场了。今后这里的树全都要砍掉，我们的房子就成了巨大的采石场边上孤零零的寡屋。老年的安宁从此与我们无缘。"

他悲愤地说完这一席话，眼巴巴地看我有什么反应。

我想要他坐下，他不肯。他的穿着很寒酸，领口油腻腻的；衣服上的一只口袋已经散了线，翻下来显得很难看；脚上的旧塑料凉鞋也断了襻。我想，他大概是个退休的孤老头子吧，和我一样。他太没有生活能力了。

"有没有人与他们进行谈判呢？"我问。

"他们根本就不见踪影！他们消失了，像从地面蒸发的水蒸气一样！这些个杂种！想想看吧，一生的积蓄，我们的退休金！"

"那就同他们打官司！"我也激动起来。

看见我激动了，他反倒又平静下来，用一双青筋暴突的手抱住脑袋，说自己此刻"绝望得要死""只有同那些人拼了"。

我很吃惊，这人是一个教授，怎么面对别人对自己的侵权却什么办法都没有呢？难道这个房产公司是一种地下黑势力吗？我问他关于这个问题。

"他们正是地下黑势力。"他一个字一个字地说，说完又抱紧了脑袋痛苦不堪。

我心里很烦，不想再管这些事，就撇下他到厨房里去忙乎了。待我忙完活儿回来，他还在房里踱来踱去的，口里叨念着什么。这个人很怪，他一点都不认为自己在别人家里对别人有什么妨碍。既然他是这样的人，我也就懒得管他了。

我在卧室里做针线活儿，他也跟进来了。他大惊小怪地称赞我，说我缝的耳罩"简直是个艺术品"。说着说着痛苦也没有了，提议同我一块去外面"视察视察"，以便"搞清我们在此地的位置"，后来他看出我在敷衍他，又不高兴了，说："你对这里的了解还等于零！"然后他就走了，将门摔得发出轰响。

我对于教授的举止不以为然，他把情况说得这么糟糕，但说到对付的办法，他就和一个粗人差不多，他的处世之道实在不值得效仿。其实他哪里有勇气和那些人去拼呢，说说罢了。我现在已经同这栋楼里的三个人打过交道了（加上小女孩是四个），我隐隐地感到这几个人有种共同的特征，那是什么呢？似乎是一种让你吞不进吐不出的东西。

门又被敲响了，还是教授。我强压住怒气，一声不响地放他进来。他举了举手中的鸟笼，一边往阳台上走一边说：

"这是你的福星，我要将它挂在阳台上。刚才我忘记这件事了。"

我抗议道，我这里没有鸟食，放在这里只有饿死。

但他一点都不担心，他平静地告诉我：

"大路边上的粮店里就有卖，它吃西米，很容易养。每个人家里都有鸟，住在'美丽苑'这种地方，怎么能不养鸟呢？不养鸟，谁又熬得过那些寂寞的早晨呢？"

他踩上凳子，将鸟笼挂上阳台的晒衣铁架。这时我才看清了那是一只很小的鸟，有点像麻雀。教授一下来那只"麻雀"就在笼子里发了疯似的又跳又撞，弄得鸟笼晃来晃去的，看来是一只烈性鸟。跳了约莫五分钟之后，那只鸟跌落在笼子内的夹板上，脚朝天，翅膀散开，大概快死了。我心里有点幸灾乐祸。教授却不这么认为，他一五一十地向我交代喂养的事宜，生怕我记不住。

教授出去之后小鸟果然慢慢活转来了，它挣扎着立起来，但身子还是歪向一边，它用一只翅膀支撑着自己。刚才它寻死的那股劲头，不正是像教授要同黑势力"拼了"的劲头吗？看来这鸟倒是对教授领会得很透彻的，也许它把我的家当作了黑势力。我同受伤的小鸟对视了一下，我感觉到它的警惕和疏远，也许我此刻强行靠近它的话，它就会一头撞死。

我来到路边的粮店买鸟食，买完鸟食出来又碰见了保安小余。

"青木叔养鸟了啊？好事情，好！这样就和我们打成一片了。养鸟是高尚的休闲活动。"

他还要多嘴，我就自顾自地走掉了。

我一点都不喜欢养鸟，但我也从来不杀生。既然楼里的人都养，教授又把它硬塞给我，我只好硬着头皮承担责任了。它看样子受了重伤，会不会死呢？要是真死了，我就什么责任也没有了，可我不愿意它为我而死。我从来没有关心过动物，此刻却反复想着家中的小鸟，看来我的改变不小。

又买了些日用杂货之后，我就急忙往家里赶。

上到四楼，又看见小女孩苗苗站在过道里。她正在吃栗子，眼睛上还留着昨天的青肿。

我从袋子里拿出两个杏子想送给她，可是我的手在半途停住了。我发现她眼神恍惚，似乎什么都看不见。于是我又将杏子放回袋子里。这时屋里的女人用刺耳的声音咒骂起来，她在骂小女孩。我又看了看女孩，我觉得她也听不见她妈的恶骂。我想，这个小孩一定有毛病。不过她剥栗子的动作倒是很麻利的。

我一开门，就听见小鸟在阳台上叫，它叫得凶狠、凌厉，我从未遇见过发出这种叫声的鸟儿，光听声音就好像它是一只很大的猛禽。我到了阳台上它还在叫，鹅黄色的喙张得意想不到的大，全身的羽毛都竖了起来。我将买来的西米放进笼子，又为它换了水，它就从上层跳到下层来进食。

"哈哈哈，你们合作得不错嘛！"

教授又进来了，我有点懊悔自己没有关门。

"关于黑势力的事，我现在有了一个想法，我觉得你可以吸引一些人，成为抵制他们的中坚力量。这是刚刚才想到的。"

"怎样抵制呢？我看不到前途，尤其是那些农民……"

"农民是我们的同盟！你已经同他们接触过了吧？多么好的人！多么高尚的品质！"

"他们似乎很仇恨我们。"

"对啊，难道你不觉得这正是他们的美德吗？他们要捍卫心灵的家园！让那些黑势力来吧，他们一定会一败涂地的。"

他突然变得这么乐观，简直莫名其妙。也许根本不存在什么黑势力，全是他的臆想。

笼子里的那只鸟吃饱之后就睡着了。我注意到教授的在场使它变得极其安静，看来他这个人还是很不简单的。这时他又问我是否去负责采购的老头那里表示过感谢了，我回答说没有。他说这种事必须表示一下感谢，不然我就会被他们误认为是怀有敌意的人。我问他该如何表示，他说只要说几个字就可以了，说多了反而会产生误解。

教授走了之后我就下到一楼去找那人。我敲了几下门，里头没反应，我又用力敲，里头就骂起来了。我一抬头，发现门上有个窥视镜，里头的那个胖老头一定通过它看见我了。难道真如教授说的那样，他已经误解了我吗？如果真的如此，我就非向他当面解释不可了。我又硬着头皮敲。楼上下来了一个女人，盯着我看了好久才走开去。我想，此刻我一定不要放弃，而且还得保持礼貌。我很有节奏地敲，隔几秒又敲几下。就这样敲了差不多半小时，胖子才来开门了。

"你这是干什么呢？事已经成定局了，再要挽回已经迟了。"

"我非常感谢您对我的照顾，特上门来道谢。"我毕恭毕敬地说。

"这事同我无关，是教授为你安排的，你去找他。"

"那么明天的菜您还能代买吗？"

"拿钱来！该死的！我真活够了！"他大骂起来。

我掏出菜钱，他一把抢过去，像上次一样对我劈面关上了门。

我走到这栋房子的前面，从阳台那里朝胖子屋里看。我看见胖子半躺在沙发上听收音机，两条腿架在茶几上，一副悠闲模样，同他刚才那副急躁的样子形成强烈的反差。突然，我记起了同事马述赠送我收音机时所说的话："你今后一定用得上。"他说这话时显得语重心长。从今以后，我就只能收听这一个奇怪的电台了。胖子听得懂播音员使用的语言吗？也许这栋楼里的人都懂，只有我一个人不懂？

傍晚时分，我在走廊里捡到了扔在地上的蔬菜和肉制品，大概又是隔壁女人扔在我房门口的。我手里拿着菜，站在原地发起愣来。我感到同屋的人其实是关注着我这个新来者的一举一动的，不知道他们是不是在试探我。这里的一切都是反常的，就比如说马述送给我的这个收音机吧，匣子上面的开关并不起作用，喇叭到一定的时候就会发声，而不管我是否装了电池。同样，它也会自动停播。时常，当我被屋里的噪声弄得忍无可忍的时候，它就会突然自动加大音量，凌驾于所有的声音之上，给我带来某种缓和。

"我遇到困难了。"教授趿着鞋，垂头丧气地朝我走来。

"我的鸟把我赶出了家门，我没料到会有这种事。"

我问教授到底怎么回事，他挥了挥手，似乎不愿再谈及。我注意到他头发上有些鸟粪。

他跟我进了房，站在房里长吁短叹的。一直到我做好晚饭他还没走。

我只好邀他吃饭，他倒不客气，拿起筷子就吃，看来饿坏了。

"你养了多少只鸟？"我问。

"一只。你问这个干吗？"他瞪我一眼，"这是我的私事。"

吃过饭，收拾好厨房，天已经黑了。教授还没有要走的样子，我有点担心起来。

"我不是对你说过要弄清自己在这个地方所处的位置吗？我们出去转一转吧。"

他一提出这个建议，我心里就轻松起来。刚才我还生怕他待在我房里不肯离开呢。

教授把我带到一栋农民的小土屋前面，我从未来过这里。他说要领我进去同主人喝酒。我没料到他会同农民保持着这么友好的关系。

我看见灯光下有三张紫铜色的脸，那三个汉子都十分健康，他们都穿着同样的白布褂。教授进去后，他们就朝他微微一点头，而对我，他们视而不见。这使我有点尴尬。

桌子上摆着一堆古铜钱，铜钱上满是绿锈。教授告诉我，这些铜钱都是刚从后面的一口潭里捞上来的，年代很久了。当教授说话的时候，三个汉子都侧耳细听，显出警惕的神气。我们站在房里，他们也不请我们坐下，似乎在等待我们做出什么表示。

教授因为趿着鞋，屋里又很暗，他往后面房里走去的时候就绊倒在地了。我连忙要过去搀扶他，可是一名汉子挡住了我。

"让他自己爬起来。"他阴沉着脸说道。

教授努力扶着墙站了起来，这时那名汉子才松开了我。

我发现绊倒教授的原来是一个人，那人极为矮小，是一个没有腿的男人，他正坐在地上抽烟。我又听见他在笑，他发出的笑声就像蟋蟀叫一样，使我心惊肉跳。

"你休想轻轻松松从我面前过去。"那个小人尖声说道。

教授尴尬地对我说：

"你看，我又得罪了一个人。"

我随教授穿过后面那间房，来到一个小院子里。院子里关着很多鸡鸭，一种同鸡鸭生长在一起的极细小的蚊子咬得我几乎要暴跳起来。从我们站的地方看得见前面屋里那几个汉子，现在他们正站在窗前打量我们。

"妈的，到了这里也逃不脱监视。"教授小声嘀咕。

他突然一转身又往房里走，我们回到了前面房里。这时我看见桌上的那一堆铜钱已经被收起来了，没有腿的男子坐在那几个汉子中间，脑袋靠着墙，正在打瞌睡。

"如果你不同他一起来，我们倒是愿意同你喝酒的。"一名汉子开口说。

"他是我的邻居。"

教授说话时从背后捅了我一拳，我不知道他要暗示我什么事。

"他是一个白痴。"汉子反驳道。

后来我们就出来了。教授没喝成酒，心里很怨恨我，说："我怀疑你真是一个白痴。"我就问他是怎么回事。

"难道你没看见桌上的古铜钱吗？这种机会不会再有了！这一家人，包括那矮子，是属于本地一个古老的家族的。你在城里根本接触不到这样的人。"

"那又怎么啦？"

"我问你，你城里住得好好的，干吗搬到这里来？"

"图个清静呀!"

"那只是表面理由,真正的理由你自己都不知道。所以你要听我的。"

我从心里觉得他的确说得有道理。这个老头子,趿着一双鞋,硬扎的短发向各个方向乱糟糟地张开,在月光下看起来显得很滑稽。但我还是不明白他到底要干什么。我出来时,教授说是要带我去弄清自己在此地的位置,刚才发生的事同那有什么关系呢?

"郊区的农民是你的最好的老师。"

"你是说那矮人吧?"

"所有的农民。"

我们在路上碰见了保安小余,我看见小余掏出枪,瞄准教授开了一枪。我差点吓晕了。但是教授一点事都没有,我们就要走到那口深潭边上了。

"你刚才看见小余了吗?"我试探地问。

"他算不了什么,他只是一个打杂的,你不要把心思放在他身上。"

我们在潭边的石块上坐下来。这里很好,风大,没有蚊子。教授说这口潭马上就要被填掉了,建筑公司的黑势力没人能阻挡。

"农民们怎么办?"我问。

"他们会捞出他们的古钱,随身携带,混迹于闹市。这种隐蔽的把戏他们几百年以前就十分精通了。"

潭里响起水声,我以为是那些大鱼,但是过了一会儿,有一个人从我们旁边上岸了。

教授说他是那几兄弟中的一个，正在干捞古钱的勾当。这时教授又要我仔细倾听。我听到了二胡的声音，哽哽咽咽的，像女人哭坟。

"你是不是天天失眠啊？"他问我。

"是这样。我每夜都得出来走。"

"这很好，有利于你弄清真相。"他十分郑重地说，"我们所在的地方近些年成了黑势力的范围，这些黑势力是有古老的根源的。就比如说农民们吧，他们当中原先就有黑势力，近来有死灰复燃的迹象。"

"你是说小余吧？"

"小余算不了什么，打杂的。我说的是那个矮人。你知道刚才他是用什么东西绊倒我的吗？"

"什么呢？"

"眼镜蛇。那三兄弟都很爱他，所以是受他控制的。"

"真可怕。"

"还有'美丽苑'的居民，他们也在向黑势力靠拢。我觉得我就要顶不住压力了。"

教授有时出奇地坚强，比如面对保安小余朝他开枪，那种冷静的确少见；但有时，他又十分脆弱，比如对黑势力的态度。我感到他此刻说的是真话。那么，他到底是坚强还是脆弱呢？他是要抵制黑势力，还是要同他们打成一片呢？我并不了解教授的身世，所以看不透他。

"你先前在什么地方教书啊？"

"我？我从来没教过书，我的工作是帮人打抱不平。你刚一来，我就盯上了你，我想，你心里一定有天大的冤屈，我要帮你打抱不平。这下你明白我为什么要跟着你了吧？要是没有我，你在这世上会多么的孤单啊。"

　　他的这一席话也许是胡话，但还是令我有点感动。但他完全不是一个令人感到亲切的人，我总觉得他性格有缺陷，并且我也不太理解他对我的感情。莫非这个人早就认识我？他要为我打抱不平，多么奇怪啊。

　　周围的黑暗越来越浓了，不时地，我会产生幻觉，恍惚觉得旁边这个人就是我在农民屋里看见的小矮人。他站起来的时候身子晃了一下，似乎要跌进潭里去，但很快又稳住了自己。我们下到了大路上。

　　"伪装成白痴是最好的办法，不要让农民们看透了你。"分手时他对我说。

　　我上到四楼，用钥匙打开门，这时西头传来凄厉的鸟叫声，应该是教授家的鸟。

　　我很快坠入了黎明前的黑暗，搬来之后第一次睡得很香很香。中途也曾被鸟叫吵醒一次，不过马上有一个矮人过来将我的脑袋枕上一个又大又柔软的枕头，并轻轻摇晃那枕头，于是我立刻又入睡了。

　　这是我搬到"美丽苑"的第七天了。我坐在桌旁喝茶，戴着耳罩。我还是听得见那只鸟在阳台上诅咒我。它的声音又凶又烈，只能解释为诅咒。自从它住到我这里来之后，它就没有发出过别样的叫声。现在倒是屋里那些无处不在的噪声，我已经渐渐习惯了，有时不去注意，就仿佛不存在似的，只是老戴着耳罩不太舒服。

隔壁的女人向我诉过一次苦。那是在走廊的窗前，对着一轮暗红色的落日。她显得垂头丧气的，她的一只脚跋着一只拖鞋，另一只脚就那么光着。

"邻居啊，你看我怎么办啊。我是一个小业主，丈夫死了之后我就卖掉店子，搬来这里。本来期望和女儿一起过一种平静的日子，但现在一切全乱套了。我不是随随便便就到这里来的，我经过了深思熟虑。我已经四十岁了，我早就打算要改变自己的生活，可是到现在还没有准备好，这是怎么回事呢？你也是过来人，有没有什么经验可以给我借鉴呢？"

"你有一个了不起的女儿啊。"我答非所问，为的是提起她的精神。

"女儿！是啊，这可是我唯一的安慰了。我打算今后一切都听女儿的呢。"

"那太好了，那孩子是一颗福星呢。"

"真的吗？真的吗？你这样说，我要好好地祝福你！一定！可是，唉，我明天该干些什么呢？我感到自己被困在这栋楼里动不了了。你瞧，我连头都懒得梳。我一定是出了问题，不然我不会这么眼前一片漆黑。有时候，我连苗苗的声音都听不到了。"

搬来这么多天，我还从来没有见过她这么伤感。因为同情她，我差不多都要忘了她虐待女儿的那股凶狠劲了。突然，我对直望过去，看见一楼的那个胖子站在楼梯口那里向我招手。我向女人道了声歉就往那边走去。胖子将我拖到楼梯的暗处，竖起食指要我别出声，他一边推着我下楼一边凑近我小声说：

"那个女人是杀人犯，你千万别同她接近。"

这个胖子，以前对我那么不耐烦，连我的面都不愿见，怎么一下子这么关心起我来了呢？

"我有责任防止这栋楼里发生任何凶杀。"他又说，"一个丈夫都敢谋害的女人，什么事做不出来呢？她要不来这里倒好，一来这里，就什么全披露出来了。"

"这是什么原因呢？"

"哼，这种场所，谁不知道谁的底细啊。看看每家阳台上的那些鸟就明白了，全都是串通一气的！鸟一叫，人心就被提了起来。难道你不是这样吗？"

"倒也的确如此。"

他指着三楼东头的一张门告诉我说：

"这里头住的是一对制假酒的夫妻，如今几乎不怎么出门，他们养的鸟叫得最凶。"

"女邻居的女儿会不会有危险呢？"

"你说苗苗啊。过去那桩事是合谋，母女合谋，你明白了吗？那小孩简直是个小妖精。"

他把我推进他的房里，我看见里面有几个神色不安的人站在那里。

"这些人都是你的邻居，二楼的老汪、三楼的屠夫和理发师。"

胖子介绍他们时，他们都显出忸怩的样子。

"谢谢各位为我采购食品和蔬菜。"我说。

那三个人显出吃惊的样子,你看着我,我看着你,问道:"他在说什么?"

胖子一把将我拖开,斥责道:

"你胡说八道些什么呀,你这个耐不住寂寞的傻瓜!"

这时那三个人都出去了。因为没戴耳罩,我被屋里的噪声弄得难受极了。胖子继续斥责我说:

"你刚才说的那些蠢话将我们'美丽苑'的秘密全都泄露出去了,你从来就是这样喜欢信口开河的吗?"

"我没想到这会是秘密。大家都知道我们去城里采购的事啊。"

"这并不等于可以乱说,尤其是初次见面的人。你知道每天是谁给你送菜吗?"

"我猜是隔壁的女人,除了她不会有别人了。"

"你没看到她吧,这就是我们这些人的作风。不管怎样,你就是看不到那个人,你只好瞎猜。有些事,不可以挂在嘴上说的,这下你明白了吧。"

胖子已经将身体埋到宽大柔软的沙发里头去了,他的腿架在茶几上,耳朵里塞着收音机的耳机。他把我叫到他家里来干什么呢?先前不让我来,现在又莫名其妙地把我叫了来,不知道我在他眼里到底是个什么人。

"收音机里面总是只收得到一个台。"我大声说道。

他扯掉耳塞,瞪了我一眼,哈哈大笑起来。

"你的同事马述,他把你看得很透啊。"

"马述？你认识他？"

"当然啦，你的收音机就是他从我这里拿去的嘛。"

"你和教授也早就认识吧？"

"不要提他，他是我的死敌。就因为他是我的敌人，前两次我才不见你。他的那些鸟，差点要了我的命。后来看见你同那女人谈话，我才改变了主意。你往后面房里看一看，那里有一个你认识的人。"

我探过头朝那里一望，便看见了那个没有腿的男人，他正在聚精会神地打磨一枚铜钱，他的身子旁边有一堆那种铜钱。我走过去，他朝我抬起头，显然完全没有认出我来。我听见阳台上的小鸟在猛力扑腾着，发出凄厉的叫声。忽然，矮人说话了。

"不管白天还是夜里，工作都不会停止。"

我俯下身去问他在说什么，他没有理我。我看见他的右手一用力，铜钱就在他手里碎成了几片。他扔了那些碎片，又拿起一枚布满绿锈的古钱币。屋里的气氛因为这个矮人而更压抑了，我实在受不住，就往外走去。我经过胖子身边时，看见他已经在沙发里头睡着了。

走出胖子的家，我深深地感到，这些城里人介入村里的事已经很深了，真实情况到底如何，远非我能想得到。这个叫"美丽苑"的小区建立起来并没多久，他们却这么快就同本地人打成一片了，我搬来之前发生过什么呢？会不会"美丽苑"的住民同这里的村民早就是亲戚，所以才想到来这里安家？如果真是这样，那就只有我一个人是外人了，他们之间从来就是钩心斗角，又沆瀣一气的。回想教授的举动，也似乎同这个猜测是相符合的。

在我看来，没有腿的矮人是一个可怕的家伙，不过胖子和教授并不怕他，他们似乎都清楚他在乡下人当中的地位。然而我还是心里不放松，本来我还要到外面走一走的，一害怕我就回家了。

现在我坐在桌旁喝茶，心里还是惦记着矮人的事，猜测着他是否已经离开胖子的家，心里七上八下的。外面下起了大雨，这是我搬来后第一次下雨。大雨使空气中溢满了泥土的腥气，我不由得伤感起来。这些农民，这些大地的儿子，到底是我的朋友还是我的敌人呢？他们会不会在我夜间出游的时候收拾我呢？

"久违了！久违了！"

一顿乱敲门之后，售楼处的老卢从门外挤了进来。

"你的日子过得很滋润啊。鸟喂得怎么样了？"

"鸟？还好。"

"鸟是个关键。我告诉过你这里的人不好相处，我的话没错吧？你只要养好鸟，事情就会顺利。你隔壁这一家，阳台上养着一只秃鹫呢，她呀，天天喂羊肉给鸟吃。"

我发现老卢居然穿着一双草鞋，裤腿上沾满了泥巴，因为外面下大雨，他的那双大脚都被泡得发白了。

"这么大的雨，你还出来啊。"

"这个地方嘛，越是下雨越不安宁。刚才一路看过来，有人在水潭里捣鬼！"

"是捞那些古钱币吗？"

"那只是虚晃一枪罢了，他们是在破坏小区建设呢。我先前也是农民，他们心里想些什么我都清楚。"

"你先前是农民啊。"

"这有什么奇怪的，连开发公司的总经理也是农民。他呀，提起开发的事就痛不欲生。他非常热爱他的家乡，前面那个水潭是他原先每天游泳的地方。你可不要让你的鸟吃肉啊，不然你的性情就会变得同那个女人一样。"他朝隔壁努了努嘴。

老卢不顾自己一身的泥就要往我铺上坐，我连忙弄了块旧布给他垫上。他说我这里很安静，他想休息一下。我问他听到噪声没有，他笑起来，说那种噪声是从自己心里发出来的，因为私心杂念太多了。他又说凡迁居此地的人都听到来源不明的噪声，只有本地人不受影响。

"你没想过到水潭里去躲一躲吗？"

"怎么躲？"

"蹲在水底下，杂念就全消除了。我的家就在前面，门口栽着臭椿树的那一家。现在那里面已经搬空了。"

我问他要不要将湿草鞋换掉，他听了我的话一下子就蹦起来，说他忘了大事了，然后就急匆匆地出去了。我从楼上看见他的身影消失在大雨里头。

教授就站在我的门口，他也在从楼上看老卢，还"嘿嘿"地笑个不停。

"这就是我同你说过的黑势力，他们把土地卖给了采石场。"

小女孩苗苗也出来了。苗苗缠着教授要他再送她一只鸟，教授敷衍着她。突然她一低头，在教授手臂上用力咬了一口。教授发出惨叫，她却飞快地跑回家去了。那手臂立刻肿了起来，惨不忍睹。教授口里咕噜道："真是比眼镜蛇还要毒啊。"

我连忙从房里拿出碘酒来为他消毒。他沮丧不已，一迭声说道:"我快死了。"他说着话眼皮就打架,身子也往地上倒去。我看见他手臂上的伤口变黑了,莫非女孩真的是眼镜蛇?我用力把他抱进房,放在我床上。外面的雨还是那么大,小鸟在笼子里发出凶险的叫声,我浑身冒汗,心里烦得不行。我收拾了一下,打算等雨停了再去粮店。

我走在鹅卵石的小路上时,苗苗从后面追上来了。我立刻警惕起来,将我的双手插进裤袋里。但苗苗并不靠近我,她同我隔开有一米多的距离。

"你把老爷爷咬伤了。"我说。

"我在帮他的忙,他身上有毒,要发出来。我妈妈也咬我,你看!"

她将袖子捋上去,举起一只赤裸的胳膊,那上面满是吓人的疤痕。

"好看吧?"她得意地问我。

"一点都不好看。"

"你这个胆小鬼。"

她鄙夷地撇了撇嘴。我问她到哪里去,她说她跟着我是要保护我。

我买了大米和面粉出来,看见她还在门口等着,很严肃很专注的样子。我顿时感到这个小女孩非常可怕。好多天了,我一次也没看到她同别的孩子一起玩过。也许"美丽苑"除了她以外没有别的小孩。我把心里的想法对她说了。

"苗苗,你不想同小孩们玩吗?"

"哼。"

"即算你不想玩,你也要放松一下自己啊。"

"哼。"

"被你咬伤的教授爷爷,一定痛得很,他连话都说不出了。"

"瞎说!"

她倔强地鼓着腮帮子,气呼呼的样子。我发现这个小女孩的前额特别狭窄,头发差不多生到了眉心,这使她的面貌有点像猩猩。由她的面貌又想到她的母亲,那女人也是生着这种额头,只不过性格没有苗苗这么固执罢了。

上楼的时候我对她说:

"你看,我用不着你保护。你这个小孩啊,太多虑了。"

她一声不响地跟在我后面。我一关上我的房门就听到隔壁传来惨叫和家具翻倒的声音,这一次有点非同寻常,就连昏睡的教授都被惊醒了。他黑着一副脸,用那只好手揪住我胸前的衣襟,阴沉地吼道:

"你早上竟然忘了给鸟喂食了?你这个白痴!"

我走到阳台上,一眼看见那只鸟掉在地上,已经死了。教授弯下腰捡起它,小心翼翼地放进笼子,回过头来对我说:

"同伴的呼唤会治好它心灵的创伤。"

他这样一说,我果然听到了鸟叫,全栋楼的鸟都在叫,叫得十分吓人,就仿佛是鸟类的末日要到了一样。我用一个指头探了探我的鸟胸口的羽毛,发现它还在呼吸。教授将他的手臂举到我眼前要我看,手臂已经消肿了,留下一个梅花形的伤口。我十分吃惊,为什么是梅花形呢?他说苗苗刚才这一咬,使得他的抗毒能力大大增强了,他从心里感谢这个小孩。但是他对她的母亲的印象一点都不好,他将她比作一条蚂蟥。

"这种早熟对于苗苗来说很不利,你说呢?"

"我也有这个感觉。"

"真是心有灵犀一点通啊。"

他一高兴,将鸟的事也忘了,拉着我去厨房给他做吃的。我并不想同他搅在一起,可现在事情成了这样我也只好由它去了。他又对我的厨艺大呼小叫,说这是他所吃过的最合口味的饭菜。他想以此来满足我的小小的虚荣心。

我不愿他待在我家里,就向他提出去外面走走。他瞪了我一眼,说:

"老卢那家伙还没走远呢,我可不想同他碰面!这个黑势力的干将啊,现在热衷于同我作对。我采取的是以柔克刚的办法。即算他可以征服我,他也不能征服这些鸟。鸟一叫,他就得两眼翻白,全身抽搐。我告诉你一个秘密:这栋楼里的鸟儿全部是我赠送给大家的。先前我住在街上的时候啊,专门用一间房子来养鸟呢。"

说起鸟,似乎又触动了他的心思,他要我到他家里去看他的鸟。

他家里出奇地脏,到处臭烘烘的,家具也没几样,又破又旧。老旧的架子床上坐了一个和教授年龄相仿,衣衫褴褛的老头,他说那人是他的亲戚。他的房子倒是比我的大得多,有三个卧室,可惜每个卧室都是乱糟糟的。

阳台上的鸟是一只喜鹊,看样子已经受了重伤,身上血迹斑斑的,闭眼躺在笼子里。

"它呀，有时会变成猫头鹰！"教授夸张地说。

这时他那个一身很臭的亲戚也过来了。他不知趣地揪住我的衣角，低下头去辨别我的衣裳的布料。他身上发出的臭气不是一般的臭，那种臭似有若无，但猛一闻到几乎要让人跳起来。也许尸臭就同这类似吧。教授不知怎么看出了我的心思，他拍了拍我的肩说：

"你不要小看了我这位兄弟，他当年从废铜里炼出过金子呢！"

看过了鸟之后，教授对于鸟又漠不关心了。他同那亲戚两人挤眉弄眼地一唱一和，说要好好帮助我，尤其是在日常生活方面，因为我"太幼稚了"。说着话那亲戚又过来捏我的手，他身上的恶臭弄得我像抽风一样一跳一跳的。看到我的表现，亲戚又很不满意，对教授说他还从来没见过像我这样幼稚的人，年纪一大把了，居然这么喜欢撒娇。教授目不转睛地瞪着我，声称他早就看出我这个弱点了。

"所以他才会有一肚子的冤屈啊！"教授嘲笑地说。

我喝了教授给我泡的茉莉花茶，也许茶里头有安眠药，我一会儿就睡眼蒙眬了。我躺在有破洞的藤沙发上头，每当要入梦，就听见恶鸟"哇"的一声大叫，把我吓出一身汗来。但我又并未全醒，仍然挣扎着要入梦。我上方的两个黑影一直在争执，他们似乎是要对我施行一种剖腹的手术，他们是两个外科医生。但我忘了我是因为什么病要做手术的了。我心里焦急，希望他们的争执尽快达成统一，好对我施行麻醉，这样我就可以入梦了。他们偏不，似乎对于他们来说，争执下去更有意义，做不做手术倒无所谓了。我感到深深的失望,我想冲他们喊一声。

凌晨回到家中,戴着耳罩躺在卧室里,我开始回忆。这次搬迁在我一生中到底意味着什么呢?我的初衷是想寻一处生活得更为自在的地方,由着自己的性子度过最后十多年或二十多年,这个目的达到了没有呢?城市就在东边不远的地方,如果凝神细听,甚至听得到进站的火车鸣笛的声音。我在那里头生活了六十多年,那里有一栋四层的灰色楼房,现在已被拆除,几十年来我每天都去楼里上班。我在梦中都记得楼梯扶手上面有一个显眼的节疤,那节疤正在三楼转弯处。我的家在临街的平房里,这样的位置是我这个失眠者痛苦的根源。住在那种地段的痛苦的失眠者还能有什么样的梦想呢?我是一个有行动能力的人,将梦变成现实是我的拿手好戏,于是就有了今天的结果。这个戴着耳罩也难以得到安宁的"美丽苑",也许正是我追求的理想之地。一切烦恼和不适,都是因为我还不能与这个新的境界融合为一体,因为我脑子里充满了排斥的念头。早年我半夜里在大街上疯走之际,脑子里最为渴望的画面,正是这种城乡接合部的两栖生活。我不是一个农民,我正在将自己的思维方式改造成农民的方式,这就注定了我必须历经磨难。在此地,即使是一个小女孩,她的思维方式也远比我这种人复杂。我同周围人的关系越深,他们就离我越远,这似乎是不能改变的规律。

昨天深夜我上床之后难得地睡着了,但那睡眠是多么短促啊,简直只有一眨眼工夫!是那只冷酷的小鸟将我吵醒的,凶恶的叫声令我毛骨悚然!这只鸟就像住在我的心灵深处,它又像一个警铃,每当我要松懈,它就一阵狂响,将我弄得六神无主。有时我觉得,这不是一只鸟,而是教授本人。如果每一家都有他送的鸟,那就说明他控制了每一个人。他,还有他那恶臭不堪的亲戚!但是那些农民并不服从他,他甚至还要讨好农民们。想到这里,我又猜测起教授的身世来了。专门替人打抱不平的人究竟是何种类型的人呢?有一点是肯定的,教授绝不是那种可以冲锋陷阵的爽快人。他的打抱不平的方式别具一格。但那究竟是一种什么样的方式,我到现在还难以说出来,总之既不是迂回的,也不是循序渐进的,而是有点像一团乱线,越扯线头越多。

我被吵醒之后只好又起来外出游荡。在外面,夜晚仍是那样美丽、静谧。这样的夜,使人觉得到处都蕴藏了新生的契机,同闹市中半夜空旷的大街正好相反。在城里夜游的时候,我脑子里只有一个颓废的念头,死寂的街道在我脚下发出空洞的回响。而现在,单单一口水潭就可以令我浮想联翩了,更不用说那些纸窗内传出的二胡独奏。我在此地是一个外人,但我心中有热情,我一心希望加入到这个复杂的小社会里头去,成为他们当中的一员,同城里的那些单面人比较起来,这里的人确实是很有意思,他们激起了我的好奇心。这些一点都不可爱的人现在正牵着我的鼻子走。不论是养鸟的教授、帮我买菜的王胖子、隔壁的母女,还是保安小余、售楼处的老卢、农民家的三兄弟和矮人,全都是我不曾打过交道的类型。他们在我生命的这个时段出现,莫非真的如教授所说,是来帮我的忙的?

鹅卵石的小道延伸到很远,忽然,我看见一群白色兔子在前方横过这条路,跳跃着消失在旁边的桃树林里。深更半夜,是哪里来的家兔呢？它们一共有十多只，雪白的，比一般的家兔体形要大一些，跑起来很矫健。一会儿保安小余就匆匆赶来了，问我看到兔贩子没有。我说只看见一群兔。他舒出一口气，放下心来。

"青木叔啊，我被你们楼那个教授害苦了。离这里不远的地方有一处工棚，是属于我的职责范围。可是教授从城里骗来一个羊贩子，说这里有人收购绵羊。我们以为他真的有羊，跑去一看啊，原来是兔！他和他的兔住在工棚里，工棚已经被糟蹋得不成样子了。这是我们公司采石场的工棚啊！"

我暗自思忖：果然是采石场啊。

"我想尽了办法才把兔贩子轰走。你刚才只看见兔没看见人，那就说明那人已经落入我们的圈套了。我现在真轻松！"

月光下，清风吹着，桃树林低语着，但保安的这一席话却给良辰美景赋予了险恶的意味。兔群又在我的视野里出现了，这一次是在小山坡上。小余用手枪瞄准，我赶紧闭上眼，一声巨响过后，兔群已经不见了。小余冷笑一声对我说，还没有人逃得过他的枪法，因为这他才被选中来当保安的。

"尽管蒙头大睡，有我在，这个地区什么危险都没有。"

我却对这个动不动就开枪的家伙害怕极了，在心里叹道：真是黑社会的作风啊！不过话说回来，我不是正如他说的，直到今天还好好的，并没出事吗？

"青木叔，你看那水潭边坐的是谁？"

我看见了一个小孩的身影。

"那是答叔，没有腿的那一个。他今夜一直在那水潭里来回潜泳,那是一口锅底潭,村里只有他一个人可以潜到最底下。捞上来的东西稀奇古怪的。"

"答叔是你们村最老的村民吗?"

"这个……我不清楚。我们从不关心别人的年龄,尤其那些上了年纪的。如果你去打听,他们是要发怒的。我想,也许一百五十岁,反正不会超过两百岁。"

"他真是相当老了。"

"他并不算老!"小余争辩道,同时又举起手枪朝我比画。

一会儿我们就走到了水潭那边。离开好远,小余就痛心地喊了起来:

"答叔啊答叔,你可不要想不开啊!你转过头朝东边的山坳里看一下吧,太阳快要出来了呢。千万不要撇下我们!"

矮人一动不动地背对着我们。我觉得小余在演戏,他的语气为什么那么焦躁呢?

我本想靠近答叔,小余将我拖开了。

"千万不要打扰他,历史正在折磨他呢。"

"什么历史?"

"村里的历史罢。那些人说得对,你呀,真是太幼稚了。"

他一不高兴,就不愿和我同走了,他掉头往回走去。忽然,我看见山坳里真的出现了太阳的半边脸,我真是吓坏了,因为现在才刚刚半夜呢!不过这个太阳并不发出强光,有点像什么人放在那里的一个灯笼,仅仅照亮了那一块地方,其他地方还是黑黝黝的。我记起小余刚才对答叔喊的那些话,原来他说的是事实。被"历史事件"所折磨的答叔,他看见了这个太阳吗?看见了又怎么样呢？我想象着没有腿的矮人在水底下游来游去捞取东西的情景，不由得感慨万分。这些村民，内心原来有着如此的重负，真是难以想象啊。所有那些古代的遗留物，他们是通过什么途径得知的呢？回忆我自己的一生，也并非缺乏观察力和思考力，而且我还很善于总结人生的得失，但这一切如果同农民们相比较，立刻就显出其浮浅，即使同"美丽苑"的居民相比，也差得太远。是谁说过我要到潭底去待着？我忘了。我不会游水，要是掉进水潭必死无疑，说话的人怎么就没考虑到这一点呢？当然也有可能这里的水淹不死人，就如同小余的子弹打不死人一样。我听见那把二胡的弦断了一根，这时那暗红色的太阳跳动了一下，又升高了一点，周围的黑暗使它呈现出惨淡的意味。

我从来没有走到小山后面去过，今天夜里我下决心要试一试。夜色正浓，鹅卵石的小路泛出白光，显得清晰可辨。这条路一直延伸到远方，然后分岔。我顺着它走，就可以到达山脚下。也许那里已超出了安全范围，不过我来了这么久，除了看见小余举枪瞄准人之外，并没见到过什么谋财害命的事。我现在甚至认为这里比城里还要安全得多呢。这里的村民没有物质上的需求，他们考虑的完全是另外的问题。此刻我的好奇心占了上风。

没多久我就走出了小区的范围，鹅卵石的小路不见了，看来它只属于"美丽苑"。脚下没路，大概是一片长着草丛的平地，但是远方山脚下的房屋里竟有一盏灯，这使我兴奋起来，加快了脚步。

我走到那面前才发现这是一幢很大的瓦屋，准确地说是好几座房子用走廊相连。房里的人似乎都没睡觉，从纸窗上的身影看起来他们在里头忙着什么活儿。我还未进去就有条黑影从旁边闪出来拦住了我。

"你不可以进去的,里面正在发瘟疫。"

"我怎样才能到山背后去呢?"

"朝你的来路往回走。"

"你在骗我吧?"

"我只能说这么多了。"

巨大的木门发出痛苦的吱呀声,那个人进去了,从里面闩好了门。

周围没别的路,我只能往回走了。我走了没多远就碰见了矮人答叔。答叔一动不动地坐在荒地里,并不想搭理我的样子。

"答叔啊,我怎样才可以到山背后去呢?"

"朝来路往回走。"

我没找到鹅卵石的小路,当我在荒地里一直走到天终于亮了时,才发现自己已经置身于闹市的农贸市场了。许多人将我推来搡去的,我费了好大的力气才离开了人流,躲到一个卖盐鸭蛋的摊位后面。

"青木!青木!你这个傻瓜!"

是马述,他满头大汗地挤过来。

"我送你那个收音机匣子,本来是想让你断了去那边的念头,没想到你还真的去了。你怎么能这样行事呢?"

"怎么了?我坏事了吗?"

"我们都认为你是去送死了,可你还活着!你在城里的房子,我设法替你留下来了。我老想这件事:说不定哪天青木就回来了呢。你告诉我,你是怎么走回来的?"

"到底出了什么事?我只不过搬了个家,你就说我去送死了,还说回不来了。你把你知道的全部告诉我吧。我一直在走夜路,累得要死,你说我的房子还留着,那么我们就到那里面去休息吧,我的眼睛都要打不开了呢。"

回到我原来的家,坐在那些新买的家具中间,我等着马述开口,但我还没来得及听他说完第二句话就入梦了。在这个住了几十年的家中,我睡得像死过去了一样。

这一觉醒来已是夜里,马述已经走了。梨木书桌上放着他的笔记本,里头用秀丽的蝇头小楷记述着这样的内容:

城乡之争
——马述手记

日益向周边扩张的城市在当今终于遇到麻烦了,这麻烦来自那些穷乡僻壤里的原住民,也就是农民们。事实上,城市里的居民多少年以前都是世袭的农民,这些忘了本的人如今已不再有能力返回过去的状态,这就是不可逾越的鸿沟形成的原因。既然城市与乡村势不两立,那么,乡村城市化有无可能实现?如有可能,将如何来实现呢?

创造奇迹的只能是我们自己。在我们城市,就有这样一批勇敢者自愿地结成同盟,在城市西郊的贫困地带建立了一个自然小区,自己成了小区的住民。然而融合的过程是非常恐怖的,看起来几乎是不可能的。它绝不是温情脉脉的握手,反而是笑里藏刀的陷害,甚至谋杀。毒鼠强的事件刚刚过去不久,蔬菜上面的有机磷又显示了巨大的杀伤力。一轮接一轮的死亡洗礼使得"美丽苑"小区笼罩在虚幻的迷雾之中,获胜的农民们甚至向世界高声宣扬:土地只能属于世袭的使用者。那些日子里,深邃的水潭如油锅一样翻滚,灌木丛里到处是雪白的绵羊。

记叙到这里断掉了,不知是作者卖关子呢还是他没来得及写下去。此时在我的心里,原来朦朦胧胧的那些猜测变得清晰起来了。原来在不知情的情况下,我加入了一场非常复杂、难以说清的战斗。要命的是我不知道自己在战斗中属于哪一方。也许,按自然划分,我应该属于"美丽苑"的住民一方,但我又分明感到这些业主对我是排斥的,至少也是十分戒备的。不仅我本人,就是我周围的人,比如保安小余,比如老卢、胖子,他们的立场界限在我看来也很模糊。没有硝烟的战斗是一场什么样的战斗呢?两派之争的确存在吗?还有,我的同事马述又是怎么回事呢?他住在城里,却好像对"美丽苑"那边的情形了如指掌。他送我收音机时真的认为我是去送死的吗?我又回忆起我是如何从本地报纸得到小区建设的消息的情形。很显然,"美丽苑"的居民和建筑公司都想要吸引众人的注意力,他们采取登报这种方式,既避免了与公众直接接触,又将他们的行动展示于大众。如果直接向人去介绍"美丽苑"的建设方案的话,便会有数不清的令人尴尬的问题提出,而那些问题没人愿意回答。但一登报,那些有心人就会按他们的指引前去体验了。比如我,就是这些有心人当中的一个。

我等着马述回来,等了一上午。这期间有几个邻居发现我回来了,便进来同我寒暄。不知怎么,他们显得很羞怯的样子,都不愿谈及我的搬迁这回事,只是一个劲地说:"回来了就好,回来了就好。回到城里做事心里有底。"我告诉他们我只是暂时回来待一待,也许明天还要返回郊区的住宅去。他们都显出不相信的表情,大约心里认为我在吹牛。坐了几分钟,他们就站起身来告辞,告辞时也不邀我去他们家里坐,就好像忘记了礼节一样。

中午的时候马述回来了,一进门就向我宣布说:"那边已经处理好了。"

我问他是怎么回事,他说:

"你可以心安理得地在这里住下去了。"

我一听急了,说我并不想心安理得地住在城里呀,我还是要回"美丽苑",那地方虽有缺点,但比城里好。我又问他是怎么处理我的房产的,他说已经转卖给隔壁的女人了,还说那个小女孩已经把笼子里的小鸟拿走了。我一方面不相信,认为他撒谎,另一方面又气愤已极,问他有什么权利处理我的房产。我可是有房契的,那上面签着我的大名。

"我没有权利吗?"他反问道,"你还不知道吧,我就是'美丽苑'的开发商,我从事这种类似的开发已经有好多年了。因为我身兼公职,所以只能暗中操纵。那是我的房子,我要给谁住就给谁住!房契也是我印的,你虽买了,所有权还是归我。"

我半天合不拢张开的嘴。过后我心里暗想,我们这里真是藏龙卧虎之地啊。我又记起刚才那些邻居都是有心事的样子,有可能他们也是身兼二职，心系两地，这世上什么怪事没有啊。

于是我就留下了。头一天夜里，我顺着那条街一直走到尽头，走到城乡交界之处。我在那个地方看到了凄凉的夜景：河水拍打着长满荒草的堤岸，河的那边有很多农民的土屋，土屋里黑黑的，没人在夜里点灯。也许那都是些空屋了。

我在市场转悠之时，遇见一些面熟的人，我不记得他们的名字了，他们的脸黑红黑红的，手脚粗大，很像农民。

原载于《花城》2004年第3期

单身女人琐事纪实

人的一生总难免有一些这样那样的社会关系，就连述遗这样的单身老太婆也不例外。述遗的社会关系有三条线：一条是彭姨，这个女人是她三十多年的同事，她俩一起进纺纱厂，一起学徒，一起成为熟练工，成为老师傅，后来又一起退休。现在彭姨就住在述遗后面那排平房里头。另一条线是老卫，老卫是纺纱厂的工会主席，三十多年来对于述遗的私人生活一直有着毫不减退的窥视兴趣，他在生活上也比较照顾她。还有一条线是述遗所在街道的垃圾工小廖，他每天傍晚将述遗的垃圾收走，述遗每月给他三块钱。就是这三条线将述遗牵制得牢牢的，使她不至于游离于社会的圈子之外。

述遗所住的是一套独门独户的、一室一厅的平房，位于那一大片宿舍的前面。多年以前，这里还未修宿舍，倒是修了一个保管室，两个保管员坐在里头，管理那些机器零件、修理工具之类。随着工厂规模的发展，宿舍修建起来了，保管室也迁走了。分房子的时候，述遗提出来要住这套原来是保管室的房子，她的要求立刻得到了批准。实际上，没人愿住这套空房。这房子一来不是新房，二来造型难看，住在里头会有种与众人不合群的味道。于是厂里的一个工人用一桶石灰水将保管室的墙壁胡乱刷了一遍，又在泥巴地上倒了一车三合土，用力拍平，述遗就搬进去了。别人搬家都要大放鞭炮，述遗搬进保管室的时候，老卫也替她放了一小挂鞭炮。述遗最怕的就是鞭炮，她将门关得紧紧的，所以她的搬迁一点喜庆的气氛都没有。不过那时大家都在张罗着搬家，除了爱管闲事的老卫，谁也没注意到她。那一次，在老卫离开后，述遗坐在散发出强烈的石灰水味的空荡的房里，对自己今后的生活似乎有了明确的看法。她的房里空空的。一般来说，作为老太婆，总有很多舍不得丢的纪念物品，比如一个小马凳啦，一把破油布伞啦，几口铝锅啦，几只盛满旧衣服的竹篾箱子啦，几盏台灯啦，一些瓷器啦，等等。但述遗没有这些东西，她的房里连本日历簿都没有，她也从不纪念什么事情。她的全部的家什就是一张床，两只旧皮箱，一张小方桌，两只板凳，一套厨具。碗柜里的碗一共有六只，两只饭碗、两只菜碗、两只汤碗，另外还有两个碟子。如果不是彭姨常来提醒，述遗恐怕连年月日都搞不清了——她的收音机多年前就坏掉了。

　　按照彭姨带来的和她自己从外界获取的信息来计算，述遗知道自己已经五十六岁了，这就是说，她已经退休六年了。时常，她呆呆地注视着纺纱厂那耸入云霄的烟囱，记不清三十多年里，她究竟在那种地方经历了一些什么。总的来说，她认为那是些激情的岁月。在那些岁月里,她也时常头脑发昏,苦苦地追求过一些莫名其妙的事物,她甚至还有过好几次短暂的恋爱。机器的轰鸣,看了令人头晕的纱锭,湿漉漉的车间里的空气,对于当年还年轻的述遗的伤害倒还不那么大。有时做完夜班,她还可以不睡觉,和男朋友一块去看电影。但随着年龄的增长,述遗的身体就渐渐地垮了,后来她竟一次又一次地昏倒在机床旁。她发病的那个时候,已不再有任何男朋友。因为她的病,大家对她的看法也不太好了,认为她"没用"。在多次原因不明的昏倒之后,她终于被调到了保管室工作。脱离了潮湿的、嘈杂的环境,每天又可以按时睡觉,一段时间之后,述遗就恢复了活力。不过这种恢复是私下里的,她小心翼翼地掩饰着,免得别人看出来了之后眼红,去提意见,导致她重回车间。平日里,她总是穿一套黑衣黑裤,头发随随便便散乱着。在食堂吃饭则一个人悄悄坐在角落里,免得别人发现她有旺盛的食欲。她也隐隐约约听到一些议论,似乎是说她一个单身女人,又无负担,每月的工资怎么吃得完,一定存下了好多钱之类。调到保管室之后,她和同事之间的关系就恶化了,好像每个人都在孤立她,挑她的刺,向领导打她的小报告。有几个女的还曾挑衅地对她口出粗言,想激怒她闹起来。还有人甚至故意在小道上挡住她的路,搞得她上班迟到。那个时候她住在集体宿舍里头,这一类的骚扰总令她头疼。

　　退休之后,述遗是真的成了一个闲散的人了,她必须安排好自己的日常生活,而这对于她来说,就是松紧适度地将那三条线抓在手里头。开始的时候她曾遇到很大的阻力,因为她企图从社会关系的束缚里头解脱出来，获得平静的老年生活。也许是由于操之过急吧，她在短短的时间里就得罪了彭姨和老卫这两个老相识，他们先后声称她"发疯了"，并说要同她断绝来往。后来她才知道，所谓断绝来往，并不是真的就不来往了，反而是比以往更密切地注视她，想方设法为难她，给她制造生活上的不方便。比如老卫，就擅自将述遗的名字列入了工会的一个小组，那个小组里头全是退了休的、热心于公共事务的积极分子。入了那个组就得每月向大家报告自己所做的社会工作，并领到一笔额外的津贴。由于津贴是与工资一起发放的，述遗如果不去参加那种报告会，就领不到工资。再说她也从来没参加过社会工作，又怎么好意思要那份津贴呢？大约过了半个月，述遗还没去领工资，也没人给她送来，她开始有些担心。又过了好些天，她简直如坐针毡了。有一天，彭姨上门了，述遗将她当作了救命稻草。

"照我看，这老卫绝没有什么坏心眼。他可是一个少有的好人，如今世上像他这样的人已经不多了。可是你是如何对待他的呢？他关心了你这么多年，你现在却想把他像废抹布一样扔掉。换了我，这种事也是想不通的啊。"

"现在有没有什么办法可以补救啊？"述遗眼巴巴地问。

"这种事是不好补救的，这不是一般的事啊。你伤了老卫的自尊心呢。"

彭姨人长得很胖，坐在述遗的小房子里身上一阵阵地喷出热气，述遗感到有点呼吸不畅。那一天，彭姨说了很多话，她越说，述遗脑子里就越黑，身子也完全瘫软了。

述遗不记得这件事后来是如何解决的了，她也懒得去回忆。反正最后的结果是，她装得没事一样去财务处领她的工资，而财务处的人也像没事一样把她的工资交给了她，一句多余的话都没说。但是经历了这一场风波之后，述遗从心底认识到，想要摆脱社会关系的想法真是一个极大的错误，一种幼稚病。认识归认识，述遗照旧犯错误，后来她又得罪了老卫和彭姨好多次，每次他们都给了她相应的教训。但是述遗是那种"好了伤疤忘了痛"的人，并不因为有了教训错误就犯得轻一点。于是日子就在磕磕绊绊中消磨着，她想要的平静生活总是达不到。多次反复之后，述遗终于发现，与外界发生冲突的原因其实在她自己身上。是她自己总想改变一点什么，她太不安分了。而对方，只要发现她有某种变革的念头，立刻就会兴奋起来，然后悄悄地，给她一下迎头痛击。

自从多年前那种原因不明的眩晕病好了之后，述遗就再没有患过其他疾病了。她甚至可以声称自己"身体很好"。为这一点她沾沾自喜。然而天有不测风云，从昨天下午起，她感到自己身体里面起了某种变化，倒也没有什么过多的症状，唯一的症状就是怕水。当时她吃完了中饭去洗碗，她的双手刚一接触水就剧烈地刺痛起来了，她连忙用干毛巾擦干了手，心有余悸地回忆是否做错了什么事。没有，这几天她没有出门，也没接触过什么能引起过敏的物体。她又尝试用温水洗碗，结果还是一样，连骨头都痛起来了。这一下她害怕极了，展望一下今后的生活，简直是两眼一抹黑。要是这病好不了，她不是只好像野人一样过活吗?

　　思来想去地辗转了一夜之后,述遗决心上医院了,这是她三十年里第二次上医院(第一次是那回发眩晕病,没检查出任何原因)。上医院首先要找老卫批一个付款委托单,所以一大早述遗就到了老卫家。老卫的家在纱厂里头,财会室的那一排平房的末尾,进去是个三室套间。述遗在门口敲了好久,老卫和他老婆才从后面房里走出来,两人都揉着眼,显然是刚从床上爬起来。

　　述遗结结巴巴地说完自己的病,老卫就完全清醒了。他眉开眼笑地凑到述遗眼前,好像还要来抓她的手,述遗连忙闪开了。

　　"老述啊,这种病,不是一天两天好得了的,你一定要多同组织联系啊。"

　　老卫的老婆也尖刻地在一旁帮腔:"不要那么高傲。我们这些人,一生里头哪能没个难处?"

　　她斜睨着述遗,显然对她鄙视已极。

　　述遗气得头发昏,抬起脚就走。没想到老卫和他老婆一齐追了出来,一人抓住她一只胳膊,拖着她往财会室走去,挣也挣不脱。

　　也不管她一脸紫涨,老卫一路数落下去,一直到进了财会室,他还在唠唠叨叨地说起述遗不热心公益事务的事。他老婆则下死力掐述遗的胳膊。到述遗拿了付款委托单回到家,她发现自己的胳膊已经被掐得青红紫绿。她坐在家里思想上斗争了好久,最后决定还是去医院。

　　一跨进医院的门诊部她就看见了老卫那张马脸。

"你的事情,我实在是放心不下,所以就来了。你想想看,你要是失去了这次机会,谁还能来拯救你呢?你已经五十多岁了,各种各样的可能性也不多了,你考虑过这一点没有?要好好想想啊。"

这一次,述遗倒不那么讨厌老卫的唠叨了,心底里还隐隐地有点感动似的。

她进了诊疗室,那油头滑脑的医生左问右问,要她叙述她日常生活的细节,她一开口讲呢,那人又爱听不听的样子,还粗暴地打断她,不时插问些怪问题,比如:她每天睡觉时,头朝哪个方向?她出门时,家里有没有来过贼?她究竟对自己的生活有没有信心?述遗被这个一身长得圆溜溜的医生惹恼了,高声说:"我答不出你的问题。你直说吧,我这病还能不能治啊?"

她刚说出这句话就看见老卫在门口探了一下头。她明白了。

"像您患的这种病,又有什么药可治呢?"

医生不住地摇头,最后在处方上给她开了一大包阿司匹林,吩咐她说,不到万不得已的时候,不要去服用它们。

后来他竟然站起来送她出门。述遗纳闷地想,坐了半天,医生的诊室里怎么只有她一个病人呢?

老卫显得很兴奋地陪她去拿药。

"医生是你的亲戚吗?我觉得那人不可靠呢。"述遗说。

"是我的本家。年轻有为的孩子嘛。你要是不想吃药,就只有住院一条路了。你想想看,孤孤单单一个人住在医院里,尤其是黄昏那一段时间,该有多么难熬。"

老卫说话的口气,就好像他比医生还内行一样,述遗皱了皱眉。拿了药走出门诊部，述遗的目光停留在破旧的住院大楼上，看见病房的窗户上一律装着很粗的铁条，不由得大大地惊讶了。自己怎么从来没注意过这些病房呢？

老卫瞟着她，得意地微笑着说道："你呀，从来没有尝过住院的滋味吧？"

回到家里述遗就服了药。阿司匹林一会儿就使她满头大汗，她换了衣，到床上躺下睡觉，蒙眬中感到体内的炎症正在被药物的效力所击退。

述遗并不是吃了药病就好了，而是过了好久，当她几乎就要适应野人的生活时，那病突然就消失了。那段时间里，她成天被各式各样的臭气熏着（自己身上的以及她弄脏的什物散发出来的），精神到了崩溃的边缘。当她为了采购而不得不出门时，她就尽量选择外面人少的时候溜出去，买了东西又尽快地溜回来。这期间老卫还来过一次，老卫对她屋里的异味一点感觉都没有，站在房里高谈阔论，谈的全是关于她的病，还将水池上的自来水龙头开了又关，关了又开。述遗听着那"哗哗"的水响，脸都白了。述遗每天都担心彭姨会来她这里，房里实在太臭了，她没脸见彭姨。幸亏那会儿彭姨走亲戚去了，很长时间都没回来。

夜里，述遗将自己想象成一只穴居的、身上有毛的小兽。她甚至将所有的被子都堆到床上，堆成洞穴的形状，然后钻进去。这种演习使她挨过了好多失眠的夜晚。半夜的演习使她的胆子变得大了起来。她走到宿舍区那边去找了一架小梯子，然后背着梯子来到屋前放下，顺着爬上去，再揭开那些瓦，坐到了屋顶上。月亮的清辉洒在她身上，还有风。述遗感到自己身上的皮肤变得清洁了，脖子上那些疙疙瘩瘩的垢也不见了。她记起从前曾听人说过有一种光浴，难道这就是？她将裤腿卷到大腿那里，摸了摸自己的腿，还真是又光滑又洁净。

折磨着她的瘙痒症也好了。下半夜，她一觉睡到了天亮。

她是被外面的敲门声闹醒的。

"病好了之后就应该有种新的世界观。"老卫看着她说道。

她很狼狈，自己披头散发，家里乱七八糟，到处是污垢，床上被子也没来得及叠。她挡在门口想阻止老卫进去。老卫做了个手势，示意她让开，然后不由分说地进去了。他那张马脸阴沉沉的，他叉着腰站在屋当中说：

"宿舍区一早就有人来向我报告失窃的事，我一听报告就哑然失笑。深更半夜搞活动的人还能是谁呢？老述啊老述，我们生活在这样一个世界里，任何一个不经意的举动都会引起连锁反应，这一点你该深有体会了吧？你的病，其实也是我们每一个人的病啊。你想想看，一架轻便梯子，就引起了这么大的骚乱，真是整个宿舍区都沸腾了啊。"

"你尝试过光浴吗？"述遗问道。

"哈，你说光浴呀，我天天做呢。我，是这方面的专家。"

老卫骄傲地在屋里走了一圈，然后一屁股坐在述遗的方桌上面，晃荡着两条瘦腿。他似乎被什么念头折磨着，尽管他举动大模大样，言语惊世骇俗，那念头却使得他的身体虚无化了。述遗感到他的身影变得朦朦胧胧的，头部与身子被门外的一束光截成了两段。他还在很激昂地讲话，一只多毛的手举在空中一挥一挥的，述遗听不清他在说些什么，只觉察到他大发脾气了。

"小心公愤!"最后他说。

他一离开,述遗饭也顾不上吃就开始搞卫生。这就像一项没有尽头的工作,一直忙到晚上都没能完全清除掉屋里的污垢。述遗一边工作一边恶心,就好像是在洗自己的胃一样难受。她不断问自己:为什么她不能相信光浴呢?到底还是一个庸俗的老太婆啊。歇下来的时候,她又忍不住到门外去看看,这一看吓了她一跳。

月光下面,赫然立着那架梯子。老卫不是明明已经叫人将梯子搬走了吗?怎么又回来了呢?她不敢再爬上屋顶了,她就立在梯子的半腰,又一次体验光浴的滋味。下面墙根那里有哭声传来,她仔细往下看,却没有看到人,那哭声隐隐约约的。述遗想,她白天也许不该洗澡的吧,现在已经体会不到光浴的神奇了。而昨天夜里,身上的每一寸皮肤都曾发出过轻微的炸响,连头发都一根根竖立起来了。有人突然在梯子下面对她讲话,她紧张得差点从梯子上掉下来了。

"您都已经快要活到头了,还不肯悠着点。我们这些个年轻小辈,应该如何来同困难作斗争呢?"

她终于看清了,说话的是垃圾工小廖。小廖的一边脸似乎肿得厉害,是不是被什么人打了呢?

"小廖,刚才是你在哭吗?你的脸怎么啦?"

"不要管我的脸,这是我自己弄的。我,经常像这样。"

述遗从梯子上爬下来,向小廖凑过去,小廖立刻向后面一跳。

"难道你对你的工作不满意吗?这年头,有份工作就不错了。"

"我怎么会满意呢?你想想看,成天就是收垃圾,要是有一家的垃圾没收到,他就会去厂里投诉,我的饭碗就要掉。我被这些人赶过来赶过去的,都快发疯了呢。我们小人物,也会有痛苦是不是?所以我就来这里哭了。"

小廖隔得远远地对她讲话,述遗感到他的眼睛紧盯着自己。这个青年每天来收垃圾时述遗都热情地招呼他,有时还请他进屋喝杯茶。平日里,他显得小心谨慎,进了她的屋连眼睛都不敢乱望,所以述遗万万没想到他有这么复杂。但是她自己,的确也没有什么话可以忠告他的,不能因为自己年纪老些就冒充自己有经验啊。她想了一会儿,最后不着边际地说:"这地方庙小妖风大。"

他听了这句话就兴奋起来,接口道:"啊,您也有这种感觉吗?我还以为只有我一个人这么看呢。您把话说到我心上了!我是一个有责任心的青年,这些人啊,非要把我往死里赶。说来您可能不会相信,就在上个星期,有人故意将香蕉皮扔在墨黑的过道,害得我仰面摔一大跤,他们倒躲在门背后哈哈大笑。我本来是可以反抗一下,不收他们的垃圾的,但我还是收了。我现在好懊悔啊。"

述遗很想安慰一下他,可只要她向前走两步,他便后退两步,就仿佛她是一个鬼一样。述遗虽对他并无兴趣,还是微微感到受了侮辱。于是她放弃了安慰他的企图,直截了当地问他需不需要帮忙。

他立刻忸怩起来,连声说"不要不要",并且又后退了几步。

"那么，你要我站在这里听你讲下去吗？"

"不不不，我从来不在乎我的话有没有人听。要您站在这里听我诉苦？那可不敢当。我不是那种有权力的人，您不要把我放在心上，不过一个垃圾工嘛。"

述遗进了屋，将门用力关上。这时外面的哭声又响起来了，还夹杂着倾诉的声音。她在床上躺了很久，终于伴着那哭声昏昏入睡了。

她一点一点地将屋里收拾得干干净净了，这种干净却并不能让她心安，反倒有种做贼似的惭愧。只有彭姨对于她重返正常生活表示欢迎。彭姨说，述遗的生活其实是由老卫来安排的。她说："一个大厂的工会主席，日理万机啊。"述遗就问彭姨小廖是怎么回事，彭姨吩咐述遗千万不要多理他，因为他"一肚子怨气""随时可能出事"。

彭姨坐在她房里，很不安的样子，时不时地站起来走到窗口那里去张望。述遗心里想，是不是她的婆婆又来了呢？五十多岁的彭姨有个七十八岁的婆婆，述遗见过那老女人好几次。她住在乡下，一年里头来儿子家住几回。婆婆来了之后，就要同彭姨吵架，然后就动起手来，将彭姨打得鼻青脸肿。彭姨从不还手，每次都很响亮地哭，她的丈夫老培也同她一道哭。婆婆个子小巧，梳一个巴巴头，两边额上长年贴着黑膏药。这么一个看上去风都能吹得倒的快入土的老婆子，怎么会有那么大的力气来打人，而大胖子彭姨居然还被她打得鼻青脸肿，这事始终是个难解的谜。但彭姨似乎并不怨恨她，还自嘲地对述遗说自己"抗打"——也就是能经受击打的意思。述遗知道彭姨是个很厉害的女人,年轻时还敢徒手捉蛇呢。

"你在那里望来望去的,是望你婆婆吧?"

"那老不死的说好了今天要来的,我担心她脑子不行了,认不出路。"

"不可能吧,那种人到死脑子都乱不了。"

彭姨笑起来,离开窗户走回来,站在述遗对面。述遗打量着这张熟悉的胖脸,真有点感慨万千的味道。她又记起那天夜里,自己外出迷了路,围着一个池塘转了又转,都快发疯了。当时是彭姨的呼唤让她找到了回家的路。年轻时的彭姨,像一朵开放的鲜花,比起述遗来有大得多的能量。即使终年在轰鸣的机器旁穿梭,她脸上的两团红晕也不曾消退。那个时候,谁想占她的便宜是很难的,她敢怒敢骂,打起架来出手又快,到处寻衅闹事,就连述遗都吃过她的亏——她可不顾及朋友的脸面什么的。彭姨性格的根本改变是在她结婚之后。倒不是说她丈夫老培有多大能耐,可以改变她的性格。那老培其实是个老实人,不论遇到什么事全要彭姨拿主意。有一天述遗去找彭姨,看见彭姨被关在自己家的门外。她站在那里,彬彬有礼地敲门,敲了又敲。述遗上前去问她发生了什么事,她就转过身来,悲伤地告诉述遗说,婆婆不让她进屋了,今后应该如何过,她一点主意都没有。述遗一开始还忍不住要笑,后来就相信了她说的是实情。述遗所了解的彭姨,是一个从来不服任何人管的女子,现在她居然服从了她的乡下婆婆,那里头一定有人所不知的硬道理。那是一个什么样的老婆子呢?述遗很想留下来看一看,但彭姨不准,她命令述遗离开，要她"少管闲事"。"这种事，谁也帮不了我，她是我的煞星，我早就知道。"她说。述遗一个月之后才见到这位"煞星"。梳着巴巴头的老婆子不仅控制了彭姨和她丈夫，还把他们支使得团团转。彭姨总在反抗，而反抗的结果又总是服从。述遗惊讶地观察着她，不知道她是根据什么原则行事。

"她要是走丢了，你不就解脱了吗？"

彭姨瞪着她，好像根本听不懂她的话。随后她弯下身去，捡起一只年代久远的拖鞋，拿在手里端详。

"你啊，不论什么东西在你这里全保存得好好的，想丢也丢不了，是吗？不过，你一定要警惕垃圾工。"她说话时两眼盯着拖鞋发了直。

"小廖？很好的小伙子嘛，为什么要警惕？"

"不要被那种人迷惑，他会把你的脑子搅乱。述遗啊，我们俩一起出走吧。"

述遗同她相识后的三十多年里，她曾无数次提出这个建议，但一次也未实施过。这些年她已经不提了，现在忽然又提出来，让述遗有些好笑。

"去哪里呢？"

"我也在考虑这个问题啊。去哪里呢？"

彭姨的目光涣散了，表情变得像小孩一样。她举着拖鞋，凑到窗口去端详，好像要从那里头找答案一样。这个时候述遗才想起来，那只拖鞋先前是彭姨送给她的。当时彭姨刚结婚，而述遗已成了大龄女青年。彭姨对她说，今后她和她见面的机会会少得多了，所以送她这双亚麻编的拖鞋。"看见它们就像看见我一样。"她说。这么些年,述遗很少去穿它们,一般是放在床底下。当然她俩见面的机会也并不比从前少,彭姨就是这种爱夸张的人。

"是没地方可去啊,我不过说说罢了。"

"是啊,你说了这么多年了。"

"刚才说的小廖,他收了多久的垃圾了?"彭姨又问。

"十多年了。先前在厂里收,后来才到家属区来的。刚参加工作时,才十六七岁吧,现在都三十多了呢。"

"能够在这个行当站住脚,干上十多年,可不是一件简单的事。"

"也许吧。我看不出他有什么心计。"

她的回答让彭姨不高兴了。她将亚麻拖鞋随便往地下一扔,站起来走掉了。述遗觉得她将空虚留在屋内了。她总是这样,什么事都要探究,可又什么事都不了了之。或许只是在她述遗看来是不了了之,她自己心里是很清楚的?反正这个彭姨,不论在什么事上头都同别人意见相左,她一天也离不开斗争。

"述大姐!述大姐!"

述遗手里提着猪肉走过小桥的时候,小廖从后面气喘吁吁地追上来了。

小廖还是穿着那套工装,口里头喷出臭气。

"小廖这是上哪儿去了?"述遗和蔼地问。

"看电影。天哪,多么感动人的电影啊。男主角杀死了五个敌人,想想看吧,五个!想要不看完都不行啊。"

"谁不让你看完?"

"管放映的老头。他就坐在我旁边,他说我衣冠不整洁。"

"岂有此理。你常去看电影?"

"是啊。要不生活就太没意思了,您说呢?"

"瞎说。三十岁的人生活怎么会没意思?你不要在夜里哭了,搞得人心惶惶。"

"述大姐,让我来帮您提。"

他不由分说地夺过述遗手里的猪肉,走在述遗旁边。述遗虽然轻松了好多,心里并不感激他。她时常感觉这位青年有点像蛇,他一出现她就紧张,也说不出是什么缘由。他在黄昏来收垃圾的时候总是悄无声息,但述遗还是在他离得很远的时候就已经感到了他的临近。一般来说,他总是沉默的,但是他在夜间发出的哭声持久不衰,显示出巨大的潜能。

到宿舍区时,述遗看见很多人都在瞪他们,目光里头含着谴责,于是她对小廖的举动有些怀恨,觉得他的帮助是多此一举,是强行介入。

一到家,还没去开锁,她就从小廖手里抢过猪肉。她的这种做法完全是下逐客令的味道了。然而就在她的手接触到他的手掌之际,她隐隐约约听到了从他体内传出的"嚓!嚓!嚓……"的声音,如同有人在那里砍柴。她吃惊得说不出话来,愣在那里。

"什么东西响?"她终于挣扎着讲了出来。

"是我妈妈。她住在南方,很远。当我想念她的时候,她就会发出声音。您听呀,现在她进厨房了,火烧起来了,毕毕剥剥响得欢。"

小廖边说边从她身边游开去，他的脚就好像不沾地似的。述遗看见老卫的老婆从那头过来了，她张开双臂迎接小廖，小廖倒在老女人怀里，老女人轻轻拍着他的背，似乎在安慰他。述遗怕被她看见有麻烦，连忙进屋关好了门。

她记起平时这小廖同工会主席一家人关系一点都不好，因为他总是被宿舍区的人提意见，老卫就总是批评他，从来对他没个好印象。述遗知道周边那些工厂的垃圾工都是换来换去的，有时一年里头就换两次，看见的总是些生面孔。看来这个蛇一样游来游去的小廖是有些本事的。

洗猪肉之际，她发现猪肉上头有一块烧灼的痕迹，放到鼻尖一闻，还有股焦味。肉是老板刚从那半边猪上面割下来的，述遗看得清清楚楚，这块印迹是怎么回事呢？她脑子里冒出小廖的话："火烧起来了，毕毕剥剥响得欢。"述遗在心里说："小廖啊小廖，你怎么把自己掩藏得那么好呢？"

太阳落山的时候，述遗又听到了哭声，哭声令她肉麻。一个人，受到各方面的保护，并无什么过不去的难关，为什么心里会有这么大的悲痛，非表达出来不可呢？述遗在黑暗中听得生气，就把灯关掉了。灯一关，就听不到小廖的声音了，大概他已经走远了。很可能他就是哭给她听的，述遗不知道他为什么要这么干。那时她刚搬到这里，小廖第一次来收垃圾，小伙子笨手笨脚的，将述遗放在外面的煤油炉撞翻了。他站在那里，既不帮她收拾好也不离开。述遗本想说他几句，后来心一软，居然请他进屋喝茶。述遗问他喜欢不喜欢这个工作，他也不回答，只是眼睛看着地下傻笑。现在述遗想起这件事，怀疑他撞翻她的煤油炉的举动是有意的，因为要不是他的这个举动，他和她就不会那么快地熟悉起来。有时候，述遗觉得这个男孩与众不同，怪里怪气；有时候，她又觉得他和别人一点都没什么不同，反而更俗套，更会同人处关系。因为他的表现不同，述遗对他的看法也就游移不定，直到现在也不能确定下来。有时候，述遗痛下决心今后不再理他，但那决心往往维持不了几天，这个小伙子总是引发她的好奇心。述遗还看出来他和她的关系与他和众人的关系是不一样的。大家总是对这个垃圾工有怨气，意见也很多，而又不敢把他怎么样。述遗曾怀疑他同上面领导有特殊关系，后来又否定了这种看法。因为逢年过节，他从不到任何领导家去，而是照样收垃圾，并且来述遗小屋里喝茶、闷坐。他的直接上司老卫对他的印象也不好。

述遗被小廖的哭声弄得很沮丧，觉也睡不好了。她半躺在床上漫无边际地考虑生活中的这些问题。她一贯的经验是，好奇心不能没有，也不能过分。有好多次，她因为操之过急，或者说过于放纵，结果就受到重创。总结自己的一生，尽管有无数的经验，述遗还是属于那种放纵自己的人，所以隔一段时间她就要陷入乱麻一团似的烦恼之中。就说这个小廖吧，本来前一段她已经疏远了他，今天他又找上门来了，还弄出这种听了肉麻的声音来骚扰她。这能怪谁呢？还不是只能怪自己。和她同样年纪的彭姨，夜里却可以睡得很香。她也同小廖熟得很，但小廖为什么从不去纠缠她呢？

一夜没睡着，述遗黑着眼圈去买菜。她昏头昏脑地在人群里穿来穿去的，不知怎么菜也没买又来到了彭姨家。彭姨正在和老培一起吃早饭,两人都把脸埋在大海碗里。述遗进去时有点踌躇。

"讲什么客气呢,来了就坐下吧。"彭姨从碗后面说,"那种人,你越重视他,他越给你添烦恼。"

"你说谁啊?"

"谁?我谁也没说。"

老培朝述遗挤了挤眼,收走了桌上的碗筷。

彭姨家里也是空空荡荡的,虽然住了两个人,却好像什么家具都没有,仅有几个装衣物的箱子也塞在床底下。这种情况是很罕见的,在这点上她同述遗可说是志同道合。不仅没有家具,而且这两个人连个孩子也没有。述遗感到他们一直在竭力维持一个纯粹的两人世界(或许是还加上婆婆的三人世界),将一切多余的东西全排除在外。他们站在空空的房间里,身上穿着不怎么换洗的外衣,脸上都是很自豪的样子。这时老培有点抱歉地对述遗解释道:

"她说的是她自己的心病呢。她总是这样,心里想什么,一张口就说出来了。"

"垃圾工也是她的心病?"述遗吃了一惊。

"嘿嘿。"

老培被彭姨用力一推,推进了里屋,彭姨又将他闩在里面了。

"不要同他说话,他是一个没脑子的人。在这个世界上,我最最不重视的就是像垃圾工小廖这种人了。这类垃圾工遍地都是,我从来不把他们放在眼里。不是说我真的看不见这些垃圾工,我是看得见的,只不过心里有警惕,不去想他们的事罢了。你明白我的意思吗?"

"明白啊。我也不愿想他们的事,有什么诀窍没有呢?"

彭姨打了一个哈欠,一下子变得懒洋洋的,好像眼都睁不开了。她靠着床头坐下,口里连声说:"困死了,困死了!"

述遗很不好意思,站起来想告辞,彭姨又要她再待一会儿。

"好好地珍惜每一天吧,不要纠缠那些事。你看看人家老卫,就从不为什么事烦恼。我有时想,要是我学会老卫那种本事该有多好啊。"

述遗看见她说到最后一句就闭上了眼。这时老培在里头砰砰地打那张门,可是彭姨听不见,竟然头一歪,轻轻打起鼾来了。述遗想了想,走进里间,将门开了。

老培脸涨得通红站在那里,一个劲地朝述遗挥手。述遗问他是什么意思,他一反常态,不客气地说:

"你快走,谁要你来开门的呢?你把门照原样闩起来,然后走吧。"

述遗照办了之后,他就在里头安静了。

述遗在彭姨家里听他们乱闹了一气,出得门来反而脑子清醒了好多。她在菜店里又碰见几个厂里的同事,那些同事突然改变态度,同她打起了招呼,而她,竟也能回答自如了。过后她站在路边想,这些人,有二十多年没同她说过话了,尤其是那个叫作胡大姐的矮个子,当年对述遗调进保管室这件事意见最大,经常来保管室无理取闹。

她快到家时下起雨来了。大家都在往屋里跑,却有一个人在雨里头撒野。述遗定睛一看,那人正是老培,老培在乱唱乱跳,一身都淋湿了。

　　述遗进了屋,用毛巾擦干头发,换了衣,又给自己泡了一杯热茶。这时她向外望去,看见老培还在雨里头闹。她猜想他心里一定有天大的冤屈。

　　又过了些天,小廖居然失踪了。述遗的垃圾没人收,在屋旁堆了起来,雨一淋,太阳再一晒,实在是臭得很。一看别人家里,也是同样的情况。述遗也问过彭姨怎么办,彭姨说她还没注意到这种小事,目前她的烦恼太多了。

　　"我和你说了那么多,你心里还是放不下啊?"彭姨话里有话地瞟着她说。

　　述遗很窘,可又想不出什么话来反驳她,心里一恼怒,抬起脚就走。一路上看见那些大大小小的垃圾堆,心里像有什么东西堵得慌似的。这个她已经住了三十多年的地方,如今快变成垃圾场了,这是从来也没有过的情况。她又仔细观察宿舍区的人们,见他们都在平静地忙着自己的日常事务,没有谁为自己屋旁的那堆秽物操心。有两名妇女站在自家门口大声说笑,破嗓子如同老鸦一样;还有两个老态龙钟的人,居然就在垃圾边上摆了张矮方桌下象棋。述遗被阵阵袭来的臭气熏得想吐,可这些人的嗅觉像是已经失灵,他们脸上的表情全都很舒展。她又回想起彭姨说自己太在乎小廖的那些话,现在,她是一点都搞不懂发生在自己身边的事了。

　　"老述,愣着干什么,来下一盘吧。"三车间的文老头忽然抬头对她讲话。

"不不,我对象棋真是一点都不内行。"述遗摆手道。

"那么,你对什么内行呢?"老文向她瞪着两只浑浊的老眼。

述遗做梦也没想到这个老头会注意她,平时她在这里来来往往,从未有人同她打招呼说话。她的生活,到底是哪方面乱套了呢?

"我?都不内行。你们玩,你们玩。"

她像贼一样逃跑着,跑得身上都出了微汗。她不敢在宿舍区停留,怕别人也会像文老头一样突然同她说起话来。

跑回家之后,一颗心还是定不下来,那两只浑浊的、边缘发红的老眼总浮在脑海里,就连垃圾的事都冲淡了。看来,她平时在宿舍区走来走去的,早有人盯上她了。就说这个文老头吧,竟一直都在研究她,也许比研究他那盘棋还要用心得多呢。她真是小看她周围的人们了,她感到这三十多年的工厂生活,她其实什么也没学到。也许今后不应该随便外出了,到处都是眼睛,到处都在研究她,不知会降下什么样的灾祸。在很多事情上,述遗总和别人有着相反的感受。刚才那老头就能若无其事地坐在垃圾堆边下象棋,那种样子不仅不会得病,还有可能活八九十岁。彭姨要她"不要在乎",她就是做不到。她又想起早一向自己得怪病的事,想起当时对于"光浴"的渴望。奇怪,才过了这么短的时间,她怎么又不能忍受秽物的存在了呢?看来这一辈子,她是没有办法蜕变的了。她即使是关上了门窗,也闻得到垃圾散发在空中的酸臭味。她坐在床边轻轻地念叨着:"光、光……"那种皮肤像被蚂蚁咬啮的感觉却并没回来。

老卫似乎一点都不在乎小廖没有履行职责这个事实。述遗对他抱怨，他就说：

"年轻人嘛，总是爱玩的，等他玩得厌烦了，就会乖乖地回来了。我要是你的话，干脆不对他做指望了。"

述遗就问他是不是要她干脆自己处理垃圾算了，他却又摆着手说：

"自己怎么能处理垃圾？你就是送到环卫处的垃圾站，那里也不会收。他们只同垃圾工打交道，各行各业的分工是不同的。你还是对小廖死心吧，我早就对他死心了。"

"你不是让他在这位子上占了十多年吗？"述遗不解地问。

"那是因为不对他做指望了呀。你想，他哭哭啼啼地跑来申诉，谁又能狠心解雇他呢？我是不会干这种事的。我要是干了，你嫂子不把我揍扁才怪，她可是仁慈心肠出了名的啊，这方圆几十里谁不知道？"

述遗想起他老婆那种尖酸刻薄的样子，想起他竟将那种样子称为"仁慈"，就忍不住要笑。老卫脸上一点笑意都没有，他站在门口，脸朝着早晨的太阳，进入了某种严肃的思考之中。他总是早晨来到述遗家里，大部分时候并没有什么具体的事要找她，只是闲聊，可他每次都做出公事公办的样子。有时候，述遗还没起床，他就在门外敲门，丝毫不感到冒昧。述遗对他的官腔很不满，她想不出要怎样才能不把小廖放在心上，因为不光她家，整个宿舍区都堆满了垃圾，那些鸡又将垃圾弄得到处都是，连路上都是一摊一摊的了。昨天下午，她还看见有个人从窗口扔出来一包垃圾，大概那人认为反正不会有人来收拾了，也就用不着顾及环境卫生了。老卫是不是认为她也应该像那人一样从窗口朝外扔垃圾呢？她说出心里这个疑问，老卫似乎有点震惊的样子。

"那种人是败类，渣滓。"他简单地回答。

"怎样解决垃圾问题呢？"

"要解决的其实是你的思想感情的问题。垃圾有什么？你看看大家就明白了，谁也不把它当作一个问题。我年轻时做过宰牛的屠夫呢，你看我像不像？"

"一点都不像。"述遗沉下脸来。她很讨厌老卫说话卖关子的方式。

"那是你的眼力有问题嘛。"

说话间老卫的老婆就进来了，她手里提着一只黑了冠子的病鸡，嚷嚷着要找述遗借一把刀。

"要赶快杀，死了就没法吃了。"

她举刀用力朝鸡脖子上一划，黑血就哗哗地流到下面的碗里，流了满满一碗。

杀完鸡，她心满意足地将鸡放进竹篮，对老卫说她要先走一步回家了。

"你嫂子有一副菩萨心肠。"老卫说，"你不要看外表，其实她是个忧心忡忡的人。"

老卫离开后，述遗为了试探一下，偷偷打开窗，扔出一包垃圾。她的这一举动没引起任何反响，她有点失望。她的思想感情有什么问题呢？述遗不知道自己究竟是一个阴沉的人还是一个开朗的人，她判断不了自己，也判断不了小廖、彭姨和老卫他们。她对事情的判断同周围的每一个人都是南辕北辙的。她已经活了这么多年头了,这种情形不但没有丝毫改善,还越来越严重了。这个小廖,把她弄得不得安宁,彭姨和老卫却一个劝她"不要放在心上",另一个劝她"不对他做指望"。他们说起话来好像心不在焉,又好像说不到点子上,细细一想呢,竟是真正能击中她的要害的,从内心深处体贴她的。多么不可思议啊。

有时述遗也想,多年来形成的她同这三个人的社会关系,真的是命中注定的吗?当她厌倦了他们时,她也曾分析来分析去的,想着脱离的方法。结论总是自己不可能撇开这三人中的任何一位。即使自己失踪了,只要不是永久失踪,到再出现的时候,还是要同这三个人打交道。除非她不再是纺纱厂的退休工,不再住在工厂的宿舍区。而要改变她的身份,在她这个年纪已经迟了。

深夜,垃圾的臭味一阵阵袭来,又大又圆的月亮十分异样。因为房里实在令人窒息,述遗就搬了椅子坐在门口的空地上。她的房子建在一个小山坡上头,放眼望去,可以看到那一排排的宿舍平房。月光下,她看到许多蓝色的气体从那些垃圾堆上头升起,袅袅地升到空中。也许那些气体是有毒的,但它们此刻在述遗眼前构成了迷人的景色,述遗有些沉醉了。平房在她眼里渐渐缩小,缩得如一排排火柴盒一样。没有风,那些柳树却在蓝色的烟雾里头摇曳着,仿佛在痛苦地痉挛。述遗将眼睛睁得大大的,惊讶得全身微微发抖,她感到她已经认不出这个她居住了几十年的地方了,她又觉得这种景色,她一定在什么地方见过。她一次都没梦见过月亮,也许她的梦和眼前的景象有她所不知道的关联?

彭姨硬拽着述遗去她婆婆家的时候,小廖已经清除了所有的垃圾。他没日没夜地干,觉也不睡了。他很高兴地对述遗说,他要让大家认识他的重要性。但是在述遗看来,宿舍区的人们对于垃圾的事毫无感觉,更不会有人去注意他小廖,他从哪里获得这么好的自我感觉呢?

彭姨说,她的婆婆已处在弥留之际,挣扎着不肯闭眼,一定要见她一面。

"我一想到这事就浑身起鸡皮疙瘩。但是怎能不听婆婆的话呢?"

走在去乡下的路上,彭姨紧紧抓住述遗的一只手,怕她跑了似的,令述遗觉得很窘。当对面走来一个路人时,述遗真恨不得钻到地下去。两个半老的女人手牵手在乡下走,算怎么回事啊?彭姨可不管这一套,她高声大气地讲着她同婆婆之间的那些陈年旧事,讲到动情之处,竟用另一只空着的手抹起眼泪来,那样子比她自己的母亲死了还伤心。

"述遗啊,你是不可能理解我的心情的。这个女人不能死,她要死了的话,我的心也死了。你想一想,一个人的心死了的话,那是多么可怕的事啊。我是在她的教育下成长起来的。你平时看见我这人吵吵闹闹的,似乎很开朗,其实呢,我是很阴毒的。有段时间,我还盼着你生病死掉,我好去占了你在保管室的位子呢。没人了解我,别人不了解,老培也不了解,只有我的婆婆知道我的心思。我看见她的第一天就对她服气了。"

述遗惊讶地听着她的倾诉，似乎看到又一张黑幕正在揭开。乡村的马路上有一些挑着菜到城里去卖的农民，这些农民都对彭姨笑着点头，似乎同她很熟。他们还放下担子驻足路边，侧起头倾听彭姨说话。

婆婆半躺在发黑的麻布帐子里头，一只手紧紧抓着一个装了茶水的保温杯，头发还是梳得一丝不乱的。述遗觉得她一点也不像弥留之际的样子，彭姨为什么要小题大做呢？当她偶尔同那老女人对视之际，她眼里的寒光使得述遗全身都簌簌发抖。幸亏她只对述遗瞥了一眼就掉转了目光。

彭姨的精神似乎崩溃了，她将脸埋到婆婆的被子里头，发出猛烈的啜泣。述遗看见婆婆正在对她的小儿子打手势，要他将彭姨弄走。于是那木头木脑的男人就走过来，强行将满脸眼泪鼻涕的彭姨拖到另一间房子里去了。婆婆发出了一声冷笑。

"这种人，真该饱吃一顿鞭子。可惜我没力气来收拾她了。"她说。

述遗感到这个老太婆令人毛骨悚然。她无论如何也没法将这个老女人的形象同彭姨在路上的述说对上号。彭姨根本不是那种阴毒的人，只有这个老女人才是真正的阴毒呢。或许彭姨满心想成为她婆婆这种人而又达不到？这时婆婆又不耐烦地向述遗做手势了，她要她走开。述遗转身去找彭姨。

彭姨呆呆地坐在那间空房里，脸上一点表情都没有。述遗这才注意到整个屋里都没什么家具，显得比她自己家里更简陋。从家中的陈设看起来，这个婆婆同彭姨、也同她自己不无相似之处，但述遗认为自己离这种人是很远的。

"我们回去吧,彭姨。婆婆不过是有点小毛病,哪里会死呢?"

彭姨霍地一下站了起来,脸色发青地说:

"你知道什么呢?你什么都不知道!一点小毛病——你就会看表面!这么些年了,你还是一点都没改你的老脾气。就说老卫吧,他为你所做的一切,你是不会放在心上的,因为你看都没看见!你什么都看不见,只看见家具上的污垢,还有门口的垃圾。你就会抱怨这些。"

述遗被她抢白了一顿,一时说不出话来。突然她感到脚板心钻心地痛起来,便失口"哎哟哎哟"地大叫了几声,然后倒下去,意识模糊了。过了一会儿她才恢复知觉。她看见婆婆的小儿子和彭姨两人将她的腿抬得高高的,架在条凳上,她的脚已被包扎起来了。伤口还是一阵阵跳痛着。她听见彭姨在她耳边说话:

"乡下的屋子里常有蝎子,我忘了提醒你了,这是我的错。婆婆的房子因为太空敞,蝎子也要多些。老家伙住了七八十年,蝎子都认识她了,所以也不咬她。你是新来的,蝎子就欺生了。刚才我们帮你涂了药,不要紧的,现在你躺到婆婆床上去,和她挤一挤吧。我真羡慕你啊。我总想同老家伙睡一张床,本以为今天是个机会,没想到还是不行。你呢,你一来就碰上了机会。我倒希望蝎子咬的是我。"

虽然述遗一点都不想到老太婆床上去,但小儿子还是用铁钳般的双臂把她夹到那张宽床上去了。她很不舒服地躺在床的里边,靠着墙,头部也没枕枕头。她用手一探,发现床单下就是硬木板。婆婆一动不动地半躺在那一大堆枕头上,身上盖着被子。她正在喝保温杯里头的茶水。述遗身上什么都没盖,伤口的炎症使她一阵阵发抖。她尝试着从婆婆那边扯过一点被子来盖，但婆婆挡开她的手，将被子裹得紧紧的，压在身子下面。述遗这时又听见彭姨在帐子的那边对她讲话。

"你要忍耐，一会儿就会好的。到了这个屋里，你就是到了家了。不过在这个家里你可不能任性啊。你看看婆婆，你弄脏了她的床她丝毫也不怪罪你，这是因为她心里同情你啊。"

述遗感到自己的脚肿得厉害，她想起身来看看，又担心自己乱动会有生命危险，就静静地躺着，满脑子都是悲观的念头。每当她转动一下头部，含灰的麻布蚊帐就喷出灰来，弄得她直想打喷嚏。

婆婆喝完了茶，将保温杯放到椅子上，对她说道：

"既来之，则安之。"

述遗听见这句文绉绉的话出自这个村妇之口，忍不住扑哧一笑。这一笑弄得伤口像刀割般疼痛起来，她轻轻地哼出了声。这时述遗又听见外面有两只猪在猪栏里折腾出响声，继而又发出狂叫，好像正在被人伤害。当她集中注意力倾听时，自己脚上的疼痛就减轻了。她用手握住床头的栏杆，想坐起来，努力了几次都没成功，用手一摸自己的腿，肿得像小水桶一样了。

她发着寒热，在难熬的疼痛中时睡时醒。很长的时间里，她听见有一些人在这间房子里进进出出的，他们是谁呢？为什么蝎子咬不到他们呢？

"长痛不如短痛，她以后再来的时候，蝎子就不会咬她了。"婆婆在述遗旁边对什么人说。

述遗用尽全力张了张嘴，说出几个字：

"倒不如……"

婆婆哈哈大笑起来，床铺也被她震动了。

"看看这个女人吧，她多么顽强啊！她一用力就醒过来了！注意她吧！注意她啊……"

她一弄出震动，述遗又痛得晕过去了，昏迷中感到有几只手用力按住她那只痛脚，然后又用火去烧它。她想叫，这一次却再也发不出声了。

述遗醒来时婆婆已经不见了，她身上盖着婆婆的被子，头部枕着婆婆的枕头。村里的狗在外头吵得厉害。

彭姨端着一盆洗脸水进来了，她拧干毛巾，帮述遗抹了个脸。她的样子显得很轻松，脸上红彤彤的。

"婆婆喂猪去了。"她说，"那些猪饿得半死，差点要跳栏了。婆婆总是在它们要跳栏的关口就去喂它们。你也听到叫声了吧，多可怜啊。我们也可以选择现在这个时候离开。"

她出去倒水的时候述遗就试着起床。她的腿已经消了大部分肿，但是站在地上还是有些疼痛。彭姨就过来搀她的手臂。

"我倒希望被咬的是我。"她又说。

她俩走出婆婆的屋，四周静悄悄的。有一个男人正匆匆地穿过婆婆家的院子，述遗定睛一看，竟是老卫，她吃惊地站住了。

"走呀。"彭姨催她，"这有什么稀奇的啊，老卫是工会主席，他当然要关心我们的生活嘛。他这是来为婆婆送猪饲料，他每月来一次。告诉你一个秘密，他也被蝎子咬过呢，你注意他的左脚就知道了。当然他没睡在婆婆床上，他是个男的，不好意思，当时他坐在一把椅子上，就那样昏过去了。"

彭姨搀扶着她一走出村子，她的脚就不痛了。天气很好，路边的野蜂懒洋洋地嗡嗡着，述遗心底生出一种怪异的感动，她回头看了几眼那座被烟熏黑的土砖瓦屋，一些隐秘的记忆涌了出来。那是她来镇上当工人之前的事。在她的家乡，有几个住在她家附近的妇女总是撺掇着她出走，每次她由于害怕而拒绝，那些人就嘲笑她。日子一长，她就开始躲着她们。而她们，往往出其不意地出现，比如在路上啦，在杂货店啦，在公共厕所啦，甚至来到她家里。她们不说话，只是谴责地看着她。这件事困扰了她好多年。那些妇女相继失踪之后，又出现了馒头发馊的怪事。不知哪一天开始，她发现自己蒸出来的馒头只要拿到手上，立刻就馊了，吃起来恶心得很，而家里的其他成员又一点都没感觉到。她也询问过她母亲，母亲根本不相信这种鬼话，母亲说："你把这事忘了吧，要不以后日子难过呀。"可是怎么忘得了呢？就这样，她吃了好多年的馊馒头。还有一件怪事，就是她脸上老是蒙着蜘蛛网。只要她闭几分钟眼，再用手往脸上一拂，睁开眼来就发现了蜘蛛网。有时早上醒来，脸上结了一大张网。但她从未见过那只老蜘蛛（她相信是同一只），就是梦里也不曾相遇。有一夜她将手帕盖在脸上睡，醒来时那网就结在手帕上头了。她后来仔细在屋里找来找去，却没找到任何蜘蛛的痕迹。

她早就忘记了幼年在家乡时发生的那些怪事，机器的轰鸣抹掉了那些记忆。再说，她很少回忆幼年的事，她没这个习惯。一般来说，她的回忆总是从到镇上来之后开始。今天的奇遇将那些尘封的往事挑出来了，她似乎从这些往事中找出了意义。有一只野蜂在她脸上撞了一下，述遗差点流泪了。

当天夜里她就在梦中找到了那只蜘蛛。蜘蛛其实就躲在灯罩的里面，只不过因为她从不朝那里望一眼，所以没发觉罢了。她看见它在暖洋洋的灯光里悠然地做伸腿运动，它并不吐丝，整个身体显得很干练。述遗想，其实蜘蛛也是可以近距离和平共处的啊。她用食指轻轻地弹了弹灯罩，蜘蛛就在里头狂乱地奔跑了一阵。然后它又静了下来。

一大早，小廖就坐在述遗家中了。他的眼睛下面有两个失眠的黑圈，述遗发现他近来已经瘦多了。还有他的手，始终在发抖。

"我对我的工作已经厌烦了，总是看见这些脸。"他抱怨说。

"当然啦，垃圾不收也是可以的嘛。"

"我不是说垃圾，我喜欢收垃圾。可是这些人是怎么啦，他们毫无变化。"

"你要是想从他们脸上找变化你就错了。"

述遗说过这句话之后吃了一惊，她觉得这话就像自己对自己说的。她不是也一直在盼着周围的人有点什么变化吗？她虽过了这么多年的独身生活，却并不能从骨子里头做到"我行我素"，她总在试探，总在卷入纠缠。眼前的这个小伙子到底在想些什么，她其实是弄不清的。

"您看，这是什么？"

他松开握着拳的手掌，述遗看见一只小灰鼠。

"在垃圾里头捡到的，我要带回去养。"

他说完就站起来向外走，那只老鼠被他捏得发出"吱吱"

的叫声。外面有人在喊他，那人很焦急的样子。小廖听到后，急忙又退回述遗屋里，站在门背后。等那人走远了才又出去。

述遗感到这个青年的焦虑越来越厉害了，她看见他刚刚坐过的椅子湿漉漉的，全是他出的汗。他到底为什么事发愁呢？他工作稳定，也没有家庭负担，现在变成这个样子实在令人费解。他夜里已经不再哭泣了。昨天述遗尾随了他一段路，发现他没有将垃圾送到垃圾站，而是倒在一块空地上。他倒完垃圾后拖着空车拐进宿舍区，这时老卫出来了，他俩说说笑笑地一块走着。他的反常举动让述遗颇费思索，因为想不出缘由，她就懒得去想了。老卫也很怪，以前他总是指责他的工作没做好，现在却睁一只眼闭一只眼，有时还为他的劣行辩护，好像完全忘记了自己作为领导的职责。回想起刚才那只小老鼠，述遗一阵恶心。不是对老鼠恶心，是对小廖那双出汗的手。

述遗将他坐过的椅子拿到自来水龙头下冲洗了好久。

"你要独善其身的话，小廖就成了孤儿。"

老卫不知什么时候进来了，眼睛盯着她手里那把椅子说。

"那我成了他的妈妈了。"

"当然啦，我们大家都是他的父母。"老卫正色道，"我也知道他的那些个毛病，后来我反倒想通了。谁没有毛病呢？一个人要有些毛病才会使别人感到他的乖巧和可亲，你说是吗？"

他用"乖巧""可亲"这种字眼来形容小廖，令述遗十分诧异。在她和小廖多年的关系中，她从未想到要用这样的字眼来形容他，那对他来说是风马牛不相及的。假如他真是一个"乖巧"的青年，述遗才不会注意他呢。

"我不清楚。"她咕噜道。

"正是这样!"老卫兴奋地说,"你呀,和他从来没有真正交流过!我指的是那种心的交流。你不了解他的需要!"

"我是不了解。"述遗沮丧地说。

"那就要努力改变这种局面。"

"啊?"

"你要像我关心你一样关心他。还记得你刚来纱厂的那天吗?那时你多么憎恨你周围的人啊!不明真相的人往往喜欢自命清高嘛。"

述遗对于老卫的武断感到很气愤,她记得那一天她根本就没注意周围的人,所以也谈不上喜欢还是憎恨,她是后来才慢慢开始注意别人的。她一边擦着洗过的椅子,一边打量老卫。老卫属于那种永远不会衰老的类型,述遗知道他已经六十五岁了,可是他的样子比她刚进厂那会儿只略微老了一点点。六十五岁的老卫本来早该退休了,由于他坚决不肯退,又有丰富的工作经验,厂里就一直在留用他。这种情况是十分罕见的,述遗一直觉得纱厂的领导们是一些奇怪的人,同别的厂的领导大不一样。比如说,他们竟能容忍小廖这种反复无常的垃圾工,厂领导又居然可以在满地垃圾里头走来走去,并且不闻不问!而这一切,又是得到像老卫这种工会主席默认的。老卫究竟是什么样的人,他同她的关系是如何建立起来的,又是种什么性质的关系,述遗到今天也没法得出个结论。也许他真的如彭姨所说,是一个时时刻刻在关心自己前途的好领导吧。有时述遗也考虑老卫对自己持何种看法的问题,但这种考虑往往深入不下去,述遗总是无端地就羞愧起来，不自在起来。有时候，她会反抗他对自己的生活的强行安排，那种时候老卫就不了了之了。老卫遵循的是一种古怪的逻辑，述遗永远跟不上他的思路。当彭姨提议述遗出走的时候，述遗就想，连这么个工厂，周围这么几个人，她搞了一辈子都还搞不清，却要出走，这不是太滑稽吗？两年前，她直截了当地问老卫，究竟对她这个人如何看。那一次老卫很生气，狠狠地将她数落了一通，他的意思好像是说她将他的好心喂了狼。述遗听不懂他的数落，脑袋像要爆炸了一样直冒金星。好一会儿之后她才隐隐悟到：这种问题是不能问的。不能问，当然就永远不会知道老卫对自己的看法，也不会知道老卫是什么样的人，而只能一如既往地习惯他的古怪举动。比如刚才他就像贼一样溜进来了，还有一清早她还没起床时就来敲门之类的讨厌的事。

老卫坐在述遗递过来的、洗得干干净净的椅子上，点燃了一支烟，然后慢悠悠地对述遗说道：

"老述啊，对我们这边的事，你是如何想的啊？"

"什么叫'我们这边的事'呢？"

"嘿，我也说不清。上面领导要我来了解一下你的意见，他们也没说具体是哪方面的意见，我估计他们是要我自己来判断吧。我先问你，你对你的日常生活满意吗？"

"我没什么不满意的，以前我老是嫌干扰太多，现在已经习惯了。"

"那就是不满意。我再问你一句：要是小廖这样的青年干扰了你的生活，你会举起屠刀来杀他吗？"

"当然不会，小廖是我的小朋友。"

"可是你在慢慢地杀他！你看见了他的出汗的手，可是你没看见他那颗流血的心。他这条蚕，已经没有力气咬破茧子了，他快闷死在里头了。他还在把你当作救命稻草呢！"他猛地站起，双手乱舞，"天哪，这样一个青年就要去寻死！你应该去找他。"

述遗想问老卫小廖在哪里，但老卫已经听不见她的话了，他起身出了门，他的背影显得很悲怆。

她无论如何也没有料到小伙子会待在纱厂的车间里。是彭姨告诉她关于他的去向的。他失踪三天之后述遗就同彭姨议论了这件事，出乎述遗的意料，彭姨知道他在哪里。

述遗已经多年没有去过车间了，她对那种地方有种本能的敌意，可是这一回，她很快打定主意要去看一下。

他就坐在三车间的车间主任室里头，那里头一个人也没有，机器的轰鸣声从微开的门缝传进来，他正倾斜着头在倾听。述遗进去时，他似乎显得有点高兴地扬了扬眉毛。述遗刚要开口，身后的门就响了一下，几个额发上挂着飞花的中年女工进来了。她们肆无忌惮地大声说笑，还来调戏小廖，称他为"种猪"。其中一个述遗不认识的茄子脸的女子竟然要小廖在地上爬给她看看。小廖做出愁眉苦脸的样子在屋里爬了一圈，她们几个拍起手来。但是茄子脸还不满意，又要小廖张开口，她拿了一把尖嘴钳去检查他的牙齿。述遗看见那女子按住他的脸，用钳子在他嘴里敲来敲去的，一边还呵斥着叫他不要动。小廖吓得一脸煞白，拳头捏得紧紧的。幸亏那女子放过了他，她还不屑地朝地上吐了一口唾沫。述遗发现小廖松开的拳头里正是那只灰鼠，已经死了，一些毛粘在他汗水淋淋的手背上。她突然又闻到了臭气，奇臭无比，她不由得用手捂住了鼻子。

小廖从围着他的女工肩头望过去，看见述遗正朝门边退去。

"您不要走，您，您既然特意来找我，为什么又马上离开？"

一只粗壮的胳膊捉住了述遗，胳膊的主人是叫作"归嫂"的女工。

"大家玩玩嘛，你那么一本正经干什么？你真可笑！"归嫂说道。

"可是我们要干活了。"茄子脸叹了口气，不情愿地说，"我们将这两个人关在里面吧。"

她们将述遗用力一推，推倒在那张简易床上，然后一阵风似的跑出去，又从外面锁上了门。

小廖尴尬地看了看述遗，说道：

"真难为您了。这些人都很粗鲁，不过她们都是好心。"

他走到桌边，将死鼠小心地放到桌上，然后搓着自己的手背。他搓下来一些小丸子，掉在桌上。述遗凑过去闻了闻那只死鼠，却没有闻到臭味。

"当然是我身上臭。"小廖说，"这些日子我身上一直在发臭，我自己早知道了。我焦虑得太厉害了。你听，归嫂在外面笑话我们呢。"

"这三天里，你都待在这个房间里吗？"述遗问道。

"是啊。我以前怎么就没想到，我应该同车间加强联系。我是偶然来这里的，车间主任很高兴，她就把房间让给我了。我啊，我坐在这里，听着机器的声音，找出了很多事情的答案。以前他们都说我是外来人口，是一个孤儿，老卫收留了我。我坐在这间房里时，才感到那个说法是不正确的。这里有这样多的人关心我，说明我的身世同她们大家有关嘛。"

"你很会自我安慰。"

"不，述大姐，您错了，这不是自我安慰，是一种真实的感觉呢。刚才那位莫大姐来检查我的牙齿的时候，您知道我为什么发抖吗？因为我记起了很小的时候的事啊。我看见那张脸，感觉着那双软和的手，我努力回忆着。当然我并没有完完全全记起我的身世。我就想，只要我待在她们中间，总有一天会记起来的。"

"收垃圾的工作怎么办呢？"

"那有什么，他们不会在乎的，我可以一星期收一次。您也知道，别处的垃圾工总是一年里头换几次，只有我们纱厂从来不换。"

这时门外爆发出大笑。述遗感到很奇怪：莫非她们连活儿也不干了？小廖忸怩不安起来，犹豫了半天才说出口：

"述大姐，我想请求您一件事。"

"什么事？"

"您今天看见的这些，请您保密。"

"干吗要保密？"

"怕老卫知道啊。他要是知道我来这里了，又同这些大姐相处得这么好，就不会再保护我了。以前他一直以为我是孤儿，我现在知道我不是。要是他也知道了的话，我的工作就会保不住了。我可不想丢掉我的工作。"

"那你就离开这里啊。"

"不是那么容易离开的,我对这种游戏已经上瘾了。您不知道她们对我有多么大的兴趣,她们为了来和我玩就擅自停工,连车间主任说要开除她们都挡不住!"

小廖一激动起来,苍白的脸忽然就变得红艳艳的,汗水顺着手背掉到地上,眼珠也发了直。述遗看到他这种模样,心里害怕极了。她想起老卫的话,满心的疑惑。她自己并没有干什么,为什么老卫说她在慢慢杀害这个青年呢?应该说他自己在慢性自杀才对嘛。

"你们都进来吧!"述遗冲口而出喊道。

那几个人立刻开门进来了。她们有些惊慌似的,七嘴八舌地问道:

"小东西怎么样了?"

小廖精疲力竭地坐在床边,上半身靠在床头,额头上还在流汗。他脸上的表情却很满足,甚至有点甜蜜。茄子脸的女人又扳起他的脸,叫他张嘴让她看牙齿。"很好嘛,很好嘛。"她咕噜道,"我们在车间里,可不能像你这样享福啊。你看你,完全是不劳而获!"

归嫂推了推述遗,要她将小廖带走,其他人也附和。她们都说小廖在这个地方被惯坏了,越来越懒,成天就是坐在这里等着她们来爱抚他,自己一点都不付出努力。刚来时她们还觉得他新鲜好玩,现在已经有点厌了。她们希望述遗带走他以后,他就不要回来了,这样就可以让她们保留一个对他的好印象。说着说着大家就动起手来,几个人推推搡搡,将小廖和述遗弄到了外面，一直送到厂门口，然后她们就一哄而散了。

她们一走，小廖就捂着肚子蹲了下去。述遗问他要不要搀扶，他摆摆手，要述遗先走。述遗担心他要出意外，就守在那里。这时小廖就发怒了，横着眼看述遗，说她多管闲事。他似乎烦恼得要命，而这烦恼的对象就是述遗。他一边呻吟一边朝述遗吼，要她快走。述遗没办法，只好先走了。她走出好远后回头看，还看见小廖蹲在厂门口。她觉得他是在那里等人，等那些女工下班后从那里经过，然后他又可以同她们继续那种游戏。述遗的情绪有些灰灰的，她不能理解小廖的激情从何而来，她又很想弄清，并成为局内人。她感到那些女工是理解小廖的，这是为什么呢？她同他交往了这么多年，其实还像陌生人一样，而这些个女工，可以说是同他一见如故。越想下去，述遗就越感到自己的无知。看来这个小廖也是可怜她才来她家坐一坐的。但是小廖，还有老卫，他们凭什么要同情自己呢？很久以前，她同他们素不相识，她脸上也没有贴什么标签，他们凭什么要对她施以这种难以承受的关心呢？

述遗走走停停的，心里很不是味。她又回头去看小廖，看见厂门口果然围了一堆人，她估计是小廖被那些人围在当中了，好戏又要开场了。再看看路边，到处都是垃圾，有的地方已堆成了小山。又有一些退休的老头坐在垃圾堆中间下棋，他们将酒壶放在小方桌底下，一边饮酒，一边高声吆喝，脸涨得通红，连眼珠也是血红的。述遗想道，先前路边没有垃圾时，她从未看到这些下棋的老汉。是垃圾的臭味将他们从家中吸引出来了，还是自己以前没注意到这些人呢？他们怎么这么激动啊？

彭姨来了。彭姨的眼眶被什么人打肿了,眼珠在肿块下面亢奋地闪烁着。述遗猜测是婆婆打了彭姨,一询问,果然是的。

"我真激动啊。"彭姨说。

接着她又谴责地看着述遗,似乎在责备她为什么不明白她的心思。述遗想,彭姨这个受虐狂,现在只能从她婆婆那里获得生活的动力了吧。

彭姨要述遗帮她看看受伤的眼睛,述遗凑近去,轻轻地抚着她的额头。突然述遗一愣,因为从那双下陷的眼珠里,有一道凶光射了出来。但彭姨口里说出的却是:"我激动的时候眼睛就痛得更厉害了。"述遗怀疑刚才自己产生了幻觉,她想说些解嘲的话,却怎么也想不出来。与此同时彭姨握住了她的右手的手腕,而且越握越紧,像钳子钳住了她一样,她忍不住哼了出来。她一哼,彭姨就松了手。

"我要帮助你。"彭姨轻轻地说。

述遗看着这个受伤的女人,再一次对她身上沸腾的活力感到吃惊。就在早两天,述遗还听她说起她心情不好,活着很艰难什么的,此刻她却要来帮助她了!就是她的丈夫老培,上次也做出一副要帮助她的样子。难道她看起来就这么需要帮助吗?她月月有退休工资,暂时身体也还可以,虽然有些小烦恼,毕竟没到活不下去的程度,她也没有说过需要人帮助,彭姨是如何判断她的情况的呢?

"我去看了小廖。"述遗说,她想把话岔开。

"我说的是你。"

述遗无所适从地看着彭姨，她似乎猜透了彭姨的意思，又似乎对她的所指一无所知，并为这无知而惭愧。

"婆婆昨天死了。你看，我把一切都告诉你了。是我送她下葬的。述遗啊，你还记得车间里那些飞花吗？那些飞花毁了那么多人的肺，那些姐妹全是被老卫诱骗到这个厂里来的。我经受了考验，所以我这种人恐怕是死不了的。老卫竭尽心力想挽救很多人的生命，有时候，他感到无能为力，就哭了起来。我总想，当初他为什么要说谎？要知道，他将纺纱女工的生活吹得像天堂的生活，我就是上了他的当才来到这里的。"

述遗想告诉彭姨说，自己并不曾上老卫的当，她当年之所以来这里，是为了追求一种不同的生活。她并不是那种爱幻想、期望值很高的人。但她的这些话说不出口，因为她觉得彭姨不要听这个，彭姨的话往往有另外的意思，到底是什么意思，还是想不出。

"生活中真是充满了意外啊！"述遗最后夸张地说。

"我就是个意外！"彭姨高兴起来，她觉得述遗这句话说得好，"我活到了五十七岁，肺和心脏都没出毛病，一个人还有什么不满足的呢？所以我想帮帮你啊。你的困难不是身体上的，你在人际关系方面有麻烦，我说得对吗？"

"啊，也许吧，我不知道。我的确总被撇在圈子外。可是那是什么样的圈子呢？也许根本就不存在。"

"你说得不对，圈子是有的。老卫就是个圈子，他把我们都拉进去。我们，我，还有婆婆、老培这些人都在里面，只有你在外面。我决计要帮助你这个圈子外面的人。"

述遗看见彭姨的手上也有几处青肿，手腕那里肿得像馒头一样。述遗伸出自己的手想去抚摸她一下。她立刻往旁边一闪，避开述遗。

有人在门外喊述遗，是老培。老培头发蓬乱，面容憔悴，连路都走不稳了。彭姨冲出门去扶住他，他便往彭姨身上一倒。述遗这才想起老培丧母的事来。

他呜呜地哭着，像小孩一样。彭姨一边哄他一边用力搀着他往家里去。述遗看见他们没走多远又停下了，因为老培又不肯走了，赖在地上不起来。于是彭姨又和他说理，哄着他，但他还是不起来。最后，变得力大无比的彭姨一把就将他搀起来了。他俩就那样走走停停的。述遗心里很佩服彭姨的耐心和毅力，也感到最近她的脾气改变很大。是不是她婆婆的魂附到她身上了呢？

述遗家东边那面墙有点渗漏，她想去找泥水匠来修一下。她锁上门往街上走。

泥水匠住在大街中段的矮屋里，述遗进去的时候，只有泥水匠的老婆坐在屋当中择菜。女人说她丈夫一会儿就回来，还说他出门前嘱咐说，如果述遗来了就要她等一等。述遗听了吃了一惊，因为她同泥水匠并无约定，他是怎么知道自己要来找他的呢？女人垂着头择菜，不再搭理述遗了。

大约过了五分钟，回来的不是泥水匠，却是小廖，小廖手里还拿着泥水匠的工具。述遗看见小廖已经恢复了健康的气色，心里就赞同地想道：他干一干这种体力劳动是很有益处的。令她疑惑的是小廖像主人一样坐在宽大的橡木圆桌旁，伸直了两条腿。这时那个女人立刻忙碌起来，又是替他泡茶，又是点烟，就像小廖是她丈夫一样。还有更奇怪的事在后面。那女人用脸盆打了一盆热水出来，绞出毛巾，托着小廖的头帮他抹了个脸。小廖不好意思地看着述遗，摆摆手要女人走开。

"小廖什么时候改行了啊？"述遗问道。

"我没改行，我本来就有两份职业。"

述遗百思不得其解地望着他。述遗从前认识泥水匠，那是个年过半百的男人，却娶了个年轻女人，就是屋里这个女人。先前述遗在保管室工作时，那个男人来过好几次，来修理墙壁或上屋检漏。当年这个女人又艳丽又活泼。小廖是什么时候成了泥水匠的徒弟的呢？他同泥水匠的老婆也似乎关系暧昧。

"您当然不知道，您从来不关心我的生活嘛。我老婆最近劝我将运垃圾的工作辞掉算了，她不忍心看我这么辛苦。"

"你老婆是谁？"

"就是她嘛。"小廖一指屋里的女人，"我们在这里住了十多年了，您还不知道她是我老婆，您看您多么不关心我。"

"可是我见过先前的泥水匠……我和他还是老熟人呢，我不明白。"述遗暗地里掐了掐自己的腿，似乎要从幻觉中挣脱出来。

"那个人是我老婆的大叔，他也会做泥工，不过我的技术并不是从他那里学的。"

这时女人就提着篮子凑拢来了。她挥舞着手中的青菜，气愤地说：

"述大姐贵人眼高，从来也没正眼看过我嘛！说不定她还认为我配不上你呢，哼！"

"一个人在社会上混啊,最好是有好几种手艺。这是老卫教我的。"小廖推开老婆,很贴心地对述遗说,"这种事其实也没什么奇怪的,您只知道我是个垃圾工,对于我的另外的生活您一点兴趣也没有,所以您没发现我其实是有家室的,并且一直是这条街上的泥水匠。您到街上去问问,谁家的房子我没修过?我可不想吹牛皮,这一行里头,还没人做得过我!"

述遗望着他自负的样子,脑子里完全乱了。她想,会不会是这两个人合伙在欺骗自己呢?看起来不像,而且他们也没必要骗她。

小廖催着述遗动身,他俩就一块去述遗家了。一路上,述遗闷闷地走着,后来她忽然想起了一个问题,就问小廖道:

"你是如何知道我会去你家的?"

"哈,我并不知道!但我知道你总会要修房子的,所以我就嘱咐我老婆说:'要是述大姐来了,就让她等一等,说我很快会回来。'我隔几天就对她重复一次这句话,她早就记得滚瓜烂熟了。"

他的话很荒谬,但是述遗此刻不知怎么相信他说的是真话。这就是说,这么多年里头,小廖一直过着两种生活。当他垂头丧气地坐在述遗房里,诉说自己的苦恼时,他并不是一个颓废的青年,因为他回到家后,还有另一种热热闹闹的生活。他帮人修屋,收入很不错,这从他屋里的陈设就可以看出来。这间矮矮的房子里不相称地摆着高档的橡木家具,沙发上放着绣花垫子,梳妆台上还有不少述遗叫不出名目的一看就知道值钱的玩意儿。他的老婆,无疑是一个精于持家的女人。这样一位青年，到了半夜就发出奇怪的哀哭声，经久不息地哭，她能习惯吗？看来她早就习惯了。可是住进车间不回家，同那些女工调笑，她一点都没有怨言吗？述遗记起那些个夜晚，那种难言的悲伤，她怎么也无法将身边这个泥水匠同那情境联系起来。

到了述遗家，小廖爬上桌子检查了一下那面墙，和述遗约定过几天来修。然后出乎述遗的意料，他开出了一个很贵的价钱，贵得完全超出了常理。述遗向他指出这一点时，他就同述遗讨价还价。述遗一气之下说不修了。

"述大姐，您怎么能这样呢？您想想看，我是多么尊敬您。您不让我修，让别人去修，我怎么能放心呢？不，我不能不管您，这样吧，我再减二十块钱，对，就这么定了！"他耐心耐烦地劝说述遗。

述遗哭笑不得，摆摆手同意了。

"您还不能习惯我用这种身份同您说话。"小廖讨好地说，"今天我很高兴，您终于走进了我的生活。我开出的价钱真的不贵，一点都不贵，您为什么就不明白呢？想一想泥水匠的辛酸吧，那是多么艰苦的工作！"

小廖离开后，有人来敲门。述遗打开门，竟看见那个老泥水匠，就是修理保管室的那一个。此人已经很衰老了，眼珠上蒙了一层厚膜。

"顾家伯伯，您今天怎么登我家的门了呢？"

述遗请老人坐在唯一的那把椅子上。她怀疑老人根本看不见东西。

"你太不像话了，还同我侄儿讨价还价！"他气冲冲地说，胡子翘了起来。

"可是他要价实在太高了呀。"

"这种事是可以讲价钱的吗?"他用手里的手杖在空中画了一个大圈,继续说,"我的两个儿子都是修墙的时候坠楼摔死的,我没儿子了。小廖运气好,没出过事。我的眼珠为什么变成这个样子?就是哭成这样的啊。你太冷血了。"

述遗本想反驳他说她家的修理工作没有危险,可是她再仔细看了看老人的眼珠,就不说话了。那两只浑浊的眼珠正在溢出血来,老人扯起破烂的衣袖去擦眼。他一边谴责述遗一边拄着拐杖站起身,摸索着向外走。述遗连忙去搀扶他。

"顾家伯伯,我多年没见过您了,您住在哪里呢?"

"我哪里还有家呢?小廖当然欢迎我住他家,可是我不做泥水匠了之后,就想远离这个行当。现在我住在我的小侄儿那里,没想到几天前,小侄儿也说他打算学泥水匠了。我心里一烦,就出来游荡。刚才走到你家门口,碰巧听见你同小廖在里头讲话。小侄儿那里要是也住不成,我就只有回乡下去了。大家都说乡下也在兴建房屋,我的村子里的年轻人全都要做泥水匠了。我该到哪里去呢?"

他似乎是绝望了,在路边就地坐了下来。

述遗听了他的话,心里模模糊糊地明白了什么,但又并不是彻底明白。她记得这个顾家伯伯,以前来帮她修墙盖瓦的时候,口里总是哼着歌子,一派乐天的样子。

有一辆运红砖的拖拉机开过来了,他竖耳倾听,越来越激动的样子。车子停在他面前了,开车的青年过来搀扶他。他一下子就变得身手矫健了,扔了拐杖,三下两下就爬上了车厢,坐到红砖上头去了。述遗看见青年长得同顾家伯伯极为相像,就在心里想,莫非是他儿子?她怀着这一团疑云,看着车子消失在街上。

由于亲眼看见顾家伯伯眼珠流血,述遗很后悔,觉得不该同小廖讨价还价。她决定等小廖做完修理后多给他一些钱,这样自己心理上就平衡一些。

她等了好几天,小廖并没有如期而来。述遗想,他一定是生气了,所以临时改变主意,不来帮她修理了。述遗不打算再找其他泥水匠,她觉得小廖只是暂时生气,他终究还会来的,自己只要等着就是。在有月亮的夜里,述遗还是听见可疑的声音,像是哭声,又像狼嗥。

述遗对老卫说,她不知道小廖还有第二职业。从前他总是来她家里诉苦,她一直将他看作一个可怜的垃圾工,一直同情他,没想到全是一场骗局。有些事情,竟然能被隐瞒得这么长久,这是她没料到的。她的言谈之间免不了有些责备老卫的口气,因为他以前老是对她说小廖是个孤儿,可怜,还说她在慢慢致他于死命什么的。实际上呢,小廖有家有房子,收入高,活得又滋润,远非她述遗可比。所以老卫是在胡说八道,是同小廖合伙在她面前演戏。但他们为什么要演戏呢?吃饱了撑得慌吗?

老卫并不反驳述遗,耐心听她诉完了苦,这才慢吞吞地说道:

"一个人的视觉肯定是有局限的;那些最重要的事物,往往也不是一下子就显现，而是有个层层展示的过程。就比如我，在你眼里我是个工会主席，一个做思想工作的官员。可是没准哪一天，比如说五年之后的某一天，你突然发现我在街口修伞。其实呢，说不定我已经是二十多年的老修伞匠了。哈哈！"

老卫还说，他很高兴述遗已经"觉悟"了，他对她的"觉悟"评价很高。说着他就爬上桌子，去检查述遗家的东墙。

"这面墙好好的，根本不存在渗漏的问题。"

述遗很愤怒，说："明明一下雨屋里就漏水嘛。"

"那只是个人的感觉问题。"他坚持说。

述遗苦着脸想了一想，就同意了他的说法。因为近来发生的一切都超出了她的判断，她与其反抗老卫的逻辑，还不如放弃自己的判断呢。

"这就对啦。"

老卫放好桌子，过来拍了拍述遗的肩头，夸耀地说：

"你看，我这个上级一点架子都没有嘛。什么叫做思想工作呢，做思想工作就是成为对象肚子里的蛔虫。你看我像不像一条蛔虫呢？"

述遗没有回答他的无聊的玩笑。她感到他越来越无聊了，前两天她还看见他在垃圾堆边钻进那些下棋的人的桌子底下去撒野。

"我呀，总是这样，你一需要我，我马上出现了。当然你是不会承认这一点的，你说你并不需要我这个工会主席。可是你仔细地想一想，就知道不是这样。"

述遗问自己，她需要老卫吗？她当然一点也不需要他。但他是一个领导，是她的直接上司，生活中总是要有这样的直接上司的。如果不是老卫的话，她的直接上司会是什么样子呢？她想不出。所以老卫也没什么不好。这个老卫，说话难听，但的确对她是很有启迪的嘛。述遗年轻时也偶然接触过别的工厂的下层领导人，那些人同她所在的纱厂的下层领导大不相同，她认为那些人"很乏味"。老卫总是有理的，而且他的花样总是层出不穷，述遗虽讨厌他，可一想，要是没了他，她的生活不就没了内容吗？

"好多人都有第二职业，"他还在说个不停，"就说彭姨吧，她还是一个暗娼，一位厂里的领导和一个屠夫长期供养着她。要不她还能过这样奢侈的生活啊？她心里一直很惭愧，想找人说，但她丈夫老培又不愿听，所以嘛，她就去找她婆婆说。她婆婆是十分严厉的，那种乡下女人也是很蛮横的，她常常殴打她。越打，彭姨就越想找她说。据说将什么肮脏的细节全抖搂出来了，你说怪不怪啊？你和她交往了几十年，一直没看出来吧？再说我自己，你以为我只是一个厂的工会主席吗？我也是厂长！我们的厂长十多年前脑子就坏了，成天在家里养蟋蟀。他授权给我，要我帮他处理工作上的事。我每天下午都去厂长办公室工作一下午，大家都对这事心照不宣，因为我们厂的大小领导都很有修养。可以说，他们就顺其自然地把我当成了一厂之长！"

老卫说得高兴起来，就抬起一只脚踩在了椅子上。述遗对他的这种做派很厌恶，就一声不响地走过去打开房门，将自己的脸朝着外面。

恍恍惚惚中她又看见了小廖。小廖还是那副可怜巴巴的样子，穿着又脏又皱的工作服在那里运垃圾。有一个老头正在对小廖大声呵斥，说他收运垃圾不及时，破坏了这个地区的卫生。那老头说着说着就愤怒地冲上去，给了小廖两个耳光。他还觉得不解气，又用力一掀，掀翻了小廖的垃圾车，搞得垃圾撒了一地。小廖抱着头大哭起来。这时一群妇女过来了，那老头向妇女们诉说，妇女们就嘲笑起小廖来。述遗在她们当中认出了茄子脸和归嫂。

正当她想走过去安慰小廖时，老卫从后面捉住了她。老卫说："他已经活得够艰难了，你就不要再去给他出难题了。你现在应该做的，就是从心里默默地关心他。我要走了，你千万不要轻举妄动啊。"

述遗看见小廖垃圾车也不要了，空着手往家里走。她从后面追了上去。

"你的家是在这边，你往哪儿走呀？"述遗扯着他的袖子问。

"我哪里还有家呢？"他泪眼蒙眬地说，"我回我的单身宿舍去嘛。"

"你的家不是在街上吗？"述遗又说。

"那是先前的事了，我已经忘记了。我现在只记得我是住在单身宿舍里的，您说的那件事，我也模模糊糊有点印象，不过那到底是怎么样的呢？今天我穿着工作服，推着车来运垃圾，忽然就被袭击了。现在您又告诉我说，我是住在街上的，我的脑子就坏了。您能不能多告诉我一点情况呢？"

"你不是住在街上，做了十多年泥水匠吗？"

"您在开我的玩笑。不，我不愿谈论这个了。您瞧，我无缘无故就被人袭击了,这不是天大的羞辱吗?"

他挣脱述遗的手,口里伤心地叨念着什么,一个人走开了。

因为屋里漏雨越来越厉害,地上积了一层水,述遗决定去彭姨家躲一躲。

她是晚上到她家的。彭姨一个人坐在灯光下,显得形单影只。看见述遗来了,她的眉头才有所舒展。

"老培哪里去了?"

"他回乡下去了。昨天他忽然说,他不习惯我的管制。我一个人坐在这里,想起从前那些事,心里真是有说不出的难受。述遗啊,你来了正好,我们夜里一道去车间那边视察一下吧。我在想,我到底是如何度过这么多年的呢?"

她俩在厨房里草草地弄了晚饭吃了。其间彭姨不断停下手头的活儿去倾听一种"嗒嗒嗒"的响声。述遗问她是什么东西作响,她回答说是老培的阴魂在捣鬼呢。她又补充说老培在房里设了很多"机关",即使他去了乡下也牢牢地控制着这些机关。这种响声就是其中一个机关弄出来的。还有,当她快要入眠的时候,她就看见窗帘自动地开合,那也是机关之一。

彭姨认为使得她心神不安的原因是在纱厂里面,尤其那些车间里。她一定要进行一次私访,把事情弄清楚。"一想到糊涂了一辈子就不甘心。"她又说述遗如果跟了她一块去,就可以顺带把自己的问题也解决了,因为那里是她俩度过青春的地方啊。述遗问她究竟要解决什么问题,她就反问道:

"难道你的生活一点问题都没有吗?"

述遗一边将碗收拾进碗柜里一边说，她的生活当然有问题，有时候，她差点对活下去失去信心了呢。

"那就同我一道去解决你的问题啊。"彭姨说道。

她们收拾好厨房就出门了，那时雨已经停了。

纱厂里面静悄悄的，车间那边一片黑乎乎，原来是停电了。彭姨很兴奋，说今天夜里遇上了好机会。述遗问她要干什么，她说她要潜入车间去偷听一些消息，又说最近那些女工正在密谋骚动，她自己还没有决定要不要加入到她们里头去。她自己很想造一造反，维护一下退休工人的利益，可是她又不愿得罪厂里的领导。说到头，她们大家的命运都是掌握在领导手里的。说到这里，她就叫述遗看前面树丛里的那点黄色光晕。

"她们在那边讨论，我觉得她们有什么事决定不了。昨天就是这样。"

她俩走到车间门口，笨重的铁门关着。彭姨使劲一推，那大东西就刺耳地叫了起来，叫得述遗的头发都竖起来了，但是屋子里的人们并没有动静。她俩在黑暗中潜入屋内，一眼扫去，看见那大烛台下面有很多模模糊糊的面孔，绝大部分是女工，但居然还有几个男的。

"喂，你们，有结果了没有？"彭姨隔着那些机器喊道。

那些人全都坐在车间正中间的一块空地上，述遗进来时听到他们大家正在压低了声音讨论，现在彭姨一叫，他们就全闭了嘴。几个男的向着述遗她们所在的方向怒目而视。这几个人述遗都没有见过，他们是上了年纪的人。她心里揣测：莫非他们是厂里的领导？活了这么大岁数，除了老卫等一些下层干部，述遗还从未见过厂里的高层领导呢。当她的眼睛适应了车间里头的黑暗之后，她就逐渐认出了女工当中的一些面孔。她回头一看，彭姨已经不见了。在彭姨站过的位置上，一个老男人站在那里，他是个刀削脸，样子有点凶恶。但是他一开口述遗就放心了，他的声音显得很诚恳。

"你可以坐下嘛，这里有张椅子。权力早就下放了，你知道吗？现在厂里的领导机构就建立在工人当中。你看，你的正前方是瑞大姐和马大姐她们，她们现在是纺纱厂的核心领导。还有彭姨，是前两年钻进领导层里面来的，你还不知道这个情况吧？她肯定不会告诉你的。"

他的声音近似耳语，但是因为车间里太静了，述遗还是听清了他的话。她想问他一些事，想了想还是没问。这时刀削脸将自己坐的椅子往述遗的椅子边凑了凑，紧紧地挨她坐下，继续说道：

"为什么你不向组织靠拢呢？瑞大姐和马大姐她们观察你好久了，她们觉得彭姨对你施加的影响还很不够，所以她们有点失望。你看，她俩的嘴角往下撇，那就是失望的表情。"

"你是谁？"述遗小声问道。

"你不要管这种事。我不过是一个小角色，这里面的男的全是小人物，真正有势力的人是这些大姐。彭姨也正在爬上权力的高峰。你可别凭表面印象看待她。"

眼前那些脸又变得模模糊糊的，现在述遗一个人都认不出来了。她也没有发现彭姨在人群当中，彭姨躲到哪里去了呢？述遗不安地站起身，想去人群里找彭姨。刀削脸似乎很赞成她的举动。她在机器之间绕来绕去的,绕到那些人面前。刀削脸始终陪伴着她,似乎在旁边保护她一样。

述遗弯下身,一个一个地打量坐在那里的人,有时还凑到那人面前去看个清楚。不知怎么,她没有遇到一张熟悉的脸。这些妇女脸上什么表情都没有,目光也很空泛;至于那几个男的,述遗从来也没见过他们,她觉得他们的样子有点像刚进城的农民。她在人群中绕了一个大圈,找遍了每个角落,还是没有找到彭姨,她怀疑她早就已经回去了。

刀削脸又将一些新蜡烛插上了烛台。这时述遗感到屋内有些轻微的骚动。窃窃私语先是从左边角上响起,后来就传遍了整个车间。那些脸在述遗眼前晃动起来,说话的声音越来越响。面前的几个女工好像在责骂述遗,述遗于是有点想溜走了。有人对着述遗含糊地大喝了一声,她虽听不明白,还是不由自主地站住不动了。

"你和谁一起来的?"一个样子疲惫的中年妇女走上前来问她,"这里是可以随便来的吗?大门上明明写了'车间重地,闲人免入'嘛。你冒冒失失就进来了,进来了也罢,现在又随随便便想走,你的这种做法很危险啊。"

这时刀削脸就在烛台那里大声回应:

"她正是这种人,来了又去了,像个过路的!"

述遗在一台机床后面蹲了下去,这一来,大家就看不到她了。大概因为看不到她,车间里又静下来了,只有刀削脸一个人的声音在空中回荡:

"那个女人到哪里去了?"

有一阵乱风刮进车间,蜡烛全部熄灭了。述遗趁黑溜了出去,心里好一阵庆幸。虽然熟门熟路的,毕竟多年不来了,心里又急,所以脚下不断磕磕绊绊。有一下她几乎要倒地了,却有人从右边搀住了她。

"你学习得很快嘛。"彭姨在黑暗中笑着说。

"你指的哪方面?"

"我是指你蹲到机床下面隐蔽起来那一招。你把这个厂的骨干们搞了个措手不及!我从前怎么就没看出你是这么个人呢?"

"我只不过是想逃跑。众怒难犯啊。"

"不,你是以退为进。现在大家都对你很满意了,隐身法是很有用的。"

"彭姨刚才到哪里去了呢?"

"我就在他们中间。我在他们中间的时候,你是不会发现我的。你闻到桂花的香味了吗?就是在这里,我和你攀树摘桂花,受到了老卫的处罚。"

不论述遗如何努力回忆,她也想不起这件往事了。但不知怎么,她心底里又坚信的确发生过这种事。她用力吸了一口气,桂花的浓郁的香味令她产生了窒息感,她停住了脚步。

"在今晚这种情况下,你不会认出任何一个人的。这是高层会议。实际上,老卫也在,他一直想和你讲话,你没看见他。"

"他们开什么样的会呢?"

"是关于决策方面的会议。我也参加的,不过我总是中途跑掉,像今天这样。我的耐心只能支持我这么久。"

她俩挽着手臂,在黑地里走一阵停一阵的,述遗感到自己回到了青年时代。她慢慢适应了桂花的浓香，那香味令她浮想联翩，她甚至记起了自己在车间里丢失过一个铝饭盒这样的小事。后来找到没有呢？她想进入记忆的深处搜索一下，今天夜里，她感到自己完全有能力这样做。

一直到出了厂大门，述遗还在想那个铝饭盒的故事。彭姨似乎猜出了她的心思，"哧哧"地笑着，用拳头捅一捅她的背。述遗问彭姨，她心里的烦恼是不是完全驱散了，彭姨连连点头，说："是啊是啊。"

不一会儿她俩就回到了彭姨的家。家里亮堂堂的，肉汤在炉子上欢快地沸腾着，老培已经回来了，正在做饭。老培身上沾了不少泥水，可能乡下下雨了。

在车间里闹腾了那么久，述遗又饿了，于是再一次坐下来吃晚饭。

"老培啊，家里的事都处理好了吗？"述遗问道。

"呸，我才没回家呢。我在跟村里人学手艺，准备当泥水匠。"

"老培向来志向很高。"彭姨插嘴道。

老培闷声不响地走出厨房，来到前面房里坐了下来。述遗看见他用手支着脑袋，无比苦恼的模样。她回忆起在他母亲家时的情景，心里一下子也变得忧郁了。她和他一块坐在桌旁，她试图追忆近来发生的一件事。

"这么大年纪了去学泥水匠，该是很困难的吧？"

"是啊，你看我身上弄成了这个样子。我只有硬着头皮干了。我从十几岁起就想学这个，这是我这一辈子的心愿。我想学会了就留在村里找活干。"

"那么彭姨怎么办?"述遗问道。

"那有什么,她也是村里的媳妇嘛。我学这手艺还是她怂恿的呢。"

老培的表情却是更苦恼了,眉毛打成了结,嘴角下垂,连呼吸都加快了。述遗想,他为什么事这么绝望呢?最近这些日子里,他完全变了个人。她记得他从前什么事全依赖彭姨,脾气柔顺,思想简单。她没料到像老培这类人在生活中居然也会有危机,年纪这么大了还要去学繁重的体力活,并且是自愿的。将心比心,要是她述遗到了这个年纪又重新去车间里学一门新技能,她会吃得消吗?也许吃不消,也许吃得消,人的潜力是无法预料的。

"老培啊,等你正式成了泥水匠,我还要请你去补墙呢。"

这时彭姨从厨房里出来了,她还是高高兴兴的样子。

"述遗啊,你觉得这主意怎么样?"

"什么主意?"

"让老培做泥水匠啊。他现在变得沉着多了。我一直对他有期望,可以前他就是不开始他的事业。为什么呢?我想,是因为婆婆还在吧。现在婆婆去了,他一下子就变成另外一个人了!"

老培听了她的话,显得更苦恼了,用双手使劲揪自己的头发。他忽然站起来,一脚踢翻了椅子,坐到了地上。他还抱住站在旁边的彭姨的一条腿,哀求她救他一命。

"刚开始学技术都是这个样。"彭姨平静地说,"等以后习惯了那些危险,就坚强起来了。有的人干上了这一行之后,就像中了魔一样往外跑。老述,你看我到底该不该让他学泥水匠呢?"

老培听她这么一说，干脆躺在地上不起来了。他一躺下去，口袋里就有一件东西滚了出来，述遗拾起来一看，是一个圆形小相框，里头框着一张小照片，照片上是他母亲，绷着一张脸坐在那里，她的膝头上还蹲着一只硕大的癞蛤蟆。述遗从未见过这种离奇的照片，就举到灯光下面去看了老半天。她只觉得老女人直直射出的目光像锥子一样刺到了她脸上。

"婆婆不放心老培，总在那里保护他呢。"彭姨说道。

老培突然站起来，从述遗手里抢过相框，冲进卧室里头去了。

"你瞧，他就是这么任性的一个人。我现在不能得罪他，我一得罪了他啊，他就回乡下去了。他把这个家当旅馆呢。"

后半夜，躺在彭姨的小房间里，述遗翻来覆去地睡不着。她在黑暗中虚拟了一场同彭姨的辩论，她说话时全是用的青年时代的口气。当彭姨提出要同她调换工作岗位，让她再去车间当挡车工时，她就竭尽全力申诉自己不能进车间的理由。这一场辩论持续了好久，她对自己如此有耐力、有逻辑感到了意外。后来她终于昏昏睡去了，一直睡到上午才醒来。

东面的墙终于修好了，不是小廖，却是那位叔叔来修的。顾家伯伯站在梯子上，双腿抖得那么厉害，好几次述遗都以为他要摔下来了。但是没有，他很好地完成了任务。

述遗给了他多一倍的工钱，他毫不推辞就收下了。

"时代不同了嘛，现在干这一行的危险要大得多了。"

他收拾好工具要走，述遗留他吃饭，他又坐下了。他看着述遗做饭，同她说起侄儿小廖的事。他说小廖好端端的一个年轻人弄到这步田地,他可没料到。又说当初他做泥水匠时一点都不用心,三天打鱼两天晒网的,他早看出他成不了气候。最近他才听到有人说小廖还有第二份职业,一直在做垃圾工。这个消息对他来说如同一记闷棍。他认为这个侄儿太轻浮了,凡事没个定准,什么工作都好奇,都想去尝试一下,这种性格要不得。他询问述遗是不是喜欢去一个叫作"一听来"的杂货店买东西,述遗回答说:"是的。"

"那里的老板原来也是泥水匠。我们这一行,很多人都是中途干不下去改行的。这种活儿,看上去安全,心理上的负担没法估计!'一听来'的那位老板当年也出过事,他老想着自己一定会掉下去,结果真的掉下去了,将一边脑袋摔扁了,居然没有死。本来他老婆都已经准备后事了,他又活过来。"

顾家伯伯饭量很大,还要喝酒,喝了酒之后话就更多了。谈到他那"不争气"的侄子小廖时,他的声音越来越大,捏紧的老拳用力往桌上一砸,砸得杯碗都惊跳起来。

"他为什么有家不能归呢?"述遗小心翼翼地问道。

"因为他是一个祸害,到哪里都要害人,他老婆就把他赶出门了!"顾家伯伯吼道。

述遗忧虑地看着顾家伯伯,拿不准他是不是已经醉了。他一点都不顾忌,一仰脖又将一杯酒倒进口里,脸红得像醉虾一样。述遗的注意力分散了,没听清他在吼些什么。她开始朝门外张望,她不希望有人看到这个糟老头子在她这里喝酒。

"该死的老卫!"他忽然又往桌上砸了一拳。

"啊?"

"是他抢走了我的侄儿,破坏了一个家庭!他凭什么给他安排垃圾工的差事?他可是有职业的人啊。老卫心怀鬼胎。"

述遗的注意力又被他拉回来。她想,是啊,为什么别处的垃圾工总是一年里头换几次,只有小廖一个人可以享受特殊待遇呢?这里头的确有些蹊跷。纱厂领导的意图没法捉摸。她又记起前天车间里的聚会,当时刀削脸告诉她纱厂的领导人其实就是那几个女工。那么就是那几个女工在让小廖享受特殊待遇了。这个小廖,已经得到了这么好的、常人难以得到的待遇,为什么还要自己同自己过不去,也同家人过不去呢?现在回忆起来,老卫恐怕真的是心怀鬼胎呢。的确是他毁了这个年轻人啊。

顾家伯伯喝得太多,到后来站都站不起来了。述遗将他搀起后,他东倒西歪地走出门,然后向前一扑,扑倒在地上起不来了。述遗估计自己没有那么大的力气将他弄起来,就悄悄地掩上门,做出不知道他摔倒的样子。

由于老头躺在外面,述遗就不敢出门,只能偷偷地从窗户那里向外张望。

大约到了傍晚,才有几个人将顾家伯伯围住,大惊小怪地叫了起来。述遗开门一看,看见那几个人里头有小廖。小廖正在指责他叔叔,说他抢了他的生意,还说他这么老了仍然到处撒野,真该死。

顾家伯伯已经醒了酒,羞愧地、可怜巴巴地望着小廖说道:

"这个活计是你不要了的活计,我才来插一手的嘛,我不是那种抢别人生意的人。"

小廖气得跳起脚来叫道:

"你还敢强词夺理！我什么时候不要这个活计了？述大姐的家就是我的家，你怎敢说这种话？"

顾家伯伯像丧家狗一样爬起来，从围着他的人群里挤出去，一瘸一瘸地离开了。那几个人都发出感叹之声，似乎很同情他。

述遗招了招手，小廖就进屋了。

"您瞧，人老了就变成这种模样，多没意思啊。现在他还有什么用呢，连个活计都接不到了。"小廖说这话时一脸的苦恼相，好像接不到活计的并不是他叔叔，而是他自己。

述遗问他这几天过得怎么样，他就长叹了一声，摇摇头，似乎不打算回答的样子。可他还是开口说了：

"我这个人啊，太贪心了，什么事我都想揽着，我的生活就越搞越难以维持。在别人看起来我是幸福得很，其实呢，我夜夜睡不着，这个情况您是知道的。有时候我也想，我不要么要强吧，就过一般生活。可是哪能做到呢，我就是爱管闲事。再说上面领导这么信任我，我总要干出个样子来才对得住他们吧？昨天夜里我又哭了，您听见了吧？当时风刮得那么吓人，我在单身宿舍那条长长的走廊里走来走去，突然我听到有人在水房里打水。深更半夜的，还有人在打热水！我听到热水落进水桶的声音，心里好一阵难受，我就痛快地哭了一场。我老想，我是继续拼命工作呢，还是先放弃一项工作呢？你能帮我出出主意吗？"

述遗就说她自己也没主意，这种事要等老卫来决定。

小廖听了她的话便将两眼翻上去，费力地寻思着，迷惘地说：

"老卫什么时候给我明确的指导呢？"

他在身上的口袋里摸索着,摸出一个化妆粉盒,然后放到鼻尖去嗅。

"这是我老婆的。"他深情地说,"我这个归不了家的游子,总是将她忘记。后来她就想出这个办法,只要我一闻这东西,就会记起她和街上的那个家。不过我又怕这样拖泥带水的对我的前途不利。唉,凡事有利就有弊,叫人无所适从,对吗?"

他又打开粉盒,贪婪地用鼻子去吸,吸得自己狠狠地打起喷嚏来,将那里头的香粉喷得到处都是。

"你不要感情用事嘛。"述遗责备道,一把抢过他的粉盒,盖上,塞回他的衣袋里。

就在述遗的手伸进衣袋时,她的中指被什么东西蜇了一下。述遗的脸立刻变了色,说话也结巴了:"什、什么东西?"

"蝙蝠啊。"小廖说。

"是吸血蝙蝠吗?"述遗打量着有点发麻的中指。

"不过是车间主任室里抓的普通蝙蝠。您去过那里,但您没注意墙上的情况,那上头挂满了这种东西。她们说,车间主任早就不要那间房了,大约有十年时间没人去过那里面了,只有这些蝙蝠在里头。我听了她们的话就对那些蝙蝠发生了兴趣。您瞧,我身上有四个口袋,全装了这些小动物,我就将它们看作车间主任,带着它们跑。我要走了,您猜一猜我去哪里?"

"是去车间吧?"

"对呀?它们都要吃蚊子的。我住在那里,从来不关窗,它们就可以自由地飞出去捕蚊蝇。啊,她们来了,我这就走。"

述遗朝外一看,看见那些调戏过小廖的女工们慢慢地从门前走过去，不知怎么，她们的步态就好像是在水里面游一样。小廖一加入到她们中间，她们立刻就恢复了活力，走得更快了，一边走还一边叽叽喳喳地说个不停。这时小廖已被两个高大壮实的女人挟持，他的双脚都腾空了。他似乎很快活，又是尖叫又是大笑，那两个女人则像对待孩子一样低声呵斥他，要他安静。

述遗将受伤的中指放到亮光里去细看，看见伤口处没有牙印，也没有破皮，却有很多皮下出血点。这个发现着实让述遗不安起来，头也有点昏了。她觉得自己已经中毒了。这时她听到远去的小廖对她喊了一句：

"述大姐，您不要担心啊！"

述遗的心里漾起一阵暖意。她回到屋里发了一阵呆。然后，多年来第一次，她从床底下拖出小小的木箱，启开，又从木箱里端出一个铁匣子。铁匣子里头是一些发黄的照片，由于里头放了很多防潮的石灰，倒也没有完全坏掉。述遗一张一张地拿出来看。那是一些景物照，一律没有人，拍照的年代是她来纺纱厂做工之前。有一张照片上是模模糊糊的一栋房子，可能因为焦距对得不准，房子显得比例失调，好像要倒下来一样。那栋房子的墙上有很多窗户，每一个窗户后面是一个相同的套间，述遗的家就在第二层楼左边数去第三个窗口。她用目光费力地搜寻了好一阵才找到第三个窗户。窗户开了一半，里头黑乎乎的。她看来看去心里不踏实，又找出放大镜来看。放大镜一放上去，窗口那里就呈现出一个女人的头部。那是一个侧面，显得有点粗俗，但生气勃勃。述遗想，这个人是谁呢？她不是她的母亲，她家也没别的女眷。上学时述遗倒是有几个朋友，但她从不将她们带到家里来。述遗又将放大镜换了个角度，这时那女人居然呈现出脸的正面来，但她的面部只晃了一下便隐去了，后来她再怎么移动角度那张脸都不出现了。述遗手持放大镜发起呆来。奇怪，她刚才是怎么想起来要看照片的呢？她忘记她的初衷了。她索然寡味地又翻了翻其他照片，用放大镜看了看，没产生什么兴趣，于是"啪"的一声关了铁匣子，将其放进木箱，重又塞回床底下。

"也许她是一个邻居。"述遗大声说了出来。同时她就记起，她家从未来过任何邻居。当然，刚才她的放大镜也可能没对准，她所看到的，是别人家窗户里的风景。不管怎么说，多年前她拍下这张房子的照片，然后又拿到照相馆去放大，像是一种别有用心的举动。那时她一点都没意识到这事的意义，她总是这样，稀里糊涂地做下了很多怪事——比如用石灰保存一大堆乱七八糟的景物照片之类。彭姨家里也有照片，但一张景物照也没有，所有的照片上全是她的死去的母亲。那位母亲的样子怪怪的，倒是很文雅，完全不像彭姨。那么老卫家里有没有这种老照片呢？述遗想到这里便有些害怕了，她起身到厨房里去洗碗，弄出些响声。外面有一只鸟在叫，既不是喜鹊，也不是乌鸦，是什么鸟呢？先前，这种地方只有这两种鸟。从厨房的窗口看出去，正好可以看见两个下棋的老头。述遗发现那两个人并没有看小方桌上的棋子，而是一齐看着天空，他们的手撑在下巴上，样子有点滑稽。述遗心里想，他们其实连天空也没有看，不过是在那里摆样子。每当那只不知名的鸟叫一声，他们就做出吃了一惊的表情，然后又继续转脸向着天空。述遗很羡慕他们能有如此宁静的心境。

偶尔,述遗也会想起自己的年龄,想到她将死在这座保管室改装的旧房子里这件事。这些想法虽然令她感到别扭,但还不能压倒她。每天发生的新情况太多了,她都来不及去感觉衰老的进程。年轻时,她从未料到自己进入老年了还会有这么大的好奇心,所以现在又觉得庆幸。但是今天翻看了旧照片之后,她的情绪还是低落了好久。那些灰灰的、破败的房屋,还有黑压压的天空下丛生的灌木,街上油漆剥落的老店的招牌,不知怎么令她的背脊骨发冷。不去想倒也没什么,念头一冒出来就好像要大祸临头了似的。她今天到底怎么了?先是顾家伯伯帮她修好了墙,然后小廖来了,再后来蝙蝠咬了她,小廖又跟人走了。一切都很正常,仔细想想又的确蹊跷。她又看看中指,出血点已经没有了,根本就看不出被什么东西咬过。当然也许毒素早就扩散了,她不是脑袋后边发麻吗?中指已经没事了,应该关心的是脑袋。她捶了捶脑袋右边。

为了平息这些不快的情绪,她上了床,盖上被子昏昏睡去。但她没睡多久就醒来了。房里开着灯,彭姨坐在灯下绣花。

"你是怎么进来的?"述遗声音发抖地问。

"我用一把万能钥匙打开了你的锁。"她头也不抬地说。

"啊?"

"这种事,算不了什么。我得赶绣一对枕头啊。"

她走近述遗,将手里的活计展示给述遗看。述遗看见白布上面绣满了小小的蝙蝠,便肉麻起来。

"谁给你的这种花样啊?"她一边穿衣,一边战战兢兢地问。

"没有花样,我自己幻想出来的图案。我绣花从来不用花样,脑子里有什么绣什么,你还不知道啊?"

"你脑子里尽想这些吗?"

"你觉得怎么样?"

"肉麻得很啊。"

"我绣花的时候,烦恼就消失了。我的天,老培真被我气疯了,他到处搜查,不让我保存这些绣品。我只好随身带着它们走。"她说着就从手提袋里拿出那些绣片来,一件一件地在桌上摊开。

述遗只瞥了一眼就掉开了目光,她似乎看见白布上涌动着无数虫子。

彭姨有点近视眼,她将鼻尖凑到那些绣片上面,口里发出"啧啧"的称赞声。看完后她又一件一件仔细叠好,放进手提袋,拉上拉链。

"神不知鬼不觉地,我就进了你的屋。"她笑嘻嘻地说。

"你为什么要干这种事呢?"述遗愁苦地看着她。

"为了同你交流心得嘛。"

"他们说你是厂里的实权派,真正的领导,对吗?"

"对呀,纱厂没有我是不行的。"

"原来这样啊。"

彭姨拿出另外一个绷了白布的绷子来,要教述遗绣花。述遗推托说,她的眼睛早就老花了,看不清。彭姨说这种绣法不用看,只要用手摸索就可以了,说着就将针和丝线强行塞到她手里。

述遗刚开始照彭姨的指示绣了两针就被扎了一下大拇指,

有一滴血滴到了白布上头。而同时，她就感到心里涌动着一股热流，一些模模糊糊的花样出现在她脑海里。熟悉针线活的她就毫不费力地绣了起来。她并不知道她绣的是什么，因为她看不见她的针线，她一边干一边对彭姨说她只不过是"随便试试"。彭姨听了她的话就起身去关了灯，两人就在黑暗里一边说话一边做活计。

当一根丝线快要绣完之际，述遗想起了老屋照片的事，她将这件怪事告诉彭姨。她刚说到窗户后面的女人那里彭姨就打断了她。

"你弄错了，不是第三个窗口，是第四个。"

"你开玩笑吧？"

"我家也有那张照片，你忘了吗？是你自己送给我的。我可是仔细研究了它的，研究了二十多年了。屋顶上有块地方颜色浅一些，那是瓦被风刮走了。"

"那女人是谁呢？"

"可能是我吧。"

述遗觉察到她在黑暗中瞪着自己，觉得很不自在，就走过去开了灯。

她先是看到两个蒙了白布的绷子摆在桌上，上面什么也没有。过了一会儿，图案就慢慢呈现出来了，是两个比刚才看到的更为肉麻的图案。所以当彭姨将绷子重新交给她时，她竟恐惧地挡开了，弄得彭姨很不高兴。彭姨一生气就收拾起自己的活计要走。

述遗闷着头去送彭姨。半夜里，两个老女人走在空无一人的小路上，两人心中的激动都不能平静下去。在述遗，是因为生平第一次尝试了一种魔术似的活计；在彭姨，则是因为手提袋里的绣片。有好多个夜晚，她带着这些绣片想找人看一下而又不敢，今天她终于拿出来了。述遗的反应在情理之中，她不是为她的反应激动，她是为自己做出的这些小东西的命运激动。

走了没多远述遗就同彭姨道别了，她说她要把绣花的事好好想一想。

"是该想一想，说不定这活计会成为你的职业呢，我今天已经教过你了。"

彭姨的脸在昏暗的路灯的照耀下显得表情暧昧。

述遗忍不住冲她的背影喊道：

"就和学泥水匠的手艺一样吗？"

她回过头来答应了一句：

"差不多吧。"

小镇浓浓的、阴沉的夜色令述遗备感孤单，她裹紧外套之际，各式各样的哭声就响了起来，其间又夹杂了老卫的说话声。老卫在反反复复地说着同一句话："如果失去了厂领导的信任，就不会再有人信任你了。如果失去了厂领导的信任，就……"

她走进屋内，坐在灯光下。她已经将哭声和说话声关在了门外。

现在她已经打定了主意。

2003 年 11 月 20 日于北京牡丹园

原载于《芙蓉》2004 年第 4 期